青春的名义

薛利强——作品

为了理想

我们终将拔营起寨

洁白的哈达是我纯洁的心灵

黑色的风是我招摇的夜歌

人民东方出版传媒

東方出版社

目录

上 部

下　部

上部

第一章　月河

这世间，燕儿是最多情的，他们衔着春泥，沾着南方的花雨，扑楞楞地陆陆续续归来，仿佛要赴一场旖旎的约会，欢送旧时的主人，送他们告别象牙塔，走上人生的新旅程。

四月的燕北，风轻轻，云淡淡，天蓝蓝。偶尔有小沙尘迷失人眼，但春天终归是挡不住的，春风将雾霾吹散，荒芜和萧瑟渐渐远去，空气刚中带柔，天空高而澄澈，花坛、草坪、桃李湖、白桦树，甚至自习室里都有各种各样藏不住的生机，充盈着生命，就等着一年中最美的季节归来，像多情的少女，做着生机盎然的春之梦。这世间，燕儿是最多情的，它们衔着春泥，带着南方的花雨，扑楞楞地陆陆续续归来，仿佛要赴一场旖旎的约会，欢送旧时的主人，送他们告别象牙塔，走上人生的新旅程。

昌瑞大学坐落于燕北省省会青伊市内，是北方重点大学。校园的东北角，有一座一千多平方米的礼堂，叫“子一”礼堂。它的名字是以第一任校长，著名的历史学家、诗人子一的名字命名的。子一是老先生的笔名，取“君子当一心一意”之意。有意思的是，除了礼堂，这座名校还有两大堂亦是用“子一”的名字命名的，分别是“子一食堂”和“子一学堂”，可见老先生的威望和贡献。昌瑞大学，历经了“十年浩劫”和改革开放后各高校的大拆大建，怀旧情结甚为浓重的各位校长顶住了来自各方的重重压力，誓死保卫大学的老建筑。二十世纪七十年代初，一位老校长就曾给当地的革委会头子撂下过很硬气的一句话“生命不息，护校不止”，让后来人觉得很给劲儿。校长们功在当代，利在千秋，他们一茬接一茬硬生生地把昌瑞大学的“三大堂”给保留了下来，稍作修缮，还让它们重新焕发了青春，以至于为校庆归来的校友们感激涕零、无以言表，只有狠狠地把自己的口袋翻个底儿朝天才足以表达对母校的感恩之情。

菁菁校园、白衣少女、上铺兄弟，令多少漂泊四海的学子们魂牵梦绕，无论名气再大、财富再多，校园却是每个人永恒的情结。对很多人来说，在某种程度上，幸福不是容颜不老、锦衣美食、权倾朝野，幸福是另一种概念。幸福是当你若干年后重返母校时，还能见到：那古老浑厚的教学楼隐没在淡淡的晨光中，那湖边的杨柳、梧桐郁郁葱葱宛如亭亭玉立的少女，那犹如寿翁的老师依然笑语嫣然地凝视着自己培育出来的参天大树，那无悔的青春在校园里曾经镌刻下一道道永不消逝的印痕，一份心悸无法用更多的文字来言说。

今晚，适逢离愁之际，一位深受歌迷喜爱的天王级歌手在昌瑞大学文体中心举行了演唱会，仿佛要为即将离校的大学生们送上一场华丽的毕业盛宴。文体中心被孩子们围了个水泄不通，来自全国各地的歌迷涌入文体中心，位置有限，昌瑞大学的学子们是幸运的，但没有票的大多数人只能坐在文体中心外边，和着音乐轻轻吟唱。那个集摇滚歌星、校园歌手、行吟诗人于一体的歌手，用《故乡》《蓝莲花》《那一年》《闪亮的瞬间》等歌曲，征服了舒娜、云瑛和昌瑞大学的学子们，她们成了他的忠实粉丝，有很多同学追着他，他去哪里演唱，她们就跟到哪里，她们举着那个“爱许少年”的牌子从东到西，从南至北，乐此不疲。

《旅行》是今晚的压轴大戏，舒娜和同学们挥舞着蓝色的荧光棒，跟着偶像一起吟唱：

谁画出这天地又画出我和你
让我们的世界绚丽多彩
谁让我们哭泣又给我们惊喜

让我们就这样相爱相遇

总是要说再见

相聚又分离

总是走在这漫长的路上

调皮的摄影师从人群中捕捉着美女，为演唱会助兴。最终，一次次把镜头对准了昌瑞大学不二的校花舒娜，大屏幕上舒娜集优雅、陶醉于一身，在镁光灯下愈加显得楚楚动人。当突然看到大屏幕上的自己时，禁不住羞涩地笑着吐了吐舌头。听着歌，一丝心绪也在她的心头荡漾，让她突发感慨：青春，不就是一首招摇的夜歌吗？月台上的汽笛正声声长鸣，青涩的情感即将被召回。嗨！那个人，你是否也在听着演唱会，陪我吟唱，陪我流泪！

舒娜，昌瑞大学优秀毕业生。最近，因为毕业分配的问题一直和母亲拗气，一连几天不回家，甚至还和母亲顶了几句嘴，让母亲大为不悦。她凭着优异的成绩、靓丽的外表和颇有几分的才气，被《国家的眼睛》新闻杂志社相中，杂志社老总黑戈是江湖上公认的距离普利策奖水平最接近的人。关键是这家杂志社坐落于首都北京二环，离领袖最近，离世界最近，让多少人梦寐以求。但是母亲唐晓萍打死也不会放女儿走，执意要把她留在身边，“爹娘在，不远行”，因为舒娜是独女，父母舍不得，也不放心让宝贝离开。唐晓萍其实已经通过丈夫的战友贺市长，和省地税局领导打了招呼，人家答应届时一定要关照军人家属，优先录用她，让她到地税局下属的一个很不错的事业单位工作。母亲说了，没有商量的余地，绝不能抹贺市长的面子。但今天舒娜却头一次像个小狮子一样对着母亲咆哮：“别管我，我就要去，我要当记者，我要去撒哈拉沙漠以南，要为中国记者的名誉而战！我要去那个有地铁的城市，去寻找我的爱情！”然后摔门而去。

唐晓萍最了解女儿，女儿要么不生气，生气起来可千万不能理会她，慢慢地她会缓过劲儿来自己回家。想到这儿，唐晓萍反而被女儿的叛逆劲儿逗乐了：“什么逻辑，哈哈，到一个有地铁的城市去寻找爱情？青伊市再过几年也有地铁了，难道草原上的好男人都死绝了？”她摇摇头关上了门。

舒娜十几年的校园生活，完全是在母亲唐晓萍的羽翼里度过的。这双爱的羽翼，有时让她有窒息的感觉，但舒娜天生就有享福的命，更多的时候，她习惯了在母亲的爱河里撒欢畅游：或蛙泳，或仰泳，当即将沉没时，一个自由泳，飞一般地扑腾到母亲的怀抱中。

舒娜的父亲舒国安是一位从秀美江南到苍凉燕北从军的军队干部，文学爱好者，江南才子。当年作为团政委，本已经联系好了回江南老家的工作，可人回去没几天就哭哭啼啼跑回来找老首长重新安排工作，说自己受不了南方没有暖气片的日子。其实内部人都知道，他是受不了唐晓萍的“勾引”。部队期间经人介绍他认识了大学刚毕业的唐晓萍，也让唐晓萍实现了把爱给“最可爱的人”的梦想。最终，舒国安这位部队才子在大漠上安定了下来，不仅找到了真爱，也找回了男人的野性，官越做越大，成了燕北省军区的二号人物。舒国安对大漠草原很有感情，从舒娜的名字上就可以看出来，舒娜谐音就是萨日娜，而蒙语里萨日娜就是月亮花的意思。说起舒国安，不能不提到他的老岳父唐家邦先生。唐老先生的父亲是“走西口”从西北大省陕西省来到了燕北，但老先生本人却出生在大漠草原，在他的概念里家乡就是燕北，只有在档案里才承认自己是陕西人。唐家邦年轻时喜欢写散文和中短篇小说，五十岁后，突然有一天迷恋上了歌词。他酷爱写赞美家乡，赞美大草原的歌词，他执拗地认为：男人，就应该有草原一般的胸怀！这和他的金龟婿舒国安不谋而合，因此俩人经常在一起切磋歌词，只不过唐家邦老先生的词里多了一份淡淡的、文艺的忧伤，而行伍文人舒国安所做的词多了一份驰骋草原的霸气，故而老岳父唐家邦写的歌词更受民间的欢迎。当然了，老岳父是燕北省文联副主席，专职作家，女婿舒国安的文学水平自然不能与之相媲美。

最近，唐家邦和舒国安合作的一首草原歌曲颇为流行，引起了一位从草原上走出去的著名音乐人的注意，他托人捎来口信要和二老合作，把草原上的歌、草原上的情和一切唯美的草原文化宣传到祖国的大江南北，宣传到国外去，尤其是那些黄头发的老外，对中国的草原英雄和草原文化十分崇拜，十分感兴趣。

这首《今天我回到伊兰嘎查》真真切切地反映了两位老人难以释怀的草原情结：

夏日的风
夏日的夜
夏日的孩子思念草原阿妈
谁也阻挡不了我梦的脚步
今天我回到伊兰嘎查

天边的驼铃
天边的马蹄声
天边的老额吉数着星星盼我回家
谁也扯不断我思念的风筝
今天我回到伊兰嘎查

岳父和女婿有如此“高大上”的情怀和爱好，难怪舒国安家几十年来都被部队大院评为“五好家庭”。舒娜在这样的环境中长大，真是掉进了蜜河。舒娜身上三分之一有母亲唐晓萍的影子，娴静温婉，感情轻易不主动，除非遇到意中人；三分之一有父亲舒国安的影子，外表粗犷，内心崇尚浪漫，解决难事儿利落果断；三分之一是她自己，有着改革开放后年轻人独有的叛逆劲儿。

舒娜说过，她梦中的白马王子似有似无、若即若离，或者说干脆没有出生。其实这是一种无奈的调侃。她虽然是个不主动的人，但从内心里却非常渴望有人，哪怕是稍微有一点儿父亲影子的人去追求自己。可是，这些年，与舒娜家门当户对的男孩子们都落入了“公子哥”的俗套，她的个性导致她没有过多的时间与他们产生共鸣。家境稍普通一点儿的男生，又有一种自卑感，尤其在一米七五海拔的不二校花舒娜面前，大部分男生连走路的步伐都变了形，能入美女的眼谈何容易。不过即便如此，部队大院里还是曾经有几个家境不错的男生从小就偷偷地在舒娜家的阳台下面频频向女神三叩首，其中就有赵官君，日后的大市长，但每次他们都被母亲唐晓萍放出的狗吓得魂飞魄散、豖突狼奔。

舒娜再怎么是校花、女神，大学四年还是无情地即将过去。没有恋爱，没有吻，对女孩子来说，就是一种萦绕在心海里的痛，挥之不去。这种痛成为一种遗憾，这段时间里，经常在舒娜女神的眉蹙间和轻促的鼻息声中体现出来。

今晚，舒娜被闺蜜沈丹强行拉到“子一”礼堂，说是要让她的灵魂放纵一下，还说不趁着毕业疯狂一把，以后的日子就没有多少盼头了。沈丹的工作有了着落，今年九月份就要为人师表，去燕北师大就职。最令其炫耀的资本是她把高俊那么优秀的“男神”从江南师大给勾回来了，颇有点舒娜母亲唐晓萍当年的功力。

“子一”礼堂每到周末就变成了大舞场，知识分子其实最懂得浪漫了，再神圣的象牙塔里都会扬起人们纵欲的风尘。这里，踩错了多少青春的脚步，留下了多少美妙的故事，当然也留有失恋之人落寞的眼神。舒娜和沈丹来的时候，子一礼堂里已经站了不少红男绿女，大多是即将毕业的，有些人的工作已经有了着落，有些人仍在等待。其中，一部分人还是单身，前几年，他们还狠狠地咒骂着自己的无能，遗憾不能疯狂恋爱一把。而即将要毕业，这些人又庆幸自己拥有一份难得的自由身，最起码灵魂不用受分手的折磨。今天的舞场上还有一部分是恋爱中的人，就要毕业了，他们中的大部分人注定将成为煎熬的劳燕，或爱情继续在两地驻守，或爱情被无情的现实碾压，往事支离破碎。

今晚的主题是忧伤的，是后一部分人的世界，却是舒娜所喜欢的。舒娜就是这样一个人，喜欢一种淡淡的忧伤和含糊晦涩的浪漫，属于骨子里永远不吃葡萄但却喜欢葡萄酸酸味道的那种人，真是白垩纪时代的产物，稀缺。今晚的舞曲是舒娜非常喜欢的《Moon River》(《月河》) 优美而忧郁的旋律让舒娜又一次感到沉醉：

Moon river, wider than a mile, I' m crossing you in style some day。Oh, Dream maker, you heart breaker, wherever you're goin', I'm goin' your way.

月河啊，宽不过一里，总有一天，我会优雅地遇上你。啊，这织梦的河，这心碎的河，不管你流向何方，我都将随你而去。

在沉醉中，舒娜想，人的一生，最美就是初次相遇时的那种怦然心动，妙不可言，这种感觉常常会伴人一世，让人瞬间如蜜在喉。可是今晚，那个让自己第一次怦然心动的人他现在在哪里呵！她多想和身边的那些女孩一样，像柔软的面条，缠着恋人的肩膀，眼神里满是哀怨，间或轻轻地嗔怒、啜泣。而男孩子的眼神里，却透着对爱的坚守和对未来的迷茫，就像即将要和克里奥帕特拉分手，要回到罗马的安东尼的眼神一样，忧郁、深蓝。现实是多么残酷啊，舒娜纤细的腰身被同样孤独的沈丹死死缠住，沈丹俨然把舒娜当成了高俊，狠狠地搂着、掐着、笑着，这缠绵劲儿真让舒娜受不了，可舒娜是一个很懂人的人，这是一般小女子所没有的。今晚，谁又来安慰舒娜呢？她也是一个孤独的魂啊！

"嗨！神丹妙药，能不能把女神让给我一下！"突然从舒娜身后传来一个阳刚的声音，把沈丹吓了一跳，却让舒娜为之一振。透过朦胧的柔光，舒娜看见了那半张喜欢的脸。哇，夏河，足球一哥，文艺男神，真是你来拯救我吗？

第二章　沸腾

校园的马路由窄变宽，头顶绿树成荫、根脉相连，连成一条爱的隧道，藤蔓与花簇缠绕其中，久久不愿分离。绵绵细雨最解人间风情，总是把最温柔的那部分留给两位有缘的人。

看到夏河过来抢食，沈丹竟然没有吃醋，反倒是心花怒放。她一把将舒娜推到夏河手中，然后迅速跳出舞池。霓虹灯重新转动了，新的乐曲响起来了：

绿草苍苍
白雾茫茫
有位佳人
在水一方

沈丹在想，今晚这首曲子真是为这两个孤魂野鬼设计的啊！不知道舞池里的人是否动情，此刻，舞池外边的沈丹却和着柔和的舞曲潸然泪下。这是个敏感的女孩子，也是个善良多情的女孩子，在人生最美好的日子里，沈丹遇见了舒娜，遇见了夏河、云瑛、贾蓉这些好同学，让她为友谊赚下了人生第一桶金，这是她的财富，也是舒娜和小姐妹们的财富。为了撮合这对优秀的人儿，沈丹和小姐妹们精心策划了那么多约会的场次和说辞，所有的谎言和捉弄都是善意的，都是为了让这两个人能走得更近些，再近些。可是对于有缘的人，上帝大概会更多地考验他们，经历了九九八十一难，方可取到爱情的真经。这爱虽然是迟到的，但也许是弥久的。沈丹想，若干年后，倘自己收到的喜帖上写着这俩个人的名字，那该是多么值得欣喜的一件事情呵！想完这些，沈丹心里有了一丝安慰，眼前不时浮现出昌瑞大学文学社里的一幕幕往事来……

四年前，沈丹们叽叽喳喳地来到象牙塔，一切都显得那么好奇，拘谨和慌乱中还略带着一点小牛犊的鲁莽。他们轻轻地说：昌瑞大学，你好！世界，你好！偌大的北方省会城市，偌大的高等学府，还有三个偌大的“子一堂”，对于大多数出生在县乡的孩子们来说，这是他们蹚过家乡的小河，走出大山的第一步。从火车站出口开始，他们就被所在的学校接走，一车车的天之骄子奔向他们理想的象牙塔，奔向大学的怀抱。刚刚铺好宿舍的床，热情的同乡就找来了，他们要尽一下地主之谊，这是雷打不动的规矩。年轻人很容易迅速打成一片，叽叽喳喳的孩子们咀嚼着各地的方言，浩浩汤汤向学校外边的饭馆子杀去。昌瑞大学和全国的大学一样，被一个个大小饭馆包围着，只不过，昌瑞大学体现着浓郁的草原特色，它被一个个涮羊肉小火炉围了个水泄不通。尽管九月的天气还很炎热，但年轻人的热情更高，他们跑到肉铺、菜市场，采购一堆原料，切好，洗干净了，每人负责在怀里藏一部分，昂首走向饭馆。饭馆门口，老板笑盈盈地弯腰接待，大学生们诡谲地回应着并走进了包间。“老板，来一份鸳鸯锅、两盘小肥羊、一碟花生米”，好嘞！等老板把菜上齐，这帮孩子把包间的门从里边啪的一锁，嗖嗖几下从怀里掏出羊肉、牛肉、鱼丸、香菇、豆腐、土豆、香菜、黄瓜、大酱，一应俱全，OK，欢迎仪式正式开始，举杯！开涮！几个小时后，酒席散去，一结账，好嘛，十几个人总共才消费不到百元，让老板哭笑不得。昌瑞大学外边的涮肉坊被大学生们如此吃黄、吃倒的每年不在少数，但野火烧不尽，春风吹又生，正如这所大学盛产的优秀毕业生一样，毕业一批，又来一批，只要有梦想，游戏就会继续玩下去，不亦乐乎。

一个星期的热闹后，军训开始了。国外的孩子，不论出身如何，都要

昌瑞大学
簡愛文學社

服兵役，一去就是两三年，学会了保家卫国的各种本领。昌瑞大学的孩子们，经过一个月的集中训练，刚刚学会了踢正步，军旅生涯就在雄赳赳气昂昂的“首长好！”的检阅声中匆匆结束了，不免遗憾。军训结束后，大学生们仿佛又回到了刚刚结束高考之后的日子中，寂寞惆怅，百无聊赖，有人甚至犯了做题的瘾，把一套套高考卷拿过来狠狠地作答，后悔当年没有报北大清华。然而，青春终究是挡不住的，热情和苦闷不在这里释放就在那里释放。开学正是大学里各种社团招兵买马的好时机，在多如牛毛的社团中，简爱文学社无疑是最闪亮的，这里走出过大大小小几十位文学名人，他们的名字在校史馆里熠熠生辉，亮瞎了孩子们的眼睛。

“夏日炎炎，齐水汤汤”，“大家好，我叫夏河，来自山东省齐河市！”“哇喔！看人家孔孟之乡来的人，到底是不一样，一上来就充满诗情画意，与众不同！”舒娜心里惊呼道，她也同其他同学一样伸长脖子，唯恐错过台上的精彩演说。简爱文学社正在举办新一届入会仪式，每个人都要介绍一下自己。除了刚才那个很吸引人的开场白之外，夏河同学接着讲述了自己在山东那个小山村里如何每天背着干粮步行二十多里地去上学，一背就是十几年；又如何在一次饥饿中爬到老师家房顶偷吃喝，最后却被仁慈的老师请回家里饱餐一顿的故事，直讲得友情出场的老教授也禁不住老泪纵横。同时，也让满屋人鸦雀无声，让城里条件优越的舒娜们的眼睛里竟然偷偷地掉下了宝贵的金豆。生活在大城市的她们，真不知道二十一世纪了竟然还有条件那么艰苦的地方。此时的舒娜，突然觉得夏河的魅力光环悬浮在自己头顶，既敬畏又让人不可抗拒，于是她产生一个怪异的直觉：“这是一个有志青年，非等闲之辈，将来会有一番大作为！”

当然，作为东道主的舒娜，论外表、出身以及高考成绩，都有着天然的优势。换了其他出类拔萃的女神，可能会用鼻腔的发音与人沟通，但舒娜不是这样，她是城市人里不多的一朵奇葩。轮到她发言，她静谧、柔美、落落大方地介绍着自己。这朵美丽的月亮花今晚也吸引了不少人的眼球，包括那个“有志青年”，还包括时任文学社长、中文系大四师兄岩松。

舒娜和沈丹在商学院财经写作一班就读，夏河在二班。高校的专业设置一度很浮躁，昌瑞大学也不能免俗，为了迎合市场需求、扩大生源，昌瑞大学也弄了一些打擦边球的专业，比如财经写作。文学院和商学院两家拼命争办，结果有 MBA 培养权的商学院占了上风，让术业有专攻的文学院终于低下了高昂的头。外人看给谁都一样，但院长们可不这么看，一个时髦的专业如果办好了，遍地是黄金，里头可有大学问。当年，财经写作的录取分数线比昌瑞大学其他的好专业足足高出二十多分，让新闻写作专业的人惊掉了下巴，难以理解，真是“风水轮流转，明年到我家”。

又到了周四，这是舒娜非常喜欢的日子。这一天，她可以和文学社的社友们一起谈古论今、谈天说地，可以天马行空地吟诗，唇枪舌剑地探讨人生。文学真是个好东西，没有哪个人可以逃脱它的魅力，即便是一个村妇，她吟唱的那些如花儿一般撩人的歌词，同样产自文学的原野。

简爱文学社是二十世纪六十年代一位化学系老教授李奇泽给命名的，当时他刚刚留校，也是那一届的社长。李老先生是个狂热的外国文学迷，文学造诣很高，自嘲是一个不称职的化学老师，一个踉踉跄跄的文学门外汉。老先生三十多年的业余文学生涯中，出版了十多部小说，五部散文集，参与翻译了八部外国小说，数次获得了文学大奖，享誉海内外。这样的作家，居然还说自己踉踉跄跄，真是打了很多沽名钓誉、自诩为文学大师之人的脸。如果要招摇，也应该是像李老先生这样的人才有资格。

简爱就是取自十九世纪英国作家夏洛蒂・勃朗特的代表作《简・爱》，意思是让大家在磨难中追求自由、尊严、自我，从而获得幸福。老一辈文学家们可真是用心良苦啊，他们以实际行动勉励年轻人，一个好的作家必须守住清贫、耐住寂寞，要拿好作品来说话。

舒娜喜欢周四还有一个原因，那就是想看看自己的眼光到底中不中。她心头总有个疑问：那个叫夏河的男生，你到底有多么优秀呢？

今天的文学社研讨会由岩松社长亲自点题，题目是“我看海子的诗”。海子是二十世纪八十年代朦胧派诗人的代表人物，英年早逝，留下几百首诗。其中有一首《面朝大海，春暖花开》能够被人们看得懂并成为心灵鸡汤，不开心时拿出来喝一喝，效果奇佳。但诗人其他一些被诗歌界推崇的朦胧诗，天马行空，艰深晦涩，去世至今也争议不断。

今晚，岩松社长亲自点将，让夏河才子先说。夏河又开始以他擅长的讲故事方式谈自己的观点。他说："我初中开始就试着把我的小诗向编辑部投，但那时候写的诗太稚嫩、太口水，根本就发表不了。后来，我买了二十多本名家诗集，开始模仿他们的风格，经历了九九八十一种煎熬磨难，才终于形成了现在的风格，最终有几首被大的刊物采用。"夏河接着说："前几年有个诗人叫汪国真的，写了很多脍炙人口的诗，但就是因为太通俗易懂，被很多诗界大咖称作口水诗，甚至不承认他的诗人地位。其实，诗歌就像我们农村的作物，既要有精耕细作的作物如蔬菜类作物，又要有易于种植的普通作物如玉米土豆等，不同的受众群体有不同的喜恶，但只要是大众接受的，就应该受到承认。同样，海子的诗，我很喜欢，存在就有合理性，不管你懂与不懂，诗歌的规矩就在那里，我们都得接受它！"

轮到舒娜发言了，女神就是女神，不仅有魔鬼的身材，还有极具魔力的思想。最吸引人的还有她极具杀伤力的嗓音，每一个字词从口中吐出，如珍珠般晶莹，如水珠般饱满，令人着迷。舒娜侃侃而谈："我眼中的诗可以天马行空，但缰绳一定要牢牢掌握在主人自己的手中。思想的马如果跑得太远，诗人自己都拉不回来，最后肯定是马跑了，只留下断掉的缰绳，于是诗歌的主旨没了，写作者只能在缰绳上做文章，他会使出浑身解数让人们了解马儿那俊朗的外表、悲壮的嘶鸣，但事实上却掩盖不了一个现实：马儿已然脱缰而去，留下的只是一根草绳而已。所以，我觉得诗歌不能太朦胧，不应该是小众的享受，应该走进寻常百姓家。"

两人的发言结束后，文学社里响起了哗哗的掌声，连自诩为新时期海子的岩松社长也觉得十分在理。舒娜和夏河在诗歌上的看法独到，拿捏很到位。岩松心里暗暗高兴。"真是长江后浪推前浪，一代新人超旧人啊！"不过，此刻的社长心里还多了一个怪异的想法，他想，这个叫舒娜的漂亮女孩很有几分才气，要是和自己同一年毕业，那该有多好!

文学社的灯熄了，但大家意犹未尽。岩松一手揽着夏河，另一只手配合着嘴巴给两位得意门生口若悬河地讲世界名著。他讲到薄伽丘的小说《十日谈》，讲得唾沫飞溅，讲得狮子甩头，甚至讲得少女舒娜有些害臊和心跳。不过，师兄的才华确实没有辱没文学社长的称号。他讲到，中国的文学要想走得更远，就应该让思想走在经济和政治的前头，思想走多远，文学就会走多远，创新就会走得更远。同时他讲到，作家一定要担当好“两解”责任：解放人性、解剖人性。通过人性去反映社会现实，批判社会现实，推动社会进步，否则，作品是没有前途的，只能成为供人们一时休闲的道具而已。

岩松太喜欢这两位师弟师妹了，从他们身上，他也看到了当时的自己。四年大学生活也许丰富多彩，但每个人都会留有些许遗憾，有了遗憾才显得青春弥足珍贵。如果时光可以倒流，岩松想从大一开始就一头扎进图书馆，做文学的苦行僧，不追名，不逐利，甚至可以不谈恋爱，一心苦读圣贤书，一步一个脚印走好文学的路。

送走岩松师兄后，夏河与舒娜意犹未尽，不约而同地想一边走一边再畅聊一会儿。校园的马路由窄变宽，头顶绿树成荫，根脉相连，连成一条爱的隧道，藤蔓与花簇缠绕其中，久久不愿分离。绵绵的雨最解人间风情，总是把最温柔的部分给两位有缘的人。夏河说：“师兄的吃苦创作思想，让我想到了汉朝大将霍去病。他少年得志、善骑射，有勇有谋，大破匈奴，立下了赫赫战功。然而当汉武帝要为他修筑一座很大的府第时，他却留下了‘匈奴未灭何以家为’的千古名言，发人深省。”舒娜说：“是呵，人的一生要成就点儿大事，还真得先沉下心来好好修炼自己。听说师兄被首都的一家大刊物相中了，过几个月就要去那里工作，真是藏器待时啊。夏河你好好努力吧，认真修炼，说不定将来也能到首都北京工作呢，我可是很看好你哦！”听她此言，夏河不好意思地笑笑，但心里顿时增添了几分动力。

夜渐渐深了，细雨也渐渐困乏，唰的一声拉帘睡去。月儿从云层钻出，重新给夜归的人们照路，催促那些精力旺盛的年轻人早点回家，但夏河与舒娜共同的愿望是：时光啊，你慢些走，让我们再多走一会儿，让我们再闻闻彼此的青春味道。恰恰这时，走在他俩前面几米远的一对青春洋溢的情侣大概是着了凉，对着夏河噗噗两声，味儿很大，夏河机灵地说："嗬！生活不错嘛，大葱卷饼，有股家乡的味道！"逗得舒娜前仰后合。再高雅的人也躲避不了的一个小缺陷把两个年轻人重新拉回到现实生活当中，禁不住哈哈大笑。是啊，文学再高尚、再美妙、再暖心，倘若没有关怀，没有衣服保暖，没有饭吃，那么它是不健康的，迟早会着凉生病。

月光下，两个年轻人的影子偶尔碰在一起，但瞬间就弹开，最终，犹豫片刻后，各自散去。也许，暂时的离开是为了长久的相聚。大词人秦观写得好啊，两情若是久长时，又岂在朝朝暮暮？

第三章　追觅

纵使有再大的苦难和泪水，人间的这缕烟火总是最温暖的，关键取决于每一个人的生存态度。或接受命运安排，一蹶不振；或忍辱负重，砥砺前行。

沈丹的思绪又重新回到舞场。《在水一方》优美的旋律绕着“子一”礼堂里每一根古老的木梁，如徐徐清风而来，让人沉醉不知归路，让礼堂里多愁善感的女孩子们的啜泣声渐渐多了起来。不知怎么了，这夏河今晚突然没有了往日足球场上的霸气与放浪形骸，而是像个害羞的小姑娘一样侧视着自己的舞伴。反倒是舒娜在短暂的音乐陶醉与感慨后率先清醒过来。看到夏河今晚有些怪怪的，她忍不住揶揄他一下：“大社长，今儿个怎么像丢了魂似的，是不是又想你的小青了？”夏河反应过来，就像是孔乙己听到别人说他偷东西后所表现出来的尴尬和慌张一样，涨红着脸，略带结巴地说：“没，没有，别取笑我了！”舒娜看他又好笑又可怜，说道：“行了，我的大才子，还不经逗了你！”说完狡黠地把头歪向一旁，哼起歌来。说者无心，听者有意，夏河是当真的，此时他心有千千结，不知如何向舒娜说起。心里有“鬼”之人，说出的话往往不能自圆其说，更何况对于夏河来说，这“鬼”是美好的，是他难以名状的暗恋。今晚的夏河絮叨起来，换了别的女孩一定会烦他，怎么有点娘娘腔了呢，但舒娜是真的喜欢夏河，在文学社混了这么长时间，她的确也了解夏河一些，不过她很想知道这家伙儿今晚到底在想什么。她凑近他一些，试图找到一些原因，但除了性感的喉结和浑身散发着的雄性魅力外，实在找不出什么别的东西。稍后，夏河忽然突兀地喃喃自语："唉！人都有弱点，我，我可能就要解脱了。"说完这句无厘头的话后，夏河的愁眉突然舒展了许多，眼神也变得明亮起来，往事一幕幕浮现在他眼前……

山东是个大省，人多地少，从旧社会一直到二十世纪八十年代，江湖上都还有手拿快板，拉家带口出来讨生活的山东汉子。山东是儒家思想的发源地，这里的人睿智、勤劳，但也有传统守旧的一面，大男子主义严重，时至今日，好多农村的妇女仍旧不能上宴席的正桌。这儿的人骨子里是清高和骄傲的，但经年不停的战乱曾把他们的自信摧毁，也不得不向贫困低头，山东籍大作家莫言先生就说过，我们的精神追求是在吃饱肚子以后才干的事情，形象、深刻。

夏河本不姓夏。四岁的时候，亲生父母因病先后罹难，留下兄弟四个。父母走了，天就塌了，家也要散了。好心的邻居和亲戚们闻讯赶来，四兄弟于是就离散到不同的家庭。夏河的养父夏大伯膝下只有两个姑娘，大青和小青。夏大伯去夏河家时候，小夏河突然向夏大妈伸出了小手，于是夏大妈认为这个孩子有灵气，和他们有缘，于是就领走了夏河。夏大伯两口子想好了，好好养着孩子，等夏河长大了，做儿子或者女婿由他自己选择。

正因为这个原因，村里人都知道夏河长大了有可能成为夏大伯的金龟婿。一起上学的孩子们经常拿夏河开玩笑，说夏河与小青打小就是两口子。小夏河懂事以后，很是气愤和羞愧了好几年，不过女汉子小青总是狠狠地教训那些多事的小伙伴。夏河逐渐想开了：不管将来是不是娶小青，但夏大伯对自己视如己出，小青比自己小两岁，除了天生不喜欢念书，她快人快语、善良美丽，没什么毛病，随便别人议论去吧！

小青十岁以前，喜欢替夏河出头，偶尔也欺负夏河一下。但随着女孩子青春期的萌动，小青心里渐渐有了一些微妙的变化。小青一家太溺爱小青了，包括夏河也是。每当夏河写作业时，小青总时不时过来捣乱，她说让她不捣乱也可以，必须让夏河替她把作业做完。这样，就有了夏河日后内心最大的自责："帮小青写作业是我的罪过，害得小青没把书念好！"尽管调皮，但小青一直很依恋夏河，有时候她不爱听父母的话，反倒能听得进夏河的话。小青思想很单纯，她认为，等到夏河不念书了，他俩就像父母那样过到一起去了。

纵使有再大的苦难和委屈，人间的这缕烟火总是最温暖的，关键取决于每一个人的生存态度。或接受命运安排，一蹶不振；或忍辱负重，砥砺前行。夏河经历了童年时家庭的不幸，注定了他要坚强地在这个世界上活下去，活得有尊严，活得让地下的亲生父母得到告慰。夏大伯一家的真爱加上夏河天生的聪颖、刻苦使他在十七岁那年从竞争异常激烈的齐鲁大地脱颖而出，成为一名天之骄子。夏河要去遥远的燕北上大学了，等于把小青的伴儿和魂儿给带走了，小青干脆连剩余的两年书也不念了，嚷嚷着要去夏河上大学的那座城市打工，陪着夏河。夏河是矛盾的，不知怎么安慰小青。还是夏大妈心里雪亮，她知道一个朴素的道理：雄鹰和家燕是注定生活不在一起的。大伯大妈的态度很明确，儿子或是女婿，都是自家的人。但夏小青可不这么想，她始终认为夏河就是父母给自己选的对象。她哭得很伤心，甚至责备父母偏心，把自己的梦也击碎了。

夏河要上学走了，走的时候他把小青揽在怀里，这个多情而善良的农家青年，心理的成熟程度远高于小青，但小青的哭泣也狠狠地揪着他的心。他想，也许考不上大学，他和小青就这样过下去了，一定也会很幸福。但他不能骗自己，这么多年，他和小青太熟悉太熟悉了，甚至小青胸口有几颗痣他都知道，当然自己屁股蛋儿上有几道疤小青也同样了然于胸，这种过于熟悉，总是让夏河对小青多了几分兄长般的关怀，而少了几分异性之间的吸引。

这夏小青果真是敢爱敢恨、敢说敢做类型的女子，她真的就在夏河上大学后不久就果断辍学，不过她并没有去夏河上学的城市青伊市，而是去了中国改革的试验田深圳。上下都在宣传在那块肥沃的田地里人人可以吃饱穿暖，一部分人还会首先富起来，因此同村的小姐妹都去了，夏小青自然也追随她们而去。人潮汹涌的齐鲁大地，当年的壮丁是挥别父母奔赴前线打鬼子、求解放，今天是奔赴全国各地讨生活，历史总是惊人的相似，同样留下空巢老人和萧条的家园，牵着幼儿的小手守望在乌衣巷口，等亲人归来。夏大伯和夏大妈同样含泪送走夏河，等着夏河学成归来，为他们养老送终。

历史上有这样一段真实的往事。从 1958 年直至 1979 年中美建交的二十多年里，为了阻止战后美国意图将台湾和大陆彻底割裂成两个国家，国共双方最终达成一种默契，由你吃掉我我吃掉你的金门海战变成定时的金门炮战。无论那一边，都是在向列强宣示着中国人捍卫祖国统一和反对外来侵略的信心决心。小青对这段历史是陌生的，但朴素的小青却用自己简单的行动上演了爱情的“保卫战”。每隔两个月，夏小青就北上昌瑞大学去看望夏河，捍卫自己的爱土。对于小青的到来，夏河从不反感，每次都带着她四处逛，尤其是带她去看校园里的足球比赛，一睹自己的球星风采。小青乐得屁颠儿屁颠儿，等夏河胜利下场，她就把头一个劲儿往夏河怀里钻，两条胳膊像蛇一样死死缠住他的腰，让夏河也觉得有些不自在起来。如此，夏河的女球迷们可就受不了了，她们像刚从春天里钻出来的花儿一样相互打听：“这哪来的野丫头啊，谁啊她，敢跑到姐们儿的地盘上抢人？”后来听说是夏河的妹妹，心才暂且落地。但时间一长，女生与生俱来的敏感、怀疑最终变为醋性大发，令其疯狂、令其失去理智。她们有的狠狠地撕掉写给夏河的情书，有的干脆上门兴师问罪讨真相，有的索性由爱生恨，从一个极端走向另一个极端，每当夏河在足球场上潇洒地长途奔袭五十多米准备进球的那一瞬间，这帮姑娘就在场边喝倒彩。用夏河的话说：真是日了鬼了，这帮女生一喝倒彩，我的腿脚准发软，定缺准星，球队就一定输！他也渐渐知道了，是小青的出现让这帮文弱的女生突然变成了爱情的“仇家”。

每一位女生都不愿意做洗衣做饭生孩子的寻常女人，但舒娜却是个例外，她已把夏河想象成毕业以后的爱人，一起做饭、品茗、作诗，过闲云野鹤、赏星看月的理想生活。她甚至都想好了，假如和夏河确定了恋爱关系，即便夏河凭自己的本事将来不能留在燕北，她也要动用家里的各种关系想方设法让夏河留到自己身边。如此一想，既甜蜜又让她有些害羞，于是也对每个周四文学社的活动更加期待了。星期四一到，无论赵官君他们几个公子哥儿怎么诱惑她，她都坚决不出去玩。夏河也没有让舒娜白白幻想，他的确是很优秀，除了散文和诗歌常常见诸报端，一步步驾轻就熟以外，他已开始尝试着写小说。他告诉舒娜打算用三年左右时间，争取在毕业前写出一部叫《山谷里的回忆》的小说。当然，作为文学社社长夏河的搭档，舒娜同样也很优秀，不仅散文行云流水、超凡脱俗，而且诗歌也写得很好，夏河非常欣赏她的诗歌，形容她的诗介于诗和歌之间，每一首诗都是一首走心的歌，令人玩味。

舒娜的确是个非常善于观察的女孩，也许是对夏河太在意了，她从夏河的诗里偶尔会读出一种莫名的忧伤。是什么忧伤，她不懂，但女人的直觉告诉她，夏河确实是个有故事的人。夏河是个倔强的人，他的文章里的确掩藏着几分忧伤，但他决不会轻易告诉别人，甚至是最爱的人。每一个人心灵深处都有一方净土，不想让他人涉足也不去涉足他人，那是他们最后的灵魂栖息地，就这么静静地守着，最好。舒娜也有自己的一方净土。夜里不写作的时候，她会把自己关在闺房，打开壁灯，然后一边轻轻给自己卸妆，一边赞美自己娇柔润滑的皮肤："真可惜啊，这么秀色可餐，谁有口福来尝第一口啊！"说完连自己都笑了，但她真的不知道，窗外，也许有个痴恋她的"魔鬼"一直以来在偷偷膜拜，一直以来在轻轻地狞笑着，他同样对女神垂涎已久。

舒娜也烦夏小青："哪来的风尘女子啊，她爹娘是怎么教育她的？真是不懂规矩。"夏小青在舒娜看来就是西天取经路上的妩媚妖孽，贪婪地盯着她的三藏哥哥。即便有些吃醋，舒娜却不会嫉妒到跑到操场喝倒彩，她总觉得夏河的忧伤事出有因，她也有一种自信的预感，夏河最终会向她坦白一切并向她恭恭敬敬地表白爱意，然后，然后她就让他去尝第一口鲜。

此时的舒娜更愿意自己去寻找答案。为了爱，她俨然变成了大侦探福尔摩斯，她循着夏河留下的足迹去寻找线索，看看夏河到底为什么如此心事重重。

终于，功夫不负有心人，她还是发现了一些蛛丝马迹。首先，她看到夏河最近发表在《星月诗刊》上的散文诗《山谷里的回忆》，字里行间，她读出了夏河的忧伤：

> 小青，是你吗？多少次梦中，又回到家乡的山谷，两个打补丁的人，两颗热血澎湃的心。山谷的风吹来，吹破褴褛衣衫，外边虽然很冷，我们依然做着封妻荫子的美梦。顽皮的黄土啊，钻进了我们的牙缝，我们笑着冲向家乡的小河，甘甜的河水中，荡漾着一颗颗搞怪的童心。坡上，住着独身的老奶奶，茅屋很破，茅屋里的故事很动人。我一次次承诺，奶奶，等着我，长大住我们的新屋。坡下，躺着两个懵懂娃，大山很静，山外的世界很迷人。我一次次承诺，小青，等着我，当官后一起享福。山谷的风吹来，吹过市井高楼，柏油路烤的人发热，我们啊，依然在追梦的路上。黑土塑料袋满地肆虐，苏丹红恋上我们的舌头，我们哭着冲向家乡的小河，浑浊的河水里撕裂开一绺绺失望的白发。小青，是你吗？多少次泪中，再也找不回家乡的山谷，两个衣着华丽的人，两颗打着补丁的心。

夏河的诗歌大多很有激情、很有驾驭感，有舒娜父亲舒国安的风格，但这首诗就有了姥爷唐家邦的风格：淡淡的思恋与忧伤。

舒娜不禁自问："小青是谁？莫非是自己'诅咒'过的那个小青？"

舒娜继续找寻。她嗅着夏河的汗渍，去看操场上的他。每到夜深人静时，小伙子夏河就独自一人拎着足球上了操场。他开始是带着球跑，突然，一个神经质的暴怒，恶狠狠地把足球踢在墙面上，咚！咚！咚！像铁匠的大铁锤砸向烧红的铁，一次次把舒娜的心砸得无比伤痛。这是他的情感宣泄，却是舒娜对他的哀怜。踢完球，夏河默默地坐在操场上，间或仰望苍穹，间或垂下高昂的头。换了别的女生，很可能会情不自禁地扑向自己喜欢的人，迫不及待地听他把故事讲给她，分享他的悲伤与欢乐。但是舒娜没有这样，她善于倾听，懂人，处处给人留空间。这其实也是她的弱点，不主动，有时难免失去。她在等待，她认为夏河不是那种郭沫若老先生剧本里所讲的“没有骨气的文人”，她认为夏河是有自己的隐私的，尽管现在不方便向她表达，但待到时机成熟的那一天，她心中的这个男人会变得更加坚强、熟稔，对她的感情也会更加专一，她坚信。

想到这些，舒娜反倒不去想太多，她在心里对夏河说，“夏河，我懂你，你会懂我吗？”

就在舒娜忙于“追踪办案”的时候，儿时的那几个小伙伴时不时就会打电话来约她出去放松。这些军区大院的公子哥们渐渐地长大了，除了拥有和上一代男人一样的喉结、胡须和浑厚的嗓音外，还多了一份对俗套的挣脱、对自由的追求和对事业的个性选择。但也有例外，对于部队大院里处级干部家庭出身的赵官君来说，他的父母将希望都寄托在孩子身上，希望他能出人头地，替他们在大院里找回些颜面，争取也当上将军或是市长。所以赵官君的名字多少有些官宦色彩，官君官君，当官的人嘛。赵官君的成长受到了父母的言传身教，他学会了服从，学会了忍耐，学会了当时机成熟时果断出手，在波澜壮阔却又无比诡谲的人生舞台上大显身手，力挽狂澜，成为场面上的赢家。

和其他的公子哥油腔滑调、信口雌黄、像空心竹一样相比，舒娜倒是不讨厌稳重的玩伴大哥赵官君。这家伙有他的长处，每次聚会，他都笑容可掬，端茶倒水忙个不停，偶尔释放出院里、圈里甚至是社会上一些惊人的内幕信息却也点到为止从不乱说。“别看是小专科，也许将来能在官场上折腾出一番天地的就是他！”舒娜情不自禁地想到。

又一个平常的夜晚来临了，聚会结束后大家各自回家。舒娜想，此时此刻，也许夏河是忧伤的、孤独的，她愈加心生怜悯。窗纱将她和外边的喧嚣隔离开来，滤掉了尘世的浮躁与薄情，多情的夜又开始了，属于女孩子的世界来临。坐在镜子前，她没有像往常一样自恋，而是静静地拿起笔，为夏河写下一首小诗《给坚强的你》：

每个夜晚，当华丽散去，我们都怀揣恐惧。每一个坚强的人都是躲在被窝里哭泣的孩子。翻不过，那多情的往事，守不住，那凋零的青春。岁月啊，你磨白了他的头顶，请不要磨掉他的斗志。挣脱出来吧，每一个孤独的灵魂。活彻底，重新过，哪怕是再弱小的小虫，都会留下蠕动的脚印。

写完它，舒娜也患上了淡淡的忧伤，此时此刻，她最需要的就是音乐，用音乐疗伤，让音乐去安慰自己。如此娴静的一个人却唯独喜欢略带摇滚风格的歌，属于她这个时代的歌曲除了那个她称为巍子的偶像的歌曲外没有几首能让她着迷，倒是上几届学姐们超喜欢的田震的歌曲被她屡屡下载下来听，她形容田震的歌让灵魂不再无病呻吟。于是，一首老歌《野花》在耳机里轻轻响起：

因为那团火烧得我实在难耐，让我渴望坚强的你呀，经常出现在夜里，我无法抗拒也无法将你挥去……

在泪水中，在每一个沙哑呜咽却又让灵魂震颤的音符里，在与世隔绝的自我世界里，舒娜感受着夏河的忧伤，感受着爱的力量，渐渐进入梦乡。

第四章　复活

人性中雌性的一面终于要结束了，他下定决心，勇敢地雄性上一把，不再优柔寡断，不再患得患失，简简单单地把藏在心里多年的话告诉他心中的女神。

对于舒娜来说，爱情真的就是经过其灵魂提纯过的一种情感，不能掺有任何杂质。要么不轻易去爱，要爱，就要爱得干干净净，爱得轰轰烈烈，爱得像孟姜女那样让长城也轰然倒塌。从加入文学社那个美好的夜晚开始，一种美好的情愫像电波一样在两个人心里萌动，这种萌动大于好感，小于恋爱，确属于男女之间第一眼的怦然心动。可是，三年多来，舒娜没有主动向夏河敞开爱的心扉，她想让夏河主动拨通她宿舍的电话，大胆地约她。但是夏河，因为有小青的存在，却迟迟没有勇气去拨那个电话，向她表白，爱情只是若即若离。在夏河心里，舒娜就是女神，他几次试图再靠近这个女神多一些，但每当他一走进她就餐的“子一”食堂，她反而会莞尔一笑离开，似乎有意躲闪。美人忧郁的目光从他身上一扫而过，似又怨艾，似又期待。其实俩人都很清楚，就是那个时不时冒出来的夏小青，横亘在他俩面前，让他们的情感就像茶壶里煮饺子，有口却倒不出来。

小青大一来看过夏河十五次，大二来看过十二次，大三来看过七次，大四上半年仅来过两次，这大四下学期还没有来过。小青来看夏河的频次真实地反映了经济学中的边际效应递减规律。一开始那几年，小青想，只要就这么守着夏河，等他毕业不念书了，他俩就顺顺利利地回老家过好日子。天真的她并不知道，这念书其实是无穷尽的，象牙塔里总有一部分穷孩子，只要一天找不到理想的工作，这书也许就得不停念下去，学士完了还有硕士，硕士读完还有博士，博士读完还有可能到博士后流动站去研究几年，获取实践经验。她也不知道，她的这位夏河哥正在情感方面磨洋工，他不忍主动向小青提出他们之间不适合，他想让小青自己慢慢地熄灭掉心中的那团爱火。小青终究也不痴呆，她一次次来，夏河哥哥最多只是抱抱她，摸摸她的头而已，再无亲昵的动作，这就让小青渐渐有了不祥之感：也许真的有那么一天，她的夏河哥哥真的要选择别的女孩而无情地离她而去！

在爱情这件事上，夏小青敢爱但未必敢恨。夏河不说，她就认死理，就要这么任性地等下去，等待一个谜底彻底地揭开，除非有一天她觉得自己真的实在太累了，主动恨一把，放弃。

夏河上了三年多大学，小青也换了十几份工作。别人在深圳打工逐渐稳定了下来，最后可以到更好的电子厂、玩具厂工作，可是小青却像个不懂温差的鸿雁，三天两头往北方飞，在哪儿也干不长，因此她的归宿只能是街头的大小饭馆。好在深圳太大了，找一家打工的饭店非常容易。这一年，小青就要满十八岁了，工作服中包裹的身体凸凹有致，显现着玲珑的曲线美。身体上，她比过去成熟了，而心理上亦发生了很大的变化，慢慢地变得不再认死理，开始懂得了比较，懂得了思考。

十八岁，意味着法律上的“成人”，可以享有选举权和被选举权，但这个多情的丫头，只是拥有了选择别人的权利而没有享受到被别人选择的权利。难道就这样在一棵树上吊死吗？不！决不！小青即将要和未成年说拜拜了，她要震耳欲聋地向她的夏河哥发出自己心底的质问：到底你还要不要我！也难怪小青有点急眼，其实她这个年龄段的打工妹，大多已尝到爱情的滋味，有的人甚至结婚生子，与她们一比，自己俨然成了一位老姑娘。

一天，小青终于在电话里对她的夏河哥提出质问：哥，你毕业会娶我吗？一下子把夏河问住了。夏河没有想到从来都是自己怀抱里撒娇长不大的小妹，怎么突然有了独立的想法，而且还敢于赤裸裸地表达出来。想想

自己还算是个男人，几年了，却没有勇敢地向小青、向舒娜表明自己的态度，而任凭心里头受着虐待，以至于把足球踢烂一颗又一颗，球鞋踢烂一双又一双，心踢碎一次又一次。

小青之所以下定决心要问个明白，不仅仅是因为夏河的含糊其词，更是因为她遇到了一个真正珍惜他的男孩马小平。小平来自西北的青海省，朴实、憨厚、略带着几分木讷。他和她有相同的年龄，相似的出身，相近的文化程度。在小青眼里，夏河就是一位男神，有着神一般的思想和魔力，让她一个读书少的人很难捉摸透。她想，这些个灌了一肚子墨水的人，是文化让他们无比强大，却也是文化让他们优柔寡断、唯唯诺诺。小青眼里，小平虽然文化低，但至少是朴实、真诚、体贴、勇敢的。小平会在她从燕北返回来无比疲惫忧伤的时候，陪着她一起坐在都市的长椅上，发呆到天亮。他没有那么多安慰她的甜言蜜语，但他会在她对爱如饥似渴的时候轻轻递上一根雪糕，帮她熄火、降温。就这样，等小青心情慢慢好了，他会拉着她去汉堡王“奢侈”地美餐一顿。甚至有一次，小平竟然花去整月的工资给小青买了一个名牌包包，大大地满足了她小小的虚荣心。

小平真的很爱小青，他会用实际行动来表达。有时候他会拉着小青一起去游戏厅，教小青如何用电子枪瞄准假想敌，狠狠地发泄一下心头的愤怒。他只想让小青尽快从忧伤中走出来，重新找到快乐。他清楚，在这个偌大的城市里，他和小青就是尘埃，没有多少人关注，没有多少人关爱，他们孤独而封冻的心，也许只有通过彼此拥抱才能取到暖，被融化。

三月六日是小青的生日，这一天，昌瑞大学足球队在全市大学生足球比赛中获得了冠军，夏河作为主力球员在毕业前夕最后一次亮相。为此，学校专门包了一层酒店为他们举行盛大的庆功仪式。夏河因此忘记了给小青打电话祝福生日，但小青的电话却打到了夏河的宿舍。一听又是小青，迷迷糊糊正在睡觉的舍友就想激怒一下这个妹子，于是大声说：“夏河和女朋友出去玩了，你明天再打吧！”然后就得意地挂了电话。敏感、天真的小青终于意识到，她的忧虑终于变成了现实！

小青像一个丢了魂的人，身子轻飘飘地不由她支配，不知何时才飘回了宿舍。可是，小平却像往常一样痴痴地向她走来，还抱着一块儿大蛋糕，一进屋就往小青手里塞："吃嘛，吃嘛！""多他娘的朴实啊！"小青想，"没有一句废话，连个稍微文绉绉的字眼儿都没有，有的只是两排大黄牙，透着西北人的憨厚劲儿！"小青的眼泪簌簌地就掉了下来，她被感化了，此刻，她的身体和一半的灵魂抱住了小平，但另一半灵魂却始终抱着她的夏河哥不肯撒手。

此刻，远在燕北的昌瑞大学，居然还有一个人的生日和小青是同一天，她不是别人，正是舒娜，实属巧合。百无聊赖中，舒娜本想去找找夏河，借着出诗集的事情问问他，那天舞场上精神恍惚的他到底想对自己说点儿什么。她也想夏河能够主动约自己，也好让爱情长跑早一点儿结束，不再像堂吉诃德一样活在臆想中。可是这个电话她等了好几年都没有等到，真的是有缘没分吗？其实，夏河是打算来找她的，但偏偏上帝给他安排了一场足球盛宴，让他不能早一点出来解脱。

就在舒娜失魂落魄地想找夏河的那个夜晚，她眼前的道路被明晃晃的车灯照亮，灯光下，一位同样高大英俊的青年手捧鲜花向她走来，后边跟着猴子、小美、小佳、利利、志志、白条等几个发小。那个手捧鲜花的不是别人，正是赵官君。舒娜心想：这小子吃了豹子胆了吧，难道被狗咬还不够吗？只见赵官君滑稽地卑躬屈膝走来，显出一副乞怜的样子对舒娜说："女神啊，请接受我们的祝福，happy birthday！"他这一惊一乍倒是把舒娜给逗乐了，从来没有见过他这样，一点儿也没有领导秘书的架子。她也没有多想，脱口而出："什么我们的祝福呀，不就你一个人献花嘛！"说完这话，赵官君身后的小伙伴们嘘声大作。赵官君有些羞涩却眉飞色舞地走近停下，将花赠予美人。此刻，舒娜突然感到好幸福，她想，如果眼前这个人是夏河该有多好，心里同时又升腾起对夏河的埋怨。

在千里之外的深圳市，小青和小平吃完了蛋糕，小青让小平陪她去看一场电影。有一部港台电影叫《第一次亲密接触》，片中，一个患有红斑狼疮的叫轻舞飞扬的女孩爱上了叫痞子蔡的男孩子，结果疾病不期而至，生命结束，留给男主人公无尽的伤痛。小青被感动了，她想好了，假如她就是那个轻舞飞扬，她会默默地一个人走开，躲在角落里悄悄地看她心爱的人幸福地去过每一天，然后，人生就满足了！

这部电影，让文化人看出了虚假、虚幻，但让没有读过很多书的夏小青看出了真实和真情。小青下定了决心：就这样吧，我和夏河其实就是亲兄妹啊，明天就打电话给他，祝福他吧。心里想着，她便情不自禁地用身体故意碰了一下小平，木讷的小平看了她一眼，依然还是没有说多余的话，但是嘴角已经流露出一丝狡黠，他突然一把抓过小青，把她搂在自己的大黄牙下，两个打工的孩子终于抱在一起狂吻，神经也抽搐在一起。今晚，月光女神是最公平的，她不会因孩子们出身的不同而区别对待，年轻人，肌肤是饥渴的，灵魂是自由的，而月亮，也把浪漫和温馨无私地洒向每一位热恋当中的人。

和小平、小青痛快淋漓的爱相比，夏河与舒娜尽管掌握着强大的文学武器，有着文人极为浪漫的想象力和丰富词汇，但文化人的人性弱点让两个人继续受着分离，受着煎熬，也许这是一种精神的盛宴，但对于肉体，却是实实在在的折磨。

为了舒娜的生日宴会，赵官君他们特意选择了市内一个既私密又温馨浪漫的酒吧——1180 酒吧。前几年，他专科毕业后分到团市委不久就给书记当上了秘书，那天晚上，几个小兄弟就在这里为他庆祝了一把，于是让他记住了这个地方。这个地方的老板是燕北省一位能源、地产界的双栖“明星”，他的这个酒吧就建在自己开发的高档小区内的人工湖边。时不时，他会从一线城市请一些文化名流做客酒吧，唱歌，吟诗，谈草原，据说，燕北的很多名流和成功人士都是这个优雅场所的座上宾。

酒吧装饰得相当考究，从这点上看老板更像是一位浪漫诗人。酒吧外观圆圆的，像蒙古可汗的金帐。酒吧中间是舞台，四周被一个个挂帘的包间围着。舞台下边是空阔的场地，可以同时容纳几十人同时跳舞。舒娜一进来就喜欢上了这里，这里的内饰是以高贵的蓝色和金黄色为主，霓虹灯打在上面，有种灵魂飘逸的感觉。总之，和舒娜见过的其他酒吧尤其是大学城周边的小酒吧不太一样。舒娜认为，来酒吧的人，都是找魂的鬼：有人是孤独鬼，独自对着酒杯说话；有人是醉鬼，在过道里晃着头说着胡话；有人是冒失鬼，在舞场里窜来窜去，跌跌撞撞，没有一个固定的舞伴；有人是色鬼，吃着碗里的，盯着锅里的。舒娜突然一阵好笑，自己来了，又是什么鬼呢？难道是相思鬼吗？

正在胡思乱想着，赵官君带头，大家把酒杯纷纷端起来，掏心窝子的祝福话说了一箩筐，感动得舒娜眼眶发热。很快，舞曲嗨起来了，身边的朋友们跳下舞场，呼啦圈式、风骚放荡式、加油给力式、醉酒迷离式等等舞蹈动作全上来了，让她感到一阵阵轻松。

舒娜今天心情格外好。她端着一杯红酒，双腿平行斜放，两脚呈八字形，给人一种舒适优雅的感觉。女神就是女神，她不说话，只是笑盈盈地看着眼前的赵官君如何主持生日派对，如何在自己面前笨手笨脚地表演。

舒娜今天的神态彻底征服了赵官君。赵官君虽然职位不高，但毕竟是书记的专职秘书，场面上，各种女人，尤其是各种会表演的女人见得多了。但今天的舒娜，和他多年来见到的不太一样，也许是更加成熟了，熟的只等人摘；又像一杯草原天然酸牛奶，清香、清爽、令人想一解饥渴。

赵官君显然有所准备。他问舒娜最近在看什么诗。舒娜说她托猴子出差去首都王府井书店买一本海涅的诗集，结果这小子可能忘了。“哦？是德国那个大文豪海涅吧，我还记得他的几首诗呢。”说完赵官君故作沉思地吟道：“你爱不爱我，我不放在心上，我只要面对你的脸庞，就乐得像一个国王。”赵官君能一下子吟出海涅的情诗，让舒娜很惊愕。这么多年，赵官君留给自己的印象除了是很会说话、交际以及一副小公子哥模样外，还真没想到他居然有此雅兴。她一下子来了精神，端起酒杯和赵官君碰了一下，让赵再念一首给她听。这正中赵官君的下怀，他于是斗胆提议，只要他每念出一首，她就应该喝一杯红酒助兴。舒娜还真想看看赵官君这几年肚子里到底有多少墨水，就不假思索地答应了。赵官君于是清清嗓子，娓娓道来："夜里，我睁着眼睛失眠，抱着无限忧伤，白天我却似睡非睡，梦沉沉地彷徨……"赵官君一连吟诵了九首海涅的情诗，舒娜也足足喝了九大杯红酒。渐渐地，在红酒的作用下，绯红印上了舒娜的面颊，让她更迷人了。今夜，舒娜终于也成了一个找魂的鬼，海涅的诗让她如醉如梦，她仿佛掉到了百花丛中，有人轻轻呼喊她的名字，她却执意不回头。此刻的赵大秘书，也轻轻地搂着醉酒的舒娜，心猿意马，如醉沉迷，第一次有了征服女神的感觉。

球队欢庆胜利后的第二天，夏河被头天的庆功酒折磨得直头疼，正在这时小青的电话来了。接起电话，只听小青没头没脑地问："哥，俺嫂子漂亮不？"夏河说："说啥哩？！"小青咯咯地笑着说："哥，俺也谈了一个对象，下次带他去看你中不？"夏河又蒙又急："嗨！你才多大啊，不中不中！"小青还是呵呵地笑着说："哥，俺昨天可过了 18 岁生日哩！"夏河一拍脑门："哎呀，怎么把小青的生日给忘了呢，我说这一天心慌得如此！"

毕业前的论文答辩、工作面试等琐事，吞噬着夏河宝贵的时间。作为曾经的简爱文学社的社长，上学期他和副主席舒娜已经"退居二线"。虽然没有了职务，但周四活动照旧参加，也能时不时见到同样想见到他的舒娜。随着毕业的临近，夏河除了感到就业压力大之外，还有一个压力就是在毕业前夕如何向他喜欢的女神表白那三个字。那三个字是他的心病，压抑了他近四年。如今，小青的退出，无疑给了他追求舒娜的机会，可是留给自己的时间却是少之又少。夏河开始愈来愈恨自己不像个男人，如果早点儿让小青死了心，也许他早就和舒娜如胶似膝了。但他一次次又下不了狠心，三年多来，小青打工挣的血汗钱，全部都贡献给了铁路部门，她有权利来看他，有权利争取自己的爱。今天的夏河，人性中雌性的一面终于要结束了，他下定决心，勇敢地雄性上一把，不再优柔寡断，不再患得患失，简简单单地把藏在心里多年的话告诉他心中的女神。

丁零零！舒娜宿舍的电话铃响了，慵懒的云瑛此刻正在用指甲油将自己的脚指头涂抹成湖蓝色，美滋滋地自我欣赏。她和她的闺蜜真是"臭味相投”，喜欢自恋，喜欢蓝色，喜欢灵魂飘逸的感觉。云瑛拿起电话问：“喂，你找谁？”电话那头沉默了一下，然后奇怪地挂了。云瑛想，谁啊这么冒失，打错电话了吧！过了一刻钟，电话又响起，又一个浑厚的声音依然在问：“舒娜在吗？”“哦，她不在，她……”没等云瑛说完电话就在谢谢声中再一次挂断。紧接着过了足足一个小时，电话又打来了，依旧还是那个浑厚的声音，刚要问，云瑛便和他开起了玩笑，她替对方说道：“您好，舒娜回来了吗？”对方男生被她弄得害了臊，呵呵笑着不说话，这回云瑛大致已经知道他是谁了，她反而不怪他了，笑着说：“你是不是夏大社长啊？”如此，夏河更是满脸涨红，他没有想到对方会猜出是他，连忙说：“对对，我是，我是夏河，你是？”云瑛说：“我是云瑛，舒娜大美女昨天回家过生日去了，现在还没有返校。”

生日派对结束后，舒娜被赵官君一行人直接送回家。在楼下，恰巧碰到了她母亲唐晓萍，虽然主要是赵官君扶着舒娜，但好在有大伙儿一起送舒娜回来，再加上唐晓萍对他们都比较熟悉，所以唐晓萍没有生气，也没有吱声。“唐姨好，您看上去特精神！”赵官君对着唐晓萍点头哈腰地恭维着。唐晓萍太熟悉这几个孩子了，且一向认为他们每一位都没有自家的丫头优秀。不过今晚她特意留意了一下这个赵官君，作为省委宣传部的一位处长，她还是经常和团市委张书记有交集，也不止一次听张书记说起过这个赵官君，知道他能干、有眼力见儿、有培养前途。唐晓萍心想，这小子比小时候成熟多了，挺精干，脸上还主动堆着笑，倒是比他那苦大仇深的父母强多了。尽管唐晓萍骨子里极为反感机关里那一个个假惺惺的笑，但也受惯了下面人的殷勤，此刻对于赵官君送来的恭维，她也就照单全收了。她从赵官君手中接过醉醺醺的舒娜，狐疑地上了楼。楼下，一帮大姑娘小伙子大气不敢出，毕竟童年时他们领教了唐晓萍家狼狗的厉害。赵官君擦了擦额头的汗，手一挥，众人鱼跃上车，沿着夜色中的闪闪光河，车子欢快地驶出军区大院……

第二天下午舒娜返校。刚一进宿舍，几个小姐妹就迅速围拢上来。云瑛激动地握着舒娜的手说："舒娜，有人给你打来电话了，男人！三次！同一个人！你的！"

舒娜像一头伤愈的狮子，放下东西就冲出宿舍，她要去找他。这青涩的校园留给她和夏河的时间真是不多了。舒娜昂起头，飞快地冲过月色，走得很急，少女的两个乳房被心脏顶得上下直跳，身后，荡起一阵阵青春的香草味道……

第五章　初恋

有一朵美丽的花朵，开在草原上，目似穹庐，笼盖四野，俘虏我心。她的嘱咐很多，可我只记住了一句话：勿忘我！

舒娜了解夏河甚至于他的每一个作息习惯。夏河这几年除了学习、踢球，就是把大量时间用在了创作上。舒娜也知道，夏河一有时间就泡在图书馆。他一般不去阅览室，而是选择在自习室陪着考研大军，别人做题他搞创作。一方面是因为自习室关灯时间比较晚，能多干一些事。另一方面，用夏河的话说，和考研人在一起，他能感受到“春宵一刻值千金”，能感受到当年高考时那一股浓浓的、带着原香的火药味儿，以至于让他更加倍努力地去把学业和创作一起搞好。小说《山谷里的回忆》里，有他儿时对鲁北的记忆，有他对故土的眷恋，有他对未来的规划，还有他借故事主人公对心上人小娜那份爱的表达。

“夏河是块儿金子，你一定不要错过哦！”沈丹不止一次提醒舒娜。沈丹因为害怕毕业后和江南的男朋友走不到一起，于是从大二开始就复习考研，打算用考研来圆爱情的梦。因此，自习室也成了沈丹的第二个家。在这里，她经常碰到夏河，看着他和别的男孩子那么不一样，沈丹发自内心地敬佩，以至于时不时就在电话里以夏河作为励志典型刺激男友高俊的骨髓。她俨然是一位潜伏者，替舒娜掌握着夏河的一举一动。沈丹的判断是对的，四年中，夏河的确和别的男生不太一样。当别人沉迷于工大一日游、师大三日游、法大五日游，在燕北的各大高校间来回穿梭；或热衷于参加老乡聚会，热衷于卿卿我我时，夏河却始终坚持着他那枯燥而呆板的生活习惯：学习、创作、踢球，偶尔拿起室友的吉他乱弹一气。夏河心里也知道，恋爱和学习、踢球一样，也是一件很快乐的事情。即使假装不懂，但年轻人脸上爆发出来的青春痘是不会骗人的。与常人狂热、张扬的恋爱相比，夏河心里的恋却是虐恋，折磨人。不过夏河很幸运，他这样一个与众不同的人却遇到了舒娜这位同样有点小性格的女子，而这个女子同样很有耐心，肯沉住气，一头扎进去研究他、等着他。换了别的哪怕是稍微有点姿色的女孩子，不用自己离开，早让别的男孩子“撬”走了，燕北的年轻人把抢走别人的女朋友称为“撬”，非常形象。如此，倘若舒娜没有点耐性和定力的话，估计也早让别的优秀男孩子撬跑了，那么夏河一半的梦就此泡汤了！然而人生就是这样，无论你做什么，总有人懂你，也总有人不懂你，欣赏的角度不同，喜好自然就不同。女神舒娜就喜欢夏河这样略有点“闷骚”型的人。在各种纪录片里常常能看到，裹挟着泥巴的美食掉到了河中，众鱼皆来觅食，有的鱼儿轻轻碰碰就走了，有的鱼儿则坚持用嘴、用身体去啄、撞，待到泥巴褪去，新鲜美食终露出，方可尽情享用之。舒娜常常在心里问自己：“我是那条能坚持到最后的鱼儿吗？”

当夏河在自习室闷头写作的时候，舒娜蹑手蹑脚地进来了，正在复习考研的学弟学妹有的认识舒娜，几个男孩女孩开始窃窃私语、指指点点，夏河潜意识当中觉得他们在指向自己。他还闻到了一股淡淡的、只有女孩子才有的清香味道。猛抬头，夏河的脸上顿时涨满幸福，他看到了那张熟悉而陌生的脸正对着自己微笑，心里一阵温暖，好似冰封于冬季的那块冻土终于等到了春天，开始苏醒、融化，要迸发出一个很大很大的芽来。两人什么也没有说，夏河迅速收拾好书包，乖乖地跟着舒娜走出了教室，此时，他一改疲倦和自卑，终于无比骄傲地昂起自己的七尺身躯。四月的燕北大地，往年还会有最后一冷，但今年，却提前释放着春意，这草啊、花啊甚至是一些残留在土壤里的粮食和菜的种子啊，埋藏了一个冬天，终于要迸发出顽强的生命力来了！

不知不觉中两人就到了操场，沿着跑道走，走过图书馆，走过文体中心，走过逸夫楼，绕着三大堂走了一圈，心照不宣地等着夜幕的降临。天渐渐黑了，他俩朝着昌瑞大学东南角的寸草厅走去。寸草厅，取寸草心之意，寓意为每一位曾在这里求学的人都要有一颗反哺母校的寸草之心，诗一般的名字！这里，早上是晨读的好地方，夜里，却是大学生们谈情说爱的好去处。月亮挂起来了，月光下，两个人的影子越靠越近。

夏河说："舒娜，我的那本小说《山谷里的回忆》快写完了，该你这才女出手了。"舒娜笑着说："谁敢给你这个文霸改稿子？别忘了你可是夏主席，我们文艺女青年的偶像！"夏河顺驴推磨道："呵呵，还是你了解我！"舒娜瞥了他一眼道："嘀，说牛还真的牛上了，狂妄！"两人相视一笑。夏河恢复了正经："说真的，其实我们写的东西和那些老作家相比，真是稚嫩了许多，尚待时间的考验。好在年轻，只要努力，也许真的能有所突破并写出好的文学作品来。任何突破都需要一个坚实的基础、坚实的根，失去了根脉，就很难。而突破是向上走，只有立足大地，仰望星空，才能脱胎换骨见成效。我的《山谷里的回忆》你就拿着慢慢改吧，要沉住气，耐住寂寞才会越改越好！"舒娜听得直点头，她想，近四年的积淀，夏河的话真是越来越有品位。夏河说："对了，舒娜，我可是把你写进我的小说了啊，还是女一号呢，所以你得给我好好上上心。"舒娜惊讶地抬起头："哦？真的吗？那我得认真把把关了，诋毁本姑娘可是要受罚的啊！"舒娜一边情不自禁地撒娇，一边拉住夏河的衣角以免他只顾口若悬河而没注意到脚下的土坑，就在她的手接触到夏河身体的一瞬间，不知是谁借给了夏河胆子，这家伙一改斯文，趁势一把抓住了舒娜的手，见她没有反抗，于是他继续斗着胆子用另一只手将舒娜的水蛇腰揽在了怀里。月光下，舒娜红扑扑的脸颊闪烁着银色的光芒，虽然有些怨艾，但眸子中却透着坚定的满意，煞是迷人，令夏河忘乎所以。此刻的舒娜，终于近距离听到了夏河心跳声。夜很静，她像是拿着听诊器，听诊器里传出夏河呼呼的喘气声和咚咚的心跳声，像是勇敢的恋人，不顾一切，扑通扑通跳进了哗哗流淌的爱河，尽情畅游。

“舒娜，我找过你。”

“嗯，我知道，这不被你俘虏了嘛。”

“我找你太迟了，我胆子太小。”

“瞎说吧，你胆子还小啊，我长这么大只有三个男人抱过我，你是第四个，却是唯一一个外人。”

俩人轻轻地对着话，舒娜突然想起一件事来：“夏河，你那天和我跳舞说你要解脱了，怎么回事啊？”夏河笑笑，长吁一口气道：“明天我就把小说的初稿交给你吧，看完你就明白了。”舒娜抬起头，似懂非懂。夏河再一次将胡子拉碴的嘴吻向女神，直到女神告饶：“夏河，轻点儿，你弄疼我了！”

夜深了，一阵小风吹来，有点凉。夏河很随意地将自己的外套披在舒娜的身上，舒娜看了看表，快十一点半了，于是建议回去。夏河今晚已将多年来积攒的冲动发泄得淋漓尽致，心想不能太贪婪，还是把美好留给下一天吧。于是两人依偎着走，边走边谈其他一些好笑的事情，仿佛又找到了当年加入文学社之初的那种感觉，羞涩而亢奋。

回到宿舍后，夏河的喜悦写满了整个脸，他的心脏一直处在兴奋当中，不住地把双手放在鼻子下面闻了又闻，手上留有女友的清香味道，他舍不得去洗手，唯恐把女友留给自己的香味和指纹冲刷掉。

舒娜今天回来得太晚了，很反常。小姐妹们都没有早睡，她们就等着她回来给她们讲两个人的浪漫故事。舒娜进门后，发现宿舍里静悄悄漆黑一片，看来大家都睡了。舒娜不好意思再去洗漱，索性轻轻地脱掉衣服蹑手蹑脚上床。刚躺下准备美滋滋地回忆上一阵子，突然上铺有人在说梦话：“夏河救我！夏河救我！”她顿时什么都明白了，抄起自己的枕头就往上砸，521 宿舍里传来女孩子们震耳欲聋的嬉笑和打闹声！

第二天一早，传达室大妈通知舒娜楼下有人找，舒娜像欢快的小鸟飞快地下楼，夏河正笑眯眯等着她。舒娜关心地问他吃了早点没有，让夏河觉得心里发热，那个令他心仪的女生终于不再躲避，开始关心起他的生活起居了。“吃过了，我今天要给一家用人单位寄点资料过去，书稿你慢慢拿去看吧！”夏河说完将一个大大的牛皮纸袋子递了过去。舒娜压低嗓子，还顺便抛个媚眼过去：“要是丑化了我，我可真的要找你算账哦！”夏河憨厚地一笑，挥手离去。

上了楼，舒娜很着急地就将纸袋往柜子里塞，小姐妹们又一次惊炸了锅：“哇塞！好厚的一本情书啊，不愧是文艺青年！”舒娜略带愠怒地说：“你们这帮讨厌的家伙儿，快把这些年吃我的给我吐出来，一群白眼儿狼崽子！”大家哈哈笑着，自顾去忙。

小姐妹们最近真的很忙，要毕业了，没有了当初入校时父母的呵护，总显得有点手忙脚乱，为答辩、为工作、为爱情等等这些比较头疼烦恼的事情，但烦恼终归要随着毕业到来。舒娜因为有唐晓萍的大包大揽，虽然内心仍是想做一名大记者，但一切都还停留在理想状态，索性先搁置一边不去想。她现在心里想的就是尽快回家，一个人安安静静打开夏河的书稿，等待谜底的揭晓。

“我出生在黄河边一座历史古城。春天，当冰层融化后，黄河慢慢恢复了它的野性，黄河水喘着粗气，铿锵有力地从冰层中不断涌出来。这时候，憋了一个冬天的鱼儿也忍不住露出了身影，于是父亲脸上露出了久违的笑容，他对着河水自言自语，鱼儿啊：你是人间一块肉，别人不买我不卖……”夏河小说的精彩开头深深地吸引了舒娜，她趁着父母一白天不在家，在笑和泪中感受着夏河作品的魅力。

夏河的《山谷里的回忆》写了主人公“我”的不平凡经历。写童年：父母双亡后自己被好心人收养，与收养人的二丫头小敏建立了朴素的兄妹感情，发奋读书；写爱情：长大以后不忍心拒绝小敏却又不敢向校花小娜表白，内心纠结；写人性：家乡人急于脱贫，贪婪地挖矿，山谷被掏空，生态破坏严重，物质家园和精神家园相继失守；写事业：大学毕业后如愿成为一名良心记者，事业有成，将多年的稿费投入到扶贫济困和公益事业当中；写梦想：成为一名海外记者，发起了公益基金项目，同时赢得女神小娜的青睐，获得事业爱情双丰收。

夏河这部小说总体分三部分：童年、故乡和爱情，让人们看到了一位当代青年的砥砺奋进和家国情怀，读后令人荡气回肠。在爱情那部分中，舒娜终于找到了答案，原来主人公是陷入了小敏与小娜的情感纠葛中，以至于忧伤。文中有一部分写到主人公无数次面对小娜想表白却不敢表白，屡屡错失良机，在心灵受煎熬之余产生了小娜要离开自己的幻觉，以至于痛苦和慌乱中，写下了《梦的眼睛》这样一首诗，让舒娜感受到了夏河内心深处那汹涌澎湃的爱：

梦是长了眼睛的
昨晚气象预报说有雷暴雨
于是它像个幽灵
又出现在你窗前
守了
整整一夜

你出嫁那年
梦来过
守了一夜，哭了一夜
从此
视力大不如前

读完这首其实是写给自己的诗，舒娜热泪盈眶。这首诗不同样也是自己的心灵写照？她被夏河心底深沉的爱感动了，既可怜夏河，同时又有些恨自己：倘若自己不那么清高，率先主动，勇敢去打破男追女的传统习惯，那亲爱的夏河同学不就可以少受一些罪吗？

夏河最后写道：小敏不忍看到主人公受罪，离开了自己暗恋多年的“哥哥”，选择了另一位更加珍惜她的人，让主人公得到了解脱，勇敢地向他心中的女神小娜表白了爱意。春天，他采下一朵含苞待放的小花向小娜追去，而小娜也在百花丛中等着他，笑靥如花……

十万多字的小说用了不到一天就读完了，舒娜长吁一口气，心里的石头终于落了地。唐晓萍下班后竟然看到宝贝女儿眼睛有些红肿，似有哭过，她怒目圆睁：“怎么啦，怎么啦？谁惹我家宝贝了！”看到妈妈像母狮子一样愤怒，舒娜禁不住笑了，她撒娇地抱住妈妈的脖子：“没有人欺负我，是我自己看了一部小说被感动了。”这令唐晓萍直摇头，她觉得现在的年轻人真是多愁善感、喜怒无常，自己和她爸爸年轻的时候满脑子都是革命思想，哪里有过这么多冗余的情感啊！随后，唐晓萍突然想起一件事来：“对了娜儿，你工作的事情有些眉目了，有可能就是到省地税局下面的一个科研所工作，那里正缺财经写作专业毕业生，和你很对口。不过，暂时因为省里要进行事业单位改革还上不了班，再等等吧。”舒娜听完反倒有点不太高兴，她还惦记着那家《国家的眼睛》杂志社，他们曾经和自己要了一份简历，还没有下文，若是收留了她，那么她就可以和夏河一起去夏河理想中的首都北京去斗志昂扬地参加“革命工作”了。

看完夏河的“重磅情书”，舒娜顾不上吃饭，三下五除二收拾好东西就要去学校，身后传来唐晓萍责怪的声音：“这熊孩子，我一回来你就走，妈白养你这么大了！”“哈哈，妈妈，一会儿我爸回来作诗给你听，我就不当那个第三者啦！”笑嘻嘻中舒娜已经冲下了楼，留下唐晓萍一个人支起脖子，恨不得把两只眼睛甩出窗外，目送宝贝女儿骑车安全过了马路，向昌瑞大学的方向疾驰而去。

舒娜回到学校已经快七点半了，她想着夏河一定等着自己吃晚饭，于是直接骑车向男生楼冲去。果然，门房大爷一呼叫，夏河的确在宿舍里傻等呢。在自己的小说里，夏河终于一吐为快，把自己的心声一股脑全部倾诉给了舒娜，如释重负。但内心里讲，夏河始终认为自己骨子里的确有优柔寡断的一面，尤其是对于爱情的处理，拿不起，放不下，伸出去，抽回来，不像个大丈夫。好在感情最终有一个圆满的交代。下一步，就好好按照《山谷里的回忆》那样设计自己人生吧，去闯荡，去做个北漂，去一步步实现自己的梦想。夏河特别喜欢首都，在那里，他可以每天看到十里长安街，看到天安门，看到天安门城楼上的伟人巨幅照。看到每年“两会”，全国名流政要云集北京，年轻的记者们扛着相机汗流浃背地奔跑、拍照、采访，大声地对着镜头说：“我在这里，我在现场！”他仿佛也看到那里就有自己的身影。突然，一个激灵，思想重新拉回到现实，他同时想到了舒娜。临毕业了，这个令她神魂颠倒的女神会和自己一起走吗？夏河心里不禁咯噔一下，陷入了短暂的沉思当中。就在这时，电话铃响了，舒娜找他，他每一根神经重又恢复了激情，“一日不见，就想的不行，爱情这东西真是见了鬼了！”夏河一边喃喃自语，一边风风火火冲下楼去。

夏河和舒娜刚接上头，就碰到云瑛从外边回来。夏河早已和她不陌生了，他冲着云瑛打招呼：“嗨！小云，吃了饭没有，一起去吧？”让云瑛一下觉得没有冷落了自己，反倒很暖心。她想，舒娜这鬼家伙儿的眼光就是毒辣啊，夏河的确很朴实、大方，很男人味儿，让人踏实。要是自己也能找到这样一位心仪的男生多好啊！说完，自己也有点害羞了。“今天就算了，先记在应收账款上，到时候一起清算！”云瑛说完冲着舒娜挤了一下眼，耳语道：“今晚，搞定他！”舒娜听罢拎包就砸向闺蜜，吓得云瑛一边躲闪一边坏笑着退回到宿舍楼里去。

夏河带着舒娜向星级酒店蓝琪儿大酒店方向走去，舒娜一把拉住他：“我们还是换一家吧，等你发达了再请我到那儿。”夏河说：“不，为了请你，我可是攒了一个世纪稿费没舍得花，我可葛朗台着呢，别过了这村没这店咯！”说完后刻意又压低嗓门对舒娜说：“咋样女神，算是我对你这些年的补偿吧？”舒娜一撇嘴道：“本小姐很好养活，不用你补偿，留着你娶媳妇儿用吧。对了，咱还是去旁边那个齐鲁饭店吧，那里有你家乡的味道！”她的话让夏河又想起大一的那个晚上，不禁也乐了，连忙答应：“好，好，家乡味！家乡味！”

齐鲁酒店里，夏河忍不住东瞅瞅西瞧瞧，真的有点想家了。酒店内灰瓦、白墙、红柱、飞檐斗拱，古色古香，虽然有点家乡的风格，但服务员涂脂抹粉，操着一口半生不熟的普通话，毫无礼貌，全然没有一点儿瓮声瓮气的热情乡音，让他失落。突然间他开始想起妹妹小青了，小青就像一根小白葱，淳朴善良、天然美质，浑身上下透着齐鲁的味道，要是小青在这里当服务员就好了。低头再看菜品，到处是昂贵的海鲜，记忆中的鲁菜应该是卷饼大葱、糖醋鲤鱼，怎么几乎全变成海参鲍鱼了呢？夏河来自农村，对城里的美食的确是孤陋寡闻了，他只知道家乡从二十世纪九十年代开始发生了翻天覆地的变化，却不知道，这饮食潮流也是跟着经济走的，蓝色经济带拉动了家乡经济，福山菜自然也成了鲁菜的主流。

舒娜真的就点了大葱卷饼。夏河先点了糖醋鲤鱼，正要点其他菜时，让舒娜拦住了，她真的要替他省钱，夏河感激地笑笑，恢复了男人的慷慨本性，不容商量又点了两道菜，一个是鱼香螃蟹，一个是八宝辣酱，最后还要了一瓶红酒。尤其是红酒，舒娜并没有反对，她想："由着他吧，乱乱性也好，这家伙差点儿就错过了一段人世间最美满的姻缘、一位绝世大美女，也该用酒来庆祝一下子了！"两个人边吃边聊，聊到兴奋处还不时碰几下杯，好似一对久别重逢的老情人。

入夜，两人回到校园，手挽手走到寸草厅。舒娜很自然地斜靠在红木柱旁，两手环绕着夏河的腰，葡萄美酒让她的面颊红红的，明眸善睐、满眼温柔地看着心上人。夏河也低头紧紧拥着她。酒壮怂人胆，夏河学着电影里的动作，将胡子斜着再次扎向舒娜的嘴唇，却一不小心扎到了舒娜的鼻孔，疼得舒娜赶紧用自己的双手抱住夏河的脑袋，引导他找到正确的位置，顿时一股蓬勃而肿胀的暖流从夏河的嘴唇直接向下方传递，让夏河发自肺腑地感到恋爱的奇妙，女人真的就是男人最为痴迷的尤物，一点儿不假！

吻到几近窒息时，舒娜打了一下夏河，夏河这才收回贪婪的嘴巴，但腰却被舒娜搂得更紧了。这时，阅览室的一簇灯光打在柱子上，露出涂鸦的一行英文，舒娜看见了，是“Forget me not”，她用小手堵住“not”这个单词，让夏河猜猜这句话什么意思，夏河故意眯缝着眼，摇头晃脑地边看边吟诗作答：

有一朵美丽的花朵，开在草原上，目似穹庐，笼盖四野，俘虏我心。她的嘱咐很多，可我只记住了一句话：勿忘我！

勿忘我啊，勿忘我，谁忘了我，我又忘了谁？

听完，舒娜思忖道：“哦，怎么这首诗这么耳熟，好像是哪一位女作家的吧？”夏河捂嘴笑道：“哈哈，听出来了，被我窜改啦！”惹得舒娜娇嗔地直打他，骂他讨厌，说他骗人，谜底一下子就被他猜了出来，真没趣！俩人追打着绕着昌瑞大学的校园疯跑。

一会儿，舒娜想起那首《梦的眼睛》。她告诉夏河，很喜欢这首诗，但就是觉得有点过于伤感了，以至于不敢面对。夏河长吁一口气道：“是啊，那是因为主人公太爱小娜了，所以才如此虐心。”舒娜听罢，把夏河抱得更紧了，她不敢多想，唯恐美好的夜晚稍纵即逝。

第六章　女神

象牙塔里的恋爱更应该是精神和灵魂层次的恋爱，而不应该是身体的、居家的恋爱，如果踏错了节奏，结局很可能是劳燕分飞，伤痛不已。

夏河要去天子脚下参加一年一度的人才招聘会了。这个小本科真的不知天高地厚。大北京、皇城根下，有多少优秀的人才梦想着落脚栖息。全国人民都知道，首都北京就只有这一个，所有的优势资源全都向这个地方集中。千百年来，天朝的知识分子都想在首都实现修身、齐家、治国、平天下的梦想，扬名立万谈何容易。夏河是一个孤傲的战士，他书架上的每一本书的扉页部分都写着同样一句励志名言：王侯将相，宁有种乎？真是有点儿陈胜吴广不服输的劲儿。即便想到了竞争会异常激烈，但夏河自认为自己有优势，一是内心存着一份对北京无比向往的狂野心以及自己永不言败的斗志；二是他在全国的报刊杂志发表过十几篇诗歌和散文，有一定的文字优势。此外，夏河有个独特的观点支撑着自己去北京闯荡。他认为，拿破仑的那句名言说得好，中国就是一头睡狮，一旦醒来，世界会为之震动。这北京就是那只睡狮的心脏，只有它的心脏搏动了，整个中国才能迅速恢复元气，苏醒、屹立。因此，选择做北漂，没错！

夏河走后，舒娜也趁机理了一下个人心绪。她首先想到了毕业后要去哪里落脚，当然，离他越近越好。但夏河的工作目前还没有着落，她深深地为他感到担心，毕竟，首都北京不是谁去都能去混出个人样儿的地方。对于她而言，让她感到踏实的是自己身后背靠着一座大山，那是她的父母。谁都不想在这个尘世里当甘拜下风的弱者，大家都希望在人生的每一次爬坡或跌跤时有人出来拉一把、扶一下，这样前进中会更稳、更快、更少搏命一些，尤其是女孩子。很幸运，舒娜有这个条件，父母大小也是官员，在燕北具有一定的人脉优势。舒娜想，夏河到北京经受一点磨难也好，倘若他在首都求职碰了一鼻子灰，如果愿意留在燕北，她的父母不会坐视不管，一定会尽全力帮忙。至于那个孔孟之乡，再好她也不想让他回去了，她听说那个地方中华礼仪保持完好，但对女子的约束，比如逢年过节家宴不能上主桌等，让她感到很不愉快。

丁零零，舒娜家的电话响了，是小佳打来的电话，“舒蛋儿，赵官君同志升官了，他说今晚要给大家搞个一条龙服务，特意让我通知大家。对了，还说有礼物相送，怎么样，有兴趣吗？”“吃上喝上还拿上，这不鬼子进村吗？倒是挺有意思的哦！”舒娜心想，她说：“这家伙没有诚意吧，他怎么不亲自给我打电话呢？”小佳说：“我想，我想大概是他心里胆怯、有鬼吧？信不，估计他要追你哎。”舒娜笑道：“佳佳，开什么玩笑呢，要追他能等到这会儿？过去二十多年他死哪儿去了？！”

毕竟算是一块玩儿大的死党，舒娜不能驳了赵官君的面子，何况人家进步了，祝贺一下也是对的。

原来，赵官君是两个月前被任命为团市委的办公室主任，离乌纱帽更近了一步。大家这么给面子，尤其是心中的女神舒娜能来，赵官君自然是要多饮几杯。餐前，他果真给每一个人备了一份小礼物，有香水、也有香烟，唯独给舒娜的礼物最有品位：一套精装的海涅诗选。这个礼物出乎大家预料（只有赵官君和猴子心里清楚得很），让舒娜眼前一亮，“嗬！还是官君同志比较靠谱，死猴子的记性被狗吃了吧？说了多少回让你替我在北京王府井书店买一套，总是记不住。”如此，乐得赵官君眉飞色舞起来，猴子却急得直咬牙，赵官君一边笑一边偷偷用手拍拍猴子的肩，于是猴子也破涕为笑，这俩人藏着多少心机啊，如此令人忍俊不禁，男人要是不耍点“手段”，又有几人能俘获得了美人的心呢？

一条龙的第一个环节完毕，酒足饭饱。赵官君提议请大家去上次去的那个酒吧乐和一下，舒娜同意，于是大家就都鼓掌表示同意。

在 1180 酒吧，尤其在酒精的刺激下，舒娜更加感到了灵魂飘逸。舞曲响起来后，场上的红男绿女各自找着自己的舞伴儿，大家心照不宣，把舒娜留给了垂涎三尺的赵官君。搂着美人，今晚的赵官君想法渐渐多了起来，他也和当年醉过的舒娜一样，迷失在了百花深处，叫魂魂也不归。事业上，赵官君深得领导赏识，自己也正在按照父母亲给自己设计的规划图，一步步攀向仕途的高处；生活中，朋友圈里越来越多人看好他，还有众多美女向他示好。不用说别的，就大伙儿最朴实的一句话“当官可别忘了我”，就让赵官君颇有几分成就感。这些年，他一步步谨小慎微地为领导服务，不仅受到了领导的特殊关照，一些社会资源也顺其自然地被他享有：下班有人邀请，请客有人埋单，喝醉有车送，临走还有礼品相赠，就连吹牛都有人点赞，人生好不惬意！

对于一般的女孩儿，赵官君还真是看不上，他喜欢那种越挫越勇的征服感，而舒娜无论长相、性格、文化程度还有出身，哪一方面都比他有优越性。赵官君受其父母影响深刻，灵魂深处悄悄埋下一颗征服的种子，他发誓，待到成功之日，一定要把大院里二号首长的千金舒娜娶到手，给院子里苦憋了一辈子的父母争口气。

赵官君飘忽忽地搂着舒娜的小蛮腰，此刻，酒精壮着他的胆，肥肥的，和他征服的欲望一起膨胀着。因为酒喝得太多的缘故，看人都成了两个影子，更何况要看着心上人，眼睛不眯成一条线也难，给人感觉色眯眯的。赵官君此刻突然想起利利传授给他的经验，当年利利就是在酒后大胆地追女友，用赵官君的话说是“耍流氓”，对着女朋友说了一万句“I love you”，送了一万朵玫瑰花，最终获得了女友的芳心。当赵官君打算也趁着酒劲耍一回时，酒吧顶上一阵凉飕飕的空调风像一把利刃割向他的脑门，让他不由打了一个激灵。赵官君醒悟了，他想到，追女孩子应当和当官从政一个道理，不能急躁，要不温不火，待条件成熟之时再亮剑，那时效果最佳。而且，女神舒娜和别的女孩子不大一样，不能强攻，只能智取，否则会砸锅。想到这些，他儒雅地把酒气熏熏的口腔偏离舒娜，关心地对她说："我的大小姐，累了吧，要不到场外先休息一会儿？"这话听起来还真是很贴心。舒娜不由得想，夏河进了社会后应该再稍微雕琢一下，具备一些赵官君那样的交际手段，也许会更有利于在这个偏重人情世故的世界上生存。不过转念又一想，夏河可贵就可贵在与社会上的这些人不一样，他朴实、清高、务实，站在灵魂的高处，如此才最终打动了自己。夏河这种有个性又不谙世事的人，很容易被人嫉妒甚至替人背黑锅，且夏河是个农村娃，朴实、憨厚、本分，有些特质与今天这个物欲横流的功利社会格格不入，想到这儿，舒娜的母性和本能的护犊子意识澎湃了上来，她想好了，一定要好好保护他，守好他们的爱情！

回到家，舒娜像往常一样关上顶灯，打开朦胧的壁灯，慢慢欣赏卸了妆后的自己。自从扑通一声掉进爱河，再经心爱的人抚摸，她的皮肤更有光泽、更细腻了，自己也有些飘飘然地更加自恋。她想，如果自己是黑夜女神，那么谁又是厄瑞波斯呢？一定是夏河吗？还是同样费尽心思苦苦追求自己的赵官君？随后，自己不由得也扑哧一声笑了，希腊的众神太乱太复杂了，还是睡吧。梦里，她要一心为亲爱的夏河祈祷，但愿他能出师顺利。

经历半个月的煎熬后，夏河从首都打来电话说他已经和系里领导请好了假，要到首都一家传媒公司网站实习一个月左右，边实习边看看有没有更好的就业机会，让舒娜从系里给他开个证明。舒娜有些失落，本以为他会很快回来，但也同时为夏河感到高兴，她心想，夏河是个男子汉，还是先闯闯吧，兴许有好处。

今天，舒娜就要去学校办两件事，一件是从系里开个证明寄过去，另一件是替夏河好好校校稿子。她的直觉告诉她，夏河的那本《山谷里的回忆》也许是一本好书，早点改完投出去，可能对夏河的求职有帮助。想到这儿，她加快了车速，飞快地向学校奔去。

说舒娜与众不同，果不其然。别的处在热恋中的女生，会将男朋友的脏衣服拿回宿舍使劲洗、使劲闻，有时候还会趁宿舍管理员不注意偷偷地用小电炉给男朋友炒个小菜，像过小日子一样。而舒娜做不到，她始终认为，象牙塔里的恋爱更应该是精神和灵魂层次的恋爱，而不应该是身体的、居家的恋爱，如果踏错了节奏，结局很可能是劳燕分飞，伤痛不已。舒娜像极了她的妈妈唐晓萍，自己看对的男人，一定要用自己特有的方式争取到，而绝不轻易乱了心智。

就在舒娜安静地坐在图书馆校稿时，沈丹突然找上门来，说有一位自称是她哥哥的人在宿舍楼下等她。舒娜很纳闷，哥哥？这世上只有一个叫张国荣的“哥哥”，但他已经走了，这是从哪块儿石头里蹦出来的妖孽？她就问沈丹这个“哥哥”长啥模样，沈丹想了一下“个子高，皮肤好，精干帅气有礼貌！”舒娜听完不由地笑了：“你这还挺押韵，念诗了吧？看来真是想你家那位姓高的白马王子了，描绘得如此细腻，有那么好吗？”沈丹笑道：“唉，命苦啊，本姑娘这辈子只能在高俊一棵老树上吊死了，不像某些人，哥哥这么多……”话音刚落，舒娜就扑上去撕她，惹得路过的师弟师妹们直摇头。

舒娜和沈丹匆匆回来时，赵官君正在宿舍楼下的报刊亭看当天的报纸。这是一位很有上进心的青年，他比舒娜大三岁、早毕业三年，虽然只是专科学历，但读书看报兴趣一点儿不比夏河、舒娜们逊色。当然赵官君更喜欢看伟人传记和官样文章。他尤其酷爱看燕北日报的头版省领导讲话，从那里一点点地捕捉信息、寻找灵感，有时候竟能够看得如痴如醉，真是天生干政治的种，令人钦佩。赵官君眼里，工作汇报、领导讲话等官样文章看似乏味、刻板，类似八股文，但精练、重点分明、思想性强。在他眼里，那一篇篇精彩的讲话稿就如同基督徒心中的圣经，充满无限魅力。写材料是机关干部必备的一项能力，一般来说，能写一手好材料，被提拔的概率要相对大一些。官场里的人，一般情况下不会对别人起草的材料说三道四，即便是竞争对手，他们也会仔细阅读、认真研究，取人之长、补己之短，在这一点上“文人相轻”的特征不太明显。反倒是一些文学作品，刚刚面世就可能遭到同行的口诛笔伐，比如莫言先生的《丰乳肥臀》刚发表的时候，有的人甚至读都没有仔细读，仅凭题目就批评先生的文章又黄又毒，殊不知，这是一部很有深度的小说，借助人性的描写，讴歌了大地、讴歌了生命、讴歌了母亲。

赵官君看《燕北日报》上领导讲话看得入了迷，最终还是舒娜打断了他。沈丹的任务算完成了，她一边上楼一边在心里嘀咕："这个人眼睛虽然滴溜溜打转，给人奸猾世故的感觉，但昂扬、精干、有气场，倒也能配得上舒娜。这鬼丫头，到底是有魅力，连追求的人都个个这么优秀。"

"咦，大忙人，怎么有时间来我校观光？"赵官君回头一看是舒娜，叹了口气道："嗨，官场上的事，瞬息万变，现在不比从前那么忙了。这样吧舒娜，可否陪我逛逛你们校园，咱们边逛边聊？这么多年我每次都是路过这里，还没有真正进来过呢，你给我当向导吧！"赵官君提出这么高雅的要求，舒娜自然答应。两人沿着校园走，边走舒娜边给他介绍昌瑞大学："这里有三大堂，想必你早有耳闻"；"这是我们的图书馆，藏书西部高校第一"；"这是逸夫楼，邵逸夫先生前几年捐资兴建的"。舒娜讲得动情，赵官君也听得很认真，不时插话进来，俩人有说有笑。不知不觉中走到了寸草厅，舒娜停顿了一下，不知该如何向赵官君介绍，嘴里突然冒出一句无厘头的话："这是个让人丢魂的地方。"然后就突然很想很想夏河，想念他的笑以及淡淡的汗酸味道，想着若是此时有一部手机联系一下就好了。索性，她也不再给赵官君介绍下去了，就带着赵官君匆匆离开这里。赵官君反应有些迟钝，"什么丢魂？有人在这里上过吊？"舒娜被他的天真彻底逗乐了，干脆顺着他的话说："嗯，是呢，是呢，失恋了，上吊了，丢魂了，哈哈！"赵官君呆萌萌地"哦"了一声，懵懵懂懂地跟着舒娜离开了寸草厅。

舒娜于是趁机岔开话题，她问赵官君："赵大主任，我还没问你呢？怎么不比从前忙碌了，讲讲呗？"赵官君于是侃侃而谈……

原来，赵官君服务的团市委张书记刚刚被市里任命为全市生产总值最低的一个城郊区的区长。临走前，他对自己的爱秘说，自己这个官职不大不小，又是个二把手，所以不方便带赵官君走了。但凭借赵官君的聪明能干劲儿，也许两人今后还会有交集。张书记还特意为赵官君设计了一条很好的事业发展路径。书记认为，从基层一步一步往上爬，没有一定的身份背景和过人本领，难度极大。但如果换一种打法，从上往下发展，不失为仕途上的一着妙棋。张书记和省委组织部刘副部长是大学同学，交情甚好。恰逢最近从中央任命一位姓何的组织部长到燕北，何部长博士学位，年轻有为，既有中央部委经历，又有沿海历练经验，文字水平亦很高，一般的材料很难过何部长的眼，害得分管研究室以及办公室工作的刘副部长事必躬亲地加班改材料。组织部非常需要一位文笔好且有基层工作经验的同志充实到队伍中来。听了老同学诉苦，张书记正好想到了自己的秘书赵官君，赵官君对文字工作非常热衷，又能很好地领会领导的讲话意图，所以应该是一个不错的人选。张书记最满意赵官君的地方还有两点，一是忠诚，二是细心。每次下基层调研，当他中午回到房间休息，这赵官君总是搬上一把小椅子坐在自己房间的门口打盹儿，随时等候书记吩咐。只要书记一招呼，赵官君总是精神百倍地一声“到！”立刻就冲进了领导房间，让书记很舒服，很放心。对于赵官君来说，也许一时弄不懂张书记的意图，以为就这样离开了书记的视野，但实际上姜还是老的辣，张书记这样安排一方面帮助了赵官君，一方面也给自己在省委和省委组织部门安插了一个得力的眼线。多年后，赵官君发展成为市里最年轻的一位副市长后，他最最感激的就是他的张书记，是他将自己扶上了人生的旅程。

从热热闹闹、车水马龙的基层到了清水衙门的研究室，赵官君多少有点不适应。省委组织部管理干部的那些处室每天都高朋满座、门庭若市，但研究室在十几个职能部门里绝对是清水衙门。其实，最好的单位也有最差的工种，能否进步，不在于是否“清”，更在于后天的经营。有的人在肥得流油的部门干了一辈子，也许临退休最多混个科级、处级，有的人虽然一开始在清水衙门，但也许通过后天的机遇和努力，能混成厅局级甚至更大的官。艺术上讲“心有多大，舞台就有多大”，其实也很适合官场，心大点，心态平衡点，耐心多一点，切切实实沉下身子把事情做好，咸鱼迟早都能翻身。

赵官君一时感觉自己离开了权力中心，没有了基层同志的前呼后拥，但实际上是幸运地走进了另一个更大的权力中心。很快，经过两周的适应后，他发现自己也许来对了地方。研究室其实是个大宝库，可惜被很多人忽视。新来的部长很重视材料，偏偏在这个时候，部里近二十个部门及附属单位中，研究室率先打破惯例，变调训为借调，从全省借调了三位同志充实到研究室。组织部有调训的惯例，调训一次时间一般是一个月，绝不延长，到时间就得回去，不容商量。而借调，意义就不一样了，可长可短，可留可不留，一切视被借调者表现和用人单位需求而定。赵官君发现了此处的不同，于是把自己的文字功底、基层经验和勤奋刻苦的劲儿淋漓尽致地发挥了出来，经过短短几周时间就上了道。他的一篇《在推动我省非公经济发展中积极发挥组织部门的作用》深得领导肯定，何部长在部务会上还特意向刘副部长问询了起草者的名字，给研究室争了一口气，让赵官君自己也很是得意。但得意的同时，赵官君很快发现研究室副主任和几位老秘书脸上显露出了一丝不悦。赵官君没有怠慢，当晚就鼓动着研究室主持工作的吕副主任，把研究室所有同志招呼上，到青伊市一家很上档次的酒店狠狠招待了一顿。他工作很到位，这是他的长处。他让自己一直关照的一位做私企的同学袁大军找了两辆车接送领导和同志们，顺便还为每一位同志准备了一份野味带回家。吃完饭、唱完歌，赵官君还亲自把大家送回家。酒到酣时，情到深处，众兄弟把肩膀拍得啪啪作响，鼓励赵官君好好干，有了事儿没的说，大家一定鼎力相助！还是吕主任的话比较靠谱，不像是在吹牛皮，他悄悄对赵官君透漏了一个重大信息：“很快部务会要研究调入人选了，有刘部长和我替你说话，问题不大！”

赵官君的官场故事听得舒娜眼睛睁得大大的，让她感到既新奇、震撼，又觉得错综复杂，甚至是有一丝恐惧。这些机关里发生的平常事，她父母从来没有对她讲过，也许是因为父母不想让这些“机关玄学”过早地影响到孩子的成长。也许是他们压根儿就不打算让宝贝女儿去吃仕途这碗饭。世界很大，而官场更复杂，没有人去手把手教你怎么去做，唯有跌倒、爬起，再跌倒、再爬起，一次次经历，反复揣摩才能领悟其中的奥秘。

坦率地讲，舒娜这一代干部子女，家境优越，但有很多人对政治不太敏感，仕途观念比较淡薄。这些官二代，越来越脱离了父母所设计的轨道，开始过自己想要的生活，不一定继续走“学而优则仕”的道路，这其实是一种人性的解放和社会的进步。

舒娜由此也想到了夏河。凭着自己对夏河的了解，她认为他也许适合机关的某个岗位，但从发展来看绝不会像赵官君一样能在官场里做到风生水起。夏河更应该是一位好教师、好作家抑或是一名好记者。到底夏河走向社会后会是个什么样子舒娜不敢多想，但从赵官君的经历来看，舒娜内心还是接受了官场复杂、薄情而残忍的一面。舒娜一边送赵官君出校门，一边心里默默地念着：“快快回来吧，我的夏河，此时的你，是不是正在那个硝烟弥漫的战场厮杀并经历磨难呢？倘若你受了委屈，就回燕北吧，草原人民的胸襟是博大的，他们会伸出热情的双手接纳你！”

音乐铃声响起，赵官君兜里闪着蓝色的光芒，原来是最新潮的手机，赵官君紧张地看了一下，对舒娜说：“哦，部里的电话！”“喂，吕处好，请指示，哦……哦 ……好的好的，我马上回去。”挂了电话，赵官君和舒娜匆匆告别。

回单位的路上，赵官君心里变得非常舒坦，他终于向心仪多年的女神倾诉了人生中的喜怒哀乐，也慢慢走近了女神的生活。他真想大着胆子向舒娜表白，但看着她那份静谧的样子，即使是魔鬼也不忍心下手。不过他想，这回到了清水衙门，可以有时间时不时地溜出来看望舒娜了。“加油吧，官君！”赵官君用足球明星获胜后常用的握拳动作给自己鼓劲儿，踌躇满志地向省委组织部那个给他辉煌的事业打下第二次基础的地方大踏步走去。

第七章　北漂

北京就是这么一个特殊的地方，爱它有千万种理由，恨它亦有千万种理由，爱它、恨它、守它、离它，它都沉默不语，数百年来的优势始终就在那里，但只要一息尚存，努力奋斗，希望总比失望要大。

二十一世纪初，女孩子们给男朋友们织毛衣的时代快要结束了，昌瑞大学里，沈丹正在含辛茹苦却又笨手笨脚地给高俊织毛衣。“这是世界上最后一片温暖，一个时代结束了，再也找不回来！”舒娜在心里发着感慨。她自己不会织毛衣，但她很想送男友一件类似的礼物，送什么呢？她想想，不禁想到了赵官君手里那部高档手机。“对，就送手机给他！”舒娜有些坐不住了。身边越来越多的毕业生开始使用上不同花样的手机，他俩已经算落后了，得赶紧买。她想，给夏河和自己各配一部好手机吧，如果夏河有了手机，他找起工作可能效率会更高些。当然，舒娜想，只要她什么时候想他，或者想和他说话，他就会随叫随到，方便快捷。

想到就做！舒娜回到家就把自己的私房钱从罐子里、书本里、影集里统统翻了出来，还拿出教育储蓄存款，加起来，居然好几千呢，她自嘲活了二十一年，居然混成了小富婆。抄起包，舒娜就骑车朝小佳家走去。小佳上班早，是燕北第一批手机拥有者，知道怎么去挑手机。最终，两部手机几乎花掉了她所有积蓄，办完卡后，舒娜和佳佳隔着三米远通了话，“呃，真不错，比爸妈的手机通话质量好多了。”舒娜心想：“这回我要给夏河一个大大的惊喜了！”佳佳有点疑惑地问：“你这是发财了吧，怎么一买就买俩啊？”舒娜幽默地告诉她：“这不算啥，等咱有了钱，汽车买两辆，前头跑一个，后头跑一个，俺在中间跑！”俩女孩嘻嘻哈哈走出数码大厦，然后告别。

夏河去北京有段时间了，舒娜心想，这家伙心好大啊，居然没给她打过几个电话，也许是他心情不好吧，不过好在他留了一个临时办公场所的电话。舒娜想，怎么才能把手机尽快给夏河呢？捎过去和寄过去都不妥，最好还是夏河自己回来拿吧。舒娜提着两部手机就回到了家。进家后，她抄起电话先打给宿舍的小姐妹，告诉她们今后学校有事可以直接给自己打手机。拨通电话后，是云瑛接的，云瑛在高兴之余也告诉舒娜一个不太好的消息：沈丹生病了，烧了一整天。舒娜放下电话，把家里所有的水果一股脑打包就向学校冲去。

521宿舍这四个小姐妹关系相处得非常融洽，都来自家境相对殷实的干部家庭，教育背景、生活环境、志趣爱好都大致相近，就连钢琴都不约而同弹到了七级水平，后因中学学业加重戛然而止。总之，大大咧咧又不失温文尔雅是这几位女生的共性，女人帮里难得和谐的小团体。形容人和人关系密切，男人们之间用“哥们儿”，女人们之间则用“姐们儿”，但很快，随着互联网的发展，一些新兴词汇开始在网络中流行，进而又流行到生活当中。哥们儿姐们儿已然不能恰如其分地表现出关系之好、之铁，于是“闺蜜”“男闺蜜”便应运而生，一统江湖。一些类似闺蜜的网络词汇和语言也应运而生，比如斑竹、粉丝、博客等等，令老作家们大呼不解，感觉自己真的是“out”了！正如鲁迅先生所讲：“世上本没有路，走的人多了就有了路。”网络词语也如此，“世上本没有这些词汇，用的人多了就有了”。

舒娜到了宿舍后，姐妹们已经围成一圈儿照顾沈丹，圈中央有个矮个子男生，正在用湿毛巾给沈丹擦额头，舒娜认得，他就是沈丹的男朋友高俊。高俊是江南大学的高材生，虽然个子矮，其貌不扬，但爱情有时候和人的相貌是弱相关的。高俊天天没事干就喜欢把一个千度左右的镜片不厌其烦地擦啊擦，但天赋极高却不能否认，这家伙儿圆周率能背到小数点后两万位数，因此美女沈丹就是爱定了他，爱得眼睛里滴血。此刻，高俊深情地看着沈丹而沈丹亦含情脉脉地看着自己的情郎，嘴角不时和着收音机微微翕动，唱着那首脍炙校园的《生如夏花》。

看着沈丹在高俊的照顾下体温迅速从四十度退回到三十六度五，舒娜不禁唏嘘：“啧啧，爱情真是个神奇的东西，不仅让人升温，居然还有降温的功能。”舒娜一边感叹，一边想起夏河，眼神僵住了，开始直勾勾地盯着高俊，让一旁绰号为“蓉儿”的调皮鬼老四贾蓉发现了端倪，她冷不丁地将舒娜往高俊的身旁推了一下，吓得舒娜魂飞魄散，满脸涨红，逗得躺在床上的沈丹也忍不住笑了起来。舒娜不好意思地看了一眼高俊，然后转回头飞快地一个“九阴白骨爪”向贾蓉的胸口抓去，吓得“蓉儿”直往后退，边退边喊：“妈呀，夏河救我，夏河救我，你家舒娜也发病啦！”

说者无心，听者有意。舒娜不禁想，要是她生病了，夏河会二话不说丢下北京的工作回来看她吗？

首都北京，天气比华北大部分城市都早一点热起来，不仅是温度，还有从全国各地来此寻梦的北漂族心中的狂热度。一到地方，夏河就住进了山东老乡租住的地下室。地下室潮味、馊味、裤头上永远也洗不干净的荷尔蒙味儿以及夏河老乡身上那浓浓的大葱卷饼味一齐向夏河袭来。以上味道也算好，这里是“臭男人”的世界，垃圾篓底部粘着发了霉的鱼刺、烂果皮、烟灰和烟头，它们积了足有几十厘米厚，比厕所里的手纸篓干净不到哪儿去，散发着令人窒息的酸臭味道，这让早已习惯了草原清新味道的夏河真有些猝不及防。“地上一个北京，地下一个北京；地上光鲜亮丽，地下阴暗潮湿。”夏河情不自禁地作起打油诗来。夏河将昌瑞大学准备好的简历揣好，抄起首都地图，像孙猴子一样一个筋斗云就迫切地翻到了光鲜亮丽的地面上。看着川流不息的人流、车流，听着一部分精英人士从鼻孔里发出对普通人不友好的声音，夏河发誓，一定要争气，不争个馒头气也要争个窝窝气，在这里落稳脚跟。他甚至都想好了自己的另一个笔名，叫“北京青春”，代表他要在这大北京实现自己的青春梦。

夏河认为，人生绝不能打无准备之仗，纵使才华横溢，但不善于包装、宣传、展示自己，也只能闷在茫茫人海中不为人知，理想也最终会化为泡影、支离破碎、悄无声息。因此，他带了一箱子资料，除了精美的求职简历，还有自己在校期间的各种获奖证书以及聊以慰藉的文学作品，他想用实力来证明自己。

全国的人才招聘会模式大体相同，只不过北京作为首都，人才的聚集效应会更明显一些。那攒动的人头中，随便抛一块砖头出去，定能打伤一大片硕士、博士以及海归。北京的人才招聘会有三个层次，一个是市人才中心在首体、工体、农展馆等大型场所定期召开的人才招聘会，以招聘高校毕业生为主；第二个层次是高校自己组织的人才招聘会，规模也很大，主要面向高校应届毕业生；第三个层次是各区县人才中心不定期组织的人才招聘会，主要面向有工作经验的求职者，范围较广，对学历没有要求，工种也参差不齐，什么人都可以参加。

绝不打无准备之仗，夏河在参加招聘会前就做足了功课。作为昌瑞大学小有名气的文艺青年、学生干部，他早就和昌瑞大学就业指导中心的老师们打成一片，老师们向他传授了很多实战经验。老师告诉夏河，北京处于人才高地，驻京大学生在招聘会上一定是全国用人单位所瞩目的焦点，因此作为外地小本科，一定要掂量好自己的实力，哪些招聘会可去，哪些招聘会可不去，知己知彼方可百战不殆。老师告诉夏河，那些在首体、北体、工体、农展馆召开的大型人才招聘会，可去可不去，当然如果能挤进去，投完简历赶紧走，竞争者太多了，用人单位没有时间跟你磨洋工，因此成功概率小。由北京各区县组织的人才招聘会虽然很频繁，但针对的是企业应急所需的有工作经验者，比如保安、收银员、会计、家政服务等等，这个地方也就不要去了。重点参加的应该是由北京各大学组织的人才招聘会。大学组织的人才招聘会，也要分个重点。夏河作为财经写作专业的毕业生，一定要避开北大、清华等名牌高校，来这些学校招聘学生的大都是大众、西门子、德勤、联想等国内外知名企业，而且极有可能来校园招聘的代表就出自这些高校，怀旧情结浓重，外地学生胜算不大。夏河应该选择和昌瑞大学实力差不多的学校组织的人才招聘会，且最好不是财经类而是综合类，也许凭借夏河在报刊杂志发表的一些作品，有可能在相对不太激烈的竞争中脱颖而出。另外，老师还告诉夏河，应聘者留给用人单位的第一印象很重要，用人单位往往并不看重学生们手中精美包装的厚重简历，他们在收集简历的同时会和应聘者有一个简单的沟通，若应聘者形象、气质、谈吐出众，他们就会在简历上着重留个标记，回去后再好好研究。因此，求职者整齐干净的穿着、自信精干的精神状态和稳重利落的谈吐往往会给用人单位留下良好印象，否则，各方面优势不明显又不注重形象细节的人，势必会将自己淹没在汹涌的人才洪流中。

夏河照着老师们的传授去做了，他去了几个市属综合类普通高校组织的人才招聘会，果然成功找到几家心仪的单位。偷偷瞥了一眼，有几家单位真的是在自己的简历上面着重画了一个勾。参加完几场招聘会后，夏河觉得很累很累，不是身体累而是心累。一方面，夏河在这里感受到了人才竞争和就业的压力，这里如同战场，到处弥漫着硝烟味道。另一方面他从山东老乡的境遇上，感同身受了北漂一族的艰难。他的那些老乡，由于人口众多、竞争激烈等地域原因，很大一部分人在高考的独木桥上闯不过去，最后只能默默地接受了现实。确切地讲，最终是首都给了他们就业和生存的希望。尽管每天干得很累很累，一回到地下室闷头便睡，但第二天，他们又照旧精神抖擞地去挤地铁、挤公交，赶往打工、上班的地点。北京就是这么一个特殊的地方，爱它有千万种理由，恨它亦有千万种理由，爱它、恨它、守它、离它，它都沉默不语，数百年来的优势始终就在那里，但只要一息尚存，努力奋斗，希望总比失望要大。夏河虽然为老乡感到忧虑和悲伤，但对于自己，内心还是相当乐观的，他始终坚信自己的实力，他甚至在想，即使找不到合适的工作，大不了就做一个纯粹的专业作家，这本是自己的一个梦想。

躺在阴暗潮湿的地下室，夏河还想起了舒娜，这个善良美丽的姑娘，正在遥远的草原等着自己，而自己因为出师不利，找不到兴奋点，很少给她打电话，只能把思念压抑在心里。他知道，她之所以等待了许久才和他一同踏进爱河，很大原因是对自己的期待，因为“寂寞是因为有所期待”这句话出自舒娜之口，是她的座右铭。她还对他说：“感情不是要选择更好的，而是要选择更适合自己的。”夏河为舒娜的一句座右铭和一句话所感动，想不到一个官宦家庭的小女子竟然会有如此高的觉悟和境界。基于此，夏河发誓要对得起舒娜的期待，在北京找到一个好工作，干出一番伟大的事业来，抱得江山和美人归。此外，他也想多挣些钱给老家的养父母，让养父母在家乡感到骄傲，让小青他们能过得舒心。想到小青，夏河突然像被电击了一样，他想到了，如果舒娜也像小青那样将来不和自己在一个地方工作，天各一方，那么爱情的结局又是什么呢？他不敢往下多想了，感叹了一声便和衣睡下。梦中，舒娜在敲着门，可自己却始终醒不过来，泪水从眼睛里渗了出来，和头上的汗水一起，将枕头打得湿湿的。

过了两天，同住的山东老乡手机响了，有家用人单位让夏河第二天联系他们，夏河激动地打去电话，原来用人单位是北京下面的一个区的住房公积金管理中心，通知夏河参加中心组织的面试。夏河欣喜若狂，特意精心准备了一番。他按照地图所指的方向来到了这个单位。一进大门，夏河简直不敢相信自己的眼睛，就是一个小小的管理中心，办公楼竟然盖得非常气派，一看就大有来头。在中心会议室里等待面试的过程中，用人单位负责人事工作的一位科长让大家不要紧张，他为了给大家减压，还和大家聊起了天儿，同时简单给大家介绍了一下用人单位。原来这是一家正规的政府事业单位，负责本区职工住房公积金的缴存、提取、使用和保值，算是名副其实的铁饭碗。面试结束后，中心特意组织了三十多名大学生参观一下这个单位，这位科长领着大家转了好几个引以为豪的地方。在办公楼顶层的月台上，科长指着旁边的一大片空地说，如果能有幸成为中心的一员，前景是非常美好的，每一位新来的大学生还有机会分到单位即将在这里兴建的一套住宅楼。他说完后，大学生们情不自禁地报以热烈的掌声，拍的手掌都疼了，似乎是提前对未来美好生活的迎接，又好似宣泄着对就业艰难的不满。

回到地下室，夏河难掩兴奋，他觉得自己在那群面试的学生当中还是比较出类拔萃的，毕竟才五比一的比例，若是在老家山东，这种单位比例很可能会达到上千比一。他想，自己是个男生且有一定的财经写作功力，应该希望很大，面试中好几个专家都频频点头，他看得很清楚。夏河的老乡们也替这个初出茅庐的小伙子感到高兴，一激动，干脆提前庆祝了一把，几瓶啤酒下肚，夏河晕晕乎乎就睡着了，这次睡得很甜，没有再做噩梦，幸福的口水流了一枕头。

说好两天以后出面试结果，但两天以后却悄无声息。又等了两天，还是没有消息，但却等来了另一家用人单位的电话，让夏河失落的心得到一丝慰藉。中国的互联网产业随着国际环境的影响和国内政策的松绑开始快速发展起来，大小网络公司开始疯狂地烧钱，即使不盈利，但已经开始提前布局。这家用人单位是中毅新闻报下属的一家新闻网站，叫中毅网，梦想是打造中国最大的新闻数字平台，因此不断招兵买马，吸引各类人才加盟。其中财经频道正在建设中，需要一些有文字功底的编辑，而夏河正是他们所需要的人才。不过此时还只有少数几家传统主流媒体开始触网，纸媒依然是江湖上的霸主，很多大学生心仪的还是报社、杂志社等传统媒体，压根看不上前途未卜的互联网，更不用说小众的互联网新闻。夏河也有这种想法，他也更愿意去报社、杂志社一显身手，不过夏河想，既然是先实习后择优录用，那就等先落下脚来再说吧。

最终，夏河也没有等来那家住房公积金管理中心的电话。他好像看到一只庆功的酒杯被打翻在地，盛满希望的美酒洒落一地，无限惆怅。“也许是自己不优秀吧！”夏河这样安慰着自己，但为什么录不录用都不给人个信儿呢？他有点不理解、不甘心，总觉得自己就是那家公积金管理中心的最佳人选。他有点较真儿了，于是就跑到那家单位去打听，正好碰到了那天负责人事的科长。科长压根没有想到这个小伙子会来，他被夏河的认真、单纯劲儿震撼了，于是就把夏河拉到单位的墙根底下透漏了一点小细节。原来，这个公积金中心的领导是一位从市直机关刚下来的新领导，年轻，有想法，很想打破中心多年以来的沉闷作风，所以头脑一热就搞了一个招聘，最后让上级单位住房管理局的领导狠狠批评了一顿，兴师动众的招聘活动也就叫停了。科长对夏河说："小伙子，这里头学问大着呢，给您解释您也未必懂。我是看您认真、人实在才告诉您。赶紧的，去别的单位试试吧，千万别错过机会喽！记住我的话，人的一生有成功就会有失败，这是上帝的精心设计，所有人都一样，慢慢来吧！"说完，科长挥挥手摇头而去，留下夏河懵懂地站在那里，似懂，又似不懂，但很感动。

"罢了罢了！"夏河最后也想明白了，既然是这么好的事业单位，哪有那么容易进去呢？就当是历练吧，也许自己真的缺乏经验，天子脚下要想立足还真得需要点真本事才行。夏河给自己鼓着劲，他想到了伏尔泰说过的一句话："不经巨大的困难，就不会有伟大的事业。"他想好了，从明天开始，好好把握实习的机会，且走且看，"加油，夏河！"夏河握着拳头给自己鼓劲。

夏河刚开始在这家网站所做的事情和他的理想一点儿也不搭边儿，每天的任务就是从中毅新闻报及各家纸媒上挖掘一些财经新闻热点，然后扒下来再转载到自己的网站上，几乎没有一点原创。当然，这家新闻网站还在逐步建设中，其背后毕竟有实力庞大的国家级纸媒中毅新闻报做后盾，前景不可小觑。夏河唯一能够锻炼的是他对国家经济发展认识上的飞跃，这对夏河是很有帮助的，没有一定的新闻嗅觉和敏锐度，即使有再好的文字功底也不会成为一名好记者。好在夏河所学的专业和经济沾边，大学里他又刻苦钻研，所以上司交办的工作很快能处理得很好，很让领导放心。但苦于新闻网初创，受限于采访权，步子还迈不开，否则夏河肯定是一位很好的财经记者。工作之余，同来的大学生们选择逛街、打牌来消磨时光，而夏河则给自己买了两本厚厚的笔记本，一本记载他在北京的工作生活经历，为以后创作积累素材；另一本，他正在搞一本厚厚的、史诗般的情书献给舒娜，他把自己闷骚型的思念每天诉说给她，他想等她看到了，她一定会理解和支持自己的。这一点，说明夏河还是非常懂浪漫，只不过，手法过于稳重、老套，性急的女孩子哪能接受得了呢？一去个把月电话很少打、信也不写，这哪是热恋中人干的事儿？

其实，夏河是个有血有肉、重情重义的真汉子，他还没有闷骚到不近情理的程度，只是内心的那份强悍的自尊心在作怪，总渴望着在成功之后再和心爱的人联系、分享。但也是巧合，他想念她并想打电话给她，却恰逢他找到了实习单位并让她帮着自己从系里开证明之时。死要面子活受罪，这或许是一种缺陷，但也是他的可贵之处，但凡苦难和忧伤，一般人都会第一时间向人诉说，让他们分担，听他们意见，以便早日从痛苦中解脱出来。但夏河不会轻易对人表达，尤其是对亲密的人，他会把它悄悄地压在心底独自消化，真可谓内心足够强大，算是修炼到一定的境界了。

这天，夏河在求助舒娜时，顺带着说了一句发自内心更深层次的话，不是“我想你”，而是“我爱你”，让舒娜感到浑身痒痒，不太习惯，埋怨他说得太肉麻。而当夏河把一首专门写给她的诗《秋风拂过荒草》念给她时，她激动得身子发抖：

> 八月的风，从大漠吹来，拂过荒草，吹过我内心的荒芜。我想起，我曾经是一棵卑微的绿草，一不小心，迷失在百花深处。可我只在，只在你那一棵花蕊中，吮吸过春天的气息。秋风，给了我狠狠一刀，于是大片大片的往事随着我的悲伤，跌落在幽深的山谷。倘要再次吹进你的心房，至少要再等一个四季。

文人有文人特有的甜言蜜语，此时的舒娜，陶醉在诗歌里，陶醉在爱河中，就算为她的心上人夏河上刀山下火海，她也能做得出来。

第八章 1180

爱情的魔力就在于它折磨人。只有经过炼狱般的考验和岁月的洗礼才会使恋爱中人执子之手与子偕老的信心、勇气更加坚定。

新世纪的大学生，学费越来越贵，但一个大学男生，只要不抽烟、不恋爱、不迎来送往，专心研究学业，还是花不了几个钱的，但也很难做到。“树欲静而风不止”，社会的风吹来，吹遍神州大地，也吹进了象牙塔。一方面，吹来了好东西，吹落了箍在人们头上多年的思想枷锁，满足了人民日益增长的物质需求和精神需求。另一方面，也吹来了一些消极的东西，一部分享乐、纵欲思想进了一些人的灵魂深处，被流俗所染。夏河觉得，一些大学既是净化灵魂的大师之所，同时也变成一部分师生浪费青春时光、一味钻营作弊的场所。每当看到这些坏风气侵蚀校园，夏河就痛心疾首，他曾在自己写的一篇《告校园的檄文》中反复强调蔡元培老先生在1917年1月4日北大就职演讲中，向诸君提出的“抱定宗旨、砥砺德行、敬爱师友”三要求，为此他在文学社刊里大声地呐喊：“看看蔡元培校长的良苦用心吧，难道我们不觉得脸红吗？”可惜真话往往淹没在人们的嘲笑与不屑中，由于这篇文章过于激进，没有被正式期刊所采用。

作为一名寻找工作的毕业生，夏河早应该购买一部手机给自己，但他没有。这是个涉世、懂事都很早的年轻人。他的大学生活很节俭，靠着学校给的补助、稿费和假期打零工收入，基本上满足了生活需求。北京求职经历让夏河感受到现代通信工具的便捷，他想买一部手机，但动辄上千元

寸草亭

还是让他下不了狠心。但他想到了已被历史淘汰的传呼机，当年父亲花了不到三百元就买了一部传呼机，还是汉显的，为此全家还虚荣了一番。想当年，一部数字传呼机也得大几百元，有钱的男同学把它挂在腰上，有事没事就故意撩开上衣，假装叉着腰，在穷鬼和女生面前大肆显摆一番，没想到短短十年过去这东西就被人们抛弃，被依然不断升级着新功能的手机所替代。他想，也许将来人们真正离不开的不是亲人而是手机。猛然间，他还想到了自己目前就业的互联网新闻网站，是不是有一天网络媒体会一举打败传统媒体呢？如果是，那网络媒体不就是一块大金库吗？想到这儿，夏河迅速在笔记上写下了今天的感悟，题目是“新旧媒体转换何时了？”写完几段自己的观点后，夏河匆匆收笔，他想要迫不及待地把这种超前的想法告诉远在燕北的舒娜，与之共勉。

丁零零，521 宿舍一阵清脆的电话铃声响起，屋里只有“蓉儿”一人。这是个名副其实的乐天派、搞怪女子。宿舍姐妹都被她捉弄过无数次，每次捉弄成功，她便用一句窜改的歌词来收场：我不是黄蓉，我是贾蓉！让小姐妹们又气又爱，拿她没辙儿。

“喂，您好，请帮我找一下舒娜好吗？”

“你谁呀？”

“我是夏河。”

“哦？下河？你咋不上山呢？”

“喂，你是贾蓉吧？哈哈。”

“嘿嘿，有眼力，是本尊，舒娜这几天闹病了，在屋里养着呢。”

“啊！啥病啊，我怎么不知道？”

“啥病？就，就是那种病呗，别问了，有心你就回来看看她吧！可了不得了！”

贾蓉真想告诉夏河舒娜害了相思病，但捉弄人的瘾又上来了，于是她还是想折腾一下夏河，她觉得这夏同学有点太不够意思，让自己的闺蜜受委屈，受“罪”。当她说完“在家呢”后，赶紧就挂了电话，让电话那头的夏河彻底懵了，以至于忘了正题，担心得要命。“不行，我得回去，这丫头再闹也不至于这么闹吧”，夏河心里嘀咕着，朝着实习单位的方向走去，他要请假，他要马上回去，自从“我爱你”那三个字说出口，世界上那个腼腆的夏河就已经消失到家乡的齐水当中，成了过去。

第二天，舒娜一进宿舍，贾蓉就扑了上来，一副可怜兮兮的样子。“完了完了，舒娜，我要摊上大事了！”“摊上大事？神神道道的，有病吧？”舒娜猜着贾蓉又要整蛊，所以不搭理她。“真的，真的，你家夏河可能要回来了！”“啊？”贾蓉于是将昨天通电话的事如实通报，彻底把舒娜也搞蒙了，没想到这小丫头开这种玩笑，不过舒娜想蓉儿也许真是为她打抱不平吧，尽管玩笑有点过头，那干脆就假戏真做，看看这夏河到底在乎不在乎她吧。当然，基于对夏河的了解，舒娜认为夏河还是很容易上当受骗的，他直率、善良的本性往往很容易轻信，何况人们都说世界上没有不急躁的初恋者。想到这些，舒娜还是笑了，她由担心他上当最终变成了内心的激动与喜悦。夏河真的要回来了，这个“负心鬼”真的要回来了，她如此镇定和喜悦反而让认为自己罪孽深重的贾蓉放下心来，静待玩笑成真。

舒娜没有回家，她飞快地跑到电脑上查阅北京到燕北的车次，一看是晚上到，她心里有了底。“来得及！”舒娜心里想，然后飞快地骑上自行车往家里赶去，家里有一堆好看的衣服正在等着她试穿。

晚上九点了，521 宿舍的四位大侠还没有睡，他们想见证“奇迹”的发生，为此，沈丹和云瑛还为明早的早点打了赌，谁赢了就替对方把早点打好放在床前喂对方。沈丹认为，夏河这么忙，不会相信蓉儿的鬼话，而云瑛认为，夏河虽然有些木讷，但爱情这东西终究逃不出老套路，热恋中的人，非常敏感，别人说什么都会信。贾蓉则在一旁忐忑不安，一个劲要求舒娜躺在床上装一下，哪怕就说感冒也行，逗得舒娜直笑她：“哈哈，关键时刻你咋变成个怂鬼了，好吧，我躺下，如果夏河真的要来的话。”

晚上九点一刻，丁零零，对讲机响了起来，除了舒娜无比镇定和期待外，大家都紧张到了嗓子眼。是门房大妈说话了：“521 舒娜，楼下有人找！”“哇”，大家惊呼，好似中国男足世界杯进了球，把宿舍能惊塌。贾蓉说：“大妈帮我看一下这人长什么样儿啊？”大妈有些不耐烦地喊：“帅哥，帅哥！”大妈可真幽默啊，把屋里的人都逗乐了。舒娜正要起身下去，被贾蓉一把摁住，她对着对讲机大喊：“大妈，舒娜生病了，您让他上来好吗？”不一会儿，一个急促的皮鞋声在五楼回荡，然后停下，轻轻叩门。

真的是夏河，那个高大的身影时常在足球场、图书馆，文学社里闪现，却不曾踏进过521宿舍的门，也许是上帝刻意安排。从陌生到犹豫，再到勇敢地走来，该属于夏河的那扇门，迟早要打开的。

夏河进来，看到大家都在，而自己的舒娜却在床上躺着，红光满面不像有什么大碍，贾蓉在一旁压着毛巾被。“哦，都在啊，舒娜你怎样啊？”舒娜瞥了一眼蓉儿，笑着坐了起来，“没事，好多了。咱俩下去走走吧。”说完狠狠地掐了一下贾蓉的屁股示意她别再压着自己。夏河连忙上去扶舒娜起来，同时把手中的水果和北京烤鸭往贾蓉手里递去，这蓉儿，感动得竟然忘记了演戏，一副撒娇的腔调脱口而出：“哦，这么多好吃的，爱死你了！”大家被她的无邪逗乐了，一起笑着，舒娜飞快地穿上鞋，拉起呆头呆脑的夏河走出门外。

俩人又来到寸草厅，在恋人堆里挤出一块相对安静的地方，拥抱在了一起。一阵狂吻后，舒娜抬起头，笑盈盈地看着眼前的这个男人。这个男人走了一月有余，虽然有些变黑变瘦，但人依旧很精神、健康，脸上的轮廓凸显了出来，一双眼睛炯炯有神，风尘仆仆，好似胜利归来的古罗马战士。此时，月光也打在舒娜的一对明眸上，在睫毛上一闪一闪，不仅更迷人，那眼睛里爱的电波也释放得更强、更撩人。

待到心脏重新恢复平静后，夏河抚摸着舒娜的秀发，关切地问舒娜身体怎么样啦、到底有没有事情、用不用再去医院检查，这一连串关心把舒娜搞得心里暖洋洋的，不知道该怎么答复夏河。在恋人和闺蜜之间，舒娜还是倾向了闺蜜，毕竟，这是一个美丽的谎言，而把他骗回来又恰逢其时。舒娜想，阵地可不是一天能打下来的，这夏河该休整必须休整，方能不断去打胜仗。基于此，舒娜只是模糊地回答夏河自己只是害了“相思病”。“相思病？”夏河似懂非懂，憨憨地笑了，把心上人搂得更紧了，身体下部那个古老而永恒的图腾物顶着舒娜，让她飘飘欲仙却又无比羞涩，顶得太久也许自己也会把持不住，于是她只有赶紧忍住冲动，岔开话题。她问夏河晚上吃饭没有，夏河说还真没有吃，舒娜就提议带他到一个既能吃饭又能享受的地方去，夏河很新奇，索性由着舒娜，两人朝着黝黑而温暖的夜色中走去。

舒娜也把夏河领到了赵官君曾经请她到过的那个叫 1180 的酒吧。去了两次，舒娜终于知道这个酒吧的寓意，1180 是一代天骄成吉思汗和爱妻孛儿帖成婚的年份，舒娜认为太绝了，既怀念祖先又不失浪漫，谁敢说煤老板没有文化没有境界？有了强大的经济实力，梧桐树自然会引来凤凰。

舒娜点了一壶名叫 Blue Mountain Coffee 的东西，又为夏河点了两份甜点，她点什么夏河没有关注，他只是把头转啊转，把这个让舒娜的灵魂飘逸的酒吧看了又看，心想原来这就是传说中有钱、有闲之人无痛呻吟的好地方啊？不过，这咖啡的确有一股沁人心脾的香，能烘托出浪漫的气氛。“往这儿看，往这儿看！”舒娜唤回了他的天马行空，夏河不好意思地搓搓手，然后就端起咖啡要和舒娜碰杯，把舒娜逗乐了：“咖啡又不是酒，是慢慢品尝的！”夏河呵呵乐：“好好，俺这土包子今天就陪你这大小姐浪漫一把吧！”说完，他狼吞虎咽地把甜点三下五除二消灭了一半，心想：“这狗日的地方做的点心还真是味道不一样。”但转念一想，还是应该边吃边浪漫才行，否则舒娜该笑他没有吃相。于是夏河停下嘴，傻傻地看着舒娜，舒娜用手示意他继续吃，此时，酒吧的服务员又上来一份点心，夏河做着感动流泪的动作，吃起面前的点心，他真是饿了，既有美女又有点心，夏河心想自己的梦想已经超乎预期了，感到很知足。而舒娜，只是含情脉脉地看着夏河，此时的夏河好似自己精心饲养的一头小白猪，她要让他好好吃饱，吃肥，待到条件成熟了，一口贪婪地把他吃掉！男人贪婪的是江山，而女人贪婪的却是男人，她们很精明，她们也许是要通过征服男人来征服整个世界。

第二盘点心还没来得及动手，燕北著名音乐人二宝创作的歌曲《我在这里等着你》在酒吧里响起，一位留着长发的男中音歌手把这首歌唱得唯美动听：

天蓝蓝
草绿绿，草绿绿
我在这里等着你，等着你

风轻轻
云淡淡，云淡淡
我在这里等着你，等着你

台下的人听得如痴如醉，纷纷下到舞池，舒娜也拉着夏河进了舞池。舞艺生疏的夏河也被这首歌打动了，仿佛这首歌就是为了他而创作，情感的电波击打着脚面，刺激着血脉，舞步也渐渐娴熟了起来。俩人就这样轻轻地拥抱着，在歌声中，在爱河里，陶醉、忘我、迷失……

爱情的魔力就在于它折磨人。只有经过炼狱般的考验和岁月的洗礼才能使恋爱中人执子之手与子偕老的信心和勇气更加坚定。两个热恋中的人被爱狠狠地折磨着，一日不见如隔三秋，他们一连跳了好几首曲子。今晚的歌手也真给力，居然都是三首悲戚戚的爱情歌曲，让舒娜的情感彻底释放，灵魂彻底飘逸。舞罢，两人回到座位上，继续倾诉着相思之苦以及对未来的规划。很快，话题从浪漫转回到现实，舒娜问起夏河的下一步打算。夏河其实很害怕舒娜问这个问题，爱情和事业让其头脑发热，他已经顾不得冷静去想今后，何去何从，一切未知，只能且走且珍惜。既然被女友问到了，夏河便趁机将心里的一系列想法说了出来，其中也有自己对互联网产业的一番思考。

夏河认为，互联网的确是个非常神奇的东西，是个大宝库，总有一天，会彻底改变整个世界。互联网衍生出了物联网，于是每一个人足不出户就可以购买到称心如意的东西，吃到可口的饭菜，甚至可以寻找到称心如意的恋人。尤其是爱情这东西和互联网的关系最微妙，空间巨大。互联网有可能给未来的人们提供一个虚拟的空间，人们即使不谈恋爱，也会在互联网上通过各种虚拟技术和设备找到恋爱的感觉，到时候大家可以足不出户发泄情感，女性朋友们也就不用担心什么家庭暴力了。夏河的话听得舒娜眼睛睁得又圆又大，感觉是在听天书，心想这北京就是不一样，夏河去了短短几天思想就进步得像被洗过脑一样!

夏河接着说，互联网运用于媒体，则新媒体会横空出世，有一天真可能会代替电台、电视、报纸、杂志这些传统媒介。即使不能代替，也会逼着传统媒体转型。当然，互联网企业很长一段时间会更加专注于商业开发，对回报率尚小的新闻业投入不会大，但从发展的角度看，人类在吃饱喝足之后，必将把很大一部分收入投入到精神生活中去，所以互联网文化产业开发将逐渐进入各大网站的视野中，到那时，人们可以像看电影一样随时随地在新媒体上看新闻，和主持人交流，了解天下大事。夏河越说越起劲，越说越有理，听得舒娜入了迷。

夏河告诉舒娜，这家新闻网站暂时不可能为大家解决北京户口，但按照老总的话，能够给大家提供一块创业的平台、热土，前景很值得期待。夏河接着说，新闻网站不像门户网站那样包罗万象，它现在的规模也小，不挣钱，还受到采访权等体制的制约，但如果真正实现了网络时代的互动性和多媒体本质，也许不久的将来，能很快建立起庞大的记者团队，全世界到处采访，还真的有可能实现自己当战地记者的梦想。

夏河还提到了舒娜说的那个《国家的眼睛》杂志社。听说这家新闻类杂志社正在酝酿改制，改制后业务范围更广、实力将更强大。如果首选，自己也许还会选择这种传统媒体单位。提起《国家的眼睛》，舒娜突然想到刚开学时自己被系主任叫到了办公室，说这家杂志社想从昌瑞大学要一名女生，而且指名道姓提到她的名字，索要一份她的简历。舒娜寄去了自己的简历，但从此却没了下文。舒娜想到师兄岩松在那里工作，她问夏河：“咱们何不找找师兄？这可是咱们文学社的大资源啊！”夏河想想说：“我让那个公积金管理中心打击了一回，就压根没往事业单位上想，觉得难度太大。”不过夏河觉得舒娜的话也有些道理，他打算返京后找找岩松师兄，兴许他能给自己一些很好的建议。

俩人还谈到了舒娜自己的工作方向。舒娜略有一些无奈，她告诉夏河，母亲唐晓萍在家里很强势，她早已经动用了各种关系为自己找工作，好像说好了要让自己去省里的税收科研所工作。不过舒娜还是给夏河打了一剂强心针，她告诉夏河，如果自己不能如愿去北京，那么俩人就先各自为战，等夏河在北京稳定下来，自己就离开燕北追随他而去。不过她也提醒夏河，这样安排是有前提的，前提就是不许他拈花惹草，因为全国的美少女都往北京跑，对男人尤其是成功男人的意志力实在是一项巨大的考验。

俩人只顾规划未来、享受浪漫，全然没有注意到赵官君今晚也来到了1180酒吧。这也是位精力旺盛的青年，写稿劳累之余，正好有某地市的女官员带队来省里学习。酒罢歌助兴，因为是女同志，赵官君索性带他们到一个高雅的地方陶冶情操，顺便醒醒酒，于是就选择了1180酒吧。这是一群公职人员队伍里的成功者，男的个个白衬衫蓝裤子，利落整洁；女的一律小西装配长裤，庄重得体。他们和今晚的气氛有些不相称，来此的人大多休闲装束，但他们的到来也给酒吧平添了许多尊贵，老板就喜欢结识赵官君这样的年轻官员。一伙人晕乎乎地相互搀扶着走进了酒吧，很惹眼，但舒娜和夏河相言正欢，压根没有注意到这群人，更没有注意到赵官君。

第九章 失态

一个男人因为痴迷心仪的女人才使得他变得如此傲慢无礼，哪怕冒着不受欢迎甚至是被回敬的风险，他也要为爱情和荣誉而战。

赵官君秘书出身，眼观六路耳听八方是他多年侍奉领导养成的习惯。正如燕北省委某秘书长在其《如何做一名成功的秘书》一书中所讲：作为一名领导秘书，一定要有眼力见儿，具备眼观六路耳听八方的本领，方可胜任此职。赵官君显然是具备了当一名好秘书的资格。每每领导和客人间进行私密谈话，他都会仔细地替领导站岗，一旦有人来到，立即提醒领导压低声音或换个话题。今天，他是东道主，是众星捧月的人，因此要时时处处注意自己的言谈举止。落座后，他先贼溜溜地将酒吧里扫视了一圈儿，近处，都是些不认识的人，看似商务人士和艺术人士，他放心了。然而当他往稍远处扫视时，突然看到一个让他丢魂的熟人、美女。仔细看，没错，就是让自己神魂颠倒的昌瑞大学校花——舒娜。

赵官君在场面上早已练就了沉着、冷静、忍辱负重的性格，但今晚他却有些慌了神。眼瞅着远处自己暗恋的人正在和一位男士卿卿我我、一股子热乎劲，他实在是佯装不住表面上的若无其事，直感觉心头空落落、酸溜溜的。对舒娜，恍如隔世；对爱情，有如万劫不复。这就是爱情的力量，再强大的人也控制不住人性的弱点，当羡慕、嫉妒与恨一起袭来，人的理智和控制力就会彻底丧失，只给人留下一个报复心很重的躯壳，以至于我们常常因此失态。

看到赵官君一改以往的运筹帷幄，语言有些笨拙，行动有些迟缓，眼神还有些迷离，同事小孟和女官员的秘书一边出来撑场子，一边示意赵官君在沙发上稍作休息。赵官君明白了，躺在沙发上开始打盹儿，但他怎么也睡不着，一股老酒和老醋味道一齐翻上喉咙，他站起身，示意人们不要管他，继续作乐，然后自己一个人向卫生间方向走去。在卫生间摇摇晃晃方便完，借此又洗了洗脸，方才清醒了许多。镜子里的自己桀骜不驯、充满自信，他于是决定去和舒娜打个招呼，顺便看看是谁在和自己抢心爱的女神！

不知什么时候，赵官君就晃着身子来到了舒娜身边，把舒娜和夏河着实吓了一跳。舒娜一看是赵官君，有点不自在，不过她很快热情地和他打招呼，并把夏河介绍给赵官君。夏河站起身来，向赵官君礼貌地伸出手道："您好，赵处长！"赵官君迷离着眼睛往夏河身上看，在他眼里，这是一个高个子男孩，白皙的脸上稍微有些黑，但肩膀很宽、阳光健康，笑容里包含着单纯和热情，眼睛里透露着青春和锐气，不过在他看来，夏河同学所表现出来的纯粹就是一股子学生娃不成熟的书呆子气，如何都无法和自己相比。

赵官君失态了，他没有礼貌地伸出手，只是淡淡地笑了笑，让眼前的这个青年有些尴尬，舒娜也没有吱声，她示意赵官君坐下来休息一下醒醒酒，但赵官君没有，他转头向舒娜酸溜溜地提出要和她出去走一走，舒娜看了看夏河，夏河大方地挥挥手，让舒娜感激地看了夏河一眼，然后跟着赵官君走了出去。在酒吧外边，一阵风习习吹来，让赵官君一个踉跄，脑瓜子似乎有点清醒，舒娜一边替他捶背，一边埋怨他干吗喝酒这么拼。赵官君有些后悔自己刚才的失态，不问青红皂白就嫉妒满怀，缺少风度。但他只是想早点知道结果，于是突然抓紧舒娜的手，借着酒劲说："对不起，舒娜，今天喝得多了。请听我说，我、我真的喜欢你！"说完这几句迟到的话，赵官君感觉自己终于也解脱了。前一秒他还恨自己为什么一直不敢向舒娜表白，此刻，在酒精的帮助下，在对手夏河的刺激下，他终于憋不住，一吐为快，同时趁势像个受了委屈的孩子将头深深地扎在了舒娜的肩膀上，满脸抽搐似乎要哭。舒娜早就感觉到赵官君在暗恋自己，但爱情是自私的，每个人都有选择的权利，偏偏她却喜欢那个单纯的、稚气未脱略有些书呆子气的夏河。舒娜没有说什么，她知道这不能怪赵官君，一个男人因为痴迷心仪的女人才使得他变得如此傲慢无礼，哪怕冒着不受欢迎甚至是被回敬的风险，也要为爱情和荣誉而战。赵官君没有错，他只是今晚没有礼貌而已。他对自己一直也没有出格，甚至她自己还有点喜欢赵官君的那股机灵劲儿，不过，有了夏河，舒娜就不去想这些了，上帝创造了男人，然后创造了女人，但为了和谐，最终还创造了一些伦理道德，其中就有忠贞。

就在这时，同事小孟出来寻赵官君，舒娜趁势将赵官君交给小孟，小孟也有些醉态，他激动地对着舒娜说："您，您是嫂子吧，我知道您！"让舒娜吃惊不小，渐渐酒醒的赵官君没有让小孟继续往下说，赶紧搂着小孟的脖子向酒吧里走去，舒娜也跟着他们回到了自己的座位上。夏河见舒娜回来，连忙给她斟了一杯热气腾腾的咖啡，舒娜接过去小抿一口，低头想事，随后，她抬头含情脉脉地看了一眼夏河，征求着他的意见："不早了，咱回去吧？"夏河点头。结完账后，舒娜还特意挽住夏河的胳膊，在赵官君醋炸了的目光下走出了1180酒吧。

回去的路上，俩人手挽手依偎着走。夏河如此处理让舒娜觉得他大度、容人、信任自己，这对于女人很关键。一个男人虽然疯狂地爱你，但气量小，坐立不安，这也是女人的悲哀。舒娜最先打破了沉默，她抬头看着夏河，问他："书呆子，你怎么不问一问刚才那个人是谁啊？"夏河笑笑道："估计是你的粉丝吧！"他的话把舒娜逗乐了，舒娜就追问他："那你怎么还无动于衷？"夏河道："怎么无动于衷啊，他那是横刀夺爱！嘿嘿，不过我看那人喝了不少酒，又是你的熟人，所以也没有多想，俺们山东人从不和酒鬼计较。当然啦，关关雎鸠，在河之洲，窈窕淑女，君子好逑，这也说明我女朋友优秀呗！"舒娜娇嗔地骂他讨厌，说还以为他真的度量大、气吞山河呢，原来他是故意装出来的！

临上楼，舒娜才想起有个东西要交给夏河，手机用袋子装着，她把它塞到夏河手里。夏河一惊，问这是啥好东西，舒娜狡黠地笑了笑，用手做了个打电话的动作，然后在夏河脸上轻轻地吻了一下，转身进了宿舍楼。夏河拿着舒娜送他的礼物，感觉好东西一件一件地收获，应接不暇，他所梦想的幸福一下子全都来到了。

回到宿舍，其他舍友都去外地实习了，只有夏河一个人。夏河打开包装袋，眼前一亮，是一部最新款半智能手机，玲珑身材，简洁大方，在灯下闪着光，荡着爱意，感动得他只想一下子跳出楼去找她。舒娜已经为夏河办好了一切手续，此时，手机呈开机状态，夏河爱不释手地端详，看到手机上边有短信提醒，他按键、打开，手机里蓝色的光芒下显示出一段话，很长，像是诗，题目是《野火——致夏河》：

野火
常常出现在夜里
我一遍遍呼唤着你的名字
直喊到
肌无力

梦里
请为我穿上大红肚兜
向远山跳一首故乡的恋曲
哪怕萨日朗花只开一次
也要为了你

思念像野火
我想压制
却不料酿成了超级野火

看完舒娜写给自己的诗，夏河兴奋得睡不着觉了，躺在床上，他有些想流泪的感觉，是幸福的泪、感激的泪、唤醒男人沉睡在内心无比温柔的泪。他想，春去春归，花落花开，既已抓住人生一段美好的时光，就绝不能辜负。遇一世红颜，此生足矣！渐渐地，夏河进入了甜蜜的梦乡，梦里，他牵着舒娜的手，两人在天安门前撒丫子奔跑，天安门前匆匆而过的每一个北漂青年的脸上也不再有愁容，他们和他俩一样，大家开心地笑着，向着长安街，向着晨曦，向着梦的方向，挥手、追逐……

早上九点钟，太阳已经晒屁股了，舒娜的电话打了过来。这是夏河第一次用自己的手机接听电话，夏河赶紧一个激灵翻身。

"夏河，睡好没？"

"嗯，刚刚还在美梦中呢。"

"哦？那你梦见我没？"

"当然啦，梦见你穿着大红肚兜，还钻进……呵呵，怕你骂我，不说了！"

"讨厌啊你，给点甜头就想入非非！"

"哈哈，本来困了，但读完你的诗就睡不着了。"

"嘿嘿，有那么大作用吗？是兴奋的吧！"

"嗯，的确很兴奋。对了，这手机还真是不错，但我这是无功受禄，所以有点寝食难安啊！"

"那今后就每天请我吃早点、陪我散步，然后咱们扯平如何？"

"好主意，成交！"

"OK! 那咱吃早点去，从今天开始！"

"好嘞！"

夏河欢快地答应着，像是刚刚学会走路的婴儿，妈妈让他去帮忙拿个东西，他爽快地咿咿呀呀答应着，然后踉踉跄跄去找。

吃过早饭，俩人先去看望了他们共同的班主任锡老师。夏河是锡老师最得意的门生，他也顺便去汇报一下自己的毕业打算。锡老师对学生们特别好，尤其是对成绩又好又懂事听话的夏河和舒娜俩人。锡老师大学一毕业就碰上了夏河和舒娜这两个班，她只比夏河他们年长几岁，心眼好，容貌靓丽，是少数民族，连女神舒娜都形容老师是草原上盛开着的一朵最美丽的花。夏河他们遇到锡老师，也是在青春最宝贵的季节里遇到了最善良、最称职的伯乐。锡老师宿舍里挂着一副父亲送给她的座右铭“身正为师，德高为范”，她用心实践着父亲的教诲，一心扑在教学工作上，心思也全部用在这些学生们身上，身体力行地帮助他们打基础，完成好学业，一步步走向成熟。看到夏河带着舒娜来看他，锡老师非常开心，自己带了这俩人四年，打心眼里希望俩好孩子能恋爱一把，肥水不流外人田。当锡老师听了夏河对互联网发表的高见以及北京求职的感受，很为弟子感到高兴。夏河的理论水平和实践经验应该说已经远远超出了两个班里的其他同学，当其他同学还抱着啃老的观点，把工作寄托在父母身上的时候，夏河却仿佛是羽翼丰满的幼鹰，具备了向更高、更远处独立高飞的条件。锡老师勉励自己的弟子继续努力，并且拿自己做比方。她说，如果当年自己不是那么过于眷恋草原、留恋父母，也许就会和北漂的其他同学一样，已经捞到了人生的第一桶金，最起码半个财务自由是有了。而现在，尽管精神上高度富有，但物质上却略显匮乏，连个首付都交不起。随着年龄的增长，也逐渐失去了拼搏的锐气。说完，锡老师还有点感叹自己是个女儿身，但她还是鼓励弟子夏河一定要拿出男人应有的气概，吃得了苦，流得了汗，方可为人上人。老师的一席话，夏河与舒娜默默地记在了心里。舒娜想，老师也许是在间接地提醒我吧，我可不能做温室里的幼苗，而应该向夏河那样，加强能力锻炼，不能过于依赖父母。她再一次下定了决心，回去后继续勤写勤练，把自己的诗歌和散文进一步写好，为将来到北京和夏河会合积蓄知识和能量。

临近中午，夏河在学校附近的蒙餐馆请舒娜狠狠搓了一顿，那烧卖、奶茶、烤羊腿、手把肉、牛肉馅饼等等草原上盛产的东西，仅美食这一项，就让这个山东小伙儿深深地爱上了草原，倘若一段时间不吃，还怪想念的。

每一个地方的人，都有家乡情结，美食就是家乡人引为自豪的一项内容。燕北人的牛羊肉美食就如同东北人的酸菜、重庆人的火锅、两湖人的腊肉、广东人的小甜点一样，走到天南地北都离不开，离开了简直就不能活。夏河用自己实习赚的钱请舒娜美美地吃了一顿硬早点，舒娜也吃得香、吃得踏实，她想，这毕竟是心爱的人走向社会后用自己的双手赚来的钱，就让这顿饕餮大餐成为我俩今后美好生活的开始吧。

吃饭过程中，俩人商量好了下午和第二天要做的事情，因为夏河和公司只请了三天假，很快就得回去，所以白天必须抓紧时间把手中的事情处理完，不能拖到夜晚，夜晚自然是留给浪漫的。

一下午，他俩在自习室里共同完成了一份给师兄岩松的信，并照着《国家的眼睛》留给舒娜的地址寄了出去，觉得还是先去信而不打扰师兄为好。信是以夏河的名义来写的，简洁、动情。

岩松社长（师兄）：

您好！昌瑞一别三年，时光匆匆，岁月如梭，不曾亲见梦里却常常把酒言欢。三年前，是文学拉近了我们的距离，让我们在简爱相遇、相知、相叙。有幸认识您，倍感珍惜。如今只叹岁月无情，倘能再次相聚，当是人生一大幸事！

而今，您的师弟，承蒙抬爱的简爱文学社长也要和昌瑞大学说再见，即将要步入人生的新旅程。在走向社会之前，由于经验不足，有可能很快会碰壁甚至付出一定的代价，基于此，我和即将毕业的文学社员们想到了您，我们有太多太多需向您请教的东西，若有时间，还请您多多赐教；若能回来传道授业解惑，您的师弟们定将无限感激，奔走涕零。

临毕业，才知道自己可以依赖的东西少之又少，那些当年所谓的理想、事业、爱情在无情的现实面前不堪一击，唯有穷书生身上迸发出那微弱的光芒，支撑着我的信念摸黑前行。我是个一穷二白的山东大汉（您经常这么称呼我），但我没有给孔圣人丢脸，没有给昌瑞和文学社丢脸，在校期间除了吃饭、踢球、写作之外就是努力学习，连恋爱都几乎空白。我在《青春》《大众文学》《星星》《蓝色高原》和您就职的《国家的眼睛》发表过十几篇诗歌和散文，虽然有些稚嫩，但毕竟都变成了铅字，让我一度很自豪并作为求职之仰仗。有句叙利亚的名言说得好：知识能使你增加一双眼睛。我坚信，学了这么多年知识并获得了一些荣誉，可能让我多了一双用来看世界的智慧之眼，但从目前北京求职的经历来看，眼睛尚有些模糊，心里尚有些困惑，需要师兄您帮忙答疑解惑。

我在北京投过十几份简历，得到过两次面试机会，其中一次是北京的一家事业单位，本以为能够胜出，但却杳无音信。后来成功得到中毅网的实习机会。中毅新闻报社立志要在几年内把它打造成为全世界最大的新闻综合平台，但目前还处于创业阶段，我虽然名为财经新闻编辑，但实为新闻“扒手”，很少原创的东西，基本干的是复制和粘贴等工作。当然，我相信互联网的未来，也坚信互联网是个大宝库，它迟早要分得市场的一大杯羹，也许过不了几年，传统纸质媒体就会被逼着转型，所以在没有找到更合适的工作之前，我想继续留下来作为创业一员，和网站的同事们一道将这家网站做大做强，不断积累经验，慢慢实现梦想。

从目前看，《国家的眼睛》等纸质媒体仍然占着主流，可以给大学生更好的发展平台和上升空间，所以我还是寄一线希望于这些传统媒体，若有合适的机会，请师兄为我留意并推荐。

顺便寄去我的小说初稿《山谷里的回忆》。这本书能否经受时间的洗礼，您的建议很重要，烦请师兄在百忙之余给予指点，不胜感激。

祝工作顺利、身体健康！

信寄出后，舒娜突然做了一个决定，让夏河既激动又有些慌张，怀里像揣了一只小兔。她提出要带夏河到她家里做客，见见她的父母。今天是周五，又到了雷打不动的家庭聚会时间，舒娜的姥爷唐家邦和爸爸舒国安今晚正好在家。舒娜心里很明白，妈妈唐晓萍因为一直不同意舒娜到外地工作，不一定能接受即将北漂的夏河。但姥爷和爸爸都是文学爱好者，说不定夏河与他们聊一聊，两个男人会首先接纳夏河，到时候他们就会站到自己这一边，什么都好说了，母亲没有不接受的理由。舒娜没有告诉夏河太多家里的情况，只是暗示他不要紧张，是骡子是马迟早要出来遛一遛，因为她坚信，夏河不仅是良马，还是名贵的马，是千里马、赤兔马、汗血宝马！现在，时间对于夏河那么宝贵，当从北京再次返回燕北的时候也许就是毕业离校的时候，也该让他们见面了。舒娜拍拍夏河的衬衣，一边为他简单整理，一边鼓励夏河：好兔不怕鹰，好饭不怕晚，加油啊，夏河君！

第十章　家宴

女人这辈子最大的幸福其实并不是拥有多么辉煌的事业、拥有强大的经济实力或者培养出优秀的下一代，而是选择一个相濡以沫的伴侣。相好者容易找，而伴侣却不轻易得，需要经过岁月的磨砺和考验。

舒娜先给妈妈打了一个电话，告诉她今晚要带一个同学回家吃饭，妈妈一愣，说家庭聚会你带同学来干吗？不能平时带回来吗？舒娜告诉妈妈，这个同学不是别人，是她常常念叨给她的文学社长夏河，他也是姥爷的文学崇拜者，想在毕业前见见真人，不可以吗？一听是夏河，唐晓萍倒是知道他的名字，也知道他的才气。夏河喜欢老爷子的作品，让唐晓萍反倒高兴起来了，毕竟她是大孝女。老爷子自从老伴儿去世后一直闷在自己的书房里看书写作，虽然有保姆照顾，但内心却无比孤独，再浪漫的诗歌也抵不上老伴儿的魅力，他渴望交流，尤其是文学交流。她想，今晚如果有人和老爷子能聊到一块儿去，估计老爷子会很高兴。想罢，唐晓萍爽快地答应了宝贝女儿。挂断电话后，她立即骑上自行车，风驰电掣般向海鲜市场赶去，她要制作一道叫油焖大虾的美食来欢迎山东籍客人，为晚宴助兴。

和母亲的热情相似，舒娜特意拉着夏河跑了一趟商场，为他精挑细选了一身新衣服——淡粉色 T 恤配上一条黑色休闲裤，再加上山东汉子魁梧的身材和一对大花眼，立马显得小伙子精神百倍、超凡脱俗，好似青年时期的大明星秦汉，真是情人眼里出西施啊。顺路，舒娜买了几斤火龙果让夏河提上，这东西是唐晓萍最喜欢吃的。

进了军区大院的家属区，夏河多少有些紧张，心想，这小舒娜住的地方真是安全啊，居然有解放军保卫。殊不知，这里曾是城市的远郊，只不过城市扩张太快，军区竟然也被城市化了。此外，这里住的大多是军人的家属，而军人却在千里之外的地方守卫着祖国的边防线，付出的艰辛远非常人想象，把家属区放在离部队大院近一些的地方虽说是军地整体规划，但也显示了部队和地方党政对军人家属的关心照顾。

上了楼，舒娜敲门，唐晓萍开门，只见门口伫立着一个高大帅气的身影，有点儿同样是人高马大的舒国安将军年轻时候的影子。而且，男孩子还很用心地提着唐晓萍酷爱吃的火龙果。唐晓萍立马想到这一定是女儿舒娜的鬼主意，“看来今晚‘来者不善’，我得多留意几眼”。唐晓萍心里想着。夏河非常礼貌地道声“阿姨好”，唐晓萍回应着并把他让进了客厅。客厅里，舒国安正陪唐家邦老爷子大谈国防文化建设，一看来人，唐家邦赶紧摘下眼镜招呼女儿给客人倒水，之前，唐家邦老先生听女儿说过有个很优秀、同样热衷文学的他的粉丝要来拜访，老爷子自然有所期待。

开饭前，舒娜就迫不及待地把夏河这几年发表的作品拿出来给姥爷和父亲展示。舒国安认真地翻阅着夏河写的一些诗歌和散文，唐家邦则看起了夏河的小说《山谷里的回忆》。舒国安看到这些作品都在全国的正式刊物上发表过，禁不住多看了夏河两眼，心想，这孩子文学功底不错啊，学财经的人竟然能写出专业水准的作品，看来的确是对文学比较痴狂。在老爷子静静地阅读夏河小说的同时，舒国安和夏河拉起了家常。一听说夏河是山东人，舒国安马上来了精神，舒国安的祖上其实就是来自山东，山东还有舒国安家的祖坟，舒国安小时候跟着父亲回山东探过亲，初冬的黄河水滚滚流淌，给舒国安留下了很深的印象。舒国安的父亲打小就给舒国安灌输孔孟思想和黄河文化，所以舒国安这么多年总觉得自己三分之一是江南人、三分之一是山东人，三分之一是燕北人。舒国安的很多老战友在山东，他当兵时练就的大酒量就是山东战友和燕北战友联合开发的结果。从文学角度看，舒国安觉得夏河这一代年轻人写的东西和自己喜欢的军旅文化、草原文化虽然思想宗旨一致，但略有区别，因此也不再过多评论人家的作品，只是点点头，认为这位叫夏河的文学青年如果在文学道路上一直走下去，前途不可限量。

大约一个小时之后，唐家邦老先生终于放下了眼镜，他很认真地浏览了夏河小说中的一些重点章节。行家就是行家，当年的文联副主席，曾逗自己的外孙女舒娜说他看过、写过的文字比她嚼过的豆子还要多。唐老先生一开始没有过早评价夏河的作品，只是问夏河这个东西是不是根据自己的经历写出来的。夏河心里暗自佩服老先生的眼力，承认有很大一部分是纪实。唐老先生认为，夏河小说里的三个主题其实可以分为上下两个部分。上半部分用“思念”和“纠结”贯穿，思念故乡和亲人，纠结与小青的感情以及悲叹家乡的生态现状，很感人，这是小说比较出彩的地方。下半部分写主人公砥砺奋进，立意很好。但写到自己如愿当上了名报记者，后又因为工作优秀被选派到海外，最后将自己的毕生所得都捐给了贫困人群，实现了自己的梦想，虽然是用“爱”和“梦”作为主线，但略显苍白，一个原因是有点缺乏实际经验，仅凭想象，挖掘的深度还不够。他说：“其实生活是很质朴、略带骨感的，并不是桃花源，容不得太多的玄幻。”另外一个原因是文中的这个“爱”范畴过小，仅仅是“热爱”“ 爱好”，如能把“爱情”也深度嵌入进去，就会更完整，更有可读性。总之，老先生认为夏河完全具备了写出好小说的能力，只是欠缺一点生活的历练而已。

听了姥爷的评价，舒娜觉得还是老作家们情感犀利，能够把爱情这东西大胆地挖掘出来，值得年轻人学习。最近她看了日本作家川端康成和村上春树老先生的几部作品，觉得日本作家真是敢写，把情、色、肉体、欲望等等结合人性的东西写得淋漓尽致，雅俗共赏。而他们这一代年轻人，虽然情感花样繁多，但却不一定能很好地总结出来，写出来的爱情往往很苍白，没有生命力。舒娜悄悄地想，她作为女性应该多诱导夏河，让他有更多的写作灵感，把笔下的女人和情感写得更丰满、耐读一些，这样才能符合大众的需要。

唐老先生的评论让夏河觉得心里的一块石头终于落了地。他一直迟迟不敢把小说拿出来投稿的原因就是觉得自己的作品，尤其是后半部分不够出彩，苦于找不到一位专业的老师给予指点。今天经唐家邦老先生这么一说，夏河心里终于有谱了，不愧是老作家，眼光独到！夏河心里给唐老先生竖起了大拇指。他决定不着急投稿，暗暗给自己的这部小说定了一个五年计划。

唐老先生这一代人干革命工作相当敬业，甚至于有些挑剔和较真，这其实是可贵的财富，也是后一代人们所缺乏的。唐老先生尽管不是大名鼎鼎的作家，但在文学评论方面还是很有建树的，能够这么中肯地给出建议，一是说明自己喜欢夏河的作品，二是说明夏河在文学方面还是很有培养前途的。夏河本人不知道，但舒家人都很清楚，老爷子对文学作品向来是横挑鼻子竖挑眼。尽管唐晓萍没有看夏河的作品，但听了父亲如此的评价，也很意外，她一直觉得女儿也是很有文学功底的，像她的姥爷，却没有想到这个文学社长更加技高一筹，得到父亲如此高的评价，不禁也对夏河高看了几眼。她想，这宝贝女儿还是很识货的，像极了自己年轻时，喜欢一个人，就会用尽心思全力得到。在厨房，唐晓萍不禁偷偷地笑了，笑女儿那精灵鬼的样子，满意自己强大而骄傲的基因。一高兴，就扯起嗓子喊舒国安："老舒，过来端饭，开席咯！"

这是个典型的干部知识分子家庭，平日里大家在各自的工作岗位上谨言慎行，但每当家庭聚会，就会经常将工作和单位中的许多事情不自觉带回桌面上，和家人一起分享。他们各抒己见，或舒国安和唐晓萍因为祖国统一问题发表不同看法，或唐家邦老先生和女婿舒国安对生态保护和经济发展展开探讨，总之，谈话氛围越来越严肃单调。夏河的到来，让家庭聚会增加了新鲜话题，大家以一个年轻人和他的文学梦为例，谈故乡、谈爱情、谈事业，谈这些让人们永远都感兴趣的话题，兴致都非常高。最好的证明就是唐家邦老先生，他主动提出让舒国安和夏河陪自己喝两盅，唐晓萍为老父亲破了例，三个男人喝了一整瓶政委舒国安精心收藏的名酒，夏河也第一次品尝到了传说中的飞天茅台。

宴席很晚才散，夏河与舒家人告别。唐晓萍说要舒娜陪着她去散散步，顺便送一下夏河，于是舒国安乘势扶着老爷子到他的房间休息，老爷子也挥手与夏河依依惜别。在送夏河的路上，唐晓萍给两个孩子讲了一个真实的故事，故事大意是她的两个同学大学相恋，毕业时男同学坚持要去外地闯荡，而暂时将女同学留到了当地，俩人靠着一条四千公里的铁路维系着感情，当爱情经历了无数个八千里路云和月后，俩人都疲惫不堪、心力憔悴。终于，在谈婚论嫁的前夜，女方毅然提出了分手，她已经看不到希望，等不到他去兑现承诺，而男的也埋怨女方缺乏耐心和对自己的理解，一对曾经那么相爱的鸳鸯就这样走散，令人唏嘘。时至今日，两人谁也不愿意见对方，由爱生恨，甚至同学聚会都不同时参加。

唐晓萍的故事明显是有寓意的，夏河听得出来，舒娜也听得出来，他们都理解唐晓萍的心思，听得很认真、投入。俩人早就探讨过关于这方面的话题，早已经达成了一致的意见，因此对爱情、对未来意志坚定、充满信心。舒娜和母亲将夏河送到了军区大院门口，夏河挥挥手和唐晓萍母女说再见，他的两只大眼睛刚毅有神，酒窝里荡漾着真诚的微笑，让人觉得很舒服。唐晓萍开始喜欢上了这个孩子，她暗暗做了一个决定，她要通过女儿给夏河做工作，帮夏河在燕北找一份体面的工作，把他也留在燕北，这样就十全十美了。唐晓萍一边散步一边想着自己可以动用的人脉，她想到了在燕北财经大学当校长的刘同学，想到了在新华社燕北分社当副社长的张同学，甚至想到了就在昌瑞大学当人事处长的舒国安的老战友，还想到了自己管辖的下属某事业单位，总之她觉得不能让夏河这个孩子屈才，他应该去一个能充分发挥他才能的地方去上班，苦于燕北省仍然属于经济欠发达地区，企业效益不好，就业面狭窄，所谓的好单位也就是党政机关、事业单位和医院、大学等机构，如果夏河同意，她会调动一切可以调动的资源去帮助他圆梦。

舒娜看出了母亲眼神迷离、心事重重的样子，知道她又在考虑自己的事情，于是一个鱼跃冲到唐晓萍面前，用一个鬼抓人的动作来吓唬母亲，唐晓萍的确被她吓了一跳，回过神打了一下女儿，然后无比慈爱地用手搂住女儿，开始了和女儿的一段对话，这段对话对舒娜以后的生活影响巨大，让她铭记于心。

唐晓萍问女儿，可否总结出父亲舒国安身上最大的优点。舒娜想想，认为父亲舒国安最大的优点不是体现在事业上，应该是体现在他的性格当中，即他的仁慈和豁达吧。唐晓萍认为，女儿只说对了一小半。妻子眼中，舒国安优点很多，工作、生活、学习中面面俱到，不一而足。他的优点可以归结为两个字：忠诚。首先，舒国安对党、对事业非常忠诚，从默默无闻站岗的小兵一直到军区领导，几十年如一日，把部队的事当成自己最大的事去处理，家中柜子里放不下的各种军功章和奖状以及墙上挂着的在北京受到中央领导接见的照片就足以说明这一点。舒国安的忠诚还体现在他爱兵如子上面。他认为，如果领导不关心士兵，不把士兵当作自己的兄弟看待，那么再忠诚也都是虚伪的。此外，舒国安的忠诚也体现在爱情上。唐晓萍认为，尽管他们那代人不像现在人那么浪漫、张扬，当年的他们比较含蓄、羞涩甚至是有点木讷、呆板，但时代却禁锢不住年轻人内心里对爱情的渴望，他们也曾经以青春的名义追逐过梦想。舒国安本来是要回到江南故乡的，但他还是割舍不下草原上的那份纯洁的感情，最终通过重新安置又回到了唐晓萍的身边，也算圆了自己的青春梦、爱情梦。几十年来，由于部队较忙，他经常要下基层，但是再忙，舒国安都坚持他那个多年养成的好习惯，亲自打电话给唐晓萍报平安并说上几句温柔的话，拿唐晓萍的话说是“哄死人不偿命”。只要不出差，舒国安也会早早回家，替妻子分担一些家务活儿。这几年随着年龄越来越大，温柔话少了许多，但他却用更简洁实用的行动来代替语言，体现着对爱情、对家庭、对妻子的忠诚。唐晓萍有颈椎疼痛的毛病，于是舒国安就照着书本，学会了简单的按摩，经他推拿，唐晓萍的老毛病缓解了很多，日积月累竟然还上了瘾。

唐晓萍向女儿进一步说明着舒国安的忠诚：部队其实也是一个小社会，

多年以前，也有很多部队的女性向他们的偶像首长舒国安同志示好，想把舒国安从唐晓萍身边“挖”走，但舒国安最终把持住了不断膨胀的欲望，感情不为所动，妥帖地处理好了上下级关系和男女关系，从而让神圣的军婚没有被破坏，俩人的爱情故事一度成为经典佳话。

舒娜认真地听着妈妈的絮叨，而唐晓萍很显然是动了情，她接着给女儿讲述着丈夫的忠诚。唐晓萍认为，忠诚说起来容易做起来其实很难，也许有人认为这是个伪命题，男人嘛，就应该修身、齐家、治国、平天下，但是他的一些同学和战友，很多人事业有成后经不住诱惑，最终对爱人不忠诚，闹得满城风雨，因小失大，后悔莫及。有的人，甚至为了新欢不惜动用手中的权力，走上了贪污腐败的道路，锒铛入狱，结果令人唏嘘。因此，忠诚不是用嘴来说的，而是用实际行动来做的，它不是一时的情感冲动，而是经过深思熟虑后的抉择。

总之，唐晓萍认为，女人这辈子最大的幸福其实并不是拥有多么辉煌的事业、拥有强大的经济实力或者培养出一个优秀的下一代，而是选择一个相濡以沫的伴侣。相好者容易找，而伴侣却不轻易得，需要经过岁月的磨砺和考验。

这么多年，唐晓萍始终觉得舒娜还是那个在自己襁褓里吃奶的孩子，她不愿看到她长大，更不愿意让自己一天天衰老。但是，当她突然看到女儿将一个陌生的大男孩领回了家，才意识到自己或许忽视了孩子，早就应该给孩子做一些生理心理上的疏导，好让孩子们更好地走向社会而不至于盲目、受伤。今晚唐晓萍借着散步，以自己为例，认认真真地给女儿上了一堂爱情课、事业课和人生课。舒娜也第一次听到母亲这么经典的系列讲话，虽然有些话一时半会儿不能全理解，但她知道母亲是为自己好，为自己着想，她为拥有如此优秀的母亲而感到自豪。

舒娜也不再向母亲隐瞒什么，她把夏河的情况给母亲进行了详述。她认为，夏河是自己遇到的最优秀的男生。他虽然出身农村，但他身体里却流淌着高贵的血，他是个不情愿被某种固有的东西所束缚，喜欢追究事理、追求完美的人，他不矫揉、不造作，相反还有些过于单纯和正直，有一种理想化的傲世高洁，但这正是今后诚信社会所需的，是她所看重的。她还认为，夏河作为北漂也许会暂遇一些困难和问题，但他是有理想抱负、有一定写作功底的人，且有一股子韧劲，所以成功是迟早的。作为自己，一定要向他学习，如果不能如愿到《国家的眼睛》杂志社，那么暂时就在燕北落脚，积蓄力量，待夏河一切稳定下来，自己就去找他，和他一起创业、逐梦。

舒娜还告诉妈母亲，“寂寞是有所期待”这句格言是自己编出来的。既然自己在大学里已经寂寞了四年，因此也不在乎一时半会儿的分离，最终有信心把爱情长跑继续进行下去，直到和他牵手。她还认为，自己这一代人受的是正规教育，没有经历过父母亲那样的复杂年代和复杂感情，相信背叛的事情不会那么轻易发生。总之她认为夏河有人格魅力，吸引她不顾一切地去爱他！

唐晓萍终于领教了女儿个性里非常像自己的那一面，她想，与其让女儿去劝说夏河留在燕北，倒不如先等夏河实习完了再说，也许那时候，残酷的现实会磨掉两个年轻人的意志，将来即使自己不说话，他们也会主动上门来找自己。想到这些，唐晓萍心安了许多，但一想到夏河坚毅的眼神和不可估量的前途，她还是有些矛盾，有种想要又不敢要、想接纳又不敢接纳的纠结。

阵阵夜风徐徐吹来，北方的温差效应开始显现，舒娜赶紧将自己的外套披在母亲身上，两人结束散步，依偎着上楼、回家。

第十一章　彷徨

人们说男人统治世界，而女人通过统治男人统治世界，这其实只是一种调侃。说到底，女人不容易。看看身边，女人一边要工作，一边要带孩子，还要照顾双方老人，一天天忙得晕头转向，哪有那么容易在事业上和男人一争高下？

第三天，夏河就要返程了。三天虽短，但他却收获巨大，用他对宿舍好友小毅的话说是“三天经历了三年多的事情，终生铭记”。之前，夏河内心深处还一直纠结着关于就业和爱情如何处理那个伤神的问题，但经过家宴，经过与舒娜家人面对面的沟通、交流，夏河心中的那个阴影被爱情的阳光一下子撕裂，心头重又阳光普照，变得更加自信，浑身像打了鸡血一般。舒娜也被他这种正能量所感染，更加小鸟依人，更加善解人意。两个年轻的恋人好似一下子冲破了枷锁，获得了家人巨大的理解和支持，爱情观、价值观、人生观变得更加熟稔。

送走夏河后，舒娜回到家，当晚她没有像往常一样自恋，而是打开音响，放了一曲超喜欢的理查德·克莱德曼的《拉拉主题曲》给自己，优美的旋律和窗外的风吻过少女柔美的面容，撩动着她的秀发，也撩动了她的思绪。窗外传来火车的嘶鸣，她认为那是北上寻梦的夏河在呼唤她，于是情不自禁想写点什么东西给他，她慢慢放低了音响，静下心为夏河写了一首小诗《征途》：

爱人，为了理想

我们终将拔营起寨

洁白的哈达是我纯洁的心灵

黑色的风是我招摇的夜歌

这首诗，暂时驱赶了舒娜的空虚。舒娜非常喜欢夜，夜让她很踏实，一次次甜蜜的梦里还可以见到心上人，因此唯恐它稍纵即逝。夜的确是一个好东西，它会让人冷静下来，让心绪归零，让思想奔驰在星辰大海。在夜里，刚强的人不妨柔弱一下，积蓄力量；柔弱的人可以再坚强一些，规划来日的方向。这个夜里，舒娜对于未来也有了一个更加清晰的设计，她要好好地拜姥爷唐家邦和父亲舒国安为师，充分发挥家族的文学基因，多练笔，勤写作，用好的作品去迎接相聚的那一天，然后一起去过理想的生活。

从第二天开始，她把自己前几年写的一些诗歌和散文重新拿出来，看了又看，改了又改，总觉得文学真是永无止境。她又钻到图书馆里把古今中外的大诗人、大作家的代表作品拿出来认认真真研究了一番，并和自己的作品做了对比，逐渐理清了未来创作的方向。舒娜认为，好作品来自现实的土壤，但也需要上升到一定的境界，才能在朴实无华的基础之上绽放出美。好的作品是一种积累，是一种灵感，灵感来了才能动笔，哪怕一个字，也要及时把它记下来，逐渐积累成美妙动人的诗句。

舒娜也想到，既然诗歌的土壤是现实生活，那诗人必须要沉下去，到大众生活中去汲取养分，若是闭门造车，则蹉跎了大好青春。即将要毕业了，在社会面前自己还是一张白纸。人们都说大学生的可塑性很强，一步踏对，前途无限光明，而一步走错，道路无比曲折。她想，写作不应有功利性目的，但现实赤裸裸地摆在她面前，若要早日和夏河相聚，在北京找到适合自己的工作，势必需要具备较高的写作水准。有什么捷径呢？舒娜觉得自己要好好想想，必要时需要和母亲唐晓萍再深入交流一下。

须臾间，她突然间有了一种去报社的冲动。燕北日报，就在她每天上学路过的地方，二十世纪八十年代全市地标性样板工程，二十多层，高耸入云，巍峨雄伟，虽历经风雨，但依然发挥着巨大的作用，吸引人的眼球。用当年非常重视媒体作用的老省长的话说，就是要为草原建设一幢五十年不落伍的现代化大楼，用它来把草原宣传出去，把世界的目光吸引进来！

舒娜一冲动就专门跑到了燕北日报社，平时太匆匆了，自己也只是个过客。燕北日报社门口有个公交车站，站名就叫燕北日报。此时，全国报业开始改革，从各家省报分离出很多独立经营的专业型报社，但燕北还相对迟缓，除了新华社驻燕北记者站有一些名气外，全省报业几乎被燕北日报垄断。燕北日报是纯事业单位，能进入燕北日报上班就相当于找到了铁饭碗，它是无数新闻专业的学子们梦寐以求的地方。可以这么说，从燕北日报社这一站下来的旅客，若是直接走进了燕北日报社的大门，必是雄赳赳气昂昂，充满成就感。今天，她亲自体会了一把，感觉燕北日报社大院里出出进进的工作人员个个特有精气神，甚至刻意保持与公交站牌下正在等车的人们的距离。舒娜心想，牛啥，要我去，本姑娘还要考虑考虑呢！

当她徘徊在燕北日报门口时，手机响了，舒娜兴奋得以为是夏河打来的，一接，原来是赵官君，嗬！这么快他老人家就有了我的手机号，难得用心，舒娜笑着摇摇头。

“才女，忙什么呢？”

“哦，不忙什么，还不就是毕业那些事儿嘛。”

“唔，听你话音不太高兴嘛？”

“没有不高兴，喜怒无常乃人之常情。”

“呵呵，文化人就是不一样。对了，那天晚上你和你朋友在酒吧，我是不是失态了，我想当面给你和你的朋友道个歉！”

“喂，我有那么小心眼吗？不用，我都忘了，你怎么还客气上了？何况……”

舒娜欲言又止。赵官君一听她话里比较尴尬，于是赶紧转移话题：“对了舒娜，我有一个朋友在咱燕北经济报当一把手，刚从燕北日报分出来，正在招兵买马呢，你想去吗？去了可就是元老，前途无量啊。要不咱们见个面，我给你详细说说？”一听是和报社有关，舒娜顿时来了精神：“哦？我咋不知道呢？好吧，那你下班后到我家楼下给我打电话，我今天正好要回家取东西。”“好嘞！我的大才女，那咱六点见！”官场才子竟然像是受到了意外的恩赐一样，得意地挂了电话。

五点五十五分，赵官君就早早地等在了舒娜家楼下，他特意换上了一件类似夏河那天穿的淡粉色T恤，整个人也休闲了许多，不再像往日在省委上班那样，上自高层下至平头百姓，所有人一律像大领导那样白衬衫、蓝裤子一穿穿好几十年，一副老气横秋的样子。刚给舒娜打完电话，就见唐晓萍推车回家。“咦，这不是小赵吗？组织部来了个年轻人就是说的你吧？”赵官君腾地一下脸红了，他对唐晓萍打小就发怵，一来唐晓萍有放狗经历，二来唐晓萍是多年的省委大处长，人脉深厚。官道上，不管调侃者用心如何，听者绝不能掉以轻心，更不能把喜恶写在脸上，一定要伪装起来，细细甄别，谋而后动，否则很容易落下不好的印象或话柄从而影响仕途。有人说官场每天做着毁人的游戏，有人说官场有暗权术，虽然言过其实，但赵官君却深谙那一套，对任何人的话都谨小慎微，足够重视。赵官君忙不迭地讨好唐晓萍，不过他觉得大家虽然都在省委大院上班，但毕竟都在一个军区院里生活，叫“阿姨”比叫“唐处长”会更让唐晓萍舒服一些。于是赶紧回复：“唐姨，让您见笑了呵呵，我刚到这个单位，以后在省委大院还得多仰仗您哪！”他这话说得唐晓萍也不好意思了，忙说：“嗨，你唐姨都快退休了，小赵你年轻有为，又在好部门，用不着我提携，好好干吧，你行！”赵官君意外地受到鼓励，心这才安定下来，搓搓手低头笑。这时，舒娜刚好也从楼上下来了，一看母亲正和赵官君谈话，赵官君竟然还使劲搓着手傻笑，好有意思。于是她冲着唐晓萍说：“妈，我和赵官君出去一下，晚饭就不吃了。”她这么一说，唐晓萍有些犯嘀咕，心想：这死丫头搞什么啊？今天带着夏河，明天带着赵官君，现在的年轻人真是让人看不懂！唐晓萍传统思维又上来了，不过她对赵官君还是很放心，毕竟这个孩子是她放狗追大的，又是党员干部，于是她手一挥，任由他们去，默默地将车子推进了楼道。

“到 1180，边吃西餐边听歌如何？”赵官君提议道，舒娜摆摆手，她递给赵官君一根雪糕，指了指对面不远处的荷西茶餐厅：“喏，那里，刚开业不久，环境好。”其实不是舒娜不想去 1180 酒吧，自从和夏河谈恋爱，她就不想再和别人去那个飘逸的地方，除非是夏河。当然，她也不想让赵官君破费，1180 酒吧那天竟然花费了她四百多元，够宰人的。

俩人在荷西茶餐厅找了一个角落坐下来，赵官君要点这里最贵的菲力牛排，舒娜忙阻止，她只是随便点了一些小甜点，俩人边吃边聊。赵官君不愿再触碰爱情这根敏感线，他是不愿意相信那天和舒娜到酒吧的小伙子就是舒娜的男朋友，因此，一开始俩人就谈了谈有关工作的事情。他向她倾诉，把埋在心里平时在单位不敢说出来的话全部倒给她的女神。

因为从小在部队院儿里长大，每天见到的都是一身戎装的士兵，回家听到的也大都是部队的事情，骨子里难免有一种军人情结，所以赵官君立志长大当一名军官。然而军人出身的父亲死活不让他从军，硬是逼着他高考时填报了团校的法学专业，进而导致赵官君在大学里找不到乐趣，成绩平平。所幸毕业后有团校的招牌，参加选调生考试分到了团省委。初到团省委，他每天耷拉个脑袋。直到有一天，单位里一个背景雄厚、刚从基层借调转正、什么业务也不懂只会讨好领导的小兄弟突然心情不好，对他的态度三百六十度大转弯，竟然当着很多女同事的面给他难堪、训斥他，让赵官君一时愣在了那里，感觉这机关友谊的小船怎么说翻就翻了呢。此事大大刺激了赵官君，他想，连借调的人都看出自己不上进，胆敢欺负自己，自己怎么能不好好地去混呢？于是，赵官君潜心研究厚黑学并如法炮制，发誓要在这臃肿庞大、强手如林且险象环生的官僚机构中大显身手，找回自尊。最终，他一路过关斩将，终于混到了今天备受重视的省委组织部。尽管成绩来之不易，但内心讲，赵官君认为毕业还是应该选择感兴趣的职业，否则会干得很累，把握不好，有可能一辈子平平庸庸，轰轰烈烈入职，悄无声息退休。相反，从事自己喜欢的职业，会焕发一个人的精气神，激发人内在的潜能，说不定能搞出一些创新的东西为大家所佩服，做不到风生水起吧，最起码每天能拥有一个好心情，不为世俗所累。

赵官君所言如此发自肺腑，令舒娜感动，同时受益匪浅。她也就此打开了话匣，也把自己的兴趣和喜好与赵官君娓娓道来。赵官君很支持舒娜去搞文学创作，还说那其实是包括他在内的很多人的梦想，只不过苦于天赋制约而已，不然每个人都会变成大文豪、大导演，按照自己理想的方式生活。他建议舒娜可以到一个清静又有文化背景的地方去就职。当然，赵官君也毛遂自荐，他告诉舒娜，如果她的父母不愿意求人，他本人可以动用手中的资源替舒娜找这样的单位，至于报社之类的事业单位，对他来说可谓探囊取物，毕竟，全省所有的副处级以上干部还是由省委组织部来管理的，面子不会不给。舒娜谢了她的美意，顺便也把赵官君褒奖了一番，让赵官君很是激动。

看到舒娜开心的样子，赵官君认为继续进攻的时机成熟了，他于是刻意挖个坑儿，等着舒娜往里钻。他对她说，毕业生找工作必须考虑另一半的情况，舒娜你如果有了男朋友，那就不得不涉及这个问题。舒娜笑笑，抿嘴喝茶，就是不说话，等着赵官君继续说下去。最后赵官君终于失去了耐性，开始直白地问："舒娜，那天在酒吧和你一起的男生不会是你的男朋友吧？"舒娜其实不想谈这个话题，不愿意让赵官君感到尴尬。但既然这么一问，舒娜也就毫不避讳，点头表示同意。赵官君张大着嘴巴，半天说不出话来，心中很是失落和懊悔，想想还不如不问呢。看到赵官君一脸彷徨，像丢了魂一样，舒娜赶紧拿起茶杯递给赵官君，安慰他："一杯清茶解心火，请君品茗。"赵官君没有兴趣，默默无语，有一种"我本将心向明月，无奈明月照沟渠"的落寞。该舒娜着急了，她说："别这样啊，现在不是挺好嘛，朋友之间可以无话不谈。"赵官君叹了一口气，不愿意接受现实，又没有办法，一时气氛显得很尴尬，像两个即将分手的恋人一般静默而坐。突然，赵官君像发疯要找回什么东西似的，两只手一下抓住了舒娜，如哀求一般，目光渴望地望着她，他请舒娜也给自己一个竞争的机会，还说那个大男孩毕竟要回到家乡，他有可能是她的累赘，而自己却是最优秀的，也是真心对她的。舒娜不再微笑，避开了他的眼神，远眺首都北京的方向，丢给赵官君一句冷飕飕的话：“不可能，除非他主动离开我！”

听完此话，赵官君有些绝望，心如死灰。舒娜站起身来，笑着拉起他：“当领导的人，怎么连这也承受不了呢？要成大事，不可儿女情长，走吧，过两天就好咯！”赵官君今晚没有喝酒，但依然感觉大醉，踉踉跄跄起身上路。在路上，两人一直沉默。临到门口时，赵官君突然回身盯着舒娜，像复活了的僵尸，吓得舒娜心里发怵，他说：“舒娜，我可以等，但你可一定要说话算话！”舒娜瞪大了双眼看着她，她觉得此时的赵官君不再是一个踌躇满志、斗志昂扬的党员干部，而是像个爱情大魔头，终于露出了他“狰狞”的面孔。是啊，爱是自私的，为了爱，为了心中的女神，谁又敢说自己不着魔，谁又甘心主动放弃呢？何况舒娜所面对的是一个能力、占有欲都超级强大的追求者。

回到家，舒娜一边洗漱，一边理理心绪。洗漱间门口，唐晓萍早就端着一杯咖啡静静地看着宝贝女儿，毕业前的东奔西跑让她很是心疼女儿，但也说明孩子长大了，不仅懂得了谈情说爱还懂得了为事业打拼。不过，唐晓萍沏了这杯咖啡，压根就没有打算让女儿早睡，她想和孩子聊一聊，今后也许这种单独谈话的机会越来越少了，她得珍惜。舒娜刷完牙洗脸，抬头对着镜子用脂膏揉自己的额头，突然从镜子里看到柔情似水的母亲以及她手中热气腾腾的咖啡，于是冲妈妈撒了一个鬼脸，飞快地用毛巾擦干脸，很自然地端过杯，和母亲一起来到了客厅。客厅里没有外人，舒国安刚下了基层，唐家邦老爷子喜欢住在自己的老窝里，屋里只有母女两人。舒娜躺在妈妈腿上，俩人边看电视边聊天。各家电视台都在竞相放映手撕鬼子的抗战神剧，对于这种完全脱离实际、只会诱导人们义愤填膺地抵制日货的脑残片子，舒娜和唐晓萍都不太喜欢，他们更喜欢韩剧和泰剧，更有家庭味儿，更符合人性需求。于是俩人干脆就关了电视，畅聊起来。

“妈，您是宣传口的，您觉得我当记者合适吗？”

“没有什么合适不合适的，只要敬业并有一定的文字水准我看就行，但成功可不大容易，尤其是女记者。”

舒娜一翻身，“嗨，我的老妈，您这又是灭自己的士气吧，女记者为啥难以成功？”唐晓萍笑笑，把舒娜的头重新揽在怀里，讲出了自己的观点。

唐晓萍又给女儿上了一堂深刻的人生大课。她认为，从古至今，女人就是羸弱的代名词，不承认还真是不行。孔老夫子那句名言以及儒家三从四德思想就不用多说了。放眼世界，西方的《圣经》就讲得很清楚：上帝在创造了亚当后，怕他一个人生活不好，就取其肋骨创造了夏娃，认为女人是男人的一部分，是男人的附属，用上帝自己的话说就是“基督是各人的头，男人是女人的头，上帝是基督的头”。总之，这种思想根深蒂固地存在了几千年。从教徒数量上看，现在全世界人口六十多亿左右，而基督教徒人口居然有二十亿左右，占了三分之一，太惊人了。也就是说全世界有三分之一的人口接受着这种带有明显偏见的思想。此外，那个西方大文豪莎士比亚就是一个典型的基督徒，他甚至直接给出了“女人，你的名字是弱者”的论断，影响深远，令女士们汗颜。

唐晓萍接着讲，虽然“女人是弱者”这种观点有失偏颇，很多人反对，他们甚至举出了某某国女总统的例子，但女总统大多集中在西方发达的国家，在法制健全、制度完善、社会稳定的情况下，谁来当总统都无所谓。不过女总统也只是凤毛麟角，尤其是在独裁、集权的传统国家，根本就不会出现女总统，因为国家需要强人主宰，强人管控，而女性天生温柔如水，下不了狠手。另外，又有人说，男人统治世界，女人通过统治男人统治世界，这其实只是一种调侃。说到底，女人不容易。看看身边，女人一边要工作，一边要带孩子，还要照顾双方老人，一天天忙得晕头转向，哪有那么容易在事业上和男人一争高下？当然生活中也有一些很有成就的女人，她们决不承认女人是弱者，她们很拼，很辛苦，但也无不是抛家舍业，减少了对家人的关怀，耽误了孩子的学业，到头来甚至还落下一身毛病，真可谓“竹篮打水一场空”。再从大学生就业来看，女大学生很被动，用人单位都想录用男孩子，理由很简单，因为男孩子们不用生儿育女，男孩子更方便加班、出差，男孩子闲言碎语会更少等等。再看记者，获普利策奖的美国记者大多是男性。国内获得中国新闻奖、长江新闻奖的记者也大多数是男性，大多数战地记者都是男性。一名好记者必然具备正义、勇敢、坚定的特质，工作中随时都充满着激情但也面临着风险，节奏上需要风风火火、快刀斩乱麻，精力上需要充沛而有爆发力，这些特点女记者都很难具备。

说到最后，唐晓萍并没有给出舒娜适不适合从事记者工作的建议，不过她最后也认为，记者行业也不是所有人都要玩儿命去做出一些辉煌的成就，亦可如其他行业一样，哪怕是平平淡淡，只要恪尽职守，问心无愧即可。

听了母亲如此引经据典、高屋建瓴的一席话，舒娜暗自佩服母亲不愧为见过世面的大处长，果真名不虚传。她也似有所悟，觉得做女人还真是不容易，于是就抱住靠枕，往唐晓萍怀里进一步蹭了蹭，心想还是啥也不去当，一天到晚就当女儿躺在母亲的怀抱里最安全了。

第十二章　出师

是骏马注定要在草原上驰骋，是雄鹰迟早要在蓝天上翱翔。是时候了，启程吧，孩子们，你们的征途是星辰与大海，祝你们出师大捷！

夏河又回到了北京，回到了那个他无比熟悉的地下室，只不过这次，他已经适应了房间里的臊臭味。他笑着给自己鼓气：大凡成功人士，多从底层做起，一步一个脚印最终赢得辉煌。夏河深信这一点，只不过首都北京这个地方极具冷幽默，这个既让你爱得要死又恨得要死的地方告诉你，不要指望一夜暴富，要想成功，不是简单地从第一层干起，而是要从地下室干起，甚至这臊臭阴冷的地下室还有可能分一层、二层……

夏河回到公司后，很快将迎来实习期满。不过好消息也接踵而来，公司内部透露出消息，将留用不到五名实习者，而夏河因为工作踏实肯干，得到了财经部主任的力荐。留下的人将搬到公司为大家统一租赁的员工宿舍，意味着夏河即将要告别地下室了！此外还有一个令夏河兴奋的消息，赫赫有名的新闻人文凯先生将加盟中毅网。文凯原是西部某大型报社的新闻部主任、高级记者，因为新社长要一改报纸的深度、“打黑”风格，转向商业化和快餐化风格，一气之下，文凯提出了辞职，他想在自己满三十九岁时也北漂上一把，彻底和束缚自己的体制告别，成为一名自由撰稿人。中毅网一把手田总是文凯的大学同学，他了解文凯的才气和脾性，他建议文凯和自己一起去把新闻网络做起来。文凯笑着拍拍田总的肩膀，说他好不容易壮士断腕逃了出来，就别再拉他回去了。他还说，国情所限，互联

网搞别的行，搞新闻一是不会赚钱，二是管制严格，即使运作起来，估计很长一段时间都走不出转载和烧钱的模式，前途未卜。他这几句话虽然有一定道理，但田总还是耐心地给老同学勾勒了中毅网未来的发展前景，包括开设音频、视频栏目、互联网增值业务，甚至将来会上市，听得传统媒介出身的文凯大记者瞪大了眼睛，感觉老同学是在讲天方夜谭。不过文凯倒是见证了新媒体的迅猛发展，手下就有跳槽到互联网门户网站专门从事娱乐、体育类新闻和财经报道的，还拿着数倍于报社的工资。但像老同学田总这样踌躇满志、运筹帷幄的，他还是第一次领教。田总看他将信将疑，就干脆把文凯拉到了中毅网位于中关村的总部大楼。在中毅网总部大楼里，文凯除了见到墙上醒目的网站精神、网站理念、网站文化以及热情漂亮的客服小姐外，还见到了整洁干净的办公环境、利落得体的统一着装。最关键的，这里有着不同于传统新闻单位的工作状态，可以用欣欣向荣、热火朝天来形容：在每一个格子间，人人都甩开膀子，干得非常卖劲，没有大声喧哗，没有自由散漫，只有兢兢业业的员工手里拿着文件夹在部门里来回穿梭，还有匆匆的脚步声、沙沙的文件翻动声以及窃窃私语的讨论声，充满着创业的朝气。在田总宽大的办公室，文凯躺在他的太师椅上舒服地感受着，不断向四周环顾，墙上，一张国家领导人亲切接见出席第二届全国互联网新闻高峰论坛的代表合影，把他深深地吸引住了，那张照片上有很多他过去全国新闻界的老朋友，他们的职业生涯已经先于他上了一个新的台阶，他不禁也想到国家近年来不断加大了新闻业走出去力度，鼓励互联网新闻事业发展壮大，有强大的国家做后盾，互联网新闻事业的春天也许真的到来了。文凯陷入了沉思，一句话也不说。急得老同学田总拿出了杀手锏：“把你的编制转在中毅新闻报社，再让你来当副总，这回行了吧？”文凯突然一摆手，做出来什么也不要的动作，然后说出了一句非常爷们儿的话：干他娘的，大不了从头再来！

有了文凯的加盟，有了田总的支持，中毅网新闻部的招牌立马亮了许多。最有说服力的是，网站进行了整合，新闻部和财经部暂时合并，文凯亲自担任主任，原财经部刘主任甘愿屈居老二。让夏河兴奋的是，如果自己能像传言那样留下来，那就会成为自己偶像文凯大记者麾下的一名干将。

很快，网站录用名单经中毅新闻报社审核同意，就贴在了公司的综合部门口，结果令人出乎意料，网站从面试者中选择了近十位留下来，夏河的名字赫然在列，这是要大干一场啊，这个比例可是将近三分之二了，其中原财经部和新闻部的实习生几乎全都留了下来，大学生们欢呼雀跃着，笑声感染了总部大楼里其他的同事，孩子们情不自禁地拥抱在一起，用泪水感谢田总，感谢良心单位，感谢团队。有几个小女孩竟然直接抱住了田总，逗得大家哈哈大笑，田总也感觉自己突然变得年轻了许多。网站为留下来的新入职者举行了简单的欢迎晚宴，田总发表了题为“中毅欢迎你，世界拥抱你”的激情演讲，他把自己的偶像乔布斯的口号一次次念给下属听，给大家鼓气加油：我们的目标从来不是打败竞争对手或者是挣到大钱，而是做尽可能不平凡的事情和更大的事情，活着，就是要来改变世界！夏河沉浸在对中毅网的美好憧憬中，像再次打了鸡血，激情澎湃，渐渐忘掉了飘零中所经历的惆怅和坎坷。

晚宴后，夏河激动地把这个消息通过电话告诉了舒娜，舒娜又激动地把这个喜讯传递给了母亲唐晓萍。因为唐晓萍是搞宣传的，早就知道国家的网络新闻发展战略，也听说过田总和文凯两位大记者的大名，因此也由衷地为夏河感到高兴。唐晓萍想了想自己给孩子们所做的规划，已然是派不上用场了，现在唯一能做的就是想办法把女儿弄到北京或者让女儿在燕北找一个能充分锻炼才能的地方，以便将来能够在北京容身。这是唐晓萍心理上所发生的最微妙的变化，坦率地讲，她虽然想极力庇护女儿，让女儿今后过得能安稳一些，但也深谙体制内的许多弊端，它已无形中约束了许多年轻人的发展空间。也许转换思想观念，正确地引导孩子，让孩子们随性地去广阔的世界里闯一闯，不失为为人父母的明智选择。

时间过得很快，转眼就到了五月中旬，按照学校统一安排，实习的同学们要回到学校进行论文答辩。夏河向公司请了假，顺便回去拿就业协议书，等下次再返回北京，他就要和中毅网正式签约，要成为和田总、文凯一样的新闻创业者，成为一名区别于那些住地下室的山东老乡的白领。

毕业答辩很顺利，夏河和舒娜都得了优秀。趁着假期，趁着心情大爽，夏河还在校园里痛痛快快踢了几场球。与平日不同的是，场下总有一位楚楚动人的女生替他拿衣服和水杯，为他鼓掌、加油。夏河也终于和其他师兄师弟一样，有了自己的女朋友，只不过稍迟了一些。"好饭不怕晚，好兔不怕鹰"这是女友说过的，在即将毕业的半年时间里，夏河与舒娜高速发展成为了恋人，对未来毫无畏惧，坚定地走到了一起。然而同时期，昌瑞大学却有另外一些恋人因为毕业分不到一起或者感情逐渐变得乏味而选择了分手。这就是爱情，分分合合，合合分分，无论结果如何，痴男怨女最难忘怀的永远是为爱的每一次悸动。

这些天，夏河简直换了个人，不仅整个人变得更加精神，而且还特别粘人，几乎每天都撵着舒娜跑，早早地等在女生楼下，然后和她一起用餐、一起散步、一起学习，从旭日东升到日落黄昏，小恋人谁也离不开谁，仿佛要把失掉的旧时光统统补回来。有一天，两人在操场慢跑，舒娜突然向夏河建议，干脆别找工作了，一起留到学校复习考研吧，考上同一个学校，就能再轰轰烈烈谈上三年五载恋爱了，岂不快哉！对这一浪漫的建议，夏河居然一口同意了，惹得舒娜使劲追打夏河，边打边骂：说谎也不思考思考，你们这些男人才不会这么浪漫呢，心中只想着你们的事业、事业！

夏河去了北京后感觉到老外如蝼蚁一样多，一起实习的小伙伴们外语也一个比一个好，他虽然大二就过了英语六级，但属于标准的哑巴式英语，他觉得将来外语很重要。他还想，若是将来有一天真的成为一名驻外记者，那么必须有过硬的外语水平才行。夏河先知先觉，他要将自己的短板补上，趁着还在校好好地把口语和听力练练，为将来积蓄能量。

这天，两人在图书馆查找外语资料，夏河的舍友小毅找到了他，带来了一封来自《国家的眼睛》杂志社的信。夏河和舒娜赶紧打开，师兄岩松的才气跃然纸上：

夏河兄弟：

你好！谢谢你和文学社的学弟学妹们还记得我。“昌明励行、瑞兆新学”，在丹桂飘香的季节里，我曾有幸成为昌瑞大学的一员、成为你们的朋友，很骄傲。但也有幸也成为一名不称职的文学社长，很惭愧！

虽说“挥一挥衣袖，不带走一片云彩”，但四年大学生活在还是在心中烙上了深深的印记。梦里，依稀又回到了草原，回到了昌瑞大学，回到了你们身边，可醒来却是一场梦！昌瑞文学社的那段经历，是我人生中最为得意的一段时光，既当“文官”，又能和文友们谈天说地，好不自在。而今，想校园了，想你们了，却总能找到一大堆回不去的借口，如果这人生能说走就走就好了！

今天我最想说的、也是最令我欣喜的是这四年你竟然发表了那么多诗歌和散文，而且不乏有分量的刊物，真的为你感到高兴，兄弟，好样的，当年我也算是慧眼识金啊！如果将来你真的留到北京，那只能说我们真的是太有缘了。届时，我会去接你，我要拿上北京人最喜欢喝的二锅头酒，你也一定要带上正宗的草原牛肉干，然后我们一起大快朵颐，一起再像当年那样谈古论今、谈天说地！

你的《山谷里的回忆》我拜读了，我是边读边流泪啊！小说主人公的经历引起了我的共鸣。虽然这是一个励志的故事，情节有些曲折，但讴歌了生命，鞭挞了贪欲，充满了人性思考，主人公最后结局也还不错，名利双收，娶得美人归，符合读者的口味。尤其是我对你作品里提到的“一列列火车把家乡掏空了，滥垦滥挖导致家乡垃圾遍地，污水横流，物质家园和精神家园都相继失守”颇感兴趣，这其实是一个很严重的社会问题，是媒体应该深入追踪报道的问题，我会向杂志社建议，把这个问题当作一个很好的课题去好好研究报道一下，让人们知道，谢谢你。另外我也不是文学大师，不敢轻易评价你的这本小说，只是提个小小的建议，建议你把后半部分再拖一拖，不急着定稿，等有了切身感触或者有了成熟的经验后再定稿，也许会更加出彩！

关于求职，也许会让你失望了，我也给不了你太多建议，因为这是一个人一辈子非常重大的抉择，马虎不得，得自己做主。我认同你对新媒体的远见卓识，很棒，有新意！如果有一天我也要转型，也许我也会选择去新媒体。我也认识几家新媒体网站，有机会可以给你推荐一下。我知道你实习的那个中毅网，田总是一位大记者，我见过他，印象中他很有魄力。中毅网有中央媒体背景，若能留在那里，前景应该很好。此外，包括我在内的大多数人，绝对没有能力把你弄到北京的杂志社或者新闻媒体，这种地方大多是事业编制，体制内管理，除非极其优秀的，有突出贡献的，否则很难。你想，大家若都能有办法进京，北京的诱惑力就不会有这么大，若不控制进京人口，迟早首都真的就变成“首堵”了。年初，我们单位想从全国挑选几个优秀的女才子，加强女性栏目的报道。我还特意向领导推荐了咱们文学社那个叫舒娜的女孩儿，那个女孩儿给我的印象非常好，绝对属于林徽因一级的，才貌俱佳，听说杂志社也和她要了一份简历，领导们上会也研究过，但最后还是没有了下文。杂志社最近进了几个京籍的名校学生，我估计舒娜这个事情要黄，可惜啊，大概和你应聘公积金中心落榜相类似吧。

总之，找工作，我个人认为也不要那么焦灼、较真，“明者因时而变，知者随事而制”，不要拘泥于传统观念。是金子，埋在地下也是金子，它迟早要发光的。日本作家村上春树先生说的好，“不公平的社会同时也是大有用武之地的社会”，也许你现在还是聘用制，仍要吃一些苦头，但只要坚持梦想，不颓废、不抱怨、不抛弃、不放弃，相信前景会无限美好！加油吧夏河！

最后，请你给我寄一份详细的简历，我可以动用私人关系帮你联系一下，也祝你能找到心仪的工作，期待着我们在北京相聚！代问各位社友好！

读完师兄的这封千字长信，俩人被师兄的率真和才气感染，没有想到岩松师兄会第一时间回复，而且认认真真把他俩的事情当作一件大事来办。岩松对社会、对人生的看法以及给夏河的建议，特别是对师弟师妹无私的关心帮助，让两人沉默了许久，感动得无以言表。之后他俩又把信重读了一遍，师兄热情、谦和的面容仿佛又出现在两人面前，他始终是笑着在为他们加油。夏河把信整整齐齐地叠好放入信封，冲着舒娜说："徽因，咱回去？"舒娜拧他胳膊一下，骂了一声"讨厌"俩人收拾好东西走出了图书馆。

岁月就像一把铁剑，慢慢老去，恐慌中你不停擦不停擦，试图让它越来越亮，但总也阻挡不住它生锈。即将毕业的年轻学子们越来越多愁善感起来，发出一声声喟叹。慵懒的好日子很快就过去了，悄无声息。马上到离校的日子，每逢此时，在每一所大学，亭台楼阁、草坪花园、小桥流水就会被即将毕业的红男绿女们占领，相机咔咔的声音响彻整个校园，他们恨不得把校园里的一草一木全部带走，留下人生最美好的一段回忆。这个时候，毕业饭局也很快多了起来，年轻人们以各种由头聚会，大学附近的餐馆又来了第二个黄金期，下一个是开学，抓住这两个黄金期，一年就算是不白忙乎。最紧张的是涮肉馆，老板紧紧盯着孩子们的肚皮，生怕他们带入的东西过多，最后赚不到几个钱。夏河班里组织了一场题为"青春不打烊"的毕业聚会，夏河充分发挥了其文学才华和组织能力，他为每一位同学定制了一件 T 恤衫，T 恤衫背后的文字极具幽默，表达了孩子们就业的迷茫和青春的俏皮：毕业了，爱咋咋地！惹得各个班纷纷仿效，各种新词如"毕业了，把我的锄头还我""给我一个机会，我能撬动地球""说好的工作呢？"都涌了出来。音乐系同学们的文化衫上竟然印着"叔叔，我不要去夜总会"，让校长也苦笑个不停，举大拇指夸这些"新新人类"真是太有才了。

舒娜宿舍的女孩子们除了她还在等待母亲唐晓萍的工作安排外，都找到了工作。沈丹和贾蓉都留到了燕北，沈丹和她男友高俊去了燕北师大任教，贾蓉到了一家国有银行，只有云瑛去了外地。云瑛因为俄语水平极高，很幸运地被北京广播学院相中，即将成为一名战斗在首都北京的俄语老师。大家很羡慕她，殊不知人家云瑛四年里通过兼职俄语导游，不仅赚到了不菲的零花钱，而且通过理论联系实际，俄语水平更是上了一个很高的台阶，连首都名校的俄语生都甘拜下风，给地处西部的昌瑞大学狠狠争了光。面对闺蜜，云瑛倒是毫不掩饰，她一边贪婪地欣赏自己的指甲油，一边拍拍舒娜的肩膀说，到了北京一定要替她好好看着夏河，不让别的女人把他夺走。不过她也提醒舒娜，什么时候她不想要夏河了，一定要第一时间通知她，无论破铜烂铁，她收留就是！惹得舒娜撵着云瑛满宿舍跑，小姐妹们哈哈大笑，贾蓉更是笑弯了腰，说舒娜同学交友不慎，引狼入室。

六月十六日是个难以忘怀的日子，昌瑞大学蒋校长发表了激情满满的毕业致辞，给夏河和舒娜留下了很深的印象，好多女生都被他的致辞感动得掉了眼泪：

> 同学们，六月一十六日，这是一个吉祥的日子，六代表顺，我期待着昌瑞的学子们在今后的道路上能一顺百顺、越来越顺。六也是“留”的谐音，“6·16”代表了学校对你们的无比眷恋，想把你们再留一留。四年里，你们就是昌瑞的孩子，昌瑞大学就是你们的父母，她舍不得你们。陪你们走过四年的各位老师，其实泪水早就随着毕业的临近流进了他们的心田。然而，是骏马注定要在草原上驰骋，是雄鹰迟早要在蓝天上翱翔。是时候了，启程吧，孩子们，你们的征途是星辰与大海，我祝你们出师大捷！也许，“子一”三大堂你带不走，寸草厅你带不走，逸夫楼你也带不走，但你可以把你四年里所学到的知识带走，把美好的回忆带走，把梦想带走！
>
> 当然，韶华岁月，青涩校园，也正是爱情收获的季节！今后，你们要像善待恋人那样善待你们所学的知识，把它进一步夯实、深化，让昌瑞大学里学到的知识汇入广阔的知识海洋中，助力祖国巨轮愈行愈远！让昌瑞大学里学到的知识成为撬开你们成功大门的一块硬砖，助力梦想

早日实现。

最后，请同学们把“昌明励行、瑞兆新学”的校训也带走吧，带在身边，当你读到它的时候，记得常回家看看。你以母校为荣，母校也以你为荣，到那时，那个满头银发、身躯佝偻的我定会再次挺直了腰板，双手迎接我的孩子——那个身披荣誉光环的你，载誉归来，我们再以青春的名义共同奏一首凯旋的交响曲！

呼啦啦的掌声响彻云霄，孩子们把黑色的、蓝色的、红色的学士帽、硕士帽、博士帽一起甩向蓝天，向青春致敬，向母校告别，向未来的人生发出强有力的挑战！

送别时刻最感人。一列列火车满载各大高校的学子们奔向人生的新旅程，站台上，歌声和哭泣声传到了四面八方，连火车站雄伟浑厚的钟声也被淹没了。夏河、舒娜各自的班里有几位同学要一起进京，其中就有云瑛。同学们唱完《站台》再唱《送战友》，当一个男同学领唱小虎队的那首《祝你一路顺风》时，女生们最先崩溃了，连刚强的夏河也热泪盈眶，车窗上的云瑛更是哭得一塌糊涂，舒娜依偎在夏河的身旁，啜泣着向云瑛挥手，一只手死死地揪着夏河的衬衣，仿佛提前感受到了即将送别夏河的忧伤。火车缓缓启动了，云瑛向舒娜使劲地挥手，手腕上戴着舒娜送给她的小手链，她突然大声地喊了一声“等着你！”这句话是给舒娜的，舒娜听懂了，这是好友临别的鼓励，她一下子收住了眼泪，默默地咬住了牙，向好友挥手，心里已暗暗地向那个阻挡在她和夏河面前的障碍物发起了挑战！

舒娜满含泪水地望着远去的列车，心中说：亲爱的云瑛，为了你，为了夏河，为了友谊和爱情，我会去的，等着我！

第十三章　折桂

这世界真是残酷啊，什么都要竞争，连神圣的爱情也概莫能外，动物世界里疯狂的动物们每天都在激烈厮杀，争夺食物的支配权和繁衍的交配权，那人类又在争夺什么呢？

盛夏来了，太阳从瓦蓝瓦蓝的天空中垂吊下来，仿佛要亲吻大地，桃李湖边，被骄阳炙烤过的鲜绿色的树叶都一个个耷拉着脑袋，随风漫无目的地摇晃，很想一头扎进湖水中，像天鹅一样享受湖水的清凉。湖边的草坪上，每天总有年轻人以青春的名义聚集，在杨柳的荫庇下，大学生们围坐在一起，有人弹着吉他轻轻吟唱，又似轻轻诉说，女神们则优雅地晃着骄傲的头颅，把心中另外一些可望而不可即的男神和偶像想了又想、憧憬了又憧憬，让梦在随性的岁月里缓缓流淌。

夏河也要走了，他既兴奋又有些伤感，尤其是送走先行的同学之后，伤感进一步加剧，也开始多愁善感起来，伤感青春的散场，哀叹岁月的无情，甚至还有些埋怨老天的不公，非要给自己制造重重障碍，不能把心爱的人也一起带走。收拾东西的每一天里，夏河就如同盛夏的果实，光照过分，红得有些蔫了。心中的恐慌和依恋叠加，压得他像个泄了气的皮球。反倒是舒娜比他要坚强得多，她像个快乐的小公主，时时哼唱着欢乐的歌。在舒娜看来，自己终于得到了“觊觎”已久的恋人，收获了理想中的爱情，而夏河也没有让她失望，他顽强地在北京立住了脚跟，一如女友坚定地站在他的身边。对于未来，舒娜眼神里充满了希望，以至于每一刻她都有可能走神：她欢笑着欢笑着，仿佛已经到了首都北京，在西客站，夏河和云瑛伸出双臂来迎接她，她欢快地向他们跑去，宛如刚刚迎着春光、满怀喜悦、蹦蹦跳跳来到世间的小白兔，一切都那么新奇、兴奋……

六月过去，舒娜的工作还在等，她已经不在乎何时去上班。连日来，她也同样依恋着夏河，为他收拾每一样需要带的东西，婆婆妈妈、絮絮叨叨，一改往日风格。夏河则在一旁任她安排，自己只顾在她背后贪婪地欣赏女友婀娜的身姿。赴京前，唐晓萍特意让舒娜把夏河请到家里，她的容纳让夏河无比感激，家庭里，母亲具有护犊子的天性，而一旦有母亲的袒护，做儿女的就会无比强大、幸福。唐晓萍喜欢夏河，已经视其为自己的一个孩子，她知道夏河窘迫的家境，所以默默地为他准备了凉席、夏凉被和一些必备的用品，有些琐碎的东西甚至舒娜都没有想到，母亲则想到了，让舒娜和夏河心里暖流滚滚。照例，一家人边吃饭边谈文学，谈家乡，谈一切感兴趣的话题，唐晓萍破例喝了一杯白酒，那是夏河情到深处时敬给长辈们的酒，唐家邦、舒国安、唐晓萍把夏河敬过来的酒都干了，他们知道，这是一杯感激酒，孝心酒，更是一杯壮行酒！

夏河要离校了，他和无数的北漂族一样，到他逐梦的地方。除了舒娜，来火车站送站的人特别多，有班里剩下的同学，有文学社的社员，有校足球队的老队友，还有班主任锡老师。夏河进京，锡老师既高兴又不舍，高兴的是自己的爱徒找到了他喜欢的工作，不舍的是一位鞍前马后为自己和同学们效劳的大管家离燕北远去。夏河感谢大家来送他，一一和大家拥抱，最后是舒娜，俩人轻轻地依偎了一下，他接过她手里的东西，轻轻地拍了一下她的肩膀，然后低头一个健步跨上了火车。火车徐徐开了，这个山东小伙儿在车窗里向大家挥手，泪水早已打湿了衣襟，而车下，传来一阵阵浑厚的歌声，草原鲲鹏足球队战神们在锐队长的带领下齐刷刷地流出了不舍的泪，啜泣声夹杂在悲壮的歌声里，让《送战友》跑了调。

夏河走后，舒娜也离开了学校。她人缘好，因此一点儿也不因夏河的离开而寂寞，除了固定时间和夏河通话外，偶尔还会和沈丹、贾蓉聚一下，有时候小姐妹们也一起去班主任锡老师那里看看，几个女人点上一份麻辣香锅，大快朵颐，一吃就是好几个小时，女人的世界、吃货的世界谁都不懂。她有时候也和小美、小佳、猴子们胡吃海喝小聚一下，但会刻意避开赵官君。自从赵官君咬牙切齿地发誓要追求她、等着她，也吓住了她，以至于她在他面前多少有一些尴尬和紧张。但更多的时间，舒娜会待在家里享受读书、写作给自己带来的乐趣。她已经想好了，最多在燕北待上两年，等夏河稳住，她就辞职而去，哪怕做一个无拘无束的自由作家。她甚至还想，时下的一部分影视剧充满了色情、血腥和铜臭味，因此自己一定要写一部让自己满意的电视剧，一个人既当导演又当演员，想哭想笑由着自己，岂不快哉！说不定遇到懂自己的大导演，看上自己的作品并把它拍成影视剧，那样，自己就会像偶像作家严歌苓一样，成为女人花里成功的那一朵。

七月初，省地税局分管宣传的万局长到省委宣传部汇报工作，专程到老熟人唐晓萍那里坐了坐。万局长告诉唐晓萍，《税魂》在全国新一轮的刊物整顿中被省里力保了下来，而且省编办的文件也下来了，《税魂》即将半脱离地税系统独立运作。过段时间，地税局和省委组织部将联合招考一批有文学特长的优秀应届毕业生，充实到税收队伍和《税魂》杂志社中去，万局长嘱咐唐晓萍回去给孩子好好准备一下。临走，万局长有些尴尬，他低声向唐晓萍说起年初遇到贺市长时候，自己曾信誓旦旦地保证帮老舒家的忙，没想到遇到了机构改革，机关进人不像过去那么容易了。不过万局长让唐晓萍放心，能关照一定关照。唐晓萍谢过万局长，让他不要介意，只要是公平竞争，自己的孩子一定能考上，同时，有什么需要宣传部门帮忙的尽管开口，俩人笑呵呵道别。之后，唐晓萍安静地回到了办公室，现在的她经过半年的思考，变得冷静了许多，已经不像年初那样急迫地想给女儿找到一个合适体面的工作岗位，内心还是非常赞同国家的公务员录用制度改革向着规范的方向发展。“一切顺其自然吧，是金子埋不住！”她心想，就让舒娜考一下吧，到杂志社也不错，好好锻炼几年，文笔好了，兴许会有更宽的出路。

在家里，舒娜过着一种纯小资的生活，她给自己沏了一杯咖啡，听着叶佩斯演奏的西班牙民谣《爱的罗曼史》，手中拿着一本《余光中诗集》看。当再一次读到《乡愁》时，她想到了同样具有浓浓乡情的夏河以及自己的父亲舒国安。特别是父亲舒国安，随着年龄的增长，总是一边抽烟一边给家人唠叨，等一退休了他就变成候鸟，回老家买个小院子，南北方来回地住，春天到南方赏花，冬天回北方享受热乎乎的暖气。身在城市几十年，故乡的炊烟、山峦和一草一木以及那些熟悉的气息，被风从远方吹来，如织如丝，挥之不去，把父亲的心也带回了老家。想到此，舒娜不禁想到了写诗，写给这两个同样惦念家乡的人，铺开纸，慢慢写起来，写了又改，改了又写，总觉得不满意，但最终还是满意那几句：

抽嘎子，洋火枪，黄河水
还有祖祖辈辈们地下的宫殿
勾引着老父亲的魂
一勾
就是三十年
萨日朗花开了一茬又一茬

正在一个人孤芳自赏时，唐晓萍下班回家了。进门看到女儿在房间里写诗、听音乐，她顿时乐开了花。这么多年，虽然舒娜待在家里的时间很多，但自从和夏河在一起，尤其是最近几个月，舒娜很少回家，唐晓萍有一种心爱之物被人抢走的感觉。当舒国安也不在家的时候，她每次下班回到家就感到失魂落魄，只能和老同学以及老家的亲戚们煲电话粥。夏河进京后，自己仿佛又重新夺回了抚养权，再次听到了女儿的笑声，家里重新充满了人气，变得更加温馨。此外，女儿真是有自己年轻时候的影子，年轻时，自己也很小资，喜欢把自己关在小屋里不出去，看书、写字、画画，陶醉在一个人的世界里。

“娜儿，晚上想吃啥，妈给你做？”

“不想吃，减肥。”

“减肥，这么瘦了还减？我告诉你，不许减啊，你身上的肉都是我给的，你减肥，掉的可是妈的肉！”

听了母亲在屋外的抗议，舒娜放下笔，长长地伸了一个懒腰，走到屋外，一下子从后边抱住了唐晓萍：“遵命，我的母亲大人，身体发肤，受之父母，听你的，就麻烦您烙几张奶油馅饼吧！”唐晓萍转身打了女儿一下，调侃道：“刚才还说要减肥呢，这回又要吃高脂肪，看吃胖了谁还要你！”“哎呀老妈，留在家里不正遂您愿！”舒娜捶打着母亲的背部，一边做按摩状一边向母亲撒娇，哄得唐晓萍心里很受用，只能屁颠儿屁颠儿地去厨房里围起围裙做饭。奶油、发酵粉、红糖、色拉油，她熟练地准备着。突然，她发现自家的油烟机上面荡了一层新的灰尘，于是赶紧放下活儿拿起布子去擦。看见母亲把家里的这些电器和家具每天擦得闪闪发亮，舒娜不禁笑母亲越来越有洁癖倾向。唐晓萍扭过头对着女儿讲：生活中越不爱干净的人，事儿就越多，电器也越容易坏，日子也就越过得不怎么样。年轻人一定要利利索索、精精神神，这样才能不让麻烦找上门，才能在事业上立足。她这么一说，让舒娜觉得母亲浑身上下的烟火味里透着浓浓的哲学味道，让人受益匪浅，于是俩人的话匣子就此打开。

“对了，娜儿，有件事情妈忘了告诉你，工作有信儿了。”

“哦，这么快啊，不是说机构改革吗，政府有那么高的效率？”

“你这丫头，别对政府有偏见，你当了领导，也一样难做！”

“哈，老妈，你说的也是啊，对政府有看法不就是对您老有看法吗，恕我无知，莫怪！”

“你说的也不是没有道理，确实有一部分干部作风懒散，损害了政府形象。不过，一切都在改，改好了，效率自然就高，老百姓的意见就少了。”

“嗬，老妈，您站位就是高，向您学习了！”

“行了，行了，一本正经点儿吧。地税科研所过几天要向全省进行招考，这两天少干别的，你给我好好考，别给妈丢脸。记住，无论今后到哪里，做什么，立足很重要，咱一定要做到进可攻退可守。”

“嗬，好一个进可攻退可守，实在是高！那考啥您了解吗，我好准备一下？”

“等公告吧。我估计是写文章之类的吧，明天给你从组织部公考中心私下打听打听，但我估计这么大的事情人家也不便透露，应该都是题库里的东西，很公正。”

母女俩一边说着话，一边饭也就熟了，在温暖的灯光下，唐晓萍和女儿边吃边聊，聊生活，聊工作，聊亲人，规划未来的好日子。这是个高干家庭，其实也是成千上万中国普通家庭中的一员，在享受团圆欢乐的同时，也被生活所累，被情所困，被梦想所惑。

饭后，舒娜飞快地帮母亲洗刷碗筷，她想一会儿打电话告诉夏河这几天发生的事情以及对他的思念。正在这时，桌上的蓝色光芒又飘逸而来，舒娜心想，莫非又是心有灵犀一点通，夏河来电了吗？她接过手机，一看，是赵官君。迟疑了几秒钟，还是接起了电话。

“大才女怎么不接我电话？怕我骚扰是吧？”

“哪儿呀，我，我刚才上厕所了，抱歉啊！”

“哈哈，坏你好事了。我这儿有个好事想通知你，想听吗？”

“切，说吧，有啥好事啊我的赵大部长？”

“哈哈，希望托你福真当几天大部长。七月初要进行全省行政事业单位公开招考，好多好单位呢，我觉得你还是认真考虑考虑吧，记者行业是很辛苦的，未必适合你。”

“谢谢啊，我也听说这个事了，怎么这么快啊，那我也来不及复习啊？”

“哦，对了对了，我怎么忘了唐姨是省委的大处长了，她老人家消息肯定比我灵通。新领导新气象嘛，效率确实很高。不过我想大家都一样，都没有时间充分准备，主要靠平时的积累。让唐姨给你好好辅导辅导，我估计三农、食品安全、生态保护应该是考试的热点。”

“嗯，好的，那我就好好复习复习。还有什么高见？”

“省计委和你的专业很对口，那可是小国务院，以写为主，进步很快，我觉得你可以考虑一下。剩下的很多单位都是事业编制，虽然也缺文秘人员，但不好提拔，我看你就不用考虑了。”

“受教，受教！”舒娜在心里向赵官君行了拱手礼表示佩服和感谢。赵官君在撂电话前半当真半开玩笑地邀请舒娜出去走一走，舒娜莞尔一笑，编了个母亲身体不舒服的理由拒绝了。

唐晓萍听到舒娜最后说的话，问她又骗谁呢？还把老娘的健康搭上。舒娜搂住妈妈的脖子撒娇，没有告诉那个人是谁。唐晓萍也没有再问，她已经大概猜出了人名，心里不禁唏嘘，这世界真是残酷啊，什么都要竞争，连神圣的爱情也概莫能外，动物世界里疯狂的动物们每天都在激烈厮杀，争夺食物的支配权和繁衍的交配权，那人类又在争夺什么呢？

舒娜没有给夏河去电话，他轻轻打开电脑，想发个邮件给他。她感觉，天涯的那一方，夏河此刻也一定坐在电脑下想她、念她、给她写信，感受她的呼吸，倾听她的心事。于是键盘嗒嗒地响起，她写了很多，关于想念，关于诗歌，关于就业等等。刚刚发完，邮箱提示收件箱有信发来，舒娜不禁捏着鼻子笑了，女人的直觉有时候就是这么强大，想曹操，曹操就到。

在信中，夏河谈到了近几天的生活，一切都在向好的方向发展，还称自己从老乡的地下室搬到了公司的宿舍大楼，就仿佛从地狱上到了天堂，反差太大，有点接受不了的幸福感。夏河兴奋地告诉舒娜，文凯主任很赏识他，由于网站还没有大规模运作，暂时他就跟着文凯主任到处跑。文凯记者是个闲不住的人，中毅新闻报社给了他足够的信任和舞台，他目前以中毅新闻报记者的名义从事新闻采访，依然延续着过去在西北时的风格，在各地都以发展作为第一要务的背景下，全国非法拆迁、环境污染、冤假错案层出不穷，大多是弱势群体控告强势的不法企业，还有一些是民告官。当司法维权屡屡受阻时，老百姓转而寻求媒体支持，如果效果还不理想，他们中的一部分人就采取进京上访的方式，希望引起中央媒体和高层的注意，替他们主持公道。文凯因为不畏强权，不怕打击报复，勇敢地行使媒体监督职能而扬名立万，俨然是一个现代包青天。无论他走到哪里，喊冤的访民就跟到哪里。打听到他的新东家后，上访的人们便跑到中毅新闻报办公大楼找文凯，要文凯大记者继续替他们主持公道。这样一来，一方面使得中毅新闻报更火了，另一方面也给报社带来了麻烦，疏导不好很有可能成了信访集中地。最后，中毅新闻报社火速决定把文凯的办公地点搬到报社，专门在附楼里腾出来一个地方供文凯使用，文凯俨然扮演了信访办主任的角色，好在文凯记者经验丰富，应对这些事情游刃有余，也的确给上访的老百姓解决了不少难题。夏河作为他的助手也从中毅新闻网跟到了报社，俩人被掰成了两半儿用。夏河告诉舒娜，跟着文凯主任，自己如饥似渴地学到了不少东西，千里马常有，而伯乐不常有，他要顶礼膜拜、勤奋学习，让自己也变成一名伸张正义的大记者。

最后，夏河对舒娜要报考《税魂》杂志社表示赞成，他期待着舒娜能考上，更期待着自己羽翼丰满、条件具备之时，亲自回到燕北将心爱的女人接到北京，一起开始他们的新生活。

舒娜把信读了一遍又一遍，尤其是夏河最后的承诺。与思念相比，目前她更关心的还是夏河的事业，因为关乎两个人的未来。男人，始终是家庭的顶梁柱，而立业则是成家的基础条件。舒娜迅速回了信，在嘱咐夏河注意身体的同时，勉励夏河好好跟着文凯老师学。她甚至提议俩人可以减少聊天时间，把宝贵的时间都用在事业上。

夏河读完了舒娜的来信，无比幸福地瘫坐在办公椅上，拥有如此深明大义的女友，他觉得上天可真是对他不薄。

时间过得飞快，大千世界，芸芸众生，每个人都在忙忙碌碌，只因心中那份梦想。梦想可大可小，对治国理政的人来说，梦想是当大领导；对于驰骋商海的人来说，梦想是当大富翁；对于街头行乞的人来说，梦想是填饱肚子。夏河与舒娜的梦想是相聚相守，简单而朴实，在梦想的支撑下，俩人格外努力，在各自的生活中取得了令人瞩目的成绩。

七月底，燕北省公务员招考终于出了公告，八月三号就考试。舒娜喜欢“3”这个数字，她有预感，既然自己的幸运数字出现了，就一定能考上。她磨刀霍霍，只待羔羊出现。相比于省计委、省委办公厅以及省地税局的公务员职位，事业编制的《税魂》并不热门，竞争也不太激烈，全省招录5名，只有不过百人报考。考试那天下起了大雨，考生们哀叹苍天不浪费折磨他们的最后一点机会。舒娜躲在考试地点的大楼门柱下，虽然有母亲的陪伴，但还是觉得有一点冷。但是她同时接到了夏河从北京发来的短信：亲爱的娜，好好考，我在北京等着你！虽然内容简单，但它像心灵鸡汤，滋润了舒娜的心田。舒娜一下子振奋起来，阴霾从心里彻底驱散，紧张也消失了，她笑呵呵地与母亲告别，斗志昂扬地走上了考场。

上午题量很大，舒娜勉强答完，晕晕乎乎，出题的老师真是煞费苦心，连南极为什么没有熊这种题也考了出来，真叫人伤神费脑。下午一上考场，当卷子发下来后，舒娜一眼就看到了申论的题目是三农问题和环保问题，这可是赵官君猜测到的，舒娜为此还做了重点复习，很多经典的措施甚至都背得滚瓜烂熟，她顿时心里一阵窃喜，立马觉得轻松了许多，刷刷刷开始作答。同时，她也从心里也暗暗佩服这个赵官君，心想，赵官君这家伙可真是个人才呀，组织可不能辜负了他！

笔试结束半个月后，成绩出来了，舒娜的“行政职业能力测试”和大家的差距不大，只有75分，但“申论”却意外地得到了80分的高分，总分甚至比报考省计委等热门单位的人都高，她的名字一下子成为考生和组织单位关注的焦点。舒娜以第一的身份昂首挺进面试，笔试足足比第二名高出二十多分。紧接着进行了面试，非常公平，一个人面试完毕，下一位考生进去，待该名考生面试结束，前一位考生就已经得知了自己的成绩。面试结束后，省地税局大院张榜公布了结果，舒娜笔试、面试均第一，总成绩竟然比报考省地税局办公室并获得第一的名叫郝京涯的考生多出了足足几十分，也让趁着政策东风准备大干一场的《税魂》杂志社社长脸上很有光。

结果出来后，舒国安和唐晓萍接到了很多祝福的电话，有来自战友的、同学的、单位和亲戚朋友的。孩子给这个家庭争了气，尤其是作为领导干部家庭的子女，没有动用一点儿父母的资源，通过优异的成绩取得了工作，自然是没有非议，反而成为楷模。连贺市长也打来了电话，向舒国安表达了祝贺，市长也希望有时间让舒娜给自己的女儿辅导辅导、传授传授考试经验。其中，省地税局万副局长给唐晓萍也打来了电话，祝贺舒娜考了第一。万副局长在电话中提议要把舒娜直接借调到省局机关去工作，一来是舒娜考试第一声名远扬，省局一把手谭局长爱惜人才，工作也需要。另外也是为了弥补一下之前没有帮到舒家忙的遗憾。对于这个提议，唐晓萍自然想到了，她要万副局长代为转达他们一家对组织、对谭局长的感谢，同时也表达了服从组织安排的想法。皆大欢喜中，舒娜终于要走向工作岗位了，尽管比别的同学晚了些日子上班，但结果却令人羡慕。

第十四章　亮剑

每当外界的打击和内心的压力最大的时候，也就是他力量爆发最强烈的时刻，你越压迫他，他越是要把事情做好，用实际行动让对手闭嘴。

有了访民源源不断地提供新闻线索，有了报社和网站的鼎力支持，更有了夏河这样一位得力助手，文凯好像重新焕发了青春，他把西北人的实在、新闻人的执着和先天的才华发挥得淋漓尽致，在首都北京焕发了第二春。由于家还没有搬过来，暂时和夏河一样是单身贵族，自然和夏河走得很近。从夏河身上，文凯也仿佛看到了自己二十岁出头时候的样子：初生牛犊不怕虎，充满朝气，桀骜不驯。

在文凯的言传身教下，夏河成长得很快。尽管他没有记者的身份，但跟着文凯，夏河的新闻稿件质量越来越好，文风已经成功实现了由诗人向新闻记者的跨越。文凯进行的很多深度报道，都有夏河的影子，夏河诗一般的文采糅进了文凯的写实风格，让文凯采写的新闻报道更具有可读性，增加了更多魅力。

这天，俩人加完班在报社外边喝酒解乏。酒浓情更浓，夏河不由得深深地给文凯主任鞠了一躬，文凯拍拍爱徒，说了几句意味深长的话，让夏河牢记于心。文凯告诉夏河，要懂得感恩。要首先感谢这个时代，是时代给了新闻健儿们弄潮的机会；其次要感谢组织，中毅新闻报社是央媒，没有组织发力，个人的力量是很渺小的，再有才华也不一定能施展得出来。要敬业。新闻记者和其他行业都是一样的，除了正义、敏锐、才华等一系

列先决条件外，还必须敬业，要像某位总理曾经在新闻发布会所说的那样，为事业“鞠躬尽瘁，死而后已”，如此才能体现自己的价值。说到动情处，文凯突然撸起裤管儿给夏河看了自己的两条腿，这个刚强的记者，从来都保持低调，很少倾诉自己的苦衷，更不用说炫耀自己。夏河看到，文凯双腿上除了青筋毕露、血管扩张外，皮肤布满了伤痕。文凯告诉他，这些伤除了多年来顶风冒雪受了风寒，有的伤是自己采访中不小心摔的，有的则是被人打的。说到伤心处，他沉默了一小会儿，最后他告诉夏河，选择新闻事业就要选择无畏，只有“无畏”才能做到“知晓”，才能写出有良心、有价值的新闻稿件来。说完，文凯将目光望向窗外的西北方，西北是他事业的发源地，他仿佛又回到当年那个韶华年代。北京街头的巨幅广告屏幕上，滚滚的黄河水从天而降，军旅歌唱家王宏伟正在激情豪迈地演唱那首《西部放歌》，身边一群群助演的舞者穿着红肚兜，舞动着红丝带，把腰鼓擂得震天响，文凯觉得那些舞者就是当年和自己一起奋战在新闻战线上的同事们，在自己无比热爱的工作岗位上也谱写了一首首西部大开发的战歌。然而，现实是多么无情，虽然自己二次创业、华丽转身，但很多过去的“老战友”在他离开后也默默地用实际行动支持了老主任，捍卫着记者的尊严和执业理念，纷纷离开了报社到别的单位谋生。而那家报社，尽管广告收入大幅增加，但赖以生存的稿件质量却严重缩水，业绩下滑严重，最终落入了被别的报社整合的命运。老同事中难免有一部分人混得并不如意，有位大哥五十岁了竟然还联系文凯要他帮忙在北京找个地方谋取生计，想到这些，文凯就和夏河多喝了几杯，痛心疾首，惭愧万分。商业化是把双刃剑，搞得好可以增加收入，养活更多的人，搞不好就有可能让报社彻底垮掉。

物理学中有一个弹簧效应，指的是某一事物受到的环境压力越大，其自身的爆发潜力和空间也就越大，受到的环境压力越小，其自身的爆发潜力也就越小。文凯记者就是这样一个人，每当外界的打击和内心的压力最大的时候，也就是他力量爆发最强烈的时刻，你越压迫他，他越是要把事情做好，用实际行动让对手闭嘴。这天，接到来自燕北省某地群众的反映，制药厂污染严重，导致周边几里地农田歉收，水源污染，好多村民甚至得了怪病。“这是个很严重的问题，也是个好新闻题材！”文凯坐不住了，作为西北人，他知道燕北也属西部地区，农业也是靠天吃饭，农民的饭碗没了，这不是要人命吗？“立刻出发！”他向报社领导简单汇报了一下情况，报社领导但凡是文凯大记者出去采访都会一律绿灯。作为报社的台柱，他们知道他不做没把握的事儿，当然也知道他的执业脾性。

文凯带上得力助手夏河，悄无声息地来到了燕北。夏河很激动，这是文凯第一次带他到京外，他预感这一定是个猛料，所以也就没有告诉舒娜他已经回到自己的第二故乡燕北。

燕北省黑河县曾经是元代的大县，历史文化悠久，土地肥沃，是一代天骄成吉思汗打马走过的地方，也是蒙古将士养精蓄锐之地，留下过很多动人的传说。这么一个历史积淀厚重的县，当地政府竟然没有将旅游这个黑河县的优势特色、无烟产业列入优先发展目标，而是复制周边资源型产业地区的发展路径，进入了先污染后治理的怪圈。黑河县没有煤炭、石油、金属非金属矿产资源，但它却是黄河的主要流经地，有丰富的水资源，因此被许多工业项目盯上了。制药行业尤其是很多制造抗生素的工厂多年来遭受诟病，污染严重，给南方多地带来了深重的灾难，导致这些产业在南方省份像过街的老鼠，人人喊打。但抗生素需求量却逐年递增，从上游产业链一直到下游医院，利润惊人。制药厂不断游说黑河县政府，在得到企业的环保承诺，尤其是在丰厚的税金诱惑下，当地政府领导脑子一热，向国家和省里申请建立制药工业园区，虽然没有得到批复，但上级有关部门也没有明确反对，这就意味着默许。于是，全国四五家大型制药厂纷纷落户黑河县。头一两年，各家工厂的污水处理设施正常运转，企业得到利润，地方得到了税金，农民得到了补偿，皆大欢喜。但两年承诺期刚过，这些企业就开始偷工减料，污水处理设备开几天关几天，上级领导来视察以及环保部门、记者来调查的时候污水处理设备正常运转，人一走机器就停。一些老谋深算的企业甚至会通过挖地下井或用高压泵将污水排到百米地下，而更多的无脑企业则直接将污水排到了附近的农田，就连十几公里之外的黄河水也间接受到了污染，导致黄河母亲发出了呜咽的哭声。

文凯和夏河到了黑河县之后，先没有到群众中去，而是马不停蹄地潜到制药工业园区附近，把能见到的污染很快地用相机拍了下来，用笔记了下来。看到散发着恶臭的污水直接排到了远处的深沟，黄色的污水肆虐地越过农民筑起的层层土堤，文凯和夏河禁不住怒发冲冠、捶胸顿足，为此文凯还骂了娘。“走，到村里摸摸情况去！”说完，文凯带着夏河就往村里走。正在这时，文凯的手机响了，是报社的电话，让他赶紧回去参加一个中央级的重大会议。报社领导不说什么会议，说明事情紧急、重大。文凯向自己的爱徒夏河简单交代了两句，拍了拍他的肩膀，就先匆匆地踏上了返京的路途。即将入夜，夏河也就顾不得吃饭，直奔临近的柳营子村。到了村里，夏河和事先约好的一个村民接上了头。这个村民出去一小会儿，就叫来了十几个村民，大家七嘴八舌地向夏河倾诉着。夏河一摸书包发现录音笔和印泥不见了，可能是师傅着急带走了，于是他只能用笔记下大家的话，也记下了污染最严重也是最隐蔽、最难去的几个位置，打算明天摸黑去取证。夏河就让大家在自己的笔记本上签名，但大家都说不急，况且文化不高写不了字，让夏记者代签。夏河一想，等买个印泥再按手印也不迟，于是作罢。

第二天夜晚，夏河在那个村民的带领下偷摸着到了几个隐蔽的污染区域。有几个区域在老乡的带领下，抄着田间的小道，趴在玉米地里，夏河拍了好多图片。但最污染、手法最老到的那个制药厂，污染源竟然用高墙挡住了，和工厂的围墙连在了一起，上边还挂着铁丝网，墙内还有饥饿的狼狗在嚎叫。带路的老乡呸地吐了口痰，嘴里骂了一句当地话“贼呼啦！（坏蛋的意思）”。夏河心想，这他娘的和鬼子的炮楼真是有一比，防守可真严密，社会主义的工厂防着社会主义的人民，这都啥世道了！老乡悄悄地告诉夏河，这家企业效益最好，规模最大，经常有领导参观。但“可会演戏哩！”他们的良心也坏透了，除了挖渗坑、渗井偷排外，听说还用上了泵，将污水直接往地底注，把村里的水源也破坏了，现在村里喝水都得到几公里外的邻村去拉！夏河点点头，警惕地扫视着四周，脑子里想着对策。他拉着老乡，俩人悄悄地顺着高墙外开始摸索，看看有没有可以“突破”的区域。这时，墙内的狗叫得更凶了，听到里边有人在骂狗，接着有手电光在墙上晃了晃，墙上突然露出了一个黑脑袋向外张望，老乡赶紧拉起夏河，躲在了墙外的小山坡下，俩人大气不敢出。老乡告诉夏河，听说前不久也有人来过这里，想爬进去瞧瞧，后来被保安给逮住了，再就没有了下文，但防守也更严密了。据说老板把安全保卫的活承包给了当地的黑社会和几个东北人，是典型的黑恶势力与非法企业相勾结。老乡这么一说，夏河感到这次采访真正的猛料就在这家企业，只要能拍到和记录下高压泵和它周边的情况，事态就严重了，定会引起高层注意。前边几个工厂之所以能轻易进去，就是因为没有这么现代化的“犯罪”手段。夏河想，这家工厂肯定问题很大，若能取得铁证，则必须连夜赶回北京去，等待报社处理，那样反响定会很大，也会替村民解决掉这块毒瘤，正所谓“擒贼先擒王”，其他污染企业一定会收敛很多。他下决心坚持下去，哪怕冒着危险也要拿到证据。同时，心里也在盘算着万一被捉到以后的策略。

午夜，大地彻底安静了下来，四周悄无声息，仿佛白日体力透支过度，天上的、地下的、水中的生灵全都昏睡过去，就连最忠实的恶狗也好像懒得去管那些夜里蝇营狗苟干坏事的人，只有几只蛐蛐和青蛙在微弱地哀鸣。这污染，也毒害了小生灵，让它们苟延残喘。夏夜，本是它们的狂欢夜，可是这些小动物们数量却越来越少，有的还没来得及尽享世间第一口大餐就匆匆告别，销声匿迹，仅有的几只，也不过是去给同伴送葬而已。夏河的血在涌，他和老乡继续寻找突破口，终于，在围墙西边靠近村头小山的附近，有一个常年堆放垃圾的地方，垃圾有几里远，一直堆到了这家污染企业的墙根下。垃圾堆周围方圆几里，死猪、死狗、粪便和污染企业刺鼻的味道掺杂在一起，让人一阵阵恶心、咳嗽，夏河连连吐了好几口，老乡却习惯了这种味道，他替夏河拍打着后背，帮助他减轻痛苦。缓过劲来后，夏河示意就从这个地方“突破”进去，老乡犹豫了一下也同意了。俩人踩着垃圾就往墙上爬，好几次踩空掉了下来，最终俩人互相帮忙，终于爬上了工厂的高墙。这里确实是薄弱地带，可能就是味道千里飘“香”的缘故，脑瓜子正常一点儿的人绝不会靠近这里。俩人往墙内看了看，发现墙里头顺着墙根堆放着一大堆湿树枝，这大概是白天工人师傅从工厂里剪下来等着干燥，还没来得及焚烧掉。树枝旁边扔着一辆用坏的大马车，俩人跳下去，将马车架在墙上，不约而同想好了出逃的方式。进了院内，想起老乡说这家企业与黑恶势力勾结，夏河不免有些紧张，虽然自己是个山东大汉，膀大腰圆，但没有真正打过架，只有一次是大学时因为足球，夏河作为队长带头和对方球员发生冲突，用他自己的话说是人生终于干了一仗，结果挨了班主任锡老师好一顿批评。不过，作为球队前锋，夏河的速度还是比一般人快很多，打不过可以撒腿跑掉。

俩人猫腰悄悄地在工厂内前进，顺着味道较强的方向前进，一路上，夏河用自己的照相机不停地拍照，但和其他工厂差不多，并没有找到老乡口中所谓的“大泵”。突然，老乡拉住了夏河，夏河顺着老乡所指的方向，看到了一根长长的大粗管子从正东方向延伸过来，穿过了墙，不知道里边的污水流到了哪里。继续往前走，也就是在拴狗的地方，夏河和老乡不约而同看到了一个小火车模样的东西，发出轰轮轮的声音，俩人一阵欣喜，夏河想这大概就是那个泵了，他不顾越来越凶的狗叫声，快速冲过去抓起照相机就一顿拍。这个“罪魁祸首”，本来应该用在大型工程中为人类造福，但却被贪婪的不法分子用来作为排污的设备，夏河一阵气愤。距离更近了，在工厂刺眼的灯光下，压力泵原形毕露，黑黑的油污下面连制造厂商竟然也被夏河拍了下来。这时，两个人挥舞着棍棒和手电筒朝着夏河他们的方向冲过来，一人骂着“吃了豹子胆了，看你给老子往哪儿跑”，另一个人号叫着“整死他！”夏河眼见不妙，赶紧一抬手快速地从照相机里把胶卷退出来藏好，这是他早就想到的。老乡不知什么时候早已没有了人影，夏河于是和这俩人厮打起来，他东躲西闪，虽然躲过几棍，但胳膊上和头上还是重重地挨了几下，把这个山东汉子彻底激怒了，他挥手抢下一位保安手里的木棍，抬手就进行反击，两个保安也惊呆了，这时又跑来两名保安，其中一个人冲同伙喊着："快抢他的相机！"夏河立即明白自己要做什么，他一边挥舞着木棍，一边将照相机从脖子上解下来，向着远处抛了出去，然后飞快地向来时的方向冲去。两个保安停下了追打，冲着照相机的方向跑去，另外两个保安则继续追赶夏河，但脚步明显慢了下来，他们没有想到此人速度奇快，最后干脆放弃了追赶。夏河噌噌几下就顺着那架木头车翻上了墙，然后不顾肮脏的垃圾粘在鞋上、身上，撒腿就往小山上跑去，找到一片树林子藏了起来。工厂宁静的夜被两个不速之客彻底惊扰了，很快，惊动了老板，当他看到照相机里竟然没有胶卷，精明的老板预感到真正的对手终于到来了，心里不免恐慌，但很快便恶狠狠地进行了一番布置，要不惜一切代价抓住那两个"野蛮的闯入者"。狗、皮卡车、流氓打手全部启用，他们开始在工厂周围四处寻找，发誓掘地三尺也要把夏河找出来，因为这关乎企业的命运！

天渐渐破晓，夏河意识到躲藏只能是一时。如果往外边跑，人生地不熟，很可能被当地流氓抓住，而垃圾场边上的小树林也许是相对安全的地方。他还想到了报警，但文凯告诉过他尽量不要报警，企业涉水太深，也许报警反而对自己不利。他忽然想到这里距离省会城市不太远，黑河县是省会城市青伊市下属的一个县，于是想到了舒娜，他像找到了救命稻草一样抓住手机就给舒娜拨了过去。这时候的舒娜，正在享受黎明前的清爽，睡得正香，几次打过来都没有听到。最后一次，舒娜被惊着了，她拿起手机，一看吓了一跳，是夏河，心里嘀咕，"这夏河怎么后半夜打电话，不符合常理呀"，她飞快地接起电话，一听，吓得哭了起来，电话那边，夏河叫她不要着急，赶紧去找父母亲想办法。舒娜带着哭腔就冲到了父母房间，生生地把唐晓萍和舒国安吓得魂飞魄散，以为唐家邦老爷子怎么了。舒娜将电话交给父亲舒国安，关键时刻还是老将军拿得稳，他大概听清楚了情况，于是简单和唐晓萍交流了一下情况，俩人想，天还没有亮，若是报警根本来不及，等省里的警察到了也许夏河早就被抓走了。两个女人等着舒国安拿主意，舒国安看了看表，一甩手将电话扔在床上，拿起座机就给军区值班室打了过去。不到几分钟，一辆军车就停在了首长楼下，舒国安飞快地上车，挂着军标的越野车风驰电掣地出了大院，在夜色茫茫中向着黑河县的方向疾驰而去。

夏河真是躲对了地方，这家企业压根没有想到他会藏到垃圾场周围，在寻遍了周边几里地以后，企业终于发现只有那个垃圾场是个漏点，于是全体保安气势汹汹地向垃圾场附近的小山头冲去。天渐渐亮了起来，树林太小了，夏河完全暴露在晨曦中，狗吠声愈来愈近，夏河赶紧将胶卷藏到了身边的一块小石头下面，他想反正逃不掉了，但一定要保护好那个珍贵的胶卷，它比他的命也值钱。突然，电话铃声响起，是舒国安打来的，夏河精准地告诉舒国安自己藏身的信息：某某制药厂大门西北角，一条小路，往北走二里多地，一片臭气熏天的垃圾场，垃圾场东北角的小山包，小山包上面的小树林。

夏河没有跑，原地不动，他料定舒国安会及时赶到。他还是被抓住了，一个凶神恶煞的保安上来就是一脚将他狠狠地踹倒在地，顿时，夏河的自尊扫了一地，愤怒的泪水流进了肚子里。有一个戴眼镜、看似很斯文的男子拦住了打人的保安，他告诉夏河不要害怕，只要把胶卷交出来就放他走，而且还会给他一大笔钱。但夏河从地上爬起来，不说话，怒目圆睁地看着刚才踢他的那个保安。那个保安被夏河挑衅的眼神逼急了，拿起棍子就又给了夏河身上一下，眼镜男赶紧出面阻拦，他看夏河是个硬骨头，一时半会儿不会有什么效果，于是一挥手命手下开始将夏河往车上拖，夏河使出吃奶的劲，死死抓住一棵小树，就是不上车，几个保安连踢带打使劲将夏河的手从树上拉离，边拉边打，情况越来越不妙，夏河有些头晕，他快要支撑不住了。

突然，保安们一齐停下了手，顺着汗滴，夏河依稀看到一辆军车飞快地驶来，车打着双闪，拉着警笛，夏河终于等来了解救他的亲人。舒国安和四个威武的军人跳下车就朝着几个保安冲了过去，吓得几个保安直往后退，人群散开，舒国安老将军站在中间，不言自威。眼镜男见来势不妙，赶紧上来寒暄。趁着这个当儿，夏河迅速地爬出几米远，从小石头下边将胶卷重新揣在了怀里，几个保安见状想去抢，但两个英武的军人飞快地上前将夏河保护了起来，场面上顿时剑拔弩张。最后，眼镜男意识到了事态的严重性，他知道事情已经变得不简单了，看车牌就清楚老者来头不小，而且他很清楚，冒犯军人后果非常严重！他挥挥手让手下退后，然后堆着笑给舒国安解释："首长好，多有冒犯。这个人刚从我们工厂里拿了不该拿的东西，只要他交给我们，这事就算过去了。"舒国安冷冷地看着他，怒吼道："我不管什么东西不东西，我只看到你们一帮人把他往死里打，你说，怎么办吧！"眼镜男战战兢兢回答："那，那就送医院呗，我们出医药费，但东西您可得给我们留下！"舒国安哼了一声，然后一指夏河说："那要看他答应不答应了！"夏河见状赶紧给舒国安使了个眼色，舒国安明白了，他像一座铁塔似地岿然不动，大手一挥，士兵们立即将夏河扶到了车上，然后老将军轻蔑地扫了一圈儿人群，稳稳地回到了车上。军车发动，扬长而去，身后，眼镜男和一帮打手目送军车远去，茫然而沮丧地离开现场。

舒国安安全地将夏河送到了家，见无大碍，然后顺便坐车回单位上班、解释。

看到心爱的人头上、胳膊上伤痕累累，舒娜抱着夏河的身子就是一顿大哭，本来，她的心里都是美好的幻想和憧憬：在北京和燕北两地，她和那个俊朗阳光的男孩儿拥抱在一起，世界是如此美好，到处充满欢笑，连雾霾都无比湿润、温柔。但此时，世界却将一个受了伤的人交给自己，她有些接受不了，一边啜泣着，一边抚摸着夏河的伤口。夏河经此大劫，虽然心情还没有完全平复，但还必须在恋人面前表现出他的坚强，他抓着舒娜的手，用一口老家话告诉她："别难过，俺不碍事，不碍事！"唐晓萍请了假，和舒娜一起陪着夏河去了医院，虽然并没有什么太大的伤，但经过一番包扎后，夏河还是像一个伤兵一样，眼睛、胳膊、头上都蒙上了纱布，直教人一阵心疼。

休息了一天后，唐晓萍和舒娜陪着夏河到了派出所，简单进行了登记，派出所所长是舒国安的兵，他亲自出警，警车和舒娜的发小猴子驾驶的两辆车向黑河县驶去，他们要去找打人的企业录口供，同时拿回夏河的相机，夏河也要去找那几个村民重新录音按手印。

到了柳营村，夏河找到了先前的那几个村民，但出乎意料的是，这几个村民却不肯给夏河作证，气得夏河当场发了火。陪夏河去的那个勇敢的老乡也不知道跑哪里去了。夏河无奈，好在企业的罪证就在自己手里。省里的警察很快和地方派出所的同志接上了头，派出所的同志也很快就将夏河的相机拿了回来，同时派出所同志还带来了企业的一名女高管，她对夏河表示了歉意，并将一个厚厚的信封袋递与夏河，说是给夏记者治伤用，夏河没有接受。警车开道，一伙人驶离黑河，返回了省城。

第十五章 比肩

经过打拼，如今都算是事业上的成功者。如果他能采纳她的建议，勇敢而率性地辞掉工作，换一种活法，俩人重回校园读书、读研，将爱情回炉，那将会是多么惬意的一件事啊，青春无憾！

与其说是夏河带着伤返京，莫不如说是带着生死的历练回京，当然也是带着荣誉回到了北京。署名为高级记者文凯的《黄河母亲的哭泣》发表在中毅新闻报头版头条，一时经过各大媒体转载，惊动了国务院高层，分管宣传工作的国家领导人亲自打电话给报社社长，要求持续跟进，还黄河一方纯净。燕北省党政领导也亲自登门向报社解释有关情况，国务院派出了联合调查组，几大部委联合出动，根据夏河用鲜血采集来的证据，也迅速做出了与记者报道相符的结论。很快，黑河县制药工业园区的所有药厂都进行了停产整顿，而那家污染最严重的药厂不仅被罚了巨款，还被吊销了抗生素生产资质，打人的保安也被公安机关采取强制措施送进了看守所，付出了应有的代价。在北京，中毅新闻报因为这篇深度厚重的报道成为了央媒中的佼佼者，发行量直逼第一大报。不久后，报社为文凯和夏河举行了隆重的表彰仪式，西北第一名记的威名再一次响彻了大江南北。作为功臣，报社破格为夏河争取了进京指标，夏河一夜之间成为了体制内的人，变成一名正式的新闻媒体人。十月初，中央媒体新进人员岗前培训班在京开班，夏河和几个新进报社的同事一起参加了培训。培训结束后进行了考试，最终他如愿地拿到了崭新的蓝色“记者证”，而那些和他一同到网站的毕业生们，取得记者证那都是几年以后的事情了。

拿到还带着墨香的记者证，夏河无比激动。他又给文凯深深地鞠了一躬，感谢文凯给自己机会，对自己像亲兄弟般的关心和帮助。确实，没有文凯，就没有夏河的今天，进一步说，没有中毅新闻报和新闻网，也许夏河就真的像一颗沙粒，压在坚硬的石头和厚土下面，不会轻易崭露头角。夏河第一时间给他心爱的人舒娜打去了电话，俩人沉浸在收获的喜悦当中，尽管夏河的胳膊落下了病根，每当天气凉时，时不时酸痛一下，但内心的甜蜜和喜悦却将之彻底冲淡。国学大师王国维在他的《人间词话》中这样描述了人生的三种境界：第一是“昨夜西风凋碧树，独上高楼，望断天涯路”；第二是“衣带渐宽终不悔，为伊消得人憔悴”；第三是“众里寻他千百度，蓦然回首，那人却在灯火阑珊处”。如此形容夏河的北漂人生，一点不为过。

接下来，夏河以正式记者的身份对燕北黄河污染事件进行了跟踪报道。他又回了一趟燕北，不仅和亲爱的女友见了面、聚了餐，陪唐家邦、舒国安两位长者痛痛快快喝了酒，而且也终于见到了陪他一起去药厂“突破”的那位老乡大哥。原来，老乡大哥那天晚上一看形势不妙，赶紧原路先逃了，在他翻上墙之后，又将那个马车进行了重新加固，回到家就躲了起来，几天没敢露头，他知道夏记者可以保护自己，而自己只是一株草芥，经不起风吹雨打。夏河也理解并原谅了老乡，还以请客的方式感激了那位老乡，同时，从人性的角度，他也原谅了那几个胆小的村民，他的大度和执着以及给村里带来的实实在在的安全用水，最终打动了村民，他们把夏河当作了朋友，和他彻底交起了心，并不自觉地出来保护他，给他提供新闻线索，正因为如此，夏河才发现一个更大的、更能引起全社会关注的问题：农业种植中大量施用杀虫剂、地膜以及连年重茬种植导致土壤板结硬化严重的问题。

原来，抗生素，尤其是畜用抗生素的主要原料之一是玉米。黑河县偌大个制造抗生素的工业园区，玉米需求量特别大。当地政府因此就鼓励农民种植玉米作物。黑河县三分之二的土地都用来种玉米了，玉米在一定程度上帮助农民摘掉了贫困的帽子。但由于连年重茬和大量使用杀虫剂，土壤板结硬化十分严重。杀虫剂使用过的玉米地，如果想改种其他作物，根本成活不了，原因就是大型作物的杀虫剂太厉害了，一般的作物根本经受不住它的威力，小苗刚一露头就会被毒死。要想改种成功，土壤必须经过三至五年的休养生息才能恢复它的透气性、疏松度和养分。再加上地膜不能得到彻底清理，风化后深埋在地下，经过数年积累，严重破坏了土壤，杀伤力一点不亚于农药和杀虫剂。

夏河觉得又找到了一个重磅新闻线索，他向文凯和报社领导作了汇报，得到了领导的表扬和支持。报社安排文凯和夏河到全国各地进行深入调研，力争在几个月内掌握各地的实际情况，以便向有关部门反映真实情况并进行跟踪报道。在文凯老师的带动下，夏河干得越来越起劲，工作越来越顺手，他也真正地成为中毅新闻报旗下一名不可多得的优秀记者、一个文凯大记者离不开的好帮手。夏河就是文凯年轻时候的影子，文凯也愈来愈依赖夏河，他深切地感受到夏河即将出徒了，内心感到由衷地高兴。传帮带是培养优秀人才的最好办法，但千里马遇上伯乐，伯乐青睐千里马，两厢情愿，实属难得。

在夏河步入正轨，事业越来越顺的时候，远在燕北的才女舒娜同样也不甘落后。经过为期一个月的初任培训，正式到了《税魂》杂志社上班。《税魂》杂志社虽然成为了相对独立法人，但暂时仍然挂靠在省地税局，工作人员也基本上是省地税局科研所的原班人马。局领导非常支持杂志社工作，为了让杂志社能有个安静一点的环境，经局长办公会议审定通过，将原先稽查局占用的四层附楼全部腾出来给了杂志社，稽查局重新搬回了主楼。尽管稽查局长老大不愿意，但注重税务文化建设的一把手谭局长意志坚定，“立足税务、走出税务”是领导班子给《税魂》杂志社定下的办刊思路，全国统一刊号的成功获批，很大程度上是领导班子的功劳，刊号是刊物的生命，那可不是能轻易拿得到的。

有了新鲜血液的加盟，加上原先的八个人和借调到省局的六名年轻同志以及退休返聘过来的七名老同志，《税魂》杂志社顿时兵强马壮。《税魂》杂志社曹社长心里乐开了花。过去的《税魂》是内部交流刊物，受众人群是全省地税系统干部，办刊和投稿的积极性都不高，稿件多是没有什么深度的业务类文章，只占刊物最后两页的文学栏目更是死水一潭。为了实现转型，曹社长特意带着属下走访了几家全国同类型杂志社，向他们取经。十月底，曹社长要带人到位于北京的一家知名税收文学刊物《税务春秋》取经，舒娜将有幸同行。她没有把这个消息告诉夏河，因为在她的内心深处，始终有那么一个梦想：待到功成名就之日，才是我们的相聚之日。尽管也很激动，但她不确定是否有时间和夏河、云瑛见面，所以舒娜暂时向他们保密，认认真真工作，等待着几天后的出差。

《税魂》由季刊变成了月刊，还要面向全国发行，这意味着工作量将加大，编辑水平也面临新的挑战。从内部借调和返聘回来的同志，都是经过精挑细选的老同志，虽然是业余作家，但这里边大部分的同志在文学领域已有几分名气，多有文学著作发表，有几位同志还是中国作协和省作协的成员，有的作品被中学教材选用，有的作品还拍成了电影和电视剧。总之，这些老同志既懂税务又懂文学，都是舒娜的老前辈，舒娜决心跟着他们好好学习学习。杂志社高层达成共识，文学栏目将是《税魂》的主攻方向，因此，返聘回来的、电视连续剧《金税季节》的税务老作家巍子被任命为这一栏目的总编，舒娜和另外三名年轻同志做他的下手。不愧是大作家，巍子一上来就有新的思路，他认为必须改变老掉牙的办刊风格，要与时俱进，情系时代，紧紧抓住受众人群的特点。在办刊座谈会上，巍子的观点得到了谭局长的赞许，舒娜代表年轻编辑也发了言。舒娜认为，刊物虽然在全国发行，但税收文化是它的主线，一段时间，受众人群肯定还是全省和全国的税务人员，因此要通过全体税务干部的阅读来逐渐扩散刊物的知名度。另外，随着税源的不断增长，一大批新同人通过考录充实到了税务战线中，这部分人不受传统观念的束缚，接受新兴事物能力强，有强烈的创新变革思想，因此文学栏目要多倾向于年轻人，充分探索和发挥新兴媒体的作用，多刊发一些诗歌、散文和微小说，进而调动年轻人的阅读兴趣和投稿积极性。这与巍子的思路不谋而合，也相当于替巍子把没有说出来的细节说了一遍，让巍子心里一惊，默默地给舒娜在心里打了九十分。

舒娜发言完毕，对面的局领导都点了头，万副局长不禁多看了两眼老朋友舒国安家的这个丫头，心想："和她母亲一样利落，大方靓丽，才华横溢，是块好料，如果是个男孩子就更好咯！"

座谈会结束后，局领导单独找社长及几个栏目的负责人谈了话，肯定了大家近一段时间的工作成果，提出了几项新的希望和要求。临走，谭局长突然转身对万副局长、曹社长和巍子说道："那个发言的女孩子是咱们省委唐处长的女儿，他爸是军区的舒政委，老万想必也很熟吧？人家把这么优秀的孩子输送到咱这儿，你们可得给我好好培养，不要有性别歧视啊！"万副局长、曹社长和巍子听明白了主要领导的意思，大家诺诺地点着头。

座谈会议后，杂志社按照领导指示紧锣密鼓地干了起来。巍子给手下的三位分了工，舒娜负责诗歌稿件，另两位同志负责散文稿件，最难的小说他自己先扛起来。过去的稿件积压了很多，舒娜仔细地翻了起来，她发现有很多优秀的作品完全具备了到各大报刊发表的水准，就因为是季刊，而且受税收题材所限，所以都被编辑们埋没到科研所的故纸堆里。舒娜打心眼里喜欢这些作品，觉得税务系统还是人才济济的。

十一月初，曹社长带着巍子、舒娜和新成立的发行部、广告部同仁去《税务春秋》杂志社考察学习。舒娜别提有多么高兴，她又有半个多月没有见到夏河了，上次见面还是夏河到黑河县采访顺便见了她。为此，她特意买了一箱牛肉干，这是夏河、文凯和云瑛都非常喜欢的美食。这草原特产，被称为成吉思汗的行军粮，来自纯正的草原黄牛，经过精挑大腿部分的肉、调味腌制、风干等几道工序，味美、耐嚼，是喜欢肉食的吃货们的最爱，若是再来二两小烧，一壶奶茶，一小碟花生米，那可真有做神仙的感觉。

《税务春秋》杂志社原先也是内部刊物，取得全国统一刊号后彻底独立了出来，蜚声在外。“天下税务是一家”，《税务春秋》杂志社的同仁热心地将办刊经验一一传授给《税魂》杂志社的同人，大家都觉得不虚此行，受益匪浅。为了尽好地主之谊，《税务春秋》杂志社还特意安排车辆陪同燕北的同志们参观了税务博物馆，逛了逛老北京，感动得草原同人把感谢、邀请的话说了再说。曹主任听说舒娜的男朋友在中央媒体，特意将返程推后了两天，大家都很高兴，各自去走亲访友。舒娜给夏河打了电话，夏河根本没有想到，幸福来得太突然了，他撂下电话就往地铁站跑。

有意思的是，舒娜住的宾馆就在夏河一开始来北京住的地下室附近，夏河很快找到了舒娜，立即找了一个没人的地方狠狠地抱了一会儿，倾诉着相思之苦，倾泻着肌肤之渴，一股青春的洪流从夏河的下部涌出，湿了裤子，让他一个激灵过后浑身舒爽不少，接着就是有些害臊地看着女神。其实，那股热流被怀中的女神感觉到了，但她却一如既往地保持着温柔和娴静，一边继续紧紧地搂住心上人，一边柔柔地从后背拍打他，然后轻轻地发出一声喟然叹息。缠绵了一会儿后，舒娜挽着夏河的胳膊，抬起头看着自己的男友，幸福洋溢在她的脸上。夏河指着舒娜住的宾馆，调侃税务系统真有钱，一来北京就住四星级宾馆。他接着指指这家宾馆的右前方，告诉舒娜他刚到北京就住在那里，问她要不要体验一下底层人民的艰辛。舒娜听夏河曾经说到过那段苦日子，也颇感兴趣，于是俩人就往前走了一段路，到了夏河住的地下室。果然如夏河早先描述的那样，地下室怎一个臭字了得。夏河的山东老乡们不在宿舍，门上落了锁，夏河已经有些日子没有来看他们了，但凡有时间，他就会带上酒肉以及到各地采访时当地送的土特产来看老乡，老乡们以他为荣，一伙人每次聚到一起，都有一种梁山聚义的感觉，那粗犷豪放、瓮声瓮气的家乡话和热乎劲，真正体现了山东人重秩序、重亲情的特点。

舒娜给云瑛打了电话，约好中午聚一下，云瑛激动万分，早早就出去找了个既安静又有格调的地方等着他俩。云瑛下午正好没有课，夏河也和社里事先请好了假，三个人在云瑛所在的大学附近吃饭、聊天，说笑，用云瑛的话说是“三巨头终于相聚了，好激动！”三个人聊着毕业后身边发生的事，时而兴奋，时而伤感；时而笑，时而沉默。尤其是云瑛听说了夏河所经历的生死考验，更觉得夏河真是了不起，她也更加坚信夏河有能力在北京出人头地，坚信舒娜很快也会到来，和自己厮守在一起，如此就常常有人陪自己聊天、逛街、发呆，甚至哭哭笑笑也不受约束了。想到这，云瑛就越发缠住舒娜不放。夏河很识趣，他想，时代变了，闺蜜能主半个家的事儿，上午舒娜属于他，下午和晚上就留给云瑛吧，和舒娜卿卿我我的话还是留到电话里再说吧。他和她俩告辞，留下二人去逛北京的卖场。

云瑛问舒娜，想不想见到俩人的偶像。舒娜立马明白，她说的是那位曾在毕业前夕在昌瑞大学文体中心为她的大学时代画上完美句号的歌手。云瑛告诉舒娜，她手上正好有两张这位偶像的演唱会门票，一票难求。舒娜激动万分，比见了夏河还高兴，尖叫着说云瑛你怎么像我肚里的蛔虫呢，知道我早就梦想见到那个大活人！

偶像的演唱会上，舒娜如痴如醉，尽管距离偶像较远，但她能强烈地感受到偶像内心深处的孤独、沧桑以及对自由的向往。那个助演的弹着贝斯的帅哥，像极了在昌瑞大学拿住舍友的吉他乱弹一气的夏河，让她联想翩翩。那首《那一年》仿佛就是写给夏河的：

那一年你正年轻
总觉得明天肯定会很美
那理想世界就像一道光芒
在你心里闪耀着
怎能就让这不停燃烧的心
就这样耗尽消失在平庸里
你决定上路就离开这城市
离开你深爱多年的姑娘

这是一顿饕餮大餐，也是一顿心灵大餐，让舒娜心满意足。在感谢云瑛的同时，舒娜发着感慨：要不说人们都想到北京发展，哪怕是做乞丐。那些叫作文化、美食、偶像和理想的东西，总是在这里更刺激，更容易实现。

第三天，夏河与云瑛把舒娜送上了回燕北的火车。火车快开了，舒娜向两人挥手告别，夏河望着远去的火车，在心里向舒娜承诺，一定要混出个人样，给心爱的人创造一个令其感到踏实的物质环境，然后就娶她！此刻的舒娜，心态与从前一样，只想着早日来京和他相聚，还稍稍有些急切的样子，她下定决心尽快武装起来，力争将常聚变成聚长。

北京的学习考察很成功，大家的思路逐渐明朗，刊物的生命是稿件质量，曹社长和巍子向局领导做了汇报，表了态，力争在三年之内取得华北地区优秀期刊的荣誉。

旧年很快过去了，舒娜听着偶像的歌迎来了新年，那简单、朴实、纯净、温暖不乏淡淡的沧桑和对未来美好生活的憧憬与向往一如舒娜诗歌的风格，半年多来，舒娜工作上进步很快，自己的诗歌也快写够一本书了。

历史翻开了新的一页，工作上，也有了新的突破，新《税魂》第一期付梓出版，地税局和社里联合举行了盛大的庆祝仪式，唐晓萍作为宣传部门的领导也被邀请参加，看着女儿的辛勤成果，唐晓萍心里感到特别欣慰，尤其是地税局领导当着那么多部门领导的面夸自己的女儿，让她脸上非常有光。儿女优秀，这是做父母最大的荣耀。她不禁想到了未来的女婿夏河，同样也很优秀，他的光芒正一步步显现出来，未来在新闻战线上必定会有一番大作为，让她无比骄傲。同时，她也为两个孩子感到一丝忧虑，一方面是夏河工作的性质，他是记者中为数不多的拼命三郎，这种人是新闻媒体的台柱，令人瞩目但也充满风险。庄子曰："独善其身者，难成大事。"夏河和文凯这种优秀记者，为了新闻事业早已把个人安危置之度外，注定要成就一番事业。另一方面，舒娜迟早要离开燕北到北京，未来会怎样，这也充满未知。唐晓萍和千千万万的母亲一样，随时随地，既为儿女的成功感到骄傲，同时内心里始终掩藏着一份担忧和不安，这也是为人父母不同于常人的伟大之处。

庆祝仪式后的第二天，赵官君提议发小们为舒娜搞一个庆祝宴会，大家纷纷同意，地址就选在了昌瑞大学附近的齐鲁酒店，这个地方夏河带舒娜去过。不知道赵官君为何选择这个地方聚会，她当然是非常愿意的，可以借此找回过去。还没有下班，舒娜特意提前早去了一会儿，她想顺路回校园去看一看，很长时间没有去了，除了见过两次班主任老师，再没有和母校有过交集。与其说她非常想念大学时代，莫不如说她是想念夏河，回到校园，一方面找找过去，一方面洗洗灵魂，毕竟到了社会有一段时间了，社会真是一个大染缸，而校园始终是象牙塔，是灵魂的理想栖息地。

进了昌瑞大学，正值晚饭时间，空气中荡漾着饭香和女孩子们无邪的笑声，著名音乐组合水木年华的一首老歌《一生有你》正通过校园广播轻轻地抚慰着下课后的年轻人，驱散着大学生们一天的疲劳。这首老歌也抚慰了舒娜，此情此景让她无比动情和感慨，她想，经过打拼，如今也算是事业上的成功者，如果他能采纳她的建议，勇敢而率性地辞掉工作，换一种活法，俩人重回校园读书、读研，将爱情回炉，那将会是多么惬意的一件事啊，青春无憾!

她顺着校园转了一圈，宿舍、阅览室、操场、子一礼堂、寸草厅，每一个留下美好回忆的地方都会让她有一种淡淡的忧伤。她特别想到，那年操场上，她看着夏河将足球狠狠地踢向围墙，让她一阵阵揪心，心疼地直想哭。此外，她更多是回忆起她和夏河在子一礼堂跳舞、在寸草厅拥抱并且将自己的初吻献给他，于是陷入一阵阵甜蜜当中，不自觉地竟然笑了出来，让自己都感到幼稚可笑。最后，她想到了托马斯的话：抚平心灵皱纹，青春才会永驻。顿时也感觉自己和学弟学妹们一样，变得年轻、清爽了。

离开校园，她还想到了徐志摩的那首《再别康桥》。舒娜向昌瑞大学挥了挥手，心里对它说："昌瑞，轻轻地我来了，正如我轻轻地走，感谢你给了我那么多美好的回忆，我的母校，我会常来看你的！"

还是那帮发小，只不过随着青春渐渐流逝，每个人都或多或少地染上了一些社会习气。大家说着时下流行的荤段子，一个个乐得龇牙咧嘴、不亦乐乎。舒娜已经听惯了税务干部酒桌上类似的内容，也看惯了手机上流传的众多段子，也就不以为怪。有时候，她也觉得非常好笑，她在想，谁说只有老外懂得幽默，我们中国人也是很幽默的嘛，也可以称之为“段子王国”，有些段子虽然荤了点，但雅俗共赏，只要灵魂干净，活跃一下气氛也是可以的。反过来讲，心理猥琐的人，即使穿着笔挺的西服，也会让人闻到他人渣的味道。她俨然成了段子的死对头，一名哲学大师，正说反说都有理。酒桌上，大家打情骂俏，赵官君只有在这里才有了更加放松的感觉。这里没有那么多约定俗成的潜规则，只有多年的情谊，大家被这个圈子结系、包围，也共同维护这个圈子，圈子也给每个人带来了无限的资源和无穷的快乐。为了今晚的主题，人们都喝了不少酒。猴子、利利几个人开始捣乱，他们有意帮着赵官君，在他们眼里，赵官君和舒娜那是绝配，但他们就是不懂为什么舒娜总看不上赵官君。他们借着酒劲儿开始鼓动赵官君和舒娜多喝几杯、喝交杯酒，舒娜也不含糊，落落大方地和赵官君喝起了交杯酒。今晚，幸福的赵官君又重新找回了追求舒娜的欲望和勇气，他想把自己喝醉，那是来时候就已经想好了的。喝醉了，他就可以继续向舒娜展开大胆的进攻。他的心里始终放不下舒娜，占有欲一次次战胜了他的理智，一个魔鬼般的念头常常在脑子里闪现：我一定要得到舒娜，我赵官君得不到，别人也别想轻易得到！

赵官君喝多了，众人中，他唯独要求舒娜陪他说话，还一次次讲着“我喜欢你，舒娜，你为什么对我不好”之类的醉话，让舒娜很是尴尬、紧张，好在自己也有点酒醉的感觉，索性就躺在座位上不起来，由着赵官君去疯狂倾诉。看着已经尽兴了，清醒的伙伴们赶紧联系车辆将两个人各自送回了家。

第十六章　艳羡

他无比羡慕那些美国同行，看到了差距也看到了希望。闭关锁国的时代再也回不来了，只要我们正视差距，放眼四海，革故鼎新，用不了多少年，我们必将迎头赶上，成为世界新闻业瞩目的焦点。

经过在全国的采访和调查，终于印证了全国各地和黑河县面临一样的问题。文凯与夏河夜以继日地完成了报告初稿，交给了上一级，领导们觉得意义重大，为此社里专门召开一个内部会，研究下一步措施。为了慎重起见，决定将有关资料送达农业部、商务部、环保部和有关地方政府，针对调查中发现的问题进一步求证。最终，各方的意见比较一致，这一问题的确应该引起国家的高度重视，否则后果不堪设想。于是社里将稿子进行了修改、丰富。社长带着文凯和夏河亲赴上级有关部门，将这一情况进行了汇报。很快，国务院主要领导批示在内参上见到了，要求各地认真对照有关情况进行自查整改，但各地反应不一，大多是报喜不报忧，或者以当地不存在如此情况来搪塞。高层没有想到各地方会如此不重视，于是批示见报。很快，以文凯和夏河联合采写的《土壤硬化：一个不堪设想的后果》在中毅新闻报头版发表，再一次引起了轰动。反应最强烈的是成千上万的中产阶级读者，他们纷纷打电话到报社，询问国家将采取什么措施，他们的孩子将来吃什么？报社将读者的反应一一向上级部门进行了汇报，最终，高层对报社给予了高度评价，并指示由国务院牵头，联合十几家相关部门立即开展全国农田土壤情况摸底调查，尽早解决掉这个有可能影响到下一代生存的严峻问题。

在燕北，拥有读报习惯的唐家邦、舒国安、唐晓萍三人都看到了署名为夏河的长篇新闻报道，一家人非常高兴，为此特意一周多聚了几次，唐家邦一字一句地念给舒娜，指出了夏河不同于以往的文字风格，让舒娜多向夏河学习，当然也免不了夸赞外孙女眼力不错。舒娜美滋滋的，吃饭时候特意给夏河去了电话，一家人在电话里向夏河表达祝福，让电话那头的夏河也感受到了家庭的温暖。夏河为此也想到了远在山东老家的养父母和大小青，除了过年，出差路过好几次都没有顾上回家看看。挂断电话，在享受甜蜜的同时，他想好了明天给山东的养父母寄点钱和衣物，给大小青买一些她们喜欢的东西。尤其小青，就要和小平结婚了，除了钱，他也应该送她一些值得纪念的东西，以表达兄长的一份心意。

这一年，《中毅新闻报》不仅发行量大幅提升，社长还受到了中宣部、中组部的表彰奖励，文凯也成为年度中央新闻单位的优秀工作者受到了表彰奖励，夏河自然也喜获年度优秀工作者的称号。同时，社里将唯一一个由国家新闻总署安排的赴美考察学习机会给了夏河，这是对这个年轻新闻工作者的一种肯定。六月初，夏河就要出国到世界新闻业老大的美国。走之前，社里安排文凯和夏河休假，文凯回了他的西北，夏河自然回到了他日思夜想的老家山东。

夏河一如过年时回到家那样，像大明星降临，小李庄的村民纷纷来老夏家找他聊天、听他的励志故事。这些老家人虽然粗犷一些，但天性纯朴，忠厚善良，吃苦耐劳，他们脑子里只有一个概念就是老夏家收养的这个孩子终于有出息了，他在北京、在中央当上新闻官了。夏河也懒得给他们解释，只是像一贯的传统那样孝悌忠信。老夏家这两天每天就像过年，夏河每天都要陪着长辈们和光屁股长大的儿时伙伴们喝上几两，间或他也要去看望一下那些卧床的老人。时间安排得满满当当，几次想要替父母干一些农活，都被二老阻止了，陪他们多说说话，哪怕是坐着发呆都是二老的心愿。夏河看着两位老人白发越来越多，心里有说不出的滋味，歉疚万分，发自内

心感谢留在家乡的大青对父母的照顾。小青和小平也专门从深圳的工厂请假回来。依靠勤劳的双手，他们的小日子过得也不错，小平已经在老家给父母和自己盖了新房，打算算个好日子把婚结了。见到夏河，最高兴的就是小青了，一连几天她都缠着哥哥，好像要把失去的全部找回来。未婚夫小平被她撂在了一边，但小平却一点儿也不吃醋，只是憨憨地傻笑，因为他知道夏河特别疼爱小青，夏河总是隔三差五给他们打电话，寄东西，问寒问暖，小平和小青都以这个哥哥为荣。

从老家返回不久，夏河就乘着国际航班启程了，去他从没有去过的、世界人民既爱又恨的资本主义老大美利坚合众国。夏河心想，一定要睁大眼睛多看看，看看那些获普利策奖的同行是怎么玩新闻的，看看这些长鼻子、蓝眼睛是怎么写出面向全人类、流芳百世的作品的。他和舒娜有着共同的美国偶像，排在第一位的是大卫·梭罗先生，他的那本被称作静静的书的《瓦尔登湖》，字字珠玑，沁人心脾，一百多年来熠熠生辉，让大作家爱默生都赞赏不已。还有海明威先生，他被誉为美利坚民族的精神丰碑，开创了“新闻体”小说，用一部《老人与海》的小说俘获了无数崇拜者的心。

夏河出国后，足足半个多月，舒娜都不能像往常一样在电话里与他卿卿我我通话，这是她心里头空落落最长的一次。不过一想到夏河事业上越来越出色，她也就忘掉了寂寞，于是拿起笔，把思念的情愫和未来的憧憬化作一行行诗句写在日记里。夏河走的这段日子里，她特意买了几本介绍美国的书籍来看，按照夏河事前告诉她的行程，她拿个小铅笔，顺着地图，追踪着夏河在美国的足迹，每天晚上都在地图上画一画、算一算，虽然度日如年，但铅笔头转了一圈，越来越向返程地华盛顿靠近了，下一个地方就不用画了，那是中国，首都北京，她的夏河即将回来了！

这段日子，白天舒娜还是忙得晕头转向，连着出了几期刊物，社里的每个人都筋疲力尽，好在大家像创业一般，热情高涨。因为每一个人都能把自己的爱好和个人价值在杂志社得到充分体现，加之杂志社福利待遇很好，虽然累，但收获满满，因此谁也没有怨言。舒娜比别人更加卖力，因为六月份以后，她就要离开杂志社一段时间，必须处理完手头的活儿。曹社长找她谈了话，局里要把她抽调回办公室去搞文字工作，这是局领导们的意思。办公室是税务局里很重要的一个部门，承担着服务领导、服务机关和服务基层的功能。局里的综合文秘、信息宣传、信访舆情、公文处理、公文交换、机要保密以及机关财务管理等大小事情都集中在办公室，其中，综合文秘是为几个局领导服务的，由于税务系统的年轻人都愿意到税源管理一线工作，没有几个人愿意从事油水少、强度高、提拔并不一定很快的文秘工作，所以全省地税系统从下到上文秘人员青黄不接，大有断茬的势头。省地税局的几个老秘书有的提拔了，有的换了处室，有的实在干不动了，这样就急坏了办公室陈主任，他每次见到一把手谭局长和分管人事的刘副局长嘴里总是就两字：要人！搞得两位局长见了他就发怵。全省公务员招考一结束，谭局长就允许陈主任第一个挑人，陈主任挑了几个小伙子，但这几个小伙子有的大学刚毕业，文字功底差了一些，因此急需一名文字功底好的同志火线加盟。其实陈主任也盯上了舒娜，毕竟是以考试第一身份进来的，早有耳闻，也听领导们说过舒娜文笔不错。不过从内心上说，他还是倾向于要男生。

舒娜在杂志社不仅编辑各地来的诗歌，她自己写的诗歌也偶尔发在《税魂》上，此外她还有一篇散文和一篇评论发在了刊物上，陈主任读后觉得真不错，称赞她是可塑之材。舒娜其实并不想去机关，因为她最终要离开故乡到北京，而且她喜欢和那些文学作品厮守在一起，但既然是领导有意栽培，那也不能驳他们的面子。因此，六月份的那期刊物一出来，她就被一纸调令借回了省局办公室。打那天起，陈主任就做好了长久不还的准备，因此本着循序渐进的培养模式，也让自己避免被别人说闲话，让舒娜先接过了信息宣传工作。其实陈主任的用人一点也没错，一个好的文秘人员必须先从编报信息做起，信息虽然内容不长，但把短小精悍、高度概括、重要而有参考价值的内容编报出来给党政领导看，则并不是一件很容易的事情。若是信息工作干好了，再去写大稿子，则稿子会干净许多，领导读起来会更加流畅，体现的水平也自然高。舒娜毕竟有才华横溢的男友、搞了一辈子文字宣传工作的母亲以及朋友赵官君这样的高参，又通过一段时间的认真摸索、学习，上手的速度奇快，捕捉有价值信息的能力也越来越强，和各部门、各地市搞信息的同志关系协调得也非常顺畅，逐渐具备了写大稿子的能力。有时候，陈主任有意无意地给她多加一些活儿，他把除一二把手之外一些其他领导的讲话稿任务交给舒娜，舒娜也很快啃下了这些硬骨头。好的文秘人员不是天生的，无外乎两个因素，一是对文字感兴趣，二是勤奋。舒娜和老秘书借来了领导讲话汇编，像读海明威的小说、舒婷的诗歌一样翻来覆去地读，仔细地品，认真地琢磨、模仿。正所谓“只要功夫深，铁杵磨成绣花针”，她渐渐入了门，写出来的东西终于脱离了文学的浪漫，有了八股文的感觉，频频得到陈主任的肯定。舒娜这样用功还有一个很重要的原因，她一直把它埋藏在心里不说出来而是暗中较劲，那就是她受不了同事们私下里的议论：“怎么弄来个女秘书！”

她用铅笔头画呀画，终于把他从美国勾回来了。半个月行程虽然不长，但他收获颇丰。他讲述了他在美国的亲见亲历，对于他热衷的新闻事业，他无比羡慕那些美国同行，看到了差距也看到了希望。夏河说，闭关锁国的时代再也回不来了，只要我们正视差距，放眼四海，革故鼎新，用不了多少年，我们必将迎头赶上，成为世界新闻业瞩目的焦点！

夏河对所看到的美国新闻业的概括很幽默：美国是一个高度发达的信息社会，媒体之间的竞争十分激烈，尤其热衷于抬杠；美国的新闻媒体很像我们国家的教育体制，有公立的，有私立的，各有各的来钱道儿；美国有三大全国性报纸《纽约时报》、《华尔街日报》和《今日美国》，都宣称自己是自由的唯一代言人；美国新闻媒体的收入百分之八十来自夸张的广告，其余靠富人施舍；美国的记者没有铁饭碗，同行们时不时就面临下岗的危险；美国记者不怕死，满世界转悠，哪儿危险去哪儿；普利策奖主要是给美国人的，因为美国人认为世界上最优秀的记者只有他们自己。

夏河尤其崇拜那些战地记者，讲得也很动情。《华尔街日报》同行曾告诉夏河，这些记者是记者中的“另类”，是“精华”，是“敢死队”，他们用生命贯穿了整个近现代新闻史，也贯穿了二百多年来的战争史。“如果你没法阻止战争，那请你把战争的真相告诉世界”是那些战地记者永远的格言。电影《萨尔瓦多 1986》中，死在美军枪下的摄影记者约翰·卡萨迪就是一个典型的战地记者，他面对着游击队的枪口一边虚言应付，一边偷偷地按下快门；当美军的直升机开始向游击队和市民射击时，他从藏身之处兴奋地跳出疯狂拍摄，直至中弹倒地……

夏河还在热情洋溢地大谈着偶像海明威，说他就曾在 1918 年加入了美国的红十字战地服务队，来到第一次世界大战的意大利战场。1920—1924 年，海明威还担任多伦多市星报与星报周刊的记者，后又以记者身份参加了西班牙内战和第二次世界大战。海明威的身上中过 237 块弹片，他的头上缝过 57 针，鞋子穿烂……

夏河还要继续往下说时让舒娜给打断了，夏河第一次听出了女神的愠怒：

“哎，别羡慕他们好嘛，你自己不是也当过一次战地记者吗？”

“我那能算战地记者吗，人家可是在枪林弹雨中。”

“战地记者的概念我认为太片面了，去告诉那些美国同行，就说我说的，只要冒着生命危险其实就算是战地记者。美国有，我们也有！”

“中国人没有几个战地记者，萧乾算一位。”

“算了吧你，中国的战地记者不少了，南联盟大使馆事件中牺牲的那三名中国记者邵云环、许杏虎和朱颖，就是我心中永远的战地记者！”

听到舒娜说到南联盟大使馆事件，夏河沉默了，他们一行去美国的时候，带团的领导特意交代大家不要在美国人面前谈论这个事，这是铁律，大家一直遵守着。可是夏河对这个事情是义愤填膺的，是有想法的，那是一次世界警察粗暴的、野蛮的执法行为，是留在中国人心里永远的痛！

当夏河正要发表最新观点时，他压根没有想到女神也会有发飙的时候，这其实也是舒娜人生的第一次：

“够了，就知道你的那些个战地战地，连一句问候的话也没有！”说完，舒娜生气地挂了电话，眼泪唰唰地流了下来。

本应甜蜜的话茬就此中断，就像盛夏时节干渴的旅人在一根水管上贪婪地饮水，却被狠狠地从源头上关了龙头。突然断了它的清澈与甘甜，让人猝不及防，意犹未尽。

女人需要的到底是什么，谁也说不清，女人们自己也未必说得清。有时候，他们希望自己的男人是人中豪杰，昂着头走路，撑起一片世界，女人跟着他们也好少一些辛苦，享受众人的崇拜，风光无限。但同时，她们又希望男人们能多照顾照顾家，哪怕能替她们做一些琐碎的家务事。若是男人们能事事听话那是最好不过了。可是人没有完美，正如尘世并不完美。男人心中，江山和美人孰轻孰重，却是说得清的。每一个男人，都把事业看得比天大、比地高，比海阔。这是一个男权世界，几千年都是。男人们认为只要有了江山，不愁没有美人。男人们甚至还幻想着二者兼得，于是“红袖添香夜读书”成为无数文人墨客们追逐的梦想。

此时的舒娜还真的有些纠结，她既想让夏河多用些时间在事业上，让工作更加出类拔萃，又同时想让他多花一些时间来陪陪自己，不一定有那么多卿卿我我，但哪怕是唠唠嗑、说说话，就心满意足了。她也想让夏河问一问她分开的这段日子里她为他做了什么，有什么快乐，又有多少忧愁，自己是怎么想他想到流泪，又是怎么半夜睡不着觉爬起来写诗等等。可夏河这个愣头青、事业狂，心中还是只有他的事业、事业，战地、战地！

让舒娜流泪还有一个原因，那就是夏河一提起战地记者那几个字眼儿，她就发怵。因为母亲唐晓萍就曾经坚决不同意女儿当什么战地记者，说那是个高风险行业，一家一个孩子，再爱国、再有抱负，也得适当考虑自己的实际情况，不可盲目抉择。夏河说了那么多，说得那么狂热，仿佛就是暗示将来的自己，而当他一说到炮火、弹片、牺牲时，舒娜就阵阵恐惧，战战兢兢。

夏河自己也觉得有些过分了，今晚他应该是个倾听者，而不是一味地唠叨自己艳羡的那些事。他觉得关心女孩子是自己永远的弱项，他开始痛恨起自己的自私来。

须臾，夏河的电话打了过来。舒娜轻轻地接了起来：

“娜，对不起，我对你关心很不够！”

“没有，你对我挺好的。”

“可我还是把你气哭了。”

“我是个女人，想哭就哭，不需要理由。”

“你很少哭，送我时你都没哭，这次你却哭了。”

“没有，不用多想。我就是想哭出来，哭出来会好受一些嘛。”

“我不在你身边，想哭你就哭吧。总之我太自私了，没有问问你是怎么过的，只是自己一个人唠叨个没完。”

“没有，夏河，你不要自责，你没有错，我就是每天晚上一个人，你知道的，我……我不够坚强，呜呜……”

“娜，你说吧，我听着呢……”

“你知道人家是怎么想你的吗？文字秘书一般晚上加班，而我却在白天的嘈杂声中拼命地把手里的活儿干完，就是为了晚上在地图上找你，还拿个铅笔画呀画，画了十几天才终于把你画回来，呜呜……”

“嗯，我知道……”

“我不是说自己多么矫情，非得让你陪我、打电话给我。只是听到你对战地记者那么热衷，我就有些胆寒。上次你在黑河县让人家打成那样，已经给我落下了恐惧的根。有时候，我真的恨自己没有骨气，既顾及父母，又要顾及你，还有单位，想得太多、太累。我真想现在就离开燕北，去北京，哪怕每天啥也不干，就这么看着你，守着你，给你做饭，为你捶背就心满意足了。唉！夏河，和那些恋爱多年的人比，其实我俩的恋爱才刚刚开始。上次我回了校园一趟，我哭了，我想起曾经和你说过我们一起读研，重新开始，好好来一场旷世恋爱，可是人生哪里有那么容易实现的梦想啊，只因我们放不下心中的欲望！所以，我们还是珍惜现实，一步一步往下走吧。

能走多久走多久，实在扛不住，我就要辞职了。”

只有舒娜一个人在那里倾诉，夏河只是静静地听着，舒娜的话，让夏河有阵阵的负罪感。他想，今后还是应该多关心关心舒娜了，自己也要多往燕北跑一跑，也让舒娜经常来北京散散心，毕竟爱情是两个人的付出。爱情还像一颗花盆里的嫩芽，要想让它成长还必须加倍地努力呵护。想到这儿，夏河推开窗户，若有所思，他咬咬牙看着大北京车水马龙、熙来攘往，一座座高楼拔地而起，房价像火箭一样直穿云霄，想到了应该考虑弄个房子了，哪怕是个格子间也行，这样，等舒娜来了，两个人就可以有个私密的天地，不用再去小树林里躲来躲去，和公园里跳舞的大妈大爷抢地盘。

银色的月光透过窗户洒了进来，把舒娜的影子打在墙上，影子和人影一样，依然窈窕秀美，只可惜形影相吊、茕茕孑立，像一幅水墨画孤独地泼洒在墙上。舒娜怔怔地看了一下自己的影子，然后回头转了转桌上的地球仪，她想把夏河的身影也转出来，转到墙上，然后依偎、合体。

第十七章　机关

随着一系列标本兼治措施的出台，迟早会消除那些坏习气、坏作风，让那些老实干、能干事、会干事的人干成事，找到自己的舞台。而那些唯以见风使舵落井下石为能事的人，不能堪以大任，最终会遭到唾弃，退出历史舞台。

有人说，机关里到处是“机关”，玩的全是套路，灿烂的笑容、优雅的举止和礼貌的问候下掩盖的往往是人性的虚伪和冷漠，这也是舒娜的父母建议女儿选择非机关单位的主要原因。但剪不断理还乱，她还是阴差阳错地被机关从杂志社借调了回去。

过了国庆，舒娜就被正式委以综合秘书的重任。综合秘书算上她共有三名，其他两位是男生，其中一位兼着领导生活秘书的角色。和她 AA 角的是一位比她大几岁、也是通过上次考录进来的法大中文系研究生，叫郝京涯，人如其名，心眼儿比衣服上的针眼儿还多，处世圆滑。郝京涯大学毕业后在一家企业做管理工作，但觉得自己的才华得不到施展，因此两年以后读了一个在职研究生并取得了硕士学位。然后遇到省里百年不遇的公考，郝京涯认为机会来了，他选了个要求有硕士学位、两年以上工作经验、中共党员、本市户口这样一个比较苛刻的岗位报考。天知道地税局人事部门为什么这样要求，总之对于郝京涯来说竞争相对较弱一些。果然，年轻大学生都被排除在外，与郝京涯年龄相仿的这些老大哥们就占了便宜，一比五的初试比例自然容易得多。郝京涯成功了，他居然考了所在部门第一，如愿成为一名梦想中的公务员、有地位的体制内干部，给原先企业的那些同事们好好地上了一课，成了活教材。文字工作是一个需要时间积淀的技术活儿，缺乏一种与生俱来的天赋以及理科出身、后天系统训练和实战经验不足，导致郝京涯材料水平一般，因此也就是写一些报告、总结类的常规八股文，有一定文采的领导署名文章，陈主任一般会交给舒娜来完成。这样，郝京涯几次都眼巴巴看着眼前的这个女秘书受到局领导的夸赞，抢了他不少风头，心里老大不舒服，但他知道舒娜深得领导赏识，又有雄厚的家庭背景，因此也只能忍气吞声接受。好在郝京涯口齿伶俐，又有擅长交际的天赋，很大程度上弥补了自己的不足，在单位混得也较为如意。舒娜刚从校园出来，像一张白纸，在领导和那些老同志的夸赞声中狠劲干活儿，积极进取，生怕给父母丢脸，对领导、同事尊重有加而不媚俗，对AA哥郝京涯更是哥长哥短，百般礼貌。但舒娜对社会上、机关中存在的那些个狗血的“宫斗”比较陌生，性格上也不谙此道，因此导致在以后的工作中吃了不少苦头。

先是在一次单位的聚会上。开完全区税收工作会后，办公室陈主任在酒店犒劳大家，分管副局长万局长也参加，很隆重。办公室的同事们平日埋头加班，饭局很少，二十几个人一桌，气氛热烈。

“大家辛苦了，陈主任现在是兵强马壮啊，比我管的人还多！”万局长作为领导先声夺人调侃陈主任，陈主任脸上立即堆满“恐惧”，胆怯地直摆手道：“英明伟大的万局啊，咱可是您一手提拔起来的马仔，同志们也都是您要来的，我也就是临时替您管管，大家说是不是？”“是！是！是！主任说得太对了！”大家迎合着。他的话和大家的呼声让万局长心里很受用。他看了看在座有一半女同志，接着说笑道：“税务系统的女同志个个都能喝，新来的同志们要放开喝啊，陈主任今晚就不要怜香惜玉啦！”众人说笑当中菜已经上来了，陈主任请示领导可否开席，万局长点头同意。陈主任环顾四周，突然像伏在大老虎面前的小白兔一样，轻声轻语地提议大家欢迎万局长给大家作指示，大家鼓掌欢迎。万局长也毫不客气，讲了几句赞扬和鼓励大家的话，然后将手中的酒一饮而尽，大家跟着一饮而尽，舒娜也将酒一股脑倒入胃中，她还是有一点酒量的。接下来主任和两位副主任分别致辞发言，“痛陈”领导对自己的关心、照顾太好了，支持太大了，以至于自己常常夜不能寐。他们给领导敬了酒，和同志们分别也干了杯。几次，舒娜都看到老大哥郝京涯偷偷地把酒倒在地上，还有几位同志也偷奸，她觉得这些人好聪明啊，可是自己天性笨，做不出来那种巧妙的动作。由于其他女同志没有一个矜持的，都想在领导面前表现自己，因此她也就只能咽着苦水喝酒。喝到半场，郝京涯自告奋勇提议要给领导减轻点儿压力，搞一个组合敬酒，请示主任说他要带着 AA 角舒娜美女给领导们敬酒，主任竖大拇指表示赞。没等舒娜反应过来，郝京涯就先给舒娜倒上了满满一大杯酒，然后领着舒娜去给大家轮流敬酒。先是万局长，郝京涯给领导斟了一小杯，然后这家伙居然把自己小杯里的酒全倒在了旁边的大杯里，然后向万局长表忠心，说要一口干掉，代表自己对局领导的忠诚，顿时大家的眼神齐刷刷地朝向舒娜而不是郝京涯。万局长对部下的这种表忠心很是欣赏和满意，对于他来说，让部下喝得东倒西歪自己才心里舒服，倘是政敌，当场喝倒他们那才叫一个爽。如此，就苦坏了舒娜，她也只能皱着眉头端起那杯被郝京涯斟满的大杯酒。万局长有意保护舒娜，就提议让舒娜喝上半杯酒就可以了，然后自己一饮而尽。舒娜勉强喝了半杯，正要坐下时，在座的开始起哄，尤其是那些吃年轻人醋的老女人，还有郝京涯，都闹腾得很凶，有意向万局长撒娇、施压，说领导喜欢美女、偏三向四，搞得万局长连连摆手道：“好好好，你们自己解决喽！”舒娜一看逃不掉，只能继续把剩下的半杯喝了下去。痛苦中余光一扫，在座的女同事有人偷偷地在说笑自己，AA 角郝京涯更是春风得意。在接下来的敬酒仪式中，大家每人一小杯，有人却拿白水回敬，舒娜也没有挑刺，一是自己是新人不好意思较真，二是也能理解大家的苦衷，耐着性子走完了一圈。一边敬酒舒娜一边骂郝京涯好讨厌，求郝京涯帮帮她，郝京涯狡黠地笑着说没问题，但关键时刻他总忘了关照舒娜，反而把自己杯子里的酒偷偷地倒给舒娜，伎俩发挥得淋漓尽致。的确，在机关混，但凡一开始就能喝一点，江湖里就会流传着你能喝酒且酒量大的传说，不喝也不行，这样，也就有了酒场上有人趁机借酒玩心机，把那些不谙世事的年轻人以及老实人折腾得狼狈不堪。

还有一次，地市局一名负责信息宣传工作的熟人求舒娜帮着往省局网页上发一篇稿子，舒娜也没有多想，她让这位同人把稿子发过来，自己认真地进行了修改，然后就交给了借调到局里搞信息工作的小李，小李痛快地帮着她上传到领导那里，稿子很快就在内网上刊登了。还没过一天，陈主任就把舒娜叫到了办公室，和她进行了一次谈话。原来，有人向主任打了小报告，说舒娜通过人情干涉信息宣传工作！主任没有责怪她，因为他也知道人情稿都是免不了的，谁还没有几个相处不错的同人啊。主任只是善意地提醒舒娜，机关里比杂志社复杂得多，因为有利益之争，所以每天都会有人盯着对手，期盼他们犯错，稍不留神人家就会给你穿小鞋甚至借着你的错误痛下杀手。主任讲，你比别人优秀，别人就会嫉妒，正所谓“木秀于林风必摧之”，但凡遇到这种情况，领导们往往会借机找平衡，提醒打压一下那些过于优秀的人，一边也给那些背后搞小动作的人一点甜头，这样双方都会被牢牢地掌控在领导的权术之下。陈主任认为，没有办法，这就是生存之道，机关的领导岗位就那么多，而机关往往超编，很多人又都有雄厚的关系和背景。陈主任还拿几个副省长的直系亲属为例，向舒娜说明，别看人家平时不好好上班，然而只要单位评先进、发福利和提拔干部，这种人往往什么都落不下，这就是机关，玩的是综合实力。听完主任的话，舒娜向主任表达感谢，表态今后一定要谨小慎微，注意方式方法，团结同志们一心把主任交代的工作干好，干扎实。陈主任笑着送舒娜出门同时不忘低声告诉舒娜，是万局长交代过要特意关照她，他得不折不扣执行。

舒娜还经历过一次机关里发生的事情，让她毛骨悚然，不寒而栗。年底，机关要选几名副处级后备干部，名额有限，若能选上，下一把就可以当副处长了，竞争异常激烈。对于舒娜，谁评上对于她来说都无所谓，毕竟自己是个新人，编制在杂志社。但机关的老同志们可不这么想，狼多肉少，一辈子就耗在这个单位了，为了荣誉也要战斗到底，于是大家都使出浑身解数力争上位。有的人找了省里的领导打招呼，有的人通过企业的大老板给局长递话，有的人没有关系就直接进了局长办公室，甚至哭哭啼啼，大有刘备哭荆州之意。有的人更有创意，竟然通过反贪局的领导帮自己做工作，让局领导们哭笑不得。总之，奇招不断，花样百出。很快，考核名单出来了，但刚贴出来不久，机关全体干部和部分地市局干部的手机上就显示某某人长期通过色相获取领导信任，某某人收受基层单位礼品，某某人欺骗组织等等。这些短信竟然还发到了刚来不久的舒娜的手机里，让她大感困惑，她想，这些手段太过分了，其实就是活生生的给别人泼脏水，目的只有一个，就是想办法把某些入围的人弄下来，把自己弄上去。即使他们的目的达不到，也要让全体同人知道对手的那些丑事，败坏对手的名誉。舒娜想，这些诋毁大都上不了台面，更多是一种无中生有，真是“癞蛤蟆不咬人恶心人”！

还有，局里年底要评先进工作者了，陈主任想当一回老好人，没有像过去老主任那样和谁关系好就把荣誉给谁，而是事前告诉大家过两天投票。这下好了，办公室的老同志都开始拉票。那几天，大家关系特别融洽，有人还张罗着请客吃饭，郝京涯也满脸堆着笑，对抢了自己不少风头的舒娜特别客气，暗示舒娜给他也投一票，让舒娜觉得浑身不舒服，她觉得既然是 AA 角、一个办公室，根本用不着这么客气，不说也会给他投票，看来人家还是信不过自己，真是白处了关系。

半年多就经历了这么多机关里的鸡零狗碎，让舒娜很是不爽。她一边埋怨她的这些个机关同事像叫春的猫儿，膨胀着自己的欲望，心里只有权、权、权，而不懂得真心待人。一边，她也有些可怜那些同事，他们在这个地方一年四季地付出不为人知的劳动，同时还必须竭尽全力地装出没有委屈，若无其事，生怕被人从脸上看出表情，被别人抓住把柄、话柄，影响仕途发展，一点都不懂得活得简单快乐一些。机关的这些风气让她感到悲哀，失望，有时候会让她窒息。她想，国家提供了这么好的办公环境以及福利待遇，却产生这么多的弊病，原因到底是什么呢？她有几次回家向母亲求解，唐晓萍告诉她根本原因是人的自私和贪欲，直接原因是人多、体制不完善，种种因素导致机关里人际关系复杂，以至于产生滑头占便宜、老实人吃亏、老实人之间互相倾轧等等令人诟病的现象。唐晓萍告诉女儿，不要灰心，随着社会的进步，随着一系列标本兼治措施的出台，迟早会消除那些坏习气、坏作风，让那些老实干、能干事、会干事的人干成事，找到自己的舞台。而那些唯有见风使舵落井下石能事的人，不能堪以大任，最终会遭到唾弃，退出历史舞台。

即便是被一时的尘世所惑，但舒娜的心情也很快能平复下来，懒得再去多想。她知道，自己不会长期在燕北扎根，迟早要到北京，让那些蝇营狗苟在不断完善的制度中慢慢自生自灭去吧，阳光是最好的消毒剂。

国庆长假，夏河给舒娜买了火车票，舒娜在京快快乐乐地待了五天。自从上次和夏河生气后，夏河有意无意地多多关心起女友来，他为此还看了一些女性杂志，特意了解女孩子们的喜好，时不时就借着到各地出差的机会为舒娜购买一些新奇的东西，让舒娜大开眼界，感动得心里开了花。夏河给她买的都是女孩子们喜欢的鞋啊、包啊、袋啊、链儿啊等，令单位的女同事们也啧啧赞叹，很多都是在杂志和电视上才能见到，燕北根本买不到，让舒娜小小的虚荣心得到了满足。大家都夸赞她有一位对她如此好的男朋友，真是上辈子修来的福气，舒娜也打心眼里认为夏河变了，变得比过去更加体贴、细心了，“会哭的婴儿有奶吃”，也许是吵架起了作用吧！想到这里，她反而后悔起来，埋怨自己不知足，同时也更加心疼起夏河。

机关让舒娜不开心，但她总能在夏河那里把欢乐找回来。国庆期间，夏河告诉她一个好消息，一家大型央企在东四环集资建房，给了报社一部分房源，内部价每平米八千元，市场价已经两万多了，北京最好的小区每平米已经有六位数了。夏河打算咬着牙贷款弄一套。舒娜听了感觉好夸张，燕北房价每平米才刚刚超过三千多元，怎么北京房价这么猛。她建议夏河不要那么有压力，等俩人一起努力攒够了钱再买。夏河笑着摸摸舒娜的头告诉她，北京的房价已经进入了牛市，没有回头，只有噌噌噌一个劲儿往上涨，一天一个价，现在不买，兴许过几年再也买不起。他的逻辑很简单，中国只有一个北京，人越来越多，土地供应却越来越少。舒娜的想法的确是代表大多数女性，懂得勤俭持家，心疼手里的钱。虽然她有自己的看法，但她不会干涉夏河，母亲唐晓萍从小灌输她一个思想，那就是凡天大的事情最后一定要让男人拍板！看到夏河为房子的事情有些忧虑，舒娜就给他讲了一个燕北人民调侃北京房价的笑话让他高兴：某燕北女好不容易和北漂的老公走到一起，一下火车，就让老公给她买套北京的房子。老公告诉她那都不是个事儿，已经为她买下一套三居室北京十环的大房子，令该女大为感动，狠狠地亲了老公一口，一定要让老公带她去亲眼看一下她的新房。老公无奈，只好开车带她去看，沿高速走了大约五个多小时，老公告诉该女可以看房了，该女抬头一看，蓝天白云大草原下，一座座楼盘拔地而起，楼体上赫然打着广告：青伊城市风景一期，北京十环，您理想的栖息地！嘿嘿，原来这北京十环指的就是相聚北京几百公里远的燕北省青伊市。这个故事把夏河笑得人仰马翻，舒娜自己也笑得流出了眼泪。夏河于是接着借这个故事调侃她，他说那个老公说不定就是自己，而女的就是舒娜，气得舒娜追着打他，俩人咯咯地笑着，重新沉浸在一片欢乐中。

时不时赵官君会给舒娜打电话，编各种理由想和她见面，但都让舒娜给婉拒了。不过，这家伙真是执着，尤其是他觉着已经两年了舒娜还没有一点离开燕北的意思，那种重新夺回爱情的欲望越来越强烈。他知道，虽然距离产生美，但审美时间过长注定会影响审美效果，远距离的相互欣赏建立在未来能走到一起的基础之上，一旦被无情的现实摧毁，伤痛就会随之到来，让人揪心。双方只要有一方犹豫、变心，那就是第三者插足的绝好机会。赵官君把官场上的不温不火、小步快跑的节奏完全复制在爱情上，但他也知道不厌其烦地表白会导致舒娜的反感，于是就找各种与爱情无关的话题和她套近乎。舒娜感兴趣的话题如文学、音乐乃至一部分公文写作通通被他研究了一番，和她聊天，他常常会语出惊人，有很深的见地，让舒娜一次次佩服得五体投地。

年底，燕北的各个单位都在忙着开会，正是秘书们最忙的时候，舒娜在单位连续加班，身心已极度疲惫。赵官君也一样，他的水平已然炉火纯青，深得领导的信任，以至于每次有大材料，部领导会第一时间想到他，甚至直接打电话叫他过去，让吕主任都有些羡慕。好在赵官君早就通过物质和精神手段给主任吃了定心丸，他曾经不止一次酒后拍着胸脯、痛哭流涕地向主任表白心迹：我赵官君生是主任的人，死是主任的鬼，您走哪儿就把我带哪儿好了！这种表白在机关里很受用，有下属甘愿为自己冲锋陷阵、肝脑涂地，没有一个领导不喜欢的。这晚，舒娜刚加完班，累得腰酸背疼，赵官君打电话过来要请她到 1180 酒吧放松一下，舒娜很久没有去那个地方了，本来还想着等夏河回来再去一次呢。赵官君约她去，本打算拒绝，但一想到晚上加班只吃了半桶方便面，肚子在咕咕地抗议着，也就没有拒绝他，但她提议去吃烧烤，赵官君欣然答应。为了不让舒娜尬尴，赵官君还特意约了利利和小佳，四个人在燕北一个很有名的叫“老火记”的二十四小时烧烤店吃了一顿火辣辣的夜宵。吃完夜宵，利利邀请大家泡脚，有个叫“栖息岛”的洗浴中心很有名，老板是利利的朋友，到那里可以进一步驱除疲劳。大家兴致都很高，舒娜只好同意。她听说那是男人们潇洒的好地方，但自己从来没有去过，有点好奇。泡脚，俗点说就是洗个澡、按摩按摩。洗浴行业在燕北和全国其他城市一样如雨后春笋般盛行。用利利的话来说，三种人在那里消费，一种人是全国各地到燕北出短差的人，既消除疲劳又解决了吃睡问题，比住店要省钱；一种人是那些高端人士，在大一点的洗浴中心，都会设专层为高端人士服务，他们可以在那里沐浴、洽谈、娱乐，当然价格亦不菲；一种人是居家过小日子的人，一到周末，几家人约好，带着孩子来这里吃喝玩乐，洗浴中心里观影室、棋牌室、健身器材、儿童游乐场等一应俱全，大人小孩都能找到各自的乐趣。

四人在男、女宾区洗浴结束，约好就在洗浴中心的五楼休息。这个洗浴中心共有六层，一层是沐浴区，二层是用餐区，三层是公共休息区，有观影、健身、棋牌和按摩室，四层和六层是包间休息区。五层是 VIP 专用区，为特殊人士所用，普通电梯在第五层不停，有专门电梯通向五层。舒娜和小佳洗完澡，就有专门的引导人员上前，领他们从专用电梯上到五层。赵官君和利利早已在包房里等着她俩，舒娜感觉包房很大，足有三百平米，奢华、浪漫。包房欧式风格，里边沙发、按摩椅、电视、棋牌桌、健身器材一应俱全，房间套房间。最里边还有一个独立的休息室，粉色的灯光散发着暧昧，放着一张大床供客人休息用，墙上的壁纸画有古罗马浴场里男女拥抱的场面，地上放置着两张怪异的椅子，椅子上写着“日式情趣”，吓得舒娜看了一眼就连忙闪出，心跳加快，但也有种春心大动的欲望。

等到服务员把咖啡、茶水、果盘准备停当，利利一个手势，那位儒雅的大堂经理点头离开，不一会儿，四男四女按摩师进到房间，利利和赵官君各自挑了一位，舒娜也学着他俩随便留下一位按摩师，大家到各自的房间里开始了享受。按摩师的手艺还真不错，把她的头部、肩膀、腰部、腿部等痛点通通按了一遍，让舒娜有种地主婆的感觉，被人伺候着，真舒服！

放松当中，舒娜突然想到，夏河应该正在北京的格子间里加班改稿子，如果他也能像自己一样放松一下该多好啊，她忽然还想到了里边那个暧昧的小屋和暧昧的光、暧昧的日式情趣椅，于是一阵阵害羞，但同时却涌起极强的渴望！她想，这按摩其实也是一门古老的学问，讲究推、拿、揉、捏，若有时间，自己也业余学一学，待到夏河疲倦之时也给他做个按摩，那夏河就真正“红袖添香夜读书”了。想到这里，舒娜发着感慨，人生苦短，身体上的疲劳依靠外力可以瞬间驱除，而这内心的疲劳，却是再怎么按摩也解决不了的。

第十八章　安居

北漂的梦其实很实在、很简单，有了可以容身的房子，有了女主人，有了干净整洁，有了居家的饭香，这才是安居。

十二月底，燕北的雪花如期而至，饥渴的大地终于迎来些许滋润，北风把雾霾驱散，月夜比白日都要亮。雪花在北风的吹拂下，把舒娜的红围巾轻轻地吹动。加班回家的舒娜走在松软的雪地上，马丁靴踩过去，传出咯吱咯吱的声音，舒适而温暖。这双靴子新潮得过了头，燕北街头没有人穿第二双，是夏河托同事从英国买的。夏河总共买了两双，一双给了小青，一双给了舒娜。雪代表燕北的严冬又开始了，舒娜将这双蓝色的马丁靴从箱子里拿出来，热乎乎的，仿佛还带着夏河的体温。舒娜喜欢雪，更喜欢一个人静静地在雪地里走，雪夜、雪地、雪花给了她无限的遐想。今晚，她走在大院里，看着一批又一批的孩子接管这块地盘，不免有几分小感慨。小女孩拿着一块雪球追打着前面的小男孩，小女孩天真无邪，银铃般的笑声在耳边响起，仿佛就是她自己。去年冬天，她和夏河也追打过，追打过后，紧紧地依偎在一起，泪水却夺眶而出，短暂的相聚又要分别，她真想像雪球一样，彻底融化在他的手心里，让他带走。今夜的雪花，打在她美丽的睫毛上，她已经不再是那个懵懂的少女，大学毕业后的她，工作、生活、情感中经历了大大小小的事情，对事对物的看法变得更加理智，已经逐渐从幼稚向睿智转变，人也随之越来越有魅力。有人说，女人最美的容颜出现在青涩刚刚褪去而成熟即将到来之际，清纯中稍稍沾一点旅途中的风尘，

会变得迷人至极，每一位少女都曾经历过，只不过也是稍纵即逝，让人备感唏嘘。

此刻，军区大院里士兵们喊着“一二一”整齐划一地在雪地上巡逻，突然激发了她的斗志，舒娜深吸一口气，她像童年时那样，心里默默给自己加油：加油，给自己！

当舒娜在燕北时而沮丧时而激奋之时，北京的夏河也有着同样的感怀。遇到采访不顺利或者稿子写不下去的时候，他就会想到两个人，一个是师傅文凯，一个就是女友舒娜。舒娜不在身边，只能在电话和网上与她聊天，别无途径。而师傅文凯就在自己身边，往常，他都会拎上酒瓶去找他倾诉，之后心中的疙瘩也就瞬间解开。如今，师傅文凯已经把家人从西北接到了北京，虽然他和嫂子隔三差五请他过去喝上几杯，但夏河却不想过多打扰一家人，毕竟文凯欠家庭的够多了，他需要补偿。而夏河自己，也觉得亏欠舒娜较多，以至于舒娜每次来北京，除了云瑛那里就是住旅店，不仅辛苦，耳鬓厮磨也多有不便。时光荏苒，奔着毕业后俩人的规划和承诺就去了，回想自己的承诺，夏河有些惭愧，他觉得他和舒娜太天真了，总是把未来想象得过于美好，觉得世间一切均会按照追梦人的想象来进行。其实大家都非常努力，夏河俨然是一个励志成功特例，通过自己玩命的努力以及贵人相助，取得了常人没有的巨大成绩，实现了许多北漂族短期所不能实现的梦想，令人刮目相看。但两地分离，纵有再强大的意志和心脏也不免伤神，梦想暂时完败于现实，每一个北漂都要经历，或长或短、或悲或喜而已。夏河从心里喊着：早日结束吧，这寂寞和奔波，就从安居开始！

就在舒娜、夏河忍受着相思的煎熬、安居的尴尬，感受冬日冰冷的同时，在大北京的东部，正在悄悄地、如火如荼地酝酿着这个城市未来几年新的经济增长点，世界的目光将聚焦中国、聚焦北京，聚焦北京东部。新闻联播报道，这里将围绕各种体育场馆的建设崛起一座现代化的新城，新城的中心就是国家体育场、国家游泳馆等奥运场馆，很多宏伟的建筑早已经开始建设。资本的嗅觉是任何人都阻挡不住的，很多投资者都把目光投向了朝阳一带，有资本的推波助澜，拆迁、征地在飞速地推进着。那家和中毅新闻报关系密切的央企早在几年前就捷足先登，不仅在距离国家体育场不远的地方新建了办公大楼，还给机关的几百名干部职工每人解决了一套住房，但当时没有人想到这里几年后的发展速度以及房价增长速度，很多人甚至还把房子倒腾卖给了别人，自己赚一笔在当时看来不小的差价。夏河单位里还没有分到房子的职工可以优先选择，如果嫌远，也可以选择别人腾出来的单位附近的旧房子。因为夏河单位旧房子辖区内有一所北京非常知名的小学，因此旧房子价格比四环、五环的新房子要贵好几倍。对于夏河这些刚分来一两年的年轻人来说，大多还没有成家，更没有学区房的概念，若能在大北京分个房子，已经够磕头烧香了。夏河选择了新房子，他为了图个好兆头，觉得一切都应该从“新”开始。

精神领域的纵横四海和物质领域的捉襟见肘是横亘在夏河这些北漂一族面前一道难以逾越的鸿沟，冲撞着他们的精神世界，一度让他们失落、疲惫、彷徨。但就在夏河为房子略显惆怅之时，报社传来好消息，位于奥运场馆附近的央企的房子终于可以交付报社了，给了报社几十套，新进报社的几乎可以人手一套，最终均价大约七千多元，即日可以办理登记、选房及贷款手续。文凯和夏河非常高兴，文凯家嫂子还特意炖了一锅肉，夏河甩开膀子和师傅文凯大快朵颐，算是庆祝一下。文凯的两个孩子也和大家一样沉浸在难得的喜悦当中。有了自己的房子，连孩子们都觉得自己体面了，不会再有被人骂“臭外地”后的极度自卑感。夏河、文凯两个人喝了足有二斤二锅头，话匣子打开来，谁也拦不住，一聊就是一晚上。

“兄弟，今天我高兴啊，你知道，不容易啊！”

“师傅，我能感觉到，有了房子，嫂子和孩子们就不用租房子住了。”

“这倒也是一个原因，但并非全部。今天让我感慨的是我的个人经历，真的不容易，三十九岁才到北京，是一个名副其实的老北漂，和你们年轻人不能比。多亏组织对我不薄、首都人民对我不薄，否则我的性格也许就害死了我，你嫂子和两个侄儿就真的跟上我吃苦喽！”

“师傅您说哪儿去了，您那么优秀，全国知名的记者、长江奖获得者，哪儿有那么伤感？”

“嗨，夏河，荣誉这个东西是把双刃剑，一方面会鼓励你，让你珍惜来之不易的成绩，感恩组织的厚待，牢记人民的嘱托，不忘记者的使命，催人砥砺奋进。同时，过多荣誉会把自己陷入一种“高处不胜寒”的境地。在急难险重面前，有好多同志都往后撤，大家都看着你，那眼神，有期待，有关怀，但也不乏看热闹，逼着你一次次往前冲，总是成为第一个吃螃蟹的人。不是我退缩，而是看到大部分人把希望都寄托在一两个强者身上，我就深深的悲哀，如果所有人都这样，这个社会可真是难以想象啊！”

“师傅，这是性格使然，不要过度哀伤，问心无愧即可！”

“是啊，这就是咱的性格，遇到不平的事就冲动、就想管，有时候真是羡慕那些梁山好汉，一个人打抱不平，全体都上，就连那三个女人都巾帼不让须眉。而我们身边，打抱不平的人太少了。像咱这样的记者，老百姓是欢迎的，有良知的人是欢迎的，中央领导是欢迎的，但那些利益集团却是非常反感我们的，有些人竟然称我们为狗仔队，真是荒唐。我从西北到北京，老百姓对我是依依不舍的，但被我揭露过的一些企业和人却暗自叫好，有人竟然还诅咒我，说看他惹是生非的样子，到了北京不是乞讨就是被人打断腿！”

“唔，师傅，怎么能这样啊，您在西北可是家喻户晓的良心记者，全国人民都知道的！”

“哈哈，是啊，正因为有百姓的支持、领导的认可，才保住了我的老命，让我可以‘苟延残喘’。但你知道，我的腿的确是有伤病的，每到天凉，双腿就无比酸痛，那时候就真想锯掉重生，甚至觉得还不如没有腿的好，以至于后悔入错了行。”

从心里边掏完这些话后，文凯举杯和爱徒又碰了一下，将盅里的酒一饮而尽，两人开始陷入到不堪回首的往日沉思中，而酒精更加剧了这种沉思。情到深处，文凯第一次诗兴大发，他是纳兰词的铁杆粉丝，一首《采桑子》代表了他此刻的心情，他念给夏河：

那能寂寞芳菲节，欲话生平。夜已三更。一阕悲歌泪暗零。须知秋叶春花促，点鬓星星。遇酒须倾，莫问千秋万岁名。

看到俩人没少喝，文凯嫂子赶紧给大宝二宝使了个眼色，两个孩子跑过来毫不客气地把酒瓶没收了，文凯和夏河都被逗乐了，文凯趁势把二宝揽在怀里亲，大胡子扎得小家伙嗷嗷直叫，大家都笑了，欢乐重新感染了每一个人。文凯大手一挥道："不喝了，挺好的，组织对咱不薄，给我调动了工作，给你解决了工作，还给咱分了房子，咱得好好干，可不能吃着酒还骂娘！虽然咱有过痛苦，但这就是人生的一部分，与其躲不开，倒不如直面，甩开膀子大干一场咯！"夏河回应道："师傅你说得对，这就是咱人生的一部分，躲不开，干！"俩人嗞嗞地将杯中挂壁的那一点儿酒吸干，壮志满怀，意犹未尽。窗外，雾霾突然被北风吹散，大北京的夜空重新清亮起来，月光皎洁，仿佛要给归家的夏河指引方向，有志者，天亦助之。

年节渐近，夏河办完各种贷款手续后，很快拿到了房子的钥匙，北京的效率就是比北方其他城市高。报社的房子分的算迟了，那家央企的很多职工早已于一年前就陆陆续续装修入住。此刻，报社这几栋居民楼内一片装修施工场面，来自全国各地的工人们还在挥汗如雨地干活，为一家老小挣取年前最后一笔生活费。报社的很多同志开始兴奋地突击装修，打算过年喜迁新居。夏河办完各种手续，还欠下了老乡一笔债，手上拮据得很，索性放弃了装修，只是简单地找人用地板革铺了一下地面，安装了厨具、马桶等生活必需品，打算来年再想办法筹钱装。房子的事情舒娜听夏河说过，但拿到钥匙并进行了简单装修，夏河没有说，他想着等着她来后再告诉她，他要准备一缕温馨，好生收藏，待到自己的美人归来，一起剪烛共享。

年底，报社领导找夏河谈话，大致意思是刚果内乱结束了，国家要派维和部队过去，有关部门希望报社能推荐一名优秀记者驻外，临时挂靠在另一央媒驻非洲区记者站，驻外时间大约是一年左右。考虑到夏河政治可靠、业务突出又懂外语，因此报社打算派他去，这是一项政治任务，也是一项神圣的使命，希望夏河回去考虑一下，元旦一过就要出发。当然，领导也向夏河说明了那里的基本情况：大规模战乱结束了，但局部危险依然存在，维和意义重大，新闻报道使命光荣。夏河突然觉得：自己的机会真的来了，他终于可以圆了自己那个在国内不太可能实现的“战地”梦了！夏河没有丝毫犹豫，一口答应下来。他知道，这是组织的信任，如果没有过硬的综合素质，社里不会随便派人。夏河心里还把这件事上升到了更高的一个层次：当祖国最需要的时候，作为儿女应责无旁贷地为母亲分忧，为母亲出力，为母亲争光！正如有人说的“哪怕前方是地雷阵或万丈深渊，甚至是牺牲生命，也在所不惜，唯有祖国的利益高于一切！”

夏河一个电话，舒娜就像小兔子，迎着暖阳，蹦蹦跳跳地出现在自己眼前，隔几个周末，俩人就会跑到对方的城市。夏河工作较忙，舒娜跑的次数要更频繁一些。再有不到两个月就要过大年，而真正意义上的新年——元旦，也很快就到来了，那时夏河就要到异国他乡寻“梦”。这次约会也许是驻外前最后一次了，因此夏河把自己分的房子煞费脑筋地收拾了一番，等着给她浪漫和惊喜。

舒娜特意穿上了夏河为他买的蓝色马丁靴，打扮得漂漂亮亮。冬日的暖阳从燕北一路陪伴她到了北京，让她心里热乎乎的。随着夏河事业发展的越来越顺利，越来越自信，她也跟着他感受着这种自信，也逐渐地喜欢上了北京，熟悉了北京的很多地方，有了半个北京人的感觉。她想，如果夏河和她在北京有了房子，他们就不会再辛苦地漂泊，到时候就是真正意义上的北京人了！

夏河不用接她，她闭着眼睛也能找到他的单位，还是那个熟悉的门房大爷，每次，他眼皮都不抬就放舒娜进去了，无数个漫漫长夜，夏河就是大爷的伴儿，他是这楼里最积极上进的年轻人，连大爷都喜欢得不得了。这个周末，没有加班的人，只有夏河在那里嗖嗖地写着他的日记。舒娜进了办公室，悄悄地从背后蒙住了他的眼睛，一股熟悉的清香沁人心脾，令其沉醉。夏河啪地撂了笔，刷地一下就抱起了自己的大美女，嘴唇狠狠地向她吻去。多少次，舒娜与夏河就在办公室里激情狂吻，但心里头多少还是忐忑不安，生怕有人突然推门进来。好在一直没有人惊扰过他俩的浪漫，就连单位大玻璃窗外的星星和月亮，每次也不急于从云层里钻出，刻意给两个鹊桥相会的年轻人制造安全的黑色帷幕，增添更多的浪漫氛围。

等到吻得舌头发了麻，俩人才停下来。舒娜依然像往常一样，指指门，提醒夏河一定要听着门外的动静。夏河却诡谲地笑笑，他抓起舒娜的背包，拉起她的手，告诉女友要带她去一个好地方，并且信誓旦旦，今后再也不用担心被人看见这个问题了。舒娜懵懵懂懂，两只水汪汪的大眼睛里闪着好奇，她并没有想到夏河这么快就已经拿到了爱巢的钥匙并做了简单装修，但她最了解夏河，这个骨子里实实在在的家伙儿，纵然撒谎、搞怪，最终也会说到做到，给她足够的满足。

夏河拉上舒娜一路小跑着，上公交，下地铁，快步走，不到一个小时就来到了国家体育馆附近的新房子。在楼下，夏河问舒娜对这个小区的感觉如何，舒娜回答不错，挺高大上，她大概猜出了这或许就是夏河给自己的惊喜了。夏河调侃：“看好喽，这可不是十环，是四环！”舒娜恍恍惚惚地跟着他进了电梯，电梯上到十五层停了下来，夏河从兜里拽出一串明晃晃的钥匙在舒娜面前晃着、显摆，调皮地像个小孩儿，仿佛在给面前的小伙伴儿展示自己的胜利成果。舒娜接过钥匙，夏河示意她开门，她半信半疑，但还是满心期待地打开了房间的门。

门开了，她第一次踏进了属于自己的“家”。屋子里虽然很空旷，但经过一番简单粉刷的墙上，花花绿绿地被人特意做了画，都是舒娜梦中喜欢的样子：红色的玫瑰花、长长的躺椅、满架的书籍；还有小树林、女孩、慵懒的猫儿，在昏暗的灯光映照下，仿佛就像是真的一样。虽然是画出来的，但设计者显然是用了一番心思，让她有些不敢相信幸福来得如此之快。她想，今后难道就要在这间温馨的小房子里和心爱的人厮守一生、相夫教子吗?

新房子的玻璃明显没有来得及擦，影响了屋内的视线，挡住了俩人兴奋地去看世界。舒娜第一件事就是向母亲学习，拿出毛巾去擦玻璃，擦得好干净，用夏河调侃她的话说是：苍蝇上来杵了嘴，蚊子上来闪了腿！

从窗外望去，到处是脚手架与拆迁现场，夏河指着远处，那个大工地就是未来的奥体中心区，这里将燃起篝火，燃起中国人的希望，俩人拥抱着看美景、看万家灯火，专注于对未来美好的憧憬当中，竟然忘了饥饿。

虽然是光棍之家，但散落在房间里的并不是臭鞋烂袜，而是一本本书，床上、地下、马桶盖上堆得都是书，就像毛主席老人家的卧室一样，堆满了自己喜爱的各种书籍。舒娜兴致极高地为他进行了整理，俨然像女主人，然后三下五除二地从简易橱柜里翻出一把挂面，炝了点葱花，打了两颗荷包蛋，收集了点碎菜，为夏河做了一碗香喷喷的青菜鸡蛋面。女主人一边干活儿一边告诉男主人今后这里应该放啥，那里应该放啥，全然没有注意到男主人吃面已经吃到走了相，同时一双眼睛不时上下贼溜溜、贪婪地看着锅台上忙乎的女友那完美的身体。这一次的夏河，他觉得自己终于成功了。北漂的梦其实很实在、很简单，有了可以容身的房子，有了女主人，有了干净整洁，有了居家的饭香，这才是安居。

舒娜兴奋地不停唠叨、规划，让夏河不忍心对她说驻外的事情，生怕她不高兴。他隐隐觉察出舒娜和她的家人是不太支持他驻外的，出门在外总有风险，更不用说是在战火纷飞的非洲了。但他知道，她们对他越是担心也就说明他们对他爱之切、爱之深。夏河忽然沉默寡言下来，舒娜望着他略显呆滞的样子，猜出他肯定心里有事。舒娜用手在夏河的眼前调皮地晃了晃，把他从游离中重新拉回来：“嗨！书呆子，丢魂了吧？有什么事情瞒着我啊，快说！”夏河笑笑：“没有，哪儿敢啊，灵魂早就被你挖走了！”舒娜说不信，她让夏河盯着自己的眼睛不要动，她要从眼神里瞅瞅他的灵魂到底是不是背叛了他的眼睛，夏河照做，一直盯到眼睛直勾勾，露出滑稽的样子，逗得舒娜哈哈大笑，抱住他的头合不拢嘴。

看到舒娜很高兴，夏河就趁势将他驻外的事情一一向她道来。听完夏河的话，舒娜半响没说话，她心想：夏河这个家伙啊，真是个偏痴狂，他终于是有机会实现自己的梦想了！虽然他告诉她只是驻外记者，但那不过是换个美丽的词而已。如果说这个世界上还有战火，那个黑非洲国家肯定首当其冲，刚果（金）虽然停火并迎来和平的曙光，但在舒娜的心里，那些黑皮肤、头戴大盖帽的军阀领导人似乎说话从来没算过数，信用度极差，今天说好停火，第二天一不高兴就有可能继续开战，典型的山大王。驻外的危险肯定是存在的，因为她看过的一些电影如《非洲黑奴》《血钻》《卢旺达饭店》等就形象地描述过非洲的战乱与人性以及战地记者所经历的危险。舒娜于是发问：

“夏河，驻外这个事儿是你自愿的还是组织选派的？”

“我事前不知道，是副社长找我谈的话，社领导应该是集体研究过，只找了我一个人。”

“呃，知道了。如果是组织选派，我觉得这是一种信任，是一件很光荣的事，换了我也不可能拒绝，服从也是记者的天职，更何况这是代表国家出去。”

“是啊，你能这么理解很难得。”

“哈，你以为女人都是目光短浅吗？‘天下兴亡，匹夫有责’这个道理我还是懂的！”

“是啊，匹夫有责。咱能有今天，是报社培养的结果，没有组织的培养和领导的提携，我还要地下室里守着漫漫长夜很多年呢。”

“嗯，应该感恩。我们的确不能临阵脱逃，那不是你我的性格。但是危险却真实地存在，因此必须有充分的心理准备，切不可冒失上阵，要考虑得更加谨慎和周全一些，仔细评估一下自己是否真的胜任，这既是对自己负责，也是对组织、对国家负责。”

“娜，你真是和我想到一块去了。领导确实让我考虑考虑再定，但我从领导的话里听出了组织的期待。组织既然给了我这一次难得的锻炼和深造机会，我也可以正好抓住这次机会，去实现我的理想抱负，基于此，我二话没说就拍板了，没有事先和你沟通、商量。”

“唉，你这家伙，就知道你肯定是先斩后奏的。你有你自己的梦想，有自己的判断力和成熟选择，我又怎么能做你的绊脚石呢？若是阻拦你，反而会让你沮丧、失望甚至终生抱憾。我不会那么做，但恐惧和担心，你是知道的，无时无刻不在我心里藏着，从你在黑河县被打的时候就开始了！”

“娜，难得你能支持我，我真是感激得不知道说什么好了。危险这个词也从我的念头里闪现过，但很快就消失了。我想，人活在世上不过百年，既然一时冲动来到了这个世界，就应该始终站立着，活出尊严，活出精彩，活出价值。与其浑浑噩噩过一生，倒不如不出来。我想，如果在生死安危面前大家都退缩，这个国家和民族就彻底没希望了。看看国外那些记者，冒着枪林弹雨，为世界的和平做出了巨大的贡献，有很多人还付出了生命的代价。包括咱们国家也有一些战地记者，成为记者中的楷模。我想好了，我必须向他们学习，恪尽职守，不辱使命。纵然是风险巨大，我也不怕牺牲……”

当夏河说到“牺牲”二字时，舒娜及时地用她纤细的手堵住了夏河的嘴，眼泪也终于哗哗地流了出来。她紧紧抱住自己的恋人，啜泣着不肯撒手，内心充满着矛盾、纠结。大多时候，女人们愿意把自己的男人放到江湖中去，希望他们做力拔山兮气盖世的英雄，给家庭争得荣光。但此刻，舒娜只想把夏河当作儿时的布娃娃雪藏起来，藏到自己的怀里，谁也别想抱走，那个布娃娃只属于她自己，当她想他时，就拿出来亲一下。

这夜，俩人谁都没想分开，好不容易有了属于自己的爱巢，应该尽情享用一下，漂泊毕竟太长太久了。同时，想到很快又要到来的分离，更让俩人倍加珍惜眼前。夏河这一走，也许一年，也许会更长，担心和恐惧已经在舒娜的心里扎了根，她只想多陪陪他，让自己温暖的身子去安慰这个曾经在新闻战场上受过伤却又要走向新的战场的战士。舒娜想，也许没有人能理解夏河、懂夏河，他就是一个孤独的战士，但自己应该理解他、懂他、毫无保留地全身心支持他！

这夜，俩人几乎没有睡觉，紧紧地拥抱在一起，一次又一次爱抚。舒娜脱掉了少女的羞涩，露出了白皙而秀色可餐的身子，没有了往常的自恋，也最终没有把初夜交给魔鬼，而是给了她喜欢的王子。当高潮迭起时，她的指甲深深地嵌进他的后背，使劲扭动着身体配合他，身体朝云暮雨，灵魂水乳相融，呻吟着、呻吟着，声音划破天籁，让萧瑟的大地有了生气，开始焕发出无穷的生命力。

后半夜，一个娇柔的声音从夜色中飘来：“夏河，你已经断断续续第五次打鼾了，吵死人哎！”另一个阳刚的声音在梦中呓语应道：“打鼾是为了更有劲儿。”“烦人！”舒娜一边说着一边狠狠地将身体向她深爱的男人身上翻去……

第十九章　使命

从维护国家和民族利益的角度，她还是深明大义的，在危险面前，总要有人挺身而出，总要有家庭付出代价和牺牲，这才是家国情怀，这才是国家的孩子所应该担当的责任。

元旦一过，报社就为夏河组织了壮行仪式。社长亲自将一台新买的最新款的相机、录音笔和背包双手交到夏河手中，夏河像接过钢枪的战士，雄赳赳气昂昂地表了态：不怕困难和牺牲，坚决完成任务，捍卫祖国荣誉。社长做了动员讲话，用鲁迅先生的“猛兽总是独行，只有羊群才成群结队”的名言来鼓励夏河，号召同志们向夏河学习，叮嘱夏河注意安全、不辱使命、早日凯旋。大家掌声热烈，文凯也一样，夏河是自己的爱徒，是自己得意的作品，看着夏河迅速成长起来并勇担大任，他感到无比骄傲，但同时把一份担心和牵挂深深地埋藏在心里，以致热泪盈眶。

飞机呼啸着掠过机场上空，向着开普敦的方向而去，舒娜怅然地看着蓝天，发出了一声叹息，她和夏河好不容易有了爱巢，但却又让它暂时变成了空巢！

到了开普敦，华夏社的同志们热情地到机场迎接。夏河到来，给华夏社的驻外团队又增加了一份强力。夏河的名字，同行们早有耳闻，这个已经被公认的新闻界的拼命三郎，大家都认为他的名字必将发出熠熠的光彩。夏河要在这里进行为期半个月的短期培训，除了巩固语言，掌握非洲和刚果的民俗、自然、地理和冲突动态，还要在这里好好学习一下战地生存技巧。

半个月的培训结束后，夏河就启程前往刚果（金），在那里进行先期采访报道，为几个月后即将到来的我国驻刚果（金）的维和部队提供准确的一手资料，同时也要通过中国人的文笔，向世界各国的人们报道这里的真实情况，为刚果（金）和平争取灿烂的阳光。

钶钽铁矿(Coltan)，是非洲口语对钶铁矿－钽铁矿这种复合矿物的称呼。钶钽铁矿是一种含有铌和钽的金属矿。含有钽的精矿一般指的是“钽铁矿”。从外观看，钶钽铁矿是一种暗黑色矿物。移动电话，播放机，游戏机以及世界上先进的高科技产品中电容器的主要成分就是一种从钶钽铁矿中提取的金属元素。这种稀缺的钶钽铁矿百分之八十存在于非洲，而这其中的百分之八十储藏在刚果（金）。很多刚果（金）人靠挖钶钽铁矿为生，他们辛苦挖出的矿石经过挑选、提炼，被卖到全世界。哪里有利益，哪里就有资本的影子，一些来自发达国家的财团通过支持当地的军阀武装，甚至是操控当地政府，源源不断地从刚果（金）将当地人赖以生存的钶钽铁矿运走，垄断了国际钶钽铁矿价格，获取暴利。由于多数矿场被不同的武装集团控制，出售矿石的收入大多流入了武装分子的口袋，成为他们继续战斗的经济来源。因此，争夺稀缺的钶钽铁矿就是造成刚果（金）多年战乱的根本原因。如果争夺不停下来，就意味着战火和疮痍将继续，死亡和贫穷将继续，刚果（金）不会迎来真正的和平。联合国不断呼吁交战的各方停止内战，但战争打打停停，一直到夏河来之前才取得一些实质性进展，该国反政府武装分子承诺将避免与政府交火，但局部战争仍然存在，威胁着这个国家和人民的安全。

夏河到了刚果（金），在我国驻刚果（金）大使馆的安排下，与当地一个新闻媒体接上了头，该新闻媒体派出一名叫库瓦的记者全程帮助夏河进行采访报道。为了尽快了解当地的复杂情况，夏河和库瓦直接从首都金沙萨乘车到了该国钶钽铁矿最集中、也是争夺最激烈的东部边境。各国把常驻这些地区工作的人戏称为“涉黑”。夏河走的就是一条典型的“黑道”，这条道最大的特点是危险和艰苦，除了恶性疟疾、伤寒、肺结核和艾滋病等肆虐于刚果（金）外，生态破坏导致的大洪水也时常光顾这里。夏河和库瓦坐在临时租来的破旧不堪的一辆雪佛兰皮卡车上，司机叫卡比拉，家里过去一度很殷实，靠着拉矿石的卡车养着一大家人，但自从战乱后，就变卖了卡车改为跑出租。虽然生活每况愈下，但刚果人天生乐观，还一路给他俩唱当地的民歌，时而欢快，时而低沉：

小鸟欢唱，我的鼓不停，我的琴不停，我的舞步也不停，而外边的枪炮声，它也不停！今天又来了一群白皮肤的客人，他们为我拍照，我要为他们歌唱，歌唱光明。

听着非洲人民乐观向上的歌，夏河也忘掉了疲倦，忘掉了对祖国亲人的思念，一路走一路拍、一路记，干得很起劲。各国援建的省际公路上，时不时有弹坑出现，被雨水填平，使得车速不敢快起来。一会儿，路上渐渐地多了一些逃难的平民，库瓦猜测往边境走的方向估计又发生过战斗，提醒夏河和司机注意安全。这时有穷苦的平民拖家带口走过来，小孩子那一双双惊恐的小眼睛看着夏河和他的相机，仿佛在说："嗨！别对着我，我怕！"夏河几次欲下车安慰孩子，都被库瓦阻拦，车速太慢，必须在天黑之前赶到目的地，否则夜里充满被打劫的危险。

路上，突然从夏河他们的后方冲过来几辆满载士兵的卡车，将泥沙溅在夏河的脸上，带队的军官骂骂咧咧说着什么，卡比拉赶紧将车闪在一边停下来等军车过去。库瓦告诉夏河这是政府军，估计要去执行什么任务。夏河问，这些士兵怎么像土匪啊，自由散漫无礼，一点没有政府的形象？库瓦摇摇头没有回答，他心中是无比尴尬的，如果有一支高素质的军队，国家也不至于这么乱。

再往前走了几公里，堵车了，吵吵嚷嚷，呵斥声、孩子的哭声混杂在一起，夏河他们赶紧下车去查看，原来是因为一辆满载平民的大客车横着陷在了路边的泥坑里，几十个人怎么推，就是推不出来，挡住了军车的道路。军车上的士兵抽着烟、嬉笑着看热闹，一名军官模样的人下车就给了客车司机两脚，示意他赶紧让道，把旁边的小孩子吓哭了，司机跌坐在车前满眼噙着泪，恐惧地看着军官。夏河终于怒了，他用英语大喊一声“stop! stop!”军官的手收了回去，他被夏河的怒吼镇住了。军官不懂英语，库瓦赶紧上前用当地语和他交流，告诉他这是中国记者，军官一听是中国记者，他的态度突然来了个三百六十度大转弯，呵呵笑着，用黝黑的双手去拥抱夏河，嘴里叽里咕噜地说着当地语。库瓦告诉夏河军官的意思是喜欢中国人，中国人是刚果（金）人民的好朋友，夏河礼貌地接过军官的拥抱，告诉库瓦，可否让他的士兵下车帮忙一起把大客车弄出去，库瓦照着翻译给军官，军官手一挥，士兵们呼啦啦下车，军车在前面拖拽，士兵和平民在后边推，一下子庞大的客车就出了水坑，大家分头上车，军官带着士兵扬长而去，临走，他还幽默地给夏河来了一个飞吻。夏河想，二十世纪六十年代两国就建立了外交关系，历来关系很好，中国给刚果（金）提供了大量的卫生、经济、物资等援助，历史是讲良心的，看来中国人给刚果（金）人民的印象很好。他回头和库瓦交流，库瓦告诉他的确是，有时候日本和亚洲各国的记者遇到这种情况也说自己是中国人，都特别好使。

终于到了目的地，一打听，果然几个小时前政府军和一伙武装分子交过火，武装分子被政府军暂时驱赶回边境附近的老巢，这个位于北基伍省下面一个叫乌玛的矿区小镇又重新恢复了宁静。夏河准备先住下一阵子，以这个地方作为起点，好好研究一下刚果（金）的历史现状，在充分调研的基础上尽快拿出有价值的稿件来。乌玛是一个以盛产钶钽铁矿而闻名的小镇，历来战火不断，是政府军、反对派和各派武装猛烈争夺的一个重点地区，虽然战火不断，但这里的平民依然有很多留了下来。夏河采访一位年长的老人，问他为什么不离开这里去躲避一下，老人用布满老茧和饱经风霜的手在夏河面前坚定地挥舞表态：这是他的家，他死也不会离开，让那些贪婪的人去死吧，他不怕！

战火就像这里的天气，时而骄阳似火，时而雷雨咆哮，教人难以捉摸。

在短短几天内，冲突又爆发了，武装分子们开着丰田皮卡车，全副武装向着政府军反扑，虽然规模不大，但造成的混乱不小。大地在流血，在遭难，在挣扎，在呻吟，夏河也终于成为一名名副其实的“战地记者”。库瓦坚决不同意他离开住所，但夏河看到街上奔跑过的一个个哭泣中找不到妈妈的小男孩、小女孩，良知战胜了理性，他还是毅然决然地戴上头盔冲了出去。子弹在夏河的头上擦着钢盔嗖嗖乱发，夏河时而匍匐前进，时而飞快地站起来冲锋，凭着在培训班学来的常识，他还是成功地帮助了十几个可怜的孩子还有一些老人逃出了枪林弹雨，把他们转移到安全地带。然而，还是有一个小男孩被流弹击中，孩子痛苦地在夏河的怀抱里抽搐着，肚子上的血流了一地，奄奄一息。夏河抱起他，不顾个人安危冲了出来，将孩子送到了安全地带，但孩子还是停止了呼吸，红红的眼睛里流出了泪水，是遗憾，也是眷恋。夏河抱着这个黑孩子，泪水也吧嗒吧嗒地流了下来，他有一种无力回天的感觉，只能望着血色的天空一声长叹！他想，同样是花样的年华，钶钽资本家的孩子们在伦敦、在东京快乐无邪地上着学，而矿工的孩子却一天天在枪炮声中惴惴不安地度过自己苦涩的童年。想到这里，夏河咬着牙发誓要把这里的真相陆陆续续地报道出去，让世界各国人民去谴责战争，关爱儿童。

就是靠着这种信念和理想的支撑，凭着一股拼命三郎的劲头，夏河沉下身子，不断深入一线走访调研，这也导致他受了不少皮肉之苦，但一个比较清晰的国情被他用笔和相机从现实中挖了出来。

二十世纪六十年代刚果（金）人均收入已经跟现在比较富裕的发展中国家一样，每年千余美元，可是因为战乱，进入二十一世纪一下子却倒退到人均百余美元。它所有像样的高楼大厦都是几十年前繁荣时期被各国援建的。现在已经破败不堪，有的已经毁于战火。经济衰退造成很多人饿肚子。生活条件好点的一天吃两顿，差的一天能有一顿饭吃就不错了。正如一个叫“人在非洲”的博客里讲到的，很多老百姓家里一无所有。一条破被，一个破锅，几把小板凳，以及几套破棉絮就构成了这里大多数人的生活状态。普通大众主要吃一种块根类的木薯，当地人发音为“麸麸”，磨成面，做成粥汤。还有一种当地人叫“马尼壳”的，把叶子剥下来，像捣蒜一样的捣碎，然后就着喝粥，这就是刚果（金）大多数人的食物。华夏社的同事引用一位驻非多年的大记者三句形象的话将这里人民的生活讲述给夏河：吃饭靠大树，穿衣两块布，经济靠援助。吃饭靠大树是说刚果（金）人民很少通过劳动获得食物，只要饿了就会爬上树找吃的，这地方常年炎热，热带水果取之不尽，什么香蕉、芒果、木瓜、椰子之类都是充饥的美食，这也是这里有些人懒于劳作的一个原因，但现在的战争把可吃的水果也摧毁了，只剩下了树皮。穿衣两块布是说这里的好多女孩子上身遮块布，下身遮块布，一件衣服就算是解决了，仅仅是遮羞而已。经济靠援助，当然指的是国际援助，包括来自中国的援助，还有联合国和一些友好的国家援助修路、修桥、盖楼、恢复农业生态，以及通过医疗援助来治疗疟疾等各种传染病。战争造成的后果就是刚果（金）人民骨瘦如柴、营养匮乏、粮食极度短缺，成为世界上最缺粮食的国家，而同时刚果（金）有成千上万公顷的土地在闲置着、荒废着，无人耕种，一定程度上和这里的各大军阀不作为以及人民的性格恬淡、无求、慵懒有关。但夏河也同时发现，一旦战争退去，这里便立刻处处莺歌燕舞，不分白天黑夜，无论男女老少，嘣嘣吧吧的鼓声，时而低沉时而欢快的歌声时时充斥在夏河等外国人的耳间，叫这些来自文明异国的人暗自称奇。

经过两个月掉了十几斤肉的采访，夏河的三篇重磅稿子《刚果金：羽翼未丰的政府》、《全世界一起来抵制钶钽铁矿的走私》和《通过填矿等措施恢复刚果（金）农业生产》陆续成稿，通过华夏社发往全国和全世界。这三篇稿子与其说是夏河靠着夜以继日的心血拼出来的，还不如说是他冒着枪林弹雨从战火里拼出来的，里边凝聚了夏河的心血，好多观点颇具创见，也为世界各国和中国的维和人员提供了最有价值的资料。

三篇稿子的主体思想大致是：

第一，重建政府。一定要让民选政府上台，通过军事援助和培训人员等方式，建立一支强大的国家武装力量，同时通过谈判和围剿等方式不断分化瓦解地方各派武装，掐断他们的对外联系，冻结他们的经济来源，将私有钶钽铁矿资源牢牢控制在政府手中，成为全民所有的垄断资源。

第二，抵制走私矿产。尽管西方大多数的电器制造企业都表示尽一切可能保证其使用的钽是来自合法的矿井，但事实上，在政局动荡的刚果（金），消费者几乎不知道他们的电子产品使用的钽是否来自叛军控制的矿场，且矿石在被运往加工厂前，合法和非法矿井的矿石已被混到一起，提炼出的钽无法追溯其开采地。因此，必须采用高科技手段，从上游的矿石一直到下游的各类产品，建立严格的矿石资源追溯制度，全世界厂商和消费者只购买源自国家正规矿场开采出来的矿石资源，彻底断了走私矿的生路。

第三，填矿和恢复农业等传统优势产业。滥采滥挖给所在国带来洪水等自然灾害，不仅把肥沃的农田和美丽的风景摧毁，而且也摧毁了人们恢复农业生产的信心。世界各国应帮助该国政府填矿，恢复和鼓励农业、旅游等产业，将人民引导到这些产业上来。国家的发展、经济的发展根植于人的发展，靠人的欲望和信心来推动，而刚果（金）人民缺少的正是这种欲望和信心，恢复产业和恢复信心必须同步进行，否则会顾此失彼，治标不治本。

不出所料，夏河的稿件引起了国际世界和主流媒体的高度关注，各国的报刊纷纷转载华夏社关于夏河采写的新闻报道，包括美联社、路透社等国际大社，让华夏社的名声从亚洲这块土地上冉冉升起，闻名遐迩。夏河的深度报道也让美英等新闻业大国认识到，不仅他们国家盛产优秀的战地记者，中国也有。他们有的执业精神和执业理念，中国人同样也具备。华夏社北京总部也不断接到外国媒体和外国读者打来的电话，要了解采访夏河，却不知夏河其实是中毅新闻报社的记者。地位显赫的华夏社领导屈尊给“小弟”中毅新闻报社长打电话，高度赞扬了夏河的综合素质，让中毅新闻报社长又一次脸上添光彩，培养夏河的文凯和网站的田总为此也被领导狠狠地表扬了一番。

华夏报、中毅新闻报等各大报刊和电视台都播出了夏河采写的新闻报道，中央领导还特意批示全国记者向夏河同志学习，这让远在燕北的宣传官唐晓萍也看到了，她终于知道了夏河去了哪儿。女儿舒娜只是告诉过她单位派夏河去国外培训学习半年，而没有将夏河跑到战火纷飞的刚果（金）进行驻外采访的事告诉她。她一边为自己未来的女婿感到无限骄傲，一边却为夏河捏着一把汗，在尊重年轻人选择的同时，也一天天加剧着她的担心。唐晓萍回到家没有责怪舒娜，只是将各种报纸带回家给舒娜看，舒娜眼前一亮，各大报纸主要版面通篇都是对夏河的报道和来自世界各国的赞誉，让她感到无比欣慰，同时，她也足足冒了一身冷汗，枪林弹雨啊！她看了好几遍，写的都是枪林弹雨，舒娜的心跳到了嗓子眼，眼泪嗖嗖地滴落在报纸上。唐晓萍过来，抱住自己的女儿，不知道该说什么，她想，夏河驻外一定是组织批准、和女儿商量过，并且一定是下了一番决心的，既然如此，她也只能用心去安慰女儿，和女儿一起为远在非洲的夏河默默祈祷。唐晓萍是一名党员，是领导干部，是有觉悟的人，她虽然从顾小家的角度不太愿意让夏河冒着生命危险去驻外，然而，从维护国家和民族利益的角度，她还是深明大义的，在危险面前，总要有人挺身而出，总要有家庭付出代价和牺牲，这才是家国情怀，这才是国家的孩子所应该担当的责任。她深深地为夏河这个年轻人感到骄傲，对这一代人安于现状以及不思进取的一些偏见也瞬间从心底消失得无影无踪。

近来，越来越多的工作也让舒娜有了一些压力，同时，很多报纸都在登载有关刚果（金）战事和各国维和情况，不乏军人、平民和记者牺牲的报道，一度让她感到窒息、恐惧。母亲是自己永远的倾吐对象，在陪母亲唐晓萍散步的时候，她将心里的话向母亲吐了出来。

“妈妈，我好累啊，做人怎么这么麻烦啊？”

“怎么啦宝贝？有什么话你就和妈说啊！”

“妈妈，其实你也知道，我天生就不是那种爱面子、爱拼命的人，我是在姥姥、姥爷、你和爸爸所创造的和谐环境中长大的，你们在生活中恬淡自然，在情感上相敬如宾，在事业上不急不躁，很大程度也影响了我，我觉得我的生活也应该是心静如水，淡定安逸的。比方说事业，选择一个自己喜欢的职业，粗茶淡饭有个温饱，就挺好；再比如爱情，我也没有过多的奢求，越来越觉得只要真心相爱、平平安安厮守一生即可。可是现在呢？恐惧、伪装、疲倦，让我很不舒服！”

“哦？这可是你从来没有跟我讲过的，小小年纪有这么多悲观的想法，今天跟妈说说就对了。”

“呃，妈妈你看，我凡事都是依着夏河的，他有他的拼劲儿，无可厚非。但他拼起来实在吓人，我总觉得他农村的童年以及父母的教育对他影响太大了，导致他的奋斗掺杂着浓浓的封建味道，一种男权主义，好像生为男儿就必须顶天立地、力拔山兮、扬名立万，甚至为此不惜付出一切代价。其实这些都不是我想要的，我想要的是一位暖男，是他能给我一个温馨的家，多陪我在一起，我心足矣。但是现在，我无时无刻不在担心，做什么事情都会想着他，甚至于夜晚都被噩梦惊醒，和我过去的生活完全两样。”

“唔，妈妈能理解。你接着说，说吧，有什么事情全说出来，这样会好受些。”

“还有我的工作，妈妈，你也知道，一开始我确实有一种冲动。在燕北一待就是二十多年，没怎么出过门，就想着大学毕业后能走出燕北，到处看看外边的世界，做自己想做的工作，走一走、逛一逛、写一写，此生无憾。但是最终还是没有离开燕北。想一心做个杂志编辑吧，却被局里抽调到办公室搞文秘工作，竟然还是人们心目中故事较多的女秘书角色，无奈！”

“唉！女儿，在这件事情上妈妈是有责任的，我们考虑自己多了一些。我们只是想让你陪我们待在燕北，老年能有个照应，因为我们毕竟在燕北生活了一辈子，不愿意再到一个陌生的城市去生活，同时也担心你是个女孩子，怕你在外边受委屈，而我和你爸不可能保护你一辈子。”

“妈妈，哪儿能怪你们，我也就是和你掏掏心窝而已，说出来会让自己好受一些，你别往心里去。你知道，在这深似海的机关中，某种程度上我都觉得自己像是在演戏，有人很早以前就写好了剧本，只是每天督促你去一遍遍地背台词，然后是机械而重复地表演，违背我意。所以，我觉得做人真的不容易，做个机关干部也更是不容易。”

“女儿，你说的这一切妈妈感同身受。我也是一个女人，这么多年里，我也有过你这样的心境。在感情上、事业上、生活中和你经历过类似的事情。你出生后，你爸爸常年不在家，你姥姥常年有病，你南方的爷爷奶奶因为家里孩子多照顾不过来，因此我一个人一边带你一边工作，既收拾家做饭，又得去照顾你姥姥，有时候我都感觉自己快疯了，你想心情能好吗？用今天的话说就是典型的抑郁症，能活下来就很不错了。在单位，一个女同志，在强手如林的同事们中，要想得到大家的认可和尊重，就必须干的更好一些。但干得过于好，难免会引起嫉妒，有人就会给你编造绯闻故事，说女干部能当官，都是靠什么什么上位啦，非常难听。因此，孩子，这都是我们在现实中绕不开的烦恼，别人的劝导只是一时缓解，要想彻底解脱，还得靠你自己。至于说你和夏河的事情，妈妈不能给你太多建议，今天所有的一切大概都是缘分的安排，命中注定。世界上最复杂的事情莫过于感情，得你自己独自去不断地调节、调试。总之，人世间的一切快乐或痛苦，或许都是老天的安排，躲不开，逃不掉。与其躲不开逃不掉，不如甩开膀子，甩掉思想包袱，勇往直前地往前走吧，天道酬勤，相信好人定会有好报！”

世人都说女儿是父母的小棉袄，等他们长大了，衰老的父母亲就会有享不尽的福。可是，父母却是孩子背后永恒的大山，高大巍峨，在关键时刻，他们不仅会替孩子们遮风挡雨，还会用涓涓细语指点孩子们走向山外，走出迷茫，战胜自我。舒娜觉得妈妈的话真是一场及时雨，不仅仅是让她一时释然。

第二十章　长考

世界真是太有趣了，上帝刻意掌握着平衡，没有制造出完美的人，你在这方面有天赋，他偏偏在其他方面诱惑你，让你朝着别的方向发展，以至于我们的事业大多都是无奈的选择，成功就像是在和上帝下棋，只有等他老人家打盹儿的时候我们才能赢。

经过几年的努力，赵官君的仕途终于又迎来了春天。每隔几年，组织部门就要进行一次大换血，很多老同志交流到别的地方顺利提拔，同时也遴选新一批年轻干部，留下来的同志也可以得到晋升的机会。赵官君由主任科员被任命为研究室副主任，和几年前由主持工作的副主任提升为主任的贵人吕主任开始搭档，照样，他还是在老上级面前掏着良心表态：做酒的围着喝酒的转，你说咋干咱咋干，全力辅佐吕主任做大做强！吕部长拍着老部下不住点头，心想："这小子还算懂事儿，没有我的大力举荐，没有我在领导面前一次次替你吹顺风，哪有你这么快的速度就爬上来！"出于对部下工作的肯定，吕主任特意对办公室进行了局部调整，他给赵官君安排了一个单间，美其名曰是为了让他更安静地给领导写文章。赵官君也是一位官场的老油条了，该低调的时候他比谁都低调，但该亮剑的时候也毫不含糊。调办公室也是一次展现各级领导对自己工作肯定以及展现自己实力和威望的绝佳机会，他假意推让了一下，最后还是欣然接受了领导的安排。他想，这回再打电话时就可以不用四处躲闪，能够和各级领导朋友们尽情地私聊了。同时，他也可以亮亮堂堂躲在办公室给梦中情人舒娜打电话了，

春风得意的样子可以用一个字来形容：爽！

马上要开部务会了，主题是关于“树典型”有关事宜。近年来，燕北省宣传部门在全省树立了一大批典型人物，他们来自各行各业，上自大学教授，下到环卫工人，充分发挥了党员干部的带动作用，被省委书记点名表扬。省委九次全委会上，书记严厉批评了许多单位存在的有功劳都来抢，有问题争吵不息、相互扯皮并且乐此不疲的官僚主义作风，还含蓄地批评了组织部门近年来树典型没有建树，只是跟在中央后边被动作文章，这让省委常委、组织部何部长脸上很是挂不住。全委会刚结束，何部长就主持召开了这次部务会，组织部研究室的几个大笔杆子也列席了会议。何部长首先传达了全委会精神，接着就借着省委书记的不点名批评，先对自己进行了一番自我批评，承认刚来这几年专注于基层换届和各级领导干部的培养选拔，而没有深入思考如何在新形势下充分发挥党员干部的先锋模范作用，即树典型。何部长自己先把责任揽下来让在座的其他领导和同志们有些惭愧。何部长是外地交流干部，为了燕北组织工作可以说是夜以继日地工作，常年忍受两地分居之苦，还落下一身病。何部长对燕北各级干部尤其是组工干部呵护有加，大家都看在眼里。作为当地干部，本应该在党的建设等重大问题上，结合全省实际情况，为何部长出谋划策、分忧减难，可是，大家却做得远远不够。与会人员都沉默了，听得、记得也更加认真紧张起来。何部长说到动情处，突然拿出一张最近的燕北日报，上边登有省委宣传部号召全省向一名从昌瑞大学走出去的优秀记者夏河同志学习的报道稿。何部长激动地讲道：“这次，宣传部门又走在了我们前头，夏河虽然是一名北京的记者，但他却是从我们燕北出去的，应该算半个燕北人了。听说他当年还是一名优秀的共产党员、学生干部，现在还和我们燕北许多人保持联系，经常回燕北，然而我们的捕捉能力明显不够。当然，我不是说要树立一个外地党员，只是用这个例子提醒大家，一定要有敏锐的洞察力，一定要从全省各地、各行各业，从基层党员同志中挖掘类似夏河这样的优秀典型，广泛报道，教育引导党员干部以模范为榜样，弘扬正能量，为全省经济社会发展做贡献。”何部长讲得一针见血，为下一步组织工作指明了方向。这次会上，最终定了调，将在全省开展一年期的树立优秀共产党员典型活动，研究室副主任赵官君第一次以副处级身份参会并加入了活动领导小组。

听到夏河的名字，赵官君一点儿也不陌生，从前他问过舒娜，舒娜告诉了他。一开始，他认为夏河与自己相比根本没有什么竞争力可言，只是舒娜偏爱而已，只要自己努力，很有可能将舒娜从那个外地人手里夺回来。尤其是夏河分配到北京以后舒娜没有随他去，他觉得自己的优势越发明显，占据了天时地利人和。这次，何部长竟然在部务会上用夏河作为了例子，这让赵官君心里一惊，看来自己真的低估了对手的实力。古往今来，横刀夺爱很普遍，美好的东西人人皆趋之若鹜，只要不突破道德底线，没有什么孰对孰错，唯有用实力说话。他觉得应该好好研究一下这个夏河了，于是赵官君回到办公室仔细看了最近的《华夏报》和《燕北日报》以及各大网站新闻，原来大家都在报道我国赴刚果（金）维和部队的事情，其中当然有对夏河的报道以及夏河采写的新闻稿。尤其是看了夏河从战地写回来的三篇重磅新闻稿，赵官君终于沉默了。强者之间一般要争个你死我活，一旦力量均衡，就有可能呈现和平共处的态势，甚至会惺惺相惜，否则，就会是一方彻底向对方服输，甘拜下风。明智的弱者会向强者看齐、学习，补上自己的短板，最终让自己也成为强者，而愚蠢的弱者只会心生嫉妒，直至一败涂地。在体制内，赵官君绝对是一个强者、成功者，但和夏河比较，赵官君觉得和人家夏河还有差距，他打心眼儿里尊重对方，更佩服舒娜的眼力。下班后他没有回家，躲在办公室里一个劲抽烟，思前想后。

围棋里有个成语叫“长考”，即长时间苦思后，如果超过了规定用时，将被判输，因此选手会最后一刻不得不落下棋子。为了追求自己心爱的人，赵官君觉得其实自己就是和对手在下一盘棋，谁赢则谁得到女神。本性上讲，赵官君绝不会轻易放弃自己追求的东西，但夏河实在太优秀了，太值得敬佩了，他如此优秀让自己也开始喜欢上他。夏记者的魅力绝非偶然，赵官君眼前浮现出一名中国好男儿靠着祖先赐予的铮铮铁骨，不顾个人安危，冒着枪林弹雨，驰骋在疆场奋勇杀敌，用实力赢得了世人尊重的图景。这样的人，是民族的骄傲，是楷模，是英雄，人们不应该有一点点嫉妒的理由，而应该看齐之、继承之。想到这些，人性的光辉在赵官君的心里普照。在赵官君心里，舒娜打小不仅是自己的邻家小妹，而且是自己心中优秀的女神，无论从哪个角度，自己都应该去呵护而不应该去破坏。舒娜几年来对夏河的执着，理由已经一目了然，自己不应该再做那个无聊的第三者了，这是对友谊的呵护，也是对自己的解脱。想到这些，赵官君心里渐渐舒缓了许多，他突然想给舒娜打个电话，他认为，关心舒娜和夏河，其实就是关心他自己。

下班后，舒娜在单位餐厅简单对付了一口就匆匆回到办公室，不是加班，而是回复一封信。这封信来自北京，来自一位叫罗小更的文艺青年，艺名“小更”。小更同样也是从草原走出去的北漂，燕北艺校毕业，自嘲“闯荡北京十余年，依然揣着童年梦”。小更中专毕业就开始背着一把吉他闯荡北京，艰难时，在天桥底下唱过歌、睡过觉，后来境况逐渐好起来。北漂的凄风冷雨练就了他一口沙哑嗓音，逐渐在酒吧、歌友会找到了感觉，从民谣唱到摇滚，也算是三里屯一带的元老。但小更天性是那种知足常乐、与世无争的人，喜欢创作甚于演唱，于是在嗓子被摇滚风格严重破坏的情况下，渐渐地淡出摇滚，重回民谣风格，躲在幕后专心搞创作。对于小更来说，谱曲不在话下，但作词稍欠火候，只恨自己念书太少，他甚至想重新找一个大学，做一名中文系的旁听生，学学写诗。一次偶然回故乡，在火车上买了一份《燕北日报·周末版》，《周末版》是报社最畅销的刊物，它让忙碌了一周的燕北人民回到家躺在沙发上，看着纯享受、娱乐的文字，充分放松一下。这份报纸里登载有各种优秀的文学作品，其中那一期恰好就有舒娜的诗《梦系列》：

白日梦：你是一个，白日梦，我苦苦追了一个世纪，却只追到，一个黑夜。童年梦：梦里，有个疯狗追我，我喊停，这童年的梦，我只想复制在现实里。未了梦：今晚，那个昆虫很忠诚，知了，知了，为我催眠，白日里我找不到答案，梦里它也不放过我。

这首小诗让小更眼前一亮，他多年以来找的恰恰就是这种感觉。小更认为，最美的、能让人记住并且亘古流传的歌词其实就是从诗歌转化而来。这么美的诗，很难得，很符合年轻人的心境。小更多年的艺术直接告诉他，这是一位才女，他一定要找到她，有机会与她合作。于是等他一回到北京立即从燕北日报社要了作者的联系方式，激动地给心中的才女舒娜写了这封信：

舒娜您好！我是您的一位读者，请许我冒昧地给您写这封信。我叫罗小更，目前在北京从事歌曲创作，一个不太成功的音乐人、北漂人。

我是偶然中读到您的《梦系列》。读完，立刻喜欢上了它，喜欢上了您诗歌的风格，毫不夸张地说是有些欣喜若狂！十多年前，我背着吉他，毅然决然地去北京闯荡、寻梦，也并不是想一夜能成为大明星，而是想让自己在北京这样的国际大都市里接收更多的灵气和音乐灵感。我一开始是唱民谣的，北京的好多地下天桥都曾经有我的身影。后来，开始学唱摇滚歌曲，你知道那个东西曾经很流行。可是，最终摇滚却把我的嗓子唱坏了，以至于我幸运地躲过酒精和毒品的麻醉，成为原本草原上的我，而同时期好多玩摇滚的人却不能幸免。其实也是我的性格救了我，骨子里我还是一个喜欢宁静的人，有点老子的无为而治的思想。说这么多其实就是想告诉您，音乐来源于生活，生活若是物欲横流，那音乐也一定是浑浊不堪的。上世纪末期，一切仿佛都在混沌中变革，音乐也接收了许多来自西洋的表达方式，但我却找不到方向，随波逐流，作出的一些歌曲不像西方又疏离东方，整个一个四不像，因而感到无比迷茫。那个时候的许多音乐，无论是竭力嘶吼的摇滚歌曲还是脍炙人口的通俗歌曲，尽管都很有市场，但歌词却沦于简单、平庸，没有思想深度，如果歌词落入了人人都是作者的地步，不能深刻地触动灵魂，那么音乐是没有未来的。我也想过从诗歌里找到些歌词的灵感，但那个年代以来的现代诗歌又过于朦胧了，很多诗歌驴唇不对马嘴，看不懂。如此，导致我一次次陷入迷茫的境地。

您的诗，让我找到了创作的方向，它正是我想要寻找的，有感觉、有内涵，不费解，极富想象力，既能抒发情感又能触碰人性和灵魂。真的很喜欢，希望您能坚持自己的创作风格，当现代诗歌能适度再押韵一些时，我想那就是一首非常美妙的歌哦！

很希望有机会拜读到您更多的作品，倘若能当面学习那将荣幸至极，期待与您合作，让我的歌曲插上翅膀，就像家乡的小红马插上翅膀，飞向天宇。

信封上，罗小更准确地提供了自己的详细地址，还调皮地用五线谱划了两个人握手的动作。

没想到自己的诗歌除了夏河喜欢得要命，竟然还有一位陌生人在默默地关注着自己的作品，让舒娜很意外、很激动，也很温暖。罗小更这种表达方式是舒娜喜欢的，没有含糊晦涩，没有羞羞答答，就像一位老朋友，把自己对歌曲、对诗歌甚至是对人生的看法直截了当说出来，挺好。舒娜觉得，自己和这个叫罗小更的陌生人就像是两个文学痴迷者，约好了坐下来吃顿饭，但却在一起唾沫飞溅地聊作品、聊人生，筷子一直在手里夹着可谁也不去吃第一口，以至于忘了饥饿，一直到酒冷菜凉。

舒娜给罗小更回了信，感谢他喜欢她的诗，希望他一如既往地创作下去，继续拼搏，圆自己的音乐梦想。

刚刚收笔，赵官君的电话就打来了。

“美女大秘，还在加班吗？”

“哎哟，还美女呢，早就让材料给折磨成黄脸婆了。你倒是挺风光啊，听说又提了一下？”

“嗨，早晚的事儿，我们这种地方只要不犯错误谁都能提起来，不稀奇。”

“啧啧，站着说话怎么来着？嘿嘿我的领导大人，我们税务部门提拔个干部可得拼个你死我活，这方面还是你们更有优势。”

“呃，税务部门出口窄，没办法，但油水也相应大嘛。不说这些了，怎么样，想你的夏河了吧？”

舒娜没想到赵官君竟然提夏河的名字，而且这一次是调侃性地关心她，往日，他从不会提夏河，那是他的心结。

“哦？赵部长今天挺怪啊，怎么提起夏河了？”

“嗨，舒娜，别认为我是那种小肚鸡肠的人，我得不到就嫉妒人家得到了，人都是会变的嘛。”

“嗬，当了领导干部就是不一样，境界立马上了一个台阶，好的好的，不调侃你了，算我失敬！”

“哈哈，我一点也不生气，你想怎么说就怎么说吧，谁让我是你哥呢。”

“嗯，赵大部长承受力挺强大，不说了。说吧，哥你有啥指示啊？”

“还指示呢？没等我说话你就把我掐得够呛，哈哈。对了，我们今天开部务会了，大老板号召我们在燕北寻找像夏河这样的优秀党员，我散会后特意好好地拜读了夏河的稿件以及他的事迹，觉得还是你有眼光，夏河的确是一个了不起的人，为国家争得了荣誉，值得我们每个人好好学习！”

听赵官君说着，尤其是当他说到“他的确是一个了不起的人，给国家争了光”后，舒娜的眼圈里立刻红了。这句话也许旁人是无意中发自内心地讲出来的，但他们只看到了夏河辉煌的那一面，而没有看到他背后吃了多少苦，受了多少磨难，那震撼的新闻稿背后流淌的是夏河的汗水和心血呀！

一阵沉默后，舒娜换了一种语气和赵官君说话，她也感受到了赵官君的变化，今晚他是真诚的，这也是她几年来一直希望看到的局面。在她眼里，赵官君和夏河是两类不同的人，不同类型中的佼佼者。无论怎样，她都希望大家相安无事，和好如初，做不成恋人还是朋友。夏河关注于事业多于关注潜在的爱情对手赵官君，也许他守在灵魂的高地，压根没有把赵官君的挑战放在心上，坚信女友对爱情的忠贞。也许是他天生的豁达和容人使他不去和别人较劲，唯有用实力与别人对话。然而赵官君不同，从前他一直把夏河视为对手，一直死守着自己的优势理论，他对夏河的挑战从他从不在舒娜面前提他的名字就能看得出来，带着醋性，充满着火药味儿。舒娜对于赵官君今天的表现是很满意的，因此当赵官君提议一起吃个饭时，她痛快地答应了。没有夏河的日子是寂寞而孤独的，但纯洁的音乐人小更以及像换了一个人似的赵官君，让舒娜殚精竭虑的心舒缓了许多。其实，每一个刚强的女人在脆弱之时都更加渴望来自异性的体贴，这比时光这剂免费的人间良药要更及时，更有疗效。

赵官君真的是变了，就像从魔鬼变成天使一般。他今天和舒娜在一起的一举一动，已经不像过去那样拘谨、顾虑、掩藏、放不开。今天的他，一改以往对舒娜的风格，落落大方地给她夹菜，像一位知心大哥一样照顾她，陪她说话，和她开玩笑，不再躲避舒娜那一贯勾魂的眼神，而是迎上去，用各种各样的例子、故事让她开心。舒娜被他讲的那些发生在燕北官场上、生意场上有趣的故事惊讶着，大笑着，从领导秘书再到组织部的处长，赵官君见的场面太多了，谐谑而跌宕起伏的故事让舒娜看来，这些体制里的精英如果不把身边的故事写成小说，简直是屈了大才。倘若这些人有一天突然开了窍，开始动手写小说，估计那些没有实践经验仅凭道听途说和丰富想象力去创作反腐小说的作家们很可能要被砸掉饭碗了。舒娜还想到，世界真是太有趣了，上帝刻意掌握着平衡，没有制造出完美的人，你在这方面有天赋，他偏偏在其他方面诱惑你，让你朝着别的方向发展，以至于我们的事业大多都是无奈的选择，成功就像是在和上帝下棋，只有等他老人家打盹儿的时候我们才能赢。赵官君就是这样一个有趣的人，人性的突变让舒娜有些猝不及防并且试图要重新了解一个人的人性。过去的赵官君很自负，有时连红绿灯都不会让，在爱情上更是当仁不让，甚至会不惜一切代价与对手纠缠，怎么就说变就变了呢？今后的他能一如既往吗？

赵官君在安慰舒娜的同时也告诉舒娜一个好消息，他研究过外交规则，如果使命结束，派出国会及时将人员撤回，绝不耽搁。这次派遣到刚果（金）支援的时限是不超过一年，也就是说很可能用不了十月份，夏河就应该回来了。舒娜听了非常高兴，她在心里掐算着，如果真是这样，那么再过三个多月自己就能见到夏河了，就又能和他在崭新的爱巢里享受那份销魂彻骨。她心里下了一个决心，等夏河回来，自己就辞掉这里的工作到北京去，从此守着他，哪怕一辈子平平庸庸，一辈子守着那个一百平米的房子，也决不让夏河再离开她。即便夏河要走，她也要变成他兜里的一只小兔子，死死抓着他的衣服，纵使忐忑不安也比分开要强，她会自始至终不去睡觉，瞪着两只血红的双眼，替他看清方向，帮他提防着黑色世界里的魑魅魍魉，因为她知道他的内心同样也怀揣恐惧。

赵官君送舒娜回家，有说有笑，舒娜心里多日的雾霾被驱散了不少。当走到军区大院不远处时，俩人看见唐晓萍一边在健身器材上扭腰锻炼，一边朝着路口张望。自打夏河走后，自己的女儿就失魂落魄，作为母亲一阵阵地担心，但也没有什么良药，只能默默呵护，在女儿归来的路上一眼眼守望。当她终于看到女儿和赵官君回来，而且还是咯咯笑着，她才踏实下来。赵官君看到唐晓萍，利索地揶揄道："阿姨，我把舒娜交给您了，您放心，我可没打坏心眼儿啊！"舒娜撇了撇嘴，一边和他道别，一边挽起母亲的胳膊，轻盈地向家走去，路上，留下母女俩亲密的呢喃。

第二十一章　余热

股市里的恐惧和贪婪是人类不可克服的两大缺陷，就像不可能摆脱万有引力一样。资本市场太残酷、太孤独，玩儿的就是心跳，那些股民千辛万苦、点点滴滴倾注大量心血运筹帷幄后的成果，转瞬间很可能化为乌有，荡然无存。

七月，燕北一年一度的文化节如期召开，中毅新闻报社副社长带着新闻网田总、著名记者文凯应邀出席新闻高峰论坛。舒娜作为《税魂》杂志的兼职编辑也参加了这次会议，她高兴地见到了夏河的同人，如同见到了亲人一样。同时她还见到了师兄岩松，她和夏河在京曾经拜会过他，三人曾聊了一整天。会议间隙，舒娜还设私宴款待了这几个人。中毅新闻网田总对舒娜的印象非常好，对夏河能有这样一位多才多艺的美女恋人感到由衷的高兴。酒过三巡，文凯趁着老同学高兴，建议田总把舒娜的工作安排在他那里，田总豪爽地答应，还谦虚地说这件事其实不用他来办，夏河如今面子比自己还大，只要他亲自和社长谈，这事一点问题也没有，就怕美女嫌弃他庙小。他郑重承诺，若舒娜想去，中毅新闻网的大门随时为她敞开！文凯赶紧提醒舒娜好好敬田总一大杯，舒娜照做，田总很爽快地一饮而尽，接着就是文凯、岩松以及来自北京的其他客人，大家都接过舒娜双手敬来的酒一饮而尽，喝的是酒，但其实喝的更多是人品。

不一会儿，蒙古族少女唱着悠扬动听的敬酒歌，为远方的客人献上了哈达并斟满一大碗酒献给客人，让来自北京的客人们没有一点拒绝的想法，都痛痛快快地喝了下去，哪怕一醉方休。到了草原的人都知道，草原碧波万顷、一望无际，当热浪滚滚的盛夏来临时，城市里哀鸿遍野，而大草原的风却是既凉爽又温柔的，风掀动游人的长发，衣袂翩翩，可以站在蓝天白云大草原下和牛羊一起感受凡胎的渺小以及内心的安宁。舞罢歌停稍作歇息，待到夜晚篝火点燃，可以重新翩翩起舞，亦可躺在大地上数天幕的星子。无论白昼黑夜，草原都会让游人暂时放下尘世里的烦恼，让精神麻醉，让身体放纵，让灵魂回归大自然，因此酒自然更香了，情自然更浓了。

大家在大草原见到了才子夏河的女友，一睹草原女神的风采，而舒娜也觉得见了他们就像见了夏河一样，备感亲切，仿佛也投入了家的怀抱。夏河在不断向国内发回新闻稿件的同时，隔几天通过邮件给舒娜写信，内容虽然不长，但“想你”两字肯定有。夏河在诉说相思之苦的同时，还讲了一些异国他乡的风情，去刻意掩盖自己疲倦、相思以及恐惧等，报喜不报忧。舒娜理解并支持他，嘱咐他在保护好自己的同时，把国家赋予的使命顺利完成好，等着他回来一起去装修他们的爱巢。从夏河写信的频率看，越来越少，他应该是越来越忙了，舒娜隐隐感觉到夏河归家的日子就快到了，兴奋之余又拿起自己的小铅笔，在刚果（金）首都金沙萨和中国首都北京之间画了一条深深的线，还调皮地在上边粘了一块心形的贴纸。暗梦中，夏河粗犷的胸膛、光滑的腹部、有力的臂膀又浮现在舒娜的脑海中，还有那曾经铿锵有力的喘息声，愈发让她觉得身体饥不可忍、渴不可耐，她在心里不断将思念委托给窗外的西风：快回来，别人的英雄，我的暖男，我愿把我剩下的一切都给你!

从小开始，舒国安一下基层，家里就只剩下母女两人，饭后，舒娜就常陪着母亲在军区大院里散步。其实也就是快步行走，围着大院疾走，借此锻炼体质。军区大院一圈大约两千米，走上几圈非常舒服。最近，全国各地风靡起一项新的运动项目——瑜伽（Yoga）。瑜伽诞生于五千年前印度河流域的古印度，她凝聚了五千年前古印度文明和古埃及文明的智慧哲学精髓。瑜伽的目的在于祛除人们内心的痛苦，预防身体的苦楚，让身心随着彻悟的境界而健康、智慧起来。瑜伽运用古老而易于掌握的技巧，改善人们生理、心理、情感和精神方面的能力，是一种达到身体、心灵与精神和谐统一的运动方式，包括调身的体位法、调息的呼吸法、调心的冥想法等，以达至身心的合一。舒娜的好友小美在省体育局机关工作，自小就胖胖的身材让人感觉她和体育一点都不沾边，但她颇具商业头脑，在自己亲身参加了几次她的一位好友，省体校一位体育老师讲授的瑜伽课后，小美从中捕捉到了商机。

小美发现，燕北人民尤其是省府所在地青伊市人民酷爱美食，男女老少即使穿得再破，也决不让胃吃亏，大概是因为旧社会走西口、闯关东太苦了，吃饱穿暖成为一代代人的梦想传承了下来。青伊人一天三顿饭都围绕牛羊肉展开，尤其是早上，羊肉烧卖和羊杂汤泡馍成为雷打不动的美食。有个故事调侃青伊人说，一壶浓茶二两烧卖或一壶浓茶三碗羊杂汤，仨老头儿能在早点铺子里待上一天，以致早点铺关门倒闭，商家没有亏在早点上，却亏在了茶水成本上。青伊男女老少经不住烧卖、羊杂汤、手把肉、烤羊腿等美食的诱惑，一个个都吃得大腹便便，好多人还患上了脂肪肝。随着生活水平的提高，人们逐渐开始注重保养，马斯洛需求层次也上了一个新的台阶，从简单生理需求上升到美的需求，锻炼减肥成为人们的共识，于是瑜伽渐渐进入了人们的视野。小美决定和这个教练朋友在青伊市开一家瑜伽馆，为此还专门去了一趟大上海认真学了学人家的经营模式。五月底，瑜伽馆开业了，一开始生意惨淡，大家对这个东西不太了解，以为又是一个商业噱头，搞得小美他们花巨资大肆宣传却不见效果。后来有个搞营销的朋友给她支招，让她朋友之间一个拉一个，最终产生乘数效应，再配合宣传，生意自然就会好。于是小美首先想到的就是那些身边的朋友，舒娜和小佳就是铁打的下线。舒娜回复她："我又不胖，你拉我干吗？"小美脸一沉道："这瑜伽就是给你们这些官员啊、商人啊、教师律师会计师以及编辑记者等成功人士打造的，它不仅锻炼身体还颐养身心呢。先去吧，去吧，就算支持我了，你这样身材的美女广告效应肯定强，我再怎么花大钱也雇不来！”舒娜拗不过她，于是也成为瑜伽馆里的一员。刚一开始，她还真不适应那些基本动作练习，又是弯腰又是劈腿，很不习惯，但时间一长，舒娜竟然喜欢上了这项运动，从倾听自己深沉平缓的呼吸来感受身体的每一寸变化开始，慢慢地从一个姿势到另外一个姿势，身体的各个部位都得到了舒展，不仅增添了身体的活力，心智情绪也得到了改善，平常生活工作中一些鸡毛蒜皮的烦恼事在瑜伽运动中竟然渐渐淡忘，对夏河的担心和思念也得到了缓解。

舒娜的确是喜欢上了这项运动，她还鼓动母亲唐晓萍去参加。唐晓萍传统思想严重，考虑到自己大小也是位副厅级干部，公共场合抛头露面不太好，且年龄也有点不适宜，就婉拒了女儿的建议。于是，每天晚饭后就只剩唐晓萍一个人遛弯，舒娜要么是加班要么就是去练瑜伽。唐晓萍想，女儿逐渐长大了，成熟了，有了自己的生活方式，作为父母，只要孩子不偏离正轨，由她去吧！这些年，做母亲的操的心太多了，适当放下也好，但唯有女儿的婚姻大事唐晓萍还是有点不放心。毕业后，虽然她和夏河处在热恋中，情感、事业都很稳定，很顺利，但老人们讲，人要是太顺利就更应该谨小慎微，因为大喜之后往往会有转折，因此她的内心里隐隐有种不安，自己也说不清楚到底是什么，以至于她后半夜常常辗转反侧。

再过几年唐晓萍就要退休了，她们这些宣传部的老人，男同志们正值事业的巅峰，一个个指点江山，挥斥方遒，风生水起。而女同志，干得好的也渐渐淡出了官场的视野，极少数能再往前挪一挪、冲一冲。像她这样的年龄能争取到副厅待遇也实属难得，好在省委宣传部衙门较大，女同志趁年轻使劲冲冲、努努力，比别的部门晋升提拔的机会更大一些。不过，在唐晓萍看来，女人最大的事业还是家庭，回归家庭是迟早的事情，头衔也只是个符号而已，走在大街上，脑门上也不会写“官员”二字，她的这种思想也影响到了对子女的教育。对于孩子，她还是希望以家庭为重，以健康为重，她很多次想对孩子们说，功名利禄都是次要的，看得过重会适得其反，乱人心智，滋长欲望，说不准到头来一场空。但她也知道，孩子们正在成长，每个人都有经历的权利，即使碰壁那也是上天赐予他（她）的权利，别人无权剥夺，或许经历些前辈们所品尝过的失败和教训，更有助于孩子们的成长，而一味的袒护并不是上策。大卫·梭罗在《凡尔登湖》中的告诫让唐晓萍记忆尤深："老年人并没有非常重要的忠告可以给年轻人，他们自身的经验很局限，他们的生活充满了可悲的失败，那都是由个人原因造成的。"虽然如此，但唐晓萍认为在关键时刻，或许是几年之后，她会将自己人生中有价值的一些经验写成一本书赠予孩子们，让他们在人生的道路上少跌一些跟头。

看到女儿这一代年轻人工作之余有各种各样的爱好，而自己却呆板地与宣传打了一辈子交道，唐晓萍开始思考今后的生活方式。她身边有一个活生生的例子，让她不由得想去好好规划一下。她的女同学王教授是燕北工业大学的外语学院院长，曾管理着近百名教师和近千名学生，成功女性，意气风发，一度是副校长的热门人选。但在刚满五十岁时，组织找她谈话，本着培养年轻人的目的，建议她让出院长的位置，退居二线。经再三劝说，她才很不情愿地腾了地方成了一名普通教学人员。这件事让王教授纠结了很长一段时间，最后还是老同学唐晓萍替她打开了心结，她给她讲那些大道理，让她看淡名利，回归生活的本真、教师的本真，心无旁骛地去发挥余热，去传道授业解惑。自此，同学王教授又恢复了元气，不仅课教得更加行云流水，还受到了校领导和师生的表扬和爱戴，也收获了人生的第二春。

在他人困惑之余，唐晓萍总是能给他们想出好主意，但自己遇上类似问题的时候，往往很难说服自己，也会惆怅困惑一阵子。在单位，每天去了就是看看报纸喝喝茶，尊重些的叫你一声唐主任，而势利之人，对她们这些即将退休的非领导职务人员也许眼皮都不会抬一下，让自己也好生感慨，后悔当年也如此对待过那些即将离开岗位的老同志。好在她是业余心理学大师，终究能化解，依然能够兢兢业业去上班。她想，如果舒娜能早点结婚，自己就提前退休，去给他们带孩子得了，但孩子们却从不提此事，一点也不着急，所以自己也就打消了这个念头。她还想和老伴儿舒国安趁着老爷子唐家邦身体尚好，一起去旅游，到别人住腻的地方，到舒国安的老家去看看，开阔眼界、追忆童年，但舒国安同志距离退休还有七八年，压根儿没有提前退下来的意思，所以她也只能看着他早出晚归。最近，社会上都在传言某国家基金入市，股市将迎来一波牛市，经不住身边人的诱惑，唐晓萍也用亲戚的名字开了一个账号，也想像单位那些退了休的老大哥老大姐一样发挥余热，每天看看新闻，读读报纸，分析分析宏观经济形势，学习学习 K 线图，研究研究股票走势，也好给自己以后的生活多一份乐趣，打发打发闲暇。

社会的传言很快成了真，全国六家基金公司管理的某基金组合已经开始在二级市场购买股票和有关债券，正式进入证券市场。由于该基金组合委托投资的初始投资期只有短短三四个月，从六月份起三个月内，这六家基金公司管理的该基金组合可能会有一个比较大的建仓动作。大家纷纷开户，有的人借钱也要入市，唐晓萍在五月底开的户，买了一支价格低廉的银行股和一支有色股，她觉得这两种股票都是稀缺资源，跌也跌不到哪儿去。果然，六月十五日，沪深股市放量上涨，收盘时，上证指数收报 1565.84 点，上涨 27 点，涨幅为 1.7%。深证综合指数收于 431 点，上涨 6.8 点，涨幅为 1.6%。两市共成交 2400 多亿元，较前日增幅达六成以上。唐晓萍买的两支股票涨幅都超过了 5%，一下子赚了 500 多块，这一天的收入将近当月工资的五分之一了。第二天，她拿的股票接着又反弹了两个点左右，唐晓萍没有卖，她觉得也许牛市真的就要来了，而且从 K 线上看，两只股票和大盘的走势差不多，都马上要“金叉”了，所以继续拿着。第三天，两只股票和大盘走势一样，开始回落了一点，获利的散户开始抛盘，唐晓萍账上的盈利减少了一点儿，然而第四天，大盘突然给她一个下马威，一个有色类市场利空的消息突然出现导致人们惊慌失措，于是前两天的获利盘开始蜂拥而出，庄家关键时刻跑得比谁都快。尤其她拿的那只有色金属股，流通盘太小，涨开疯狂，但跌开也同样很吓人，一个上午就跌去了 4.5%，唐晓萍一看还有利润，而且 K 线这么好，也许是庄家在洗盘，估计下午还会拉起来的，所以她没有卖出。中午，她还为此电话咨询了单位退休的一位绰号为“巴菲特”的老股民。“股神”帮她一看，嗬，K 线这么好，呈圆弧状走势，已经完全突破了前期套牢点，虽然上午抛压比较大，但基于技术分析且刚刚又定增完毕，应该问题不大，所以他建议唐晓萍先拿住不卖，估计能挣大钱！唐晓萍听了有了底。但下午两点半开始，这只股票开始疯狂下跌，全天一下跌了 5%，把唐晓萍的利润都跌没了，而且没有止跌的迹象，吓得唐晓萍赶紧把这只股票抛掉，白忙乎了一回，还损失了几百元，真是偷鸡不成蚀把米。另一只银行股全天没跌，反而小涨，大概是充当着救指数的作用吧，但也没赚几个钱。唐晓萍给“股神”打电话说她已经卖了，股神说换了他也会卖掉买别的，因为 K 线显示要转轨向下了，不能留，并告诉她过几天帮她推荐一只好股票，先就这样吧。然而，利空消息第二天就得到了澄清，那只有色股票当天一开盘就涨了 3.5%，全天接近涨停，把唐晓萍看呆了，于是她没有再给老股民打电话，刷刷就委托下单，在 4% 涨幅时全仓杀了进去，等着第二天冲高就卖掉。结果第二天直接一个低开，跌幅为 3%，而且抛压很大，吓得唐晓萍心惊肉跳，赶紧割肉卖出，一下亏了。临收盘，这只股票却神经一般奔着涨停就去了，且下一周五个交易日天天涨停，足足涨了七八个交易日，买都买不上，只能看着心痛，于是宣传部女干将的斯文扫了一地，她禁不住骂了娘，终于品尝到了股市的残酷，心想，股神看来也有不靠谱的时候，学了这么多的技术也没啥用啊，K 线有时候原来是骗人的，股票这东西就是赌博、投机，要不人家都说十个炒股票的人中，一个挣钱，两个持平，七个赔本，真是有道理。

唐晓萍深深地体会到，股市里的恐惧和贪婪是人类不可克服的两大缺陷，就像不可能摆脱万有引力一样。资本市场太残酷、太孤独，玩儿的就是心跳，那些股民千辛万苦、点点滴滴倾注大量心血运筹帷幄后的成果，转瞬间就很可能化为乌有，荡然无存。

唐晓萍又打电话给“股神”，将自己的情况叙述了一遍，股神安慰她，中国股市就是这样，散户多、追求短期效应，包括机构和游资这些资金大户其实也是大散户，根本没有耐心往长远做，所以见好就收就行了。但唐晓萍是个认真而且自视聪明的人，她有些较真，也确确实实地认真思考并研究了一番股市，居然给“股神”讲了一个自认为比较新鲜的观点。她说，既然股票是一种投资行为，所以从本质上看就不应该用来“炒”，而是应该变“炒”为“买”，炒追求的是短期效应，而买是追求长期效应，如果价位低、有潜力、符合国家产业发展方向的股票，完全可以拿上几年甚至十几年，迟早肯定能翻倍，至少也比存银行强。听完她的“高见”，“股神”又笑了，他说唐晓萍讲的的确在理，只不过那位叫“巴菲特”的股神早就把这种经验传授给了全世界股民，并不新鲜。只是常人都耐不住寂寞，总喜欢折腾，所以做到的并且能成为股市最终赢家的人不多！他补充告诉唐晓萍，只要有闲钱，可以选点股票，买上，不看，不动，有耐心，放上几年，等牛市真的来了再打开账户去看，到时候肯定收益不菲。于是，唐晓萍干脆结束了这几个月的炒股历程，两只股票都没有动，她又拿出私房钱几万块，全部买了那只有色金属股票，就当长期投资了，她想着赔了就赔了，大不了私房钱没了，但如果挣了，兴许还可以补贴女儿在北京买房。一句话，不管了，干别的靠谱的事情去了，她宁可当甩手掌柜也不愿意再做“赌徒”。

经过几十年的磨炼，像唐晓萍这样五十岁左右的职场女性对人生有了比较深厚的积淀，孩子们渐渐长大，有了自己的圈子和爱好，有了自己的小家。事业上，大家再有几年就要退休，大多已经退出了竞争的行列，单位也不会安排什么重要的工作给她们去做，就等着给年轻人腾地方，颐养天年。因此，这个年龄段的女人心理很微妙，如何安排好自己的生活成为摆在她们面前的一道难题。兴趣层次高的，可能会安排自己上网、写作、读书、健身或者是抽空旅游，丰富自己的生活，兴趣层次低一些人的也许就只能是逛逛街、养几只宠物、打打牌或者干脆用炒股来打发时光，总之，这个阶段的女人，什么都想尝试一下，但又考虑得过多，什么也做不了，缩手缩尾，矛盾纠结。举个简单的例子，想学个吉他却又怕同龄人讥笑，以至于陷入患得患失的境地。

唐晓萍另一位女同学，也是一位机关干部，丈夫前几年因病去世，自己一个人拉扯孩子直到孩子大学毕业、成家立业。女同学很想再找一个伴儿，驱除孤独和寂寞，但怕孩子反对和同事们议论，因此一直痛苦地守身。后来，她上学时非常喜欢的一位男同学也失去了爱人，她本欣喜若狂，一度想再续前缘，最终还是顾忌太多，只能悄悄地把这份情感收起来，压抑在心里。对方也一样，也知道这个女同学依然爱着他，但也是心存顾虑，不敢倾吐那份迟暮的爱。唐晓萍认为，人一旦上了五十多岁，就应该受到社会、家庭的多多关注，辛苦了一辈子，他们更需要来自社会和家庭的关爱，理应拥有丰富多彩的生活。

于是，唐晓萍给他俩撮合，替他俩捅破最后一层窗户纸，让俩人重新组建了一个新的家庭，走出了阴霾，重新找回了幸福。唐晓萍由此想到，等退休后，自己干脆开一家心理咨询所算了，这是个新兴产业，即使将来不赚钱，也能把自己的爱好和优势发挥出来，帮助那些抑郁寡欢的群体走出孤独，借此丰富自己的晚年生活。想到这些，唐晓萍一下觉得身体又有了劲儿，再也不用羡慕年轻人眼花缭乱的生活，也不用去研究那些该死的股票。她立马骑车去了新华书店，买了几本心理学的书籍，如痴如醉地阅读起来，边看边笑。

第二十二章　哭沙

如果有人为了这片多情的土地流血流汗直至献出宝贵的生命，那么除了这里的人民会哭泣，作为大自然的代表——沙漠，也会悲伤地哭泣，在风的吹拂下发出呜呜的声音，以此来表达这片土地和人民对英雄的哀思。

刚果（金）属于撒哈拉沙漠以南国家。撒哈拉沙漠是世界上最大的沙漠。阿拉伯语撒哈拉意即“大荒漠”，它横贯非洲大陆北部，东西长达5600公里，南北宽约1600公里，面积约960万平方公里，约占非洲总面积32%。八九月，干燥的风吹来，沙漠有时候会发出呜呜的哭泣声。这里流传着这样一个故事，如果有人为了这片多情的土地流血流汗直至献出宝贵的生命，那么除了这里的人民会哭泣，作为大自然的代表——沙漠，也会悲伤地哭泣，在风的吹拂下发出呜咽，以此来表达这片土地和人民对英雄的哀思。

刚果（金）东部山川湖泊众多，降雨量较大，时常会引发洪涝灾害。夏河所处的乌玛矿区正是处于几个大型的山川和湖泊的下游。不久前这里曾经有过一次较大的洪水，洪水从上游下来，冲垮了许多房屋、道路和桥梁，也淹了不少矿洞。洪水过后，天气突然又炎热起来，老天爷仿佛要收人，很多当地人都患上了传统的疾病—疟疾，死了不少人，事态比较严重。因此出于人道援助，联合国紧急呼吁各国驻当地维和部队派遣医护人员前往救助。我驻刚果（金）维和部队也派出一名医生前往那里。本来这次洪灾过后，夏河要返回到维和人员所在地金沙萨郊区，在那里休整一个月左右就直接飞回国内，完成使命。当听说一些国际医生包括来自驻地一名姓宋的中国医生要来救助当地的患者，夏河就主动请缨留下来，一边继续采写报道，一边等着那位宋医生任务结束一起返回。一周多的时间，各国的医生们紧张地忙碌着，夏河边采访记录，边抽空帮宋医生给患者打针、输液、充当翻译。工作临结束的前几天，世界卫生组织通知各国的医生和救援人员尽快撤离，因为几天之内很可能有一场更大的雨要来，可能引发更大的洪灾。夏河与宋医生夜里就收拾好了东西，准备第二天搭乘美国的救援专机一起撤离。

入夜，黑压压的乌云盖住了天地，燕子低飞、蚂蚁聚会，乌云中划过一道道犀利的闪电，忽隐忽现，光线忽红忽白，仿佛战争又要来临。突然，夏河与宋医生的宿舍被人猛烈地敲击着，俩人开门后简单交流得知，距离他们居住之地三公里外的平民区，矿工的爱人突然有提前分娩的征兆，请求中国志愿者给予帮助。宋医生二话没说，背起包就走，夏河要陪同，小宋考虑到夏河很累而且还有别的事情要做，因此制止了他，一个人和那名矿工就走了。一个多小时后，天上电闪雷鸣，突然下起了滂沱大雨，而且雨越来越大，俨然是空中瀑布，夏河在国内根本没有领教过。夏河坐不住了，他和救援人员住的是坡上的楼房，二十多年前由德国人援建，结实耐用，即便有大洪水也会很安全。而坡下几公里之外的平民区和矿区的人们，由于处于低洼地带且房屋简陋，因此时刻处于洪水的威胁当中。由于非常担心宋医生，夏河赶紧穿上雨衣出去寻找，就在他刚刚到达目的地不久，刚果（金）百年不遇的这场暴雨真的来了，猛烈程度远非人们想象，洪水夹杂着来自上游的垃圾、泥沙，一路招呼上各种矿石、树根，汹涌而来，很快，夏河所在的平民区一片汪洋，不给人们一点儿逃生的机会。洪水浩浩汤汤而下，平民区骤然消失得无影无踪，夏河也消失在茫茫的洪水中，把汗水和生命抛洒在非洲这片黑土地上，把宝贵的年华定格在二十四岁，留给人们无限的伤痛。

事后才知道，就在他走后不久，小宋已经由当地人用卡车安全地送回

了驻地，从而幸运地躲过了一劫。听说夏河是出去寻找自己而再也没有回来，小宋当时就晕了过去。醒来后，他趴在夏河的床前号啕大哭，悲痛欲绝，这哭声，惊动了几百公里之外的撒哈拉沙漠，撒哈拉沙漠里也跟着响起了呜咽的声音，大自然也同样悲恸。

洪水过后，小宋和各国救援队以及幸存下来的当地居民开始寻找夏河和其他罹难者，但洪水已经将这里的一切冲到了更下游的地方，冲到了遥远的大江大河，什么也找不到，只有大群的秃鹫盘旋在矿区上空，然而这些猎食者也注定要铩羽而归。

夏河出事的消息如晴天霹雳，很快传回了北京，传到中毅新闻报社，社长很快接到上级的指令派遣相关人员前往刚果（金）处理有关事宜。大家都陷入悲伤和沉默中，而最伤心的是文凯，他的直觉告诉他，夏河真的可能离开了，再也不会回来。文凯悲伤过度血压骤升，被同事紧急送到了医院。躺在医院的病床上，他不知道怎么和夏河的家人，尤其是他非常熟悉的远在燕北的舒娜交代，泪水从他的脸上一滴滴滑落，这个刚强的汉子，只有西北的母亲去世时才哭过，这是第二次。

按照中央领导指示，要不惜一切代价找到失联者。一周后，先期派往刚果（金）的同志们回来了，消息得到了确认，什么也没有找到，工作组只是和小宋一起带回了夏河留下的工作包、笔记、相机还有临走时舒娜送给他的平安符。有关领导进一步指示，在没有找到夏河前，责成我国驻刚果（金）大使馆及驻刚果（金）维和部队协调当地政府和国际救援组织，不惜一切代价找寻，给失联者家人一个彻底的交代。

远在千里之外的燕北省青伊市，天气时晴时阴。下旬开始，阴雨绵绵，仿佛是要和撒哈拉以南呼应。这天，舒娜下班后感觉很累，一整天眼花、耳鸣、关节疼，丢三落四，右眼皮也一直跳个不停，好像预示着什么不祥。她于是拒绝了小佳的邀请，也没有去练瑜伽，只想着早一点儿回家，上网等待夏河的邮件。吃过饭，她痴痴地等在电脑前，她算着，夏河快回来了，而且今晚应该有信通过邮件发回来。可是晚上九点钟都没有等到夏河的邮件。正打算写一封信给他，这时候电话铃响了，是一个来自北京的陌生电话。这个电话是文凯按照报社领导交代，下了一白天决心才打的。文凯把刚果（金）发生洪灾以及夏河失联的消息告诉了舒娜，同时告诉她国家正在想一切办法寻找夏河，请舒娜不要多想，有下落就第一时间告诉她……

听了这个电话，舒娜只想就此晕过去算了，因为她已经没有力气去哭，也没有力气再怨他、恨他！

唐晓萍正在客厅里认真地看她的心理咨询书。最近一段时间，她一边学习一边成功地给几位朋友化解了心中的郁闷，理论联系实际，越来越对自己的新事业有了信心。正在她孜孜以求时，心突然被一个声音狠狠地揪了一下，原来是女儿房间里传出了哽咽声，唐晓萍的血压随着她的毛发骤然上蹿，恐惧中踉踉跄跄地站了起来，迅速向女儿的房间冲去。舒娜一下子就扑到妈妈的怀里，哭得更厉害了，好像要随时晕厥过去似的，啜泣中只告诉母亲一句话：夏河出事了！唐晓萍赶紧仔细询问，得知详情后，她也顿时天旋地转起来。男人们永远不可能知道作为母亲的感觉，那种因为生他养他导致的爱太深、太浓，以至于对于离别的反应异常炽烈，永远无法从内心消散。她闭上眼睛，泪水在眼里打转儿，心里大呼一声“娘啊！”

再坚强的人，都会在最后的危急关头想到赋予自己生命的娘，无论娘在与不在，都会化解内心一时巨大的恐惧！

但此时，作为母亲，她只能像大山一样，忍住一切，紧紧让女儿靠在上面，她知道，此刻即便是天塌下来，也必须为女儿顶着。过了一刻钟，唐晓萍觉得自己也快要支撑不住的时候，她轻轻放下舒娜，坚持着走到电话机前，给正在单位加班的舒国安打电话，关键时刻，这个每每从灵魂深处救同龄姐妹于苦海之中的心理咨询师，最终把自己的精神寄托在家里唯一的男人——爱人舒国安身上。舒国安马不停蹄地从单位赶了回来，听到这个消息后，连这个七尺男儿也不知道该怎么办了，像个木头人一样跌坐在沙发里静默不语，其间他拿起桌上唐晓萍早已泡过的茶喝了一口，今天的苦丁茶，没有了往日的清香，只有苦涩，苦涩得让他开始诅咒自己的命运，悲怆至极，几欲涕零……

舒娜最终还是由好友沈丹和小佳陪着前往首都，她想急切地知道夏河的进一步消息。她想好了，只要夏河一天没有找到，她就不会回燕北，为此，她事先和单位请了一个长假，对于这一举动，唐晓萍没有说什么，只是默默地替女儿收拾好要带的东西，送她启程。

在西客站，文凯、文凯嫂子还有云瑛已经早早地等在那里，没有过多的言语，汽车向着报社的方向飞奔而去。在报社，文凯将夏河留下的书包、各种笔记以及相机等拿出来交给舒娜。睹物思人，舒娜的眼泪忍不住又流了出来，沈丹赶紧拍拍她的身体暗示她控制情绪。舒娜强忍住眼泪，将夏河留下的笔记本打开翻看，其中有一本笔记上写着《山谷里的回忆》，第一页署着作者的名字，竟然是夏河与舒娜两个人！舒娜的眼泪情不自禁掉在了笔记本上，拿着这本未完成的作品，她在心里大声地呼喊：夏河，夏河，你快回来，我们一起去完成你的作品，实现你的梦！

半个月后，舒娜还是在母亲的劝说下离开了北京，刚果（金）那头依然还在进行着寻找失踪者的工作。这次暴雨造成了国内数千人失踪，数以万计平民流离失所，几十位国际救援人员伤亡，损失惨重，这是上天对人类野蛮对待大自然的一种惩罚，是对人性贪欲的宣战。自此，连那些引发战乱的幕后黑心资本家也认识到，仅凭武力去粗暴地掠夺已愈来愈不得人心，不仅会受到国际社会的谴责，连上天都看不下去。“要想取之，必先予之”，只有关爱人民，关爱大自然，才能从它们那里获得馈赠。否则，破坏正常的公序良俗，干扰大自然的休养生息，必将遭到大自然的惩罚和人民的反对。洪水过去一个月后，刚果（金）政府和各反对派达成一致协议，停火停战，填矿造田，恢复家园，并规划在原址建立一座纪念碑，永远纪念那些在此次灾难中遇难的人民和国际友人。

几个月后，刚果（金）政府和联合国正式宣布寻找罹难者的工作结束。茫茫的撒哈拉沙漠以南几十个非洲国家，除了浩如烟海的沙漠，还有一望无际的湖泊，郁郁葱葱的原始森林以及广袤无垠的大草原，天地相连，水天相接，生活在其中的每一个生灵，渺小至极，自恃清高者也要被忽略不计。每一次大的洪水，好似大自然在清理淤堵的血管，带走生命的同时也会孕育新的生命，如此才显示出生命的珍贵、英雄的可歌可泣。夏河是渺小生灵中的一员，但却是不折不扣的英雄，是英雄让人类更加伟大，让江河更加壮美！

回到燕北的舒娜，足足三个多月没有去上班。“雨打梨花深闭门”，躲在自己的小屋里，一边沉浸在无限的伤痛中，一边紧盯着互联网上对搜寻进展的报道，幻想着夏河能从某一个原始森林里重新钻出来，穿过沙漠，蹚过大河，风尘仆仆地重回她的怀抱。当年，她苦苦等待梦中人来叩门，终于等到的时候，却又要深闭闺门。夜里，无数次灾难中的逃生，无数次四壁笼罩后的窒息，无情地进入她的梦中，成为一次次挥之不去的梦魇。“多情自古伤离别”，换了任何一个人都无法释怀，何况是一名文弱而痴情的小女子。

有一天，夏河突然托梦给她。夜里，他轻轻地向她的床边走来，用粗犷的双臂抱起她，吻过她的脸颊，抚摸她的长发，但他始终没有哭，而是笑着和她说话。他告诉她，不要找他了，他已经去了一个更加需要他的地方，那里也有战火，也有贫穷，也有遭涂炭的生灵，也有夜夜哭泣的幼童，他必须去，这是他的选择也是他的使命。每一个勇敢的人都要去，只不过他先走一步而已，最终，他走过的那些地方，会重新迎来和平与安宁、鲜花和美食，没有欺凌和欺诈、刀光与剑影，那是一个令人类向往的大同世界。夏河还告诉她，如果她不相信他最终还幸福地活着，那就请她打开他尚未完成的小说，他已经在日记里埋下了伏笔……

夏河像哄着怀里的婴儿一样把她哄睡了，然后轻轻地吻别她，掩门而去，消失在璀璨的星河中。舒娜醒来，透过微风吹拂的纱帘，满天的星斗在银河中闪耀，其中有两颗星星最亮，眨着眼睛，好似她的夏河在注视着她，牵挂着她，期待着她能重新振作起来。他让她记住他所说的话，让她相信他还活着并且是幸福地活着。他希望自己的恋人能够一如既往地快乐地生活下去，为了短暂而宝贵的人生，为了他们曾经以青春的名义共同构筑的梦。

外边有火花闪动，她望向窗外，看到几根电线被狂风纠缠到了树枝上，因为短路而在寒风中打着火花啪啪作响，似要迸裂、燃烧。那一根根笔直的电线奋力挣脱着狰狞的树枝，在风中上下飘飞。最终，最上边的一根最粗壮的电线奋力一甩，把几根细线从树枝上拖拽了下来，让它们重新获得了自由，舒展开来，月夜于是又恢复了安静，月光也变得更加皎洁。

舒娜收起了眼泪，她打开夏河那本未完成的小说《山谷里的回忆》，果然在一页中，夏河这样描述着自己将来的生活：

> 我在这里重新找到了自我，灵魂决定在此栖息。这里没有痛苦，没有烦恼，没有狡黠，只有纯洁、善俗还有鲜花和美食，这才是我想要的大同世界。在这里，孤独的孩子们聚集在我周围，我给他们讲述古代的夸父逐日、现代的神舟飞船以及其他传奇故事。要开学了，我把他们带到国家福利学校，每年这一天，国家领袖都要给孩子们亲自上第一堂课，教育他们把未来的世界建设得更加和谐美好！

梦醒之后，舒娜重新恢复了元气。她想，人们都在感慨时光易老、岁月无情，殊不知我们无情挥霍时光的时候更多。“宁让时光负我，不能我负时光”，她心里忏悔着。于是她拿起笔，一页页翻开夏河的日记，开始接续夏河那本未完成的作品。她相信，只要她完成小说，完成夏河的梦想，夏河一定会在遥远的地方，在璀璨的星辰里无比幸福，并欣慰地每天看着她笑！

在奋笔疾书的同时，她也看到了好几封被她无暇顾及的信。其中一封信是从北京而来，是小更写来的。小更信的大意是：已经拜读了她的另外一些诗歌和散文，越来越被她的作品深深地吸引，有一种冲动想见见作者，可又怕吓着她，期待着能早一天见面详叙。最后小更告诉舒娜，他打算把那首《梦系列》和《如果时光可以倒流》改编成歌曲，给一位当今活跃在歌坛的实力派友人去唱，友人多才多艺，阳光谦和，他的《蓝莲花》等老歌新歌红遍了大江南北。小更说，有机会她可以到北京来，他会介绍友人给她，也许他们的合作会让文学和音乐完美结合，让音乐插上翅膀，创造出完美效应。

舒娜被小更逗乐了，这是她几个月以来的第一次笑。她和他竟然没有陌生感，仿佛是故交，心里都同时泛起一阵阵热，被情感包裹着。她知道小更所说的那位“友人”，也相信小更是真诚的。但她认为，自己只是一个小小的文学爱好者，离巨星偶像以及他所说的效应很遥远，她的那个偶像已经超凡脱俗，把音乐和歌迷的心带到了一个很高的境界，远非当初大学时代自己心中的那份感觉，须仰视才见。不过，她告诉小更，她的诗歌和散文不值钱，可以随便拿去用，如果志趣相投、心灵相通，见面与否无足轻重，有机会一定会在燕北招待他，招待偶像。

第二天，舒娜早早就起床了，卫生间又传来以往唰唰的、匆匆有力的洗漱声，唐晓萍听到了，禁不住探头往里边瞅了瞅。看到女儿一扫颓废的模样，心里的石头终于落了地，兴奋地赶紧跑到厨房给宝贝女儿准备美食。这时，锅台上掉下一根长长的白发，她怔怔地观察了一下，随即狠狠地把它捏起来扔到垃圾桶里，发誓自己首先要坚强起来，再也不让白发生出、掉下，留个好身体好好照顾女儿。一会儿，香喷喷的青菜鸡蛋面就端了上来，舒娜三下五除二扒完，然后突然站起来抱了妈妈一下，拎起包就去上班。父亲舒国安从自己的房间里出来，看到女儿和妈妈拥抱，也不由得一阵兴奋，心想女儿终于开始走出阴霾了。舒娜挥手和父亲打了个招呼：“爸，今天我上班去了。”然后匆匆地出了家门，屋内，留下两位欣慰的双亲，眼眶里转着喜悦的泪花。老俩口特意盆栽的秋海棠这时也在客厅里盛开了，粉红靓丽，清新幽雅，焕发着无限生机，舒国安默默地在心里说着：女儿啊，你就像这盆秋海棠，终于成熟了！

经过连续几个月的奋战，夏河的《山谷里的回忆》后面的十章终于被舒娜补充完整。舒娜将书稿寄给文凯、岩松、云瑛还有燕北的巍子、锡老师等几位，让他们给提提意见。她还特意打印了几份大字版的拿回家，给父母和姥爷唐家邦看。老爷子唐家邦因为夏河的事情足足伤心了一阵子，幸亏女儿唐晓萍和保姆悉心照料才缓过劲来。老人家时不时跑过来住一阵子，用陪伴来安慰自己的外孙女。看到夏河完整版的《山谷里的回忆》，老爷子激动不已，当即就拿起老花镜认真地看起来，边看边点头，间或用铅笔在书稿上画呀画，认真地校对、修改。经过舒娜的补充完善，《山谷里的回忆》这本纪实性小说让一个志存高远、胸襟开阔、心灵美好、励志奋斗、充满家国情怀的当代有为青年浑然出炉，令人向往膜拜。小说读起来字字戳心，荡气回肠，教人感慨万千。故事的结局舒娜是这样来写的，这也是夏河的心愿：我们的主人公只带了纸笔、相机和他心爱的女人，他们一起离开了这座生活了许多年的城市，重新回到了他曾经战斗和报道过的撒哈拉沙漠国家。那个国家因为他和各国友人的努力建设，已然变了模样，和平的环境让这个国家经济迅速腾飞，提前进入了理想世界，到处是鲜花，到处是欢乐，到处是孩子们银铃般的笑声。他和他的女人在那里安了一个新家，每天在一起辅导一大堆孩子，其中也有他们的几个孩子。给他们讲动人的故事，教他们学各种新奇的知识。课间，他俩和他们玩老鹰捉小鸡的游戏，夏河是老鹰试图抓住身边这些可爱的小东西，小东西们则躲在妈妈的身后，东躲西藏，咯咯地笑个不停，笑声响彻在这个美丽国度的上空……

不久，大家的反馈意见陆陆续续传了回来，作品获得了一致好评。为此，中毅新闻报社长亲自把这部小说推荐给了著名出版社——华夏出版社。为了纪念夏河，华夏社、中毅新闻报社和华夏出版社联合在北京为夏河的新书举行了盛大的首发仪式和研讨会。作为本书作者之一的舒娜，在研讨会上为大家朗读了她特意写的一篇叫《星河中总有你的眼神》的文章，感人肺腑，催人泪下。《国家的眼睛》杂志社主编黑戈先生对这篇小说给予了高度的评价，其中一句话让舒娜和在座的作家、记者朋友们记忆深刻：我今天看到夏河的作品，就像二百多年前美国著名作家爱默生看到大卫・梭罗写的《瓦尔登湖》一样，艾默生形容这个追随了自己十二年之久的梭罗是真正的“美利坚群狮之王”，情愿反过来谦逊地恭维和崇拜他，而我亦情愿做夏河同志的一名迟到的超级粉丝，永远膜拜和纪念他！

舒娜终于感觉可以长吁一口气了，这也了却了自己的心愿，也是夏河的心愿。在售书现场，她认真地为每一位购书者签名，虽然没有第一作者夏河，但现场的读者似乎已经读懂了其中的感人故事，他们默默地用购书来表达对他们心目中的大英雄夏河记者的敬意。按照舒娜的建议，也是夏河一直在书中所秉持的理念，稿酬几乎全部用来给西部贫困山区建设希望小学，剩下的一部分舒娜将它全部寄给了远在山东的夏河的养父母。

图书首发仪式结束后，尽管中毅新闻报社领导和新闻网田总执意要把舒娜留在北京工作，但舒娜认为，既然夏河已经离开了北京，那她也没有再留下的理由了。她因为梦想而向往过这里，也因为爱夏河而无比深情地爱过这里，但现在却没有勇气留下来。她想，只要心里想着夏河，依然爱他，到哪里生活都是一样的。而燕北，有疼她的姥爷和双亲，有她热恋的故乡，她已习惯了那片广袤无垠的土地，她的根是在草原。最终，她婉拒了各位领导的好意，踏上了返回燕北的列车。

这一次，角色进行了转换，她在列车上朝着车下的文凯、文凯嫂子等一干人招手，而随着列车边跑边哭的却是亲爱的云瑛同学，命运似乎和她开了一个不小的玩笑，在她即将要迎来最亲爱的闺蜜舒娜、俩姐妹也终于可以在京城实现相聚相守的梦想之时，却又因为一场突如其来的变故把她从她的身边带走，让她如此伤神不解。几年来，她已经习惯了舒娜一次次从燕北来京城和她与夏河小聚，习惯了一次次从夏河的手中夺走闺蜜，习惯了俩人说笑着在京城的各大商场疯狂地逛街、购物，疯狂享用小吃店的美食，疯狂地去听演唱会，以至于让她一度忘了苦苦等待在楼下的自己的男朋友，这命运的玩笑一开，彻底激怒了草原女子内心深藏的桀骜与刚烈，她指着天从心里咒骂道：这老天，什么东西呀，我们都是遵规守矩的普通人，开什么滚滚红尘的玩笑！

下部

第二十三章　新生

无数个清晨，她忘掉了昨日的不快，重新投入枯燥的工作中。总以为自己的历史翻开了新的一页，实际上，却仍然做着重复的劳动，渐渐地让她感到窒息，她不想再这么像火烤青春一样嗞嗞地耗下去了，想要回归过去，回归生活的本真。

一年后，舒娜结婚了，作为新郎官的赵官君，一个人的爱情长跑终于结束了，他如愿以偿地得到了心中的女神。舒娜也是被他感动了，从小时候的伙伴到好朋友，再到比较知心的好友，最终走进了婚姻的殿堂。舒娜感慨着，婚姻其实就是一场缘分，有的人有缘没分，有的人有分没缘，只有缘和分都具备才具备婚姻的条件。嫁给赵官君当晚，舒娜就和他约法两章：互不干涉“内政”，你做你的官，我做我的编辑；家里不许接待陌生人，有事情上单位谈去。其实重点是第二条，舒娜其实就是想告诉赵官君，作为家人，因为爱他才第一时间提醒他，千万不要在政治上犯错，那些登门拜访者，大多是一时之交，动机不纯，一定要洁身自好，守好底线。赵官君呵呵一笑道：“亲爱的老婆大人，你想多了，我可是久经考验的革命干部，不会没有底线。再者说，我也只是一个爬格子的七品芝麻官而已，没有那么多人会来求我，更不用说政治上犯错了。”舒娜嫣然一笑道：“官君同志，就冲你这份努力劲儿，老天也不会辜负你，不出几年，咱家的赵副主任说不定就真的变成赵副市长啦，到那时恐怕你早忘了一个老妻对你说的话咯！”赵官君眼睛一亮道：“哦？你这家伙，我可是从小就佩服你的眼力，说说，你真的觉得我能当上大官哩？”舒娜抿嘴一笑道：“我可不是吉普赛女郎，不过看你妈给你取的这名字，倒是极有可能。咱中国人讲究迷信，有时候不能不信，起名是很讲究的。”赵官君点点头道：“这倒是没错，我妈还真是找人给我算过名字，据说还花了一个月的生活费呢。”舒娜看他这么认真的样子，禁不住笑出了声，赵官君问她笑啥，舒娜笑得更厉害了，她说：“开个玩笑，顺便提醒提醒你，看你这认真的样吧，新婚之夜不想着早点儿搂着老婆睡觉，光想着做官儿了！”一句话把赵官君也逗乐了，他哈哈地拍拍脑袋，顺势一把抱起舒娜，往席梦思方向猴急猴急地冲去……

婚后第三天，赵、舒两家聚在一起吃饭，赵官君母亲李红艳和父亲赵振宇开心得不得了，在他们心头，觉得有儿子始终就是占便宜的。在军区大院，和政委舒国安家相比，赵家自觉“低人一等”，赵振宇心态还好，李红艳可不这样，她心眼儿较小，典型的小市民，一直认为在军区大院，舒娜的父母总是不正眼瞧他们两口子，她认为那家人太高傲了，她甚至都认为丈夫赵振宇军职不高和那个舒政委有很大关系，说不定就是在提拔的道路上舒政委给丈夫设置了障碍。总之，两家人不同的性格与级别，导致在大院里仅是点头之交而已，舒国安一家压根没有考虑过这么多因素，而赵振宇家却想法很多，不服气。这回倒好了，儿子赵官君很争气，终于把舒家的大千金给娶到手了，赵振宇两口子别提有多提气，心理平衡了许多。饭桌上，李红艳俨然是主人，有了儿子就有了自信，喋喋不休地夸儿子多么多么优秀。对于这，舒家人倒是认同，但当她提到儿子已经老大不小了，要舒娜做好为赵家生个胖小子的准备时，唐晓萍坐不住了，她立刻流露出了她当领导一贯的威严，直接告诉李红艳，生孩子是年轻人的事情，做父母的无权插手，舒娜身体不太好，只有她当娘的知道，最好两三年内不要提这个事儿了！

唐晓萍一下子给了李红艳一个下马威，一贯的卑躬屈膝最终让她低下了骄傲的头，噎住不说话了。赵官君赶紧出来缓和气氛，拉着舒娜一起给长辈们敬酒，舒娜看着母亲，一脸的自豪，有一位如此护犊子的母亲，让她备感安全，她甚至在想，为什么要结婚啊，如果世上有女儿不结婚永远守着父母过一辈子的传统，那该有多好！

婚假结束后俩人各自忙着去上班，赵官君人逢喜事精神爽，工作比平时更卖力也更忙碌紧张了。反倒是舒娜率先解脱了自己，打从北京回来后，她就和领导提出了申请，以身体不适为由，要重新回到《税魂》杂志社上班，陈主任再三挽留，甚至动员万局长去做舒娜的工作，可舒娜去意已决。无数个清晨，她忘掉了昨日的不快，重新投入枯燥的工作当中。总以为自己的历史翻开了新的一页，实际上，却仍然做着重复劳动，渐渐地让她感到窒息，她不想再这么像火烤青春一样嗞嗞地耗下去了，想要回归过去，回归生活的本真。最后，调离申请还是转到了大局长那里，谭局长在以前的几年工作中和舒国安、唐晓萍多有交道，已经成了老朋友，他冲着万局长和陈主任一挥手，示意要尊重干部个人意愿，俩人听得很明白，陈主任再也不敢吱声，回去就和舒娜确定离开日期。在欢送会上，大家都心照不宣，一边恭维着领导关心下属的格调，一边向舒娜诉说着离别的不舍和美好祝福，气氛依旧和谐。对于《税魂》杂志社而言，书生味儿则更浓一些，官场气更淡一些，杂志社新来的丁社长是科班出身，大名鼎鼎的《鸿雁》杂志社原副主任，他和巍子是莫逆之交，听到巍子说起过局机关里还有一位社里的优秀女编辑被长期借调着，好几年不给往回送。虽然丁社长不认识舒娜，但他知道唐晓萍和舒国安的名字，将门出虎子，丁社长觉得舒娜肯定如巍子所言，是一位优秀的人才。当听到地税局人事处通知他们舒娜过几天就要回归杂志社，丁主任和巍子别提有多高兴，杂志社其实人手并不缺，从各个单位通过关系调进来的人不少，但编辑却是个技术活儿，没有点深厚的文学功底根本不可能胜任，更何况诗歌又是个相当高大上的文学品种，至少，诗歌的编辑自己也是一位诗人，如此才能对别人的诗歌评头品足。

《税魂》杂志社为了迎接舒娜，亲自派出了巍子和一位年轻编辑去帮助舒娜收拾东西。作家巍子大模大样地回到十几年前自己工作过的地方，面对曾经的小兄弟陈主任，他虽然官没有他大，但大作家的头衔还是令人敬畏。陈主任握着老大哥的手，惋惜舒娜的离开，同时祝贺巍子又多了一位得力干将，巍子哈哈大笑，笑得很爽朗，对于文学的痴迷导致他对于优秀人才有着过度的偏爱和关照，他深深地感觉到，编辑和作家这两个群体都一样，都面临着断茬的危险。特别是作家群体，很多年轻作家要么极度缺乏历练，要么写出来的东西脱离生活实际，玄幻得不得了，以至于现在都是一些老作家在撑着场子，一旦老作家们干不动的时候，中国的文学界就很有可能陷入青黄不接、后继乏人的境地，毛主席他老人家提倡的“百家争鸣、百花齐放”的大格局极有可能陷入尴尬的境地，因此，加强对年轻一代作家的培养，已刻不容缓。

舒娜继续从事她熟悉的诗歌栏目的编辑。没有了机关八股文的束缚，她好像被放生的一条鱼儿，重新回到了久别的大海，不仅心情愉悦，对诗歌以及其他文学作品的理解力大大增强。行政公文虽然有着固定的套路，读起来乏味，但行政公文最大的特点是文字精练、通俗易懂、措施具体、主题鲜明，这些特点若能在文学作品里得到体现，则会让文学作品的可读性和受众面得以拓展，增添魅力。夏河的《山谷里的回忆》就是经过了第二作者舒娜这样的润色修改，才使得作品在全国图书市场上一版再版。舒娜已经想好了，她要把自己多年来在刊物上发表和未发表的一百多首诗歌拿出来出一个集子，作为自己从事文学创作的一个里程碑。此后，她还想尝试着写小说，当今正在上映的电影和电视剧，题材倒也挺好，但可能是受到商业的影响，经过不断改编，结局要么是无厘头，要么就是枯燥乏味，和大众的感觉无关，真正的目的是烘托那些嵌入式的广告和被包装的明星。她想要写一部按照自己的喜好来量身定做的小说，把自己对他们这一代人的理解，把他们的喜怒哀乐以及他们的人性淋漓尽致地表现出来，为即将逝去的青春献礼。舒娜认为写小说的人一定要把自己当成导演，不要受外界因素的困扰和制约，沉下心来，导演出一部有生命力、大众喜欢的作品。想到这里，一本题为《归魂》的作品从她的脑海里冒了出来，归魂的原型多半有夏河的影子，男主人公与女友青梅竹马、两小无猜，但女友家庭的阻碍和男主人公的性格弱点导致两人从小近二十多年的情感中断。后来，女友在悲痛中不幸患病离去。当若干年后男主人公功成名就之日，他才深刻地领悟到自己的性格缺陷以及对女友的误解，悔恨、反思和无尽的思念让他心力交瘁，最终有一天突然昏迷不醒。昏迷的几个月里，他在另一个世界又见到了自己的女友，俩人终于生活在一起。然而，地下虽然公平、富足，但却终日不见阳光，以至于让他感到无限的压抑和沉闷，同时还想着上一个世界里爱他的父母、妻子和两个懵懂幼儿。女友不愿意让他如此忧伤，最终选择了放手，鼓励他重新回到那个即使是劳心伤神却又能享受天伦之乐的世界去，并且告诉他，如果想她，就去家乡山后的杏树下，在那里，她会像《幸福的黄手帕》中光芝给勇作挂一条黄手帕一样，提前挂上一条红丝带，那代表她对他的爱和思念。男主人公真的醒了过来，回到了原先的世界。待他康复后，他非常想念女友，于是一天他就真的按照她的指示去家乡后山去寻找，果真，有一条红丝带挂在杏树上，杏树不远处就是女友的坟茔。在男主人公捧着红丝带流泪之时，妻子和两个孩子循着他的方向赶来，他们和男主人公一起为这座坟茔献上最美丽的鲜花……

舒娜沉浸在自己构思的小说中，却首先被自己小说中的故事感动得流了泪，她轻轻地擦去了泪水，笑自己太过多愁善感，但要把这本小说完成好的决心却暗暗地增强了。

晚上，赵官君一身疲惫回到了家，晚上十点回家，这其实算早的了。婚前的赵官君要么在办公室、在单位附近的酒店开房过夜，要么就是后半夜才回家。除了加班写材料，市里的发小、同学、朋友以及全省各地党委、政府尤其是组织部门的大小干部，经常拉他去赴宴，虽然说人在江湖身不由己，但赵官君本身也非常热衷于喝酒聚会，且乐此不疲。他认为，在场面上，既可以接触到更多的资源，又可以在众人的恭维中找到成功的感觉。今晚，他那个凭借绝顶智慧从小商人起家的老同学、铁哥们儿袁大军发迹了。经过多年在工程界的残酷打拼，以及赵官君无微不至的关心照顾、牵线搭桥，袁大军不断夯实原始积累，正式注册成立了自己的房地产公司——青伊市大军房地产开发股份有限公司，由开路搭桥的包工头一跃变成高大上的房地产企业老板。虽然规模尚小，但在赵官君等人的背后支持下，袁老板从银行弄了不少贷款，正野心勃勃地在青伊市城东开发一处商住两用高档项目。第二天就要在青伊市举行盛大的庆祝仪式了，袁老板特意于前一晚请多年来关照自己的生死之交赵官君吃饭。袁大军的公司股份制后，他拿出了百分之十五的股权给了赵官君，赵官君以一位亲戚的名义登记，正式成了大军地产的一位影子股东，因此他俩既是生死之交的同学、好友，也是利益共同体。有经济利益加码，友谊变得更加牢不可破，用赵官君的话说，他和袁大军打小开始，彼此就证明了是对方真挚的朋友，与他俩的友谊相比，其他任何东西都显得无足轻重，黯然失色。今晚，为了顾及舒娜的情绪，赵官君还是刻意推掉一些无效的酒局，也推掉了无休无止的酒吧唱歌。新婚不久，他要守住自己来之不易的女神，不想给女神留下花天酒地的印象，也不想让她再次从自己的手心里跑掉，那可是上天一不小心赐给他的大礼包啊！

参加完大军公司的晚宴，赵官君神清气爽地回到家，一进门就开心地冲着舒娜大声说话：

“女神啊，我回来了，这一天累的呀，唉，魂都被掏空了！”

“嗯，不错嘛，有点儿文采。还灵魂被掏空了，我怎么觉得你的灵魂是被酒鬼给掏走了呢？”

“呵呵，算是吧。单位加班，不能让兄弟们这么白辛苦，我作为副手得替大主任分忧解难啊，要不然大家干劲就会不足了。”

“呃，说得在理，看来我当年在地税机关加班是白忙乎了，陈主任可没怎么请大家吃过饭。”

“嗨，能一样吗？人家税务局领导忙的是正事，小日子过得滋润，看不上咱那些个加班饭局，哪儿像我这样没日没夜的纯务虚。外人以为组工干部手握大权、脑满肠肥，其实都是为他人作嫁衣，到头来却落下一身毛病，穷衙门，只能自己请自己喽。”

“哦，我倒觉得挺好，花自己的钱踏实嘛，咱俩的工资够用，为了单位的工作个人花点钱也是应该的。不过，还是要注意一下频率，酒局过多难免伤身，别到时候得不偿失咯！”

“哈哈，真是我的好夫人，记住了！”赵官君一边脱衣服，一边往卫生间走去。舒娜也放下笔，赵官君回来了她的心也就踏实了，这是两个人的世界，少一个，就多一分牵挂，少一个，美好的夜就变得不完美。

年底，当自己的爱秘赵官君在组织部门里挥汗如雨地替领导撰写讲话材料时，当年赵官君服务的领导——团市委张书记，几年内已经由春华区的区长擢升为区委书记。最近市里缺一位主管城建的副市长，市委领导第一时间就想到了他。在青伊市，房地产行业多半在春华区，发展空间大，开发成本低，张书记所在的这个区的土地收入可是为青伊市本级财政贡献了半壁江山。很快，经市委常委会研究通过，张书记正式由青伊市郊的春华区区委书记走马上任为市里主管城建的常委、副市长，十多年的奋斗终于成为副厅级干部，张书记在政府系统算是比较快的，但在团干系列里却算是慢的了。不过张书记自己预感，他的爱秘赵官君在仕途上要肯定比自己当年稍稍快一些。正式文件还未下发，赵官君利用组织部门的优势提前就知道了市里的布局。赵官君打算提前为老领导庆祝一下，他思忖一番，打通了老领导电话，老领导即使再忙，对于他这个部下的电话从不拒接，甚至老领导的一些署名文章还经常由赵官君把着关，赵官君可谓是张书记的影子秘书。张书记接起电话，二话没说就应允了赵官君的安排，正好自己这段时间也挺累，找个心腹谈谈心也正当时。赵官君于是打电话给舒娜。

“舒娜，晚上我要请一位朋友吃饭，你得出席一下，地址一会儿我发给你。”

“不去！你整天那么多应酬我可陪不过来，我要回我妈家吃一口，晚上还要写我的小说呢。”

“又写你的那些鸡零狗碎、风花雪月的故事，把你的诗歌写好就行了，我就喜欢诗。”

“什么鸡零狗碎，你们男人吃饭喝酒吹牛皮难道就不是鸡零狗碎了吗？再这么说我可是不高兴了啊！”

“哈哈，好，好，不鸡毛蒜皮，不鸡零狗碎，看来你这是对我这属鸡的人意见很大嘛哈哈。我家的作家就是厉害，反击也不带脏字，还说我们男人吹牛皮，真是说到了我的骨髓里！其实今晚是我和老领导的家庭聚会，你真得去，一会儿我把地址发给你，你打车过去吧，最好提前去等着，酒菜我已经安排好了，乖啊老婆，支持我一下咯！”

“好吧，那我就去，可我不会说那些令人耳顺的话，别给你赵主任砸了场子。”

“嘿嘿，砸场子？你大才女出席那叫捧场，蓬荜生辉！领导和领导家嫂子早就想见你了，咱们结婚人家可是随了大礼的。好了，晚上见！”

“哎呀，你们这些官场之人，嘴上真是沾了蜜，虽然都是套路，但也说的人心里蛮舒服，好的，晚上见！”

穿过青伊市新建的春华大道，往北再经过一簇簇茂密的白桦林，在距离已废弃的老火车站不远的地方，有一座整齐干净的院落出现在舒娜面前。“这么偏僻的地方竟然有这么漂亮的院子，真是稀罕。”舒娜一边嘀咕一边下车走进院子。院子面积可不小，单从它安静地偏居于四周的群楼之中就知道它的主人来头不小。院里小桥流水，鸟语花香，修建得很精致的蔬菜大棚里草莓、西红柿、黄瓜、火龙果，还有一些舒娜叫不上名字的水果正在一茬茬成熟着，白狗与懒猫躺在各自的领地上打着哈欠，瓜果飘香，幽静安逸，真是一个心灵放假的好地方。走出果棚，进入一个二层小楼，楼门口上方燕北著名的书法家、企业家、慈善协会会长九刚先生题写的“火车头书画院”赫然醒目地挂在上面。进入楼内，一楼是健身室、展览室、文化艺术长廊，舒娜在这里看到了活跃在当今书画领域好多名人的真迹，其中竟然还有远居深圳的燕北籍国家著名花鸟派大师跃宙先生的真迹。每次从杂志上看到先生的作品，舒娜都要细细地品味一番，他的花鸟画既体现了“真、善、美”的艺术特点，又追求“不似之似”与“似与不似之间”的风格，成为现代书画界的一位不可多得的奇才，也是家乡燕北人的骄傲。品完画，舒娜在书画院一位经理的带领下还参观了书画院的镇院之宝——一棵天然黄花梨木。梨木足有四五米长，最为称奇的是它上面的“鬼脸”清晰可见，好似一个干了坏事而被家长训斥后一脸委屈的调皮孩子的脸，为收藏界少有。上了二楼，风格却与一楼迥然不同。二楼整个是一个铁路历史陈列馆，长长的过道里，到处是各式各样的火车图片，从内燃机车、电力机车一直到动车，展示了燕北五十多年的火车发展历史。舒娜真是大开眼界，她想不到这么个小小的书画院，内容却是如此厚重。事后赵官君才告诉他，这是燕北著名风电企业家富强先生的私人财产，富强先生原来是一位火车机师，在燕北老火车机修厂工作，后来和朋友合作成立了一家与火车修理相关的机修厂。新的火车机修厂搬迁后老修理厂就荒废在那里。富强先生很有眼光，他看到了青伊城东未来的增值空间，于是和朋友们凑钱，花了很小的代价盘下了这个机修厂以及它周边的千亩土地及地上的附着物。几年后，又与朋友及时转战房地产业，靠着自有的千亩土地，开发了青伊城东最有名的别墅项目——城东美墅，大赚一笔。于是他就把老机修厂改造成书画院，名为书画院，其实也同时是一个接待贵宾的私密会所。

晚宴进行得很顺利，张书记和爱人终于见到了赵官君嘴里常常念叨的女神舒娜。张书记和爱秘谈着各自工作中的艰辛、劳累、烦恼以及对未来的憧憬，两个女人则谈着其他事情。张书记的爱人非常喜欢舒娜，天性温和娴静的人和谁也能聊得来，不过舒娜对张书记爱人和她谈起的那些名牌包包、水疗之类的话题不是很感兴趣，但张书记爱人却盛情邀请她下次一起去购物、做水疗，舒娜不能拒绝，人家领导夫人看起来的确是真心的。

第二十四章　鸿雁

人的一生，大家都在匆匆赶路，一路上总是留恋于老风景、惦记着老朋友，接听着他们的倾诉，纠缠于他们的喜怒哀乐之中，很少去留意路上新的风景和新出现的人。其实，在人生的每一阶段，每条路上，依然会不断有欣赏你、懂你的人出现，他们足以配得上朋友的称号。

若有心，人们最终会在春夏之交看到鸿雁越过芦苇荡，越过江水，从南国归来。鸿雁归来，也把思念的讯息带给有缘的人。

很长一段时间，由于在痛苦中封闭自己、替夏河补充小说以及忙于结婚事宜，舒娜写完上一封信后再没有给罗小更回信。小更以为自己冒犯了素未谋面的女神，心里有点懊悔。他在下一封信里告诉舒娜，他理解并赞同舒娜的观点以及她对文艺界的些许看法。他说，演艺明星给老百姓留下的印象不是那么好，大家都说那个圈子好乱啊，甚至说没有绯闻根本就不算是明星。其实演艺界并非都如此，绯闻和混乱也只是出现在极个别人身上，大部分艺人还是非常辛苦、非常本分的，他们中的很多人也曾经是北漂一族，都是从地下室一步步奋斗才成为名人。小更在这封信里主要是想告诉舒娜，他已经把那首《如果时光可以倒流》稍加修改，写成了歌曲，想征求一下舒娜的意见建议，同时以影音形式发给了舒娜。舒娜终于抽出时间给他回信，并欣赏了这首歌曲，歌曲以民谣的风格出现，很有点水木年华的味道，非常好听：

如果可以
让时光倒流十年
在人生最美好的季节里我遇见了你
你丢我丢了十年，我想你想了十年

想你了，写信给你
我走遍了大街小巷
却找不到一个绿色的邮筒

想你了，我到车站等你
我等到黄昏日落
却找不到那个绿色的车皮

时光啊再慢一些
让我吻吻你青春的笑脸
岁月啊再慢一些
让我找回那菁菁的校园

这首歌很显然是小更自弹自唱的，旋律悠扬而暖心，却似返璞归真的纯净之音，把歌者对岁月流逝的惆怅和对友情无限的眷恋很好地表达了出来。一连听了好几遍，舒娜禁不住在心里对小更大加点赞，想不到小更的确是位很有才华的青年，尤其是他谱曲的优美流畅一点不亚于时下的很多民谣歌曲。舒娜终于放下耳机，小更来信并送给她两个人合作的歌曲，让她很有成就感，觉得自己的作品终究受到了关注，没有被扔到故纸堆里。她很清楚地知道，全国有成千上万的诗人，几百种诗歌刊物，每年盛产数量庞大的诗歌，但绝大多数让人看完就丢进了垃圾桶，少有几首能被人记住并广为流传。燕北某出版社的好友就曾告诉她，诗歌虽然很有意思，但

在市场上根本卖不动，因此出版商一般很谨慎发行诗歌集，除非是名家的作品或者自费出版。尤其是新媒体如微博等大行其道，更是让买书看书的人愈来愈少，现在整体上进入到一个快餐年代，无异于文化上的沦落。舒娜想，好恐怖的年代啊，以后作家们估计要被淘汰了。尽管自己距离“诗人”和“作家”的称号还有很远，但能有一两首被人喜欢并谱写成歌曲，实属难得，小更算是自己的一位忠实读者了，以前是夏河，小更的出现让舒娜心里感到很踏实、温馨。

舒娜被小更的真诚以及他对音乐的挚爱深深地打动了，她开始打开电脑给他回信。敲字的时候，她忽然觉得此刻的她很像是从前给夏河在写信，隐隐地感觉到小更有什么地方和夏河神似，自己也说不清楚，也许同是对所从事职业及情感的痴狂与热爱吧。作为艺人的小更身上缺少一种咄咄逼人的拼劲儿，但却让舒娜觉得很舒服。夏河走了，舒娜自认为再也没有人会欣赏自己的作品、懂自己，赵官君也仅仅算半个懂她的人，她也再不会给陌生人去信了。但上天真是有意思，突然冒出个叫小更的人，且浑身上下散发着和夏河同样的热情魅力，让人无法阻挡甚至还被他吸引。于是她写道：

小更：

你好，来信已收到很久了，今天才给你回信，心里很惭愧，只因近一年多我困于生活中的各种琐事，一度情绪不是很好，疏于看书、写字，抱歉哦！

好在那些事情终于过去了，再黝黑的天，到头儿也得亮。

我的生活又恢复平静。当我读到你的信时，我被你对音乐的热情和顶礼膜拜所打动。看得出你在北漂中一定吃了不少苦，受了不少累，但你依然像一条大海里顽强的小鱼，不管风高浪急，依然气定神闲、娓娓游来，丝毫不减生活的热情，让我很敬佩，在此向你学习了！

你创作的这首歌我听了很多遍，每次听起来都有新感觉，尽管我不是音乐方面的专家，但作为听众的我却有资格从个人的角度评价你的歌，真的很不错，已经深深地抓住了我的心！如果就这样坚持下去，我相信你会在音乐的道路上愈走愈远，最终像风一样自由！

最后容我说声感谢，一首诗歌能被别人读懂甚至崇拜，写诗的人肯定笑逐颜开、乐而忘忧。其实不管是写歌、写诗还是从事什么别的事业，一个人能坚持下来，除了内心无比强大之外，别人的鼓励也很重要。就比如登山，当你身心疲惫，快要坚持不下去的时候，那个外人突然伸手轻轻地推了你一把，很可能会让你脱离危险抑或上山看到更美的风景，命运迥然不同。你欣赏我写的东西并很用心地把它做成歌曲，让我无形中增添了勇气和动力，及时！受用！感动！这足以让我能厚着脸皮有勇气继续在诗坛里混下去咯。（呵呵！）

期待你的大作，期待你的成功，期待在草原相见，期待我们能继续合作！

你的忠实歌迷、好友：舒娜

一连用四个期待做了收尾，足足地表达了舒娜的歉疚和诚意。这封信结尾署名为好友，其实让舒娜很是纠结了一阵子，不过她还是最终用了“好友”二字。她想，人的一生，大家都在匆匆赶路，一路上总是留恋于老风景、惦记着老朋友，接听着他们的倾诉，纠缠于他们的喜怒哀乐之中，很少去留意路上新的风景和新出现的人。其实，在人生的每一阶段，每条路上，依然会不断有欣赏你、懂你的人出现，他们足以配得上朋友的称号。只是我们受着传统思维的影响，不愿尝试，不敢培植，生怕欺骗。随着年龄的增长，我们愈来愈小心翼翼地去和陌生人接触，守着旧篱笆，不愿拓新田，甚至还刻意抵制那些试图欣赏你、接近你、懂你的人，原来是大错特错。雪莱说：除了变，一切都不会长久。这句话揭示了自然界生生不息、循环发展的轨迹。万物都在改变，社会，植物，宇宙，以及人类的思想。人生从生到死无不处于选择和变化当中，朋友也一样，没有永恒，都遵循着变化发展的规律。虽然小更未曾谋面，但他能够敞开心扉和自己谈诗歌、谈理想、谈人生，从善良人性的角度出发，小更完全可以算得上自己生活中的好朋友。舒娜想，自己不过是一个小人物，而小更却是艺术圈子里的成功人士，人家抛出了友谊的橄榄枝，自己如何再故作矜持呢?

“对，就是好友，小更，谢谢你，让我们保持联系！”舒娜在心里喃喃自语。她同时又有些哀怨涌上了心头：“赵官君啊，恐怕今晚你又会一如既往地晚归，我注定是一个牵挂别人、担心别人的孤独者。今晚，谁来牵挂我、担心我呢？小更，远方的好友，难道是你吗？”

想到好友，想到小更，舒娜情不自禁地戴上耳机，听起偶像歌星的那首《晴朗》，多么好听的歌曲啊，让自己在友谊的包围中一次次释然：

我那总沉默的朋友
你让我感觉到力量
曾在我心中的伤痛
如过眼的云烟
初次的感觉
心就像天空般晴朗

说赵官君，赵官君就到！就在舒娜沉醉在自己的世界之时，楼道里传来了踉踉跄跄的脚步声，有人在大声地喊着“我没醉……不用管我，你个跟屁虫……你给我回去，滚！不送……不送！”是赵官君的声音，舒娜赶紧打开门，一位同样踉跄的陌生人送赵官君回来。“嫂子，我……我把大哥送回来了，任务完成，再……再见！”说完，这人很快跌跌撞撞下了楼，让舒娜不禁为他担心。赵官君今天醉得很厉害，鞋都不脱就栽到了沙发上，舒娜赶紧给他倒了一杯热水，替他脱掉酒气醺醺的衣服，想把他先扶上沙发，但醉鬼到底是醉鬼，属于鬼系列，体重和正常呼吸的人不一样，死沉死沉，舒娜费了九牛二虎之力才把他的腿和身子扶上了沙发，而想把这个醉鬼扶到床上去简直是不可能了。“看来赵官君今晚又要和沙发作伴，把我一个人丢在床上咯！”正在她这么想的时候，赵官君突然像一个还了魂的魔鬼，抑或像一个回光返照的病人，从沙发上一下子坐起来，眼睛直勾勾地盯着舒娜，嘴里恶狠狠地吐出一句话，不仅把舒娜吓了一大跳，还让自己委屈地掉下了眼泪：“你……你们老舒家是看不起我对吧，是不想给我生孩子对吗？我……我他妈让谁……谁他妈的看起我……”说完醉话，他再也撑不住自己的脑袋，一头重又栽进了沙发里，呼呼睡去。很明显今晚赵官君是醉得不轻，最后说的话都变得语无伦次、不知所云。舒娜听人说过，喝醉的人“酒醉心里明白”。她想，这难道是赵官君心里一直掩藏的心思吗？这难道是他的真实面目吗？自己对他这么担心，一夜夜等着他不去睡，他居然说出这种伤人的话！舒娜一边流泪，一边找毛毯给赵官君盖上。

大家闺秀出身的她，一家人都温文尔雅，自己也被熏陶得像个温和的小兔，从来没有生过、受过很大的气。身边的人，都是无比温柔地呵护着她，一如她也无比温柔地对待别人。舒娜真正地感受到了委屈，但考虑着对赵官君的影响，担心被别人听到，她把自己捂在被子里轻轻地哭泣，此刻，她想到了护犊子的妈妈，还有爱她、呵护她的爸爸和姥爷，想到了他们对自己多年来的保护。她甚至还想到了夏河，那个狠心撇下她去远行的人，为什么不把她也带走了呢？今夜，星星都躲在了乌云背后，那两颗最亮的眼睛也不复存在了，难道是他也不愿意看她、管她了吗？

一夜梦魇，待到黎明前她才昏昏睡去。等到醒来时天已大亮，客厅里赵官君正在挥汗如雨地擦地、收拾家。这家伙一夜醒来，看到身上的毛毯，闻到了满屋的酒气，感觉自己让舒娜受了冷落和委屈。良心发现的他开始卖劲儿地表现，把家打扫得干干净净，还抽空熬了一锅粥，在微波炉里热了舒娜昨夜为他做好的几个菜包。看到舒娜醒来，他忙不迭地送上愧疚的欢笑，身上围着从来没有围过的围裙，竟然还是倒着穿的，让围裙上的小猫一个倒栽葱，像极了喵族外星人，他滑稽的样子让舒娜又好气又好笑。洗漱完毕，赵官君早已端上了热气腾腾的早餐，舒娜也不说话，闷头便吃，还露出若有所思的样子。这样把赵官君急坏了，率先开口打破沉闷：

“昨晚睡得可好？估计让我打扰了吧？实在抱歉哈！”

“哼，不好，做了一晚上噩梦！”

“哦？做噩梦了？做啥噩梦了？我给你解一解，我可是研究过《周易》的。”

“唔，也没啥，不过和你老人家有关，说出来怕你不高兴。”

“嗬，还卖上关子了，说说看，我倒是有点非常感兴趣了。”

“不说为好吧，说了会让你这大主任很没面子，你可是一家之主，我可不敢得罪我家的主人。”

“呵呵，你这家伙，说话带着刺，唉！不知道你对别人是不是这样，可我赵官君就是一根筋、贱，还就是喜欢你这一点。快来，补我温柔一刀，说完后三天的家务活我全都包了！”

舒娜本想不说也罢，但是看着他猴急却又真诚接受批判的样子，一想如果作为妻子不去提醒他注意一些说话、交际及生活中的细节，那就兴许害了丈夫，作为妻子自己也是失职的。她重又恢复微笑看了看赵官君，平静地说：

“我说出来，你真的不会生气喽？”

“我赵官君对天发誓，对组织发誓，对老婆你发誓，绝对不生气，相反，我可能还会更疼你呢。”

“算了吧，疼我你就少喝上二两猫尿！告诉你吧，我昨晚梦见我和你妈吵架了，你妈责怪我不给你生孩子，你出现了，竟然还帮着你妈，动手打了我……”

赵官君压根没有想到舒娜竟然会做这样一个梦，让他诧异却又无言以对。的确，他和母亲李红艳在生育孩子这个问题上算是行动一致，都想让舒娜早点给家里添个丁，但因为自己太爱她，所以不忍心去和妻子提这个事。每当母亲李红艳挑起这个话题，他也只能是夹在中间，做好调和工作。家嘛，家和万事兴，这是老祖宗留下的话，不容置疑。但赵官君毕竟是个绝顶聪明之人，他比较了解妻子，她虽然对自己说话有时候刻薄一些，那是他对自己疏于照顾她的一种埋怨，是她另类的撒娇而已，最起码比单位里阴阳怪气的调侃强得多。他想，如此温柔的妻子能做出这种梦，不是有点无厘头的感觉吗？他冷静想想，突然一拍脑袋，大概明白了。他心想，昨晚和袁大军以及他手下的那几个美女售楼小姐喝了不少酒，肯定是喝多了，一不小心把心里的话借着酒劲给说出来了，真他娘的懊悔啊！不过幸好自己没有摔桌子、打人的习惯，如果有了这种习惯，指不定早已经把煮熟的鸭子给弄丢，把女神送回娘家去了。

赵官君半晌没说话，他心里明白得很。这么多年，每陷入到尴尬境地，他总会对症下药，逢山开路、遇水搭桥，处理得非常成功得体。这家伙知道舒娜还在气头上，于是也不再解释，而是小心翼翼地侍奉着她，给她剥鸡蛋，往她的碗里夹她爱吃的小咸菜，然后，就托着腮帮子看着她吃饭。赵官君就这样一直盯着自己，而且还嬉皮笑脸看着，让舒娜越吃越觉得不自然，终于，没有城府的她心头的怒气渐渐消失，再也憋不住笑，抄起那颗赵官君剥好的鸡蛋就向他的嘴里塞去，目光却偏向一旁去了。看到舒娜情绪有所缓和，赵官君一边贪婪地吞下鸡蛋，一边赶紧站起来走到舒娜的身后，给她做起了按摩的动作。接着，他开始继续做解释工作：

“老婆，我妈是个急性子，你别怪他，你看她马上要退休了，整天无所事事，在单位没有人搭理，回到家爸爸也很少陪她说话。她老人家和我爸的婚姻比一般人提早进入倦怠期，彼此守着个躯壳毫无沟通。他俩，一个整天在外提笼架鸟、优哉游哉，一个整天待在家里狠狠地嚼豆子，用把豆子咬得咯咯响来打发时光，煞是可怜呐。前些天，我也让她向你妈学习，除了每天去单位点个卯，提前也找点乐趣，比如研究研究股票、看看书甚至像你一样去练练瑜伽，但我妈工人出身，文化程度不高，对这些东西压根不感兴趣，她只对小孩子感兴趣。也看着我即将三十岁了，老太太能不急吗？他每天就盼我回去和她念叨这个事，让我头都大了，时间一长也就有了这个想法。另外，我觉得我妈说的也有一定道理，趁他们未老给咱们带带孩子，减轻负担，让咱们好好在事业上多发展发展。另外，她说像我这种每天在外边喝酒应酬的人，衰老得快，恐怕过几年会影响到生育质量。所以，我也不能不顾及老人的情绪。”

“谁让你长得这么着急，前几年我就让你赶紧找一个年龄相仿的，好早点给你们家传宗接代，你倒好，从小就专瞅年龄小的挑，偏偏看上个我，可我比你小将近三岁呢！”

“呵呵，感情这东西由不得人，你读的书比我多，你看那些个大文豪哪一个不是老夫少妻？老牛爱吃嫩草嘛，何况你是跟在我屁股后边耍大的，是我手把手、一把鼻涕一把泪保护大的，我怎么能把劳动成果拱手让给别人呢？”

“啧，好夸张，好让人感动。看来我嫁给你原来就是来偿还你二十多年的感情债啊？”

“哈哈，大音希声，大音希声！不过我觉得像你这样善良的美女，就真得我这样的人去保护。算了，既然已经保护了你二十多年，那就索性干一辈子吧！”

舒娜想，赵官君真是油嘴滑舌，但说的话让人心里还蛮舒服，而且他说的那一套关于生育的话的确有一定道理。不过舒娜觉得还是有必要趁这个难得的机会俩人坐下来好好敞开心扉谈一谈，毕竟日子还长着呢。

舒娜说：“我其实也想过要孩子的事，但我们同学很多都还没有结婚，北上广的那些大侠还打算好好享受几年单身贵族生活，等三十岁以后再考虑结婚生子。算我不幸遇到你这个老头子，看来是逃也逃不掉，贵族做不成了。生孩子完全可以，不过我想，一是等你彻底不忙，最好是把酒戒了，等身体养好了再要。二是等我把我那本《归魂》的小说写完咱再要孩子也不迟啊。你看现在，即使我扔了兴趣专心生孩子，但你却做不到戒酒、减应酬、养身体，倘若强行生出来，一旦孩子有点什么缺陷和问题，到时候后悔都来不及。与其那样，还不如不要把孩子带到这个世界上来，咱得对人家小皇帝负责！”

“是，是！你说的非常非常在理，条件不具备还真不能盲目地要孩子，得讲究科学。我朋友大刘不就是因为不注意养生，结果生出一个脑瘫儿子，导致一夜白头，二十九岁的人像九十二岁的年龄，前车之鉴啊！”

“对啊，你能有这个觉悟就好了。我们一方面要做好老人的思想工作，一方面要从长计议，绝不能为要孩子而要孩子。打算要孩子，就必须按照科学那一套来，这样才能生出一个比他爹更优秀的宝贝，说不定老赵家祖坟因为他而冒烟呢！”

“呵呵，还冒烟？我这辈就够光宗耀祖的啦。我的孩子，我决不会让他像我这样为了所谓的事业，为了祖坟冒烟，累得像狗一样，他们来到世间不是赎罪，而是应该享受生活！”

听了赵官君的话，舒娜不再往下说了，她觉得再说可能会触及赵官君事业上的那些烦心事，再说什么都是多余的了，于是她也不再计较昨晚的事情，岁月冗长，磕磕碰碰难免，赵官君既然知道心疼孩子，那说明他也能够心疼老婆，理解她。她默默地起身，有点心疼赵官君所说的自己累得像狗一样的话，用手轻轻拍了一下赵官君的肩膀，开始忙碌地收拾碗筷，留下赵官君坐在饭桌前，陷入了沉思。

妻子的话，非但没有一句牢骚和埋怨，而且说的每一句都很在理，都是为了他和这个家，这是打他们相识以来情感交流最为深刻的一次，让他沉思、忏悔和感动。赵官君想，人生每到了一个阶段，的确该梳理梳理，规划一下未来的生活了，就这样每天白天忙工作，夜晚忙应酬，即使混出个人模样，也可能把身体搞垮、家庭搞散，无福去消遣。但赵官君也认为，社会就是个大染缸，诱惑太深，一旦出来混并着了色，就必须在五颜六色的世界里扮演好自己的角色，想要重新洗得白白净净、清清爽爽，回到过去，去过桃花源般老死不与人往来的理想生活，谈何容易！

第二十五章 街艺

他们老了，已经没有什么希望了，只求在街头上糊口度日，无暇去顾及人们抛甩过来的冷眼、浓痰。而年轻人，应充分利用好自己的年华，通过励志打拼离开这充斥着噪音、尘埃和冷漠的街头，离开地下通道，早日回归正常人的世界。

小更终于等到了舒娜的来信。

尤其是信的结尾那句“期待在草原相见！”和“好友”的称谓，让小更心潮澎湃，这封来自家乡的信一下子把小更拉回到了峥嵘岁月中。

那是世纪末期，小更从燕北艺术学校毕业，温文尔雅的性格、俊朗的外表以及出众的音乐天赋和优异学业，让他一度成为师生中的佼佼者。毕业时他面临着三种选择，一是留校任教，二是直升到燕北师大音乐学院深造，三是到省黑骏马艺术团工作。都是很不错的选择。但小更却让大家大跌眼镜，他没有选择以上任何一条，而是选择了赴京，成为浩浩荡荡的北漂一族。面对孩子的选择，教师出身的小更父母，与孩子一样没有过多的纠结，竟然全力支持了他。多年来，他们和一般人的教育方式不太一样，他们从小就由着孩子，孩子在哪一方面有特长，他们就培养鼓励孩子向哪个方向发展，做父母的仅仅是替他把握大方向即可。在他们看来，现在很多孩子的成长轨迹过于雷同，大多把时间和精力投入到文化课上，天天做着重复劳动，让老师和学生都苦不堪言，仅有的一点课外兴趣也随着学业的加重而逐渐放弃，导致孩子被动成长，青春索然无味。尤其是当孩子处于人生中的第三个叛逆期，即十二至十八岁的时候，他们会极度反感程式化的教育，倘若家长和老师引导得不好，孩子们就会怕学、厌学和逃学，即便是引导得相对不错，也会使学习效果大打折扣。一些先天听话的孩子，也许在老师和家长的帮助下成功度过了叛逆期，学习成绩也好，但也错过了培养兴趣的最佳时机。

在小更的教育问题上，小更的父母认为自己是成功的，当别人家的孩子处在叛逆、不服管阶段时，小更身上却没有这些毛病。他因为对吉他、钢琴以及音乐有着先天的喜爱，根本没有闲暇去做那些冲动的事情。相反，音乐倒一定程度上促进了自己的学业，语文、数学、外语等文化课小更在班里均名列前茅，让人好生羡慕。了解这家的人，都知道他们的教育方法很得当、很科学、很人性，纷纷仿效。不了解的却坚持认为人家是教师子女，教师子女就先天比别的孩子学习成绩突出，而根本不从自身找原因。

教小更音乐的老师们都认为小更是块好料，建议小更的父母让小更中考直接读艺校而不读普通高中，趁年龄小打好音乐的底子，走专业音乐这条路，即使将来想上大学再到艺术院校深造也不迟。父母最终还是征求小更的意见，年少的小更懵懵懂懂，但他在电视中看到那么多歌手潇洒地游走在江湖上，光鲜亮丽，很是向往。同时，他和几位音乐老师关系处得非常融洽，因此听从了老师们的建议，以优异的成绩考到了省艺校，令同班同学大跌眼镜，让同桌的小女生哭了好些日子。其实小更是班里的拔尖生，考全市最好的高中那是一点儿问题也没有，说不定将来还是清华北大的料呢。

当别的孩子升到高中，为了将来的大学梦而挥汗拼搏时，小更已经在艺校里开始接受为期四年的专业音乐培训，做着自己惬意的梦。四年后，当别的同龄人挤过独木桥刚刚踏进大学校园一年时，小更已经背起了吉他来到北京开始了北漂生活。在影视剧里，在父母带着他到北京学乐器的一个个日子里，小更常常见到那些街头艺人，他们或忘情地弹唱，或边弹边盯着自己面前的存钱罐，活得好洒脱，母亲告诉他这些人是高级流浪者。

北京的桥多，地下通道多，随便在一个过街天桥的桥洞下，都能看到身着各式奇装异服的街头艺人。有衣衫褴褛的老者，手拿二胡三弦自拉自唱，荒腔走板，吹拉弹唱，混一天吃喝算一天，没有一点当代阿炳横空出世的可能性。还有一些在繁华地段的地下通道中吟唱的吉他青年，一般岁数不大，穿着很时髦，应该是并不差钱，他们将琴套铺于面前，照着歌谱弹唱，大意是您觉着弹得不错就给些赏银，哪怕一毛钱也是爱。当然遇到这些年轻的街头艺人，人们也可以点唱；更高一点儿水平的歌手，点唱的人居然也非常多。歌手认真地唱着，点歌的人认真地听着，间或彼此晃着脑袋以示对音乐的陶醉和膜拜。唱罢，点歌人放些杂银离开，歌者点头感谢，就此分别。如此展示才艺的吉他歌手里头的确也不乏高手，很多活跃在当今舞台上的音乐大腕儿都说自己有在北京天桥下、地下通道甚至在洗澡堂子里怀抱吉他唱歌的经历。时光荏苒，不知道有多少崇拜者和他们的偶像曾在那里匆匆相遇过，记忆和遗憾随着歌声飘落。

小更到北京后第一件事就是看那些街头艺人的表演。当时正是校园民谣登峰造极的时代，以老狼、高晓松等为代表的一批歌手活跃在民谣舞台，创作和演唱了《同桌的你》《青春》《恋恋风尘》《白衣飘飘的年代》等经典歌曲。同时代，小更后来认识的好友、舒娜和沈丹们的偶像、那个唱《蓝莲花》和《像风一样自由》的人正在积淀力量，成为影响一代人的偶像和心灵导师。

校园民谣唱出了校园人的心声，独具特色，非后来出现的一些泛滥的网络歌曲所能比。这些校园民谣已不再只是几个人，几首歌，它是一种渗透在生命底色中的人文、忧伤、激情和温暖。这些人和小更一样，都怀揣梦想，背着一把大木吉他，从全国各地来到北京，当时在大街上随处都有他们的影子，也许里边就有过舒娜偶像的身影。这些人有着对音乐一样的激情，对梦想相似的追求，与其说是“卖唱”和“街艺”，倒不如说是考验人们对音乐的痴迷度和一个大都市的包容度。别人眼里这些人是艺人、是怪人，但在小更的眼里，这些人却是自己志同道合的好朋友，都有同样的青春和梦想。

小更他们之所以弹唱都选在地下通道，无外乎几个原因：一是地下通道人比较多，过马路进地铁都得打这儿走，人流集中；二是那里风吹不着雨淋不着，是天然的庇护所；三是地下通道比较拢音，唱出来有回音，效果好，很多人喜欢在澡堂子唱歌亦是同理；四是不影响城市秩序，城管不为难。本性温和的小更很快和这些街头艺人们打成一片，尤其是那些同龄的歌者，他们会自不自觉地晚上小聚，喝着酒谈体会，谈冷暖，谈未来的梦。这些年轻的音乐爱好者们认为，音乐代表一个国家的文明程度，无论是在高雅殿堂里演奏的音乐还是在民间流行的通俗音乐，人们的生活富足了，自然会让渡一部分物质利益去追求精神生活，比如会买书、买唱片、看电影等等。然而，从小更自己的身边看，绝大多数上班族都是行色匆匆、奔波劳累，根本没有闲暇去享受完整生活，裹挟着可怜的躯体，要么三五人去大快朵颐，要么辛苦忙碌一天倒头便睡，要么就是一回到家像弹电子琴一样弹自家的电视遥控器。甚至随着手机的普及，大部分人选择飞快地用手机浏览一下网络消息，至于静下心来读书、看报、听唱片等等休闲生活，和他们没有太大的关系，因此，现代人注定是贫穷的。心里穷、文化穷，那才是真穷啊！

有时候，小更也会和那些年老的爷爷辈儿的流浪艺人说说话、聊聊天，他们和他一样在这个城市漂着，灵魂很孤独，每一个人都有着不为人知的故事，也有不为人知的特长，这些就是小更所要找寻的地气、艺术创作的源泉。小更深切地同情这些年老的长者，有时候他会把自己“化缘”来的碎“银子”统统都给了这些老者，这些老者在感激、羡慕他的同时，也会和他聊音乐，但更多是关于人生冷暖的话题。他们的经历告诉小更，除非遭遇到无法预知的灾难、病痛以及不公正待遇，否则只要踏踏实实做人、做事，总有一天能取得成功；相反，如果又懒又贪，不珍惜、不努力，最终会穷困潦倒，纵使一时得到也终将失去。这些老者还推心置腹地告诉小更，他们老了，已经没有什么希望了，只求在街头上糊口度日，无暇去顾及人们抛甩过来的冷眼、浓痰，而年轻人，应该充分利用好自己的年华，通过打拼离开这充斥着噪音、尘埃和冷漠的街头，离开地下通道，早日回归正常人的世界。

小更也在固定的几个地下通道里弹唱过一个多月，但和那些留着长发、不修边幅的摇滚艺人有所不同，虽然他也经历了一些风吹日晒，皮肤比过去略黑，但小更依然保持着大草原的清爽，乌黑的短发，白皙的鼻梁上架着一副很考究的宝姿眼镜，像脱离了早年造型的大男孩汪峰、朴树。小更很爱干净，酷爱穿的牛仔衬衫每天都要换洗，总是散发着一股淡淡的洗衣皂清香，用他的话说是因为北京的空气脏，但几个好友说他那是“洁癖”，他们自己邋遢却喜欢给小更编故事，说他每天干净得恨不得把牙齿一颗颗拔下来清洗一遍，甚至每天回去连窗帘都要洗一遍，惹得小更骂他们是村上春树的小说看得太多了！

小更创作的歌曲也是偏民谣风格，很符合年轻人的口味，尽管还有些稚嫩，但他的歌曲把讴歌生命同悲悯大自然、动植物紧密联系起来，给人一种与众不同的感觉，他创作的那首《井底蛙》的小歌，打动了无数北漂青年：

妈妈，当你离开我
我就是一只井底蛙
无知时，我只能自己跳上来
对着大地学话
懂啦懂啦，呱呱呱呱

妈妈，当你离开我
我就是一只井底蛙
贫穷时，我只能自己跳上来
对着泥巴块翻挖

寻呀觅呀 呱呱呱呱

妈妈，当你离开我
我就是一只井底蛙
委屈时，我只能自己跳上来
对着夜空，唱歌
苦啊苦啊 呱呱呱呱

哦，妈妈，妈妈
我在北京啊，我在北京啊
可我却直想跳回家
做你
永远的娃

小更的这首《井底蛙》把路过这里的一位资深音乐人给唱哭了，人家二话没说拉起小更就到了附近的酒馆子里请了一顿大餐，最后这个人成了小更在北京的音乐启蒙人、贵人，他就是从燕北草原走出去的我国著名音乐人二宝先生。他创作的《我在这里等着你》曾让1180酒吧里的舒娜一行人陶醉得要死。

小更和他的朋友们歌唱得好，自然吸引了不少路过的少男少女，路人越聚越多，学院路附近的那几个地下通道每天都人山人海，歌迷与伸长脖子看热闹的老百姓们拥挤在一起，一度差点儿引起踩踏事故，还引来了城管大哥，吓得小更和朋友赶紧收拾东西撒腿跑回住所，已经火了，街艺的动静搞得太大了！

红男绿女中，有一位最早来听歌的小女生，她是小更的固定歌迷。每次她来，总是固定地放五十元“巨资赞助”在琴套上，也不说话，就是蹲在一旁、支着下巴认真地听小更唱歌，等小更唱得筋疲力尽了她才笑盈盈地离去。每次她来，都会激起小更无限的热情，弹唱的时候，他偶尔会情不自禁去注视女孩，女孩于是会害羞地躲开他的目光，嘴里“哇喔”一声，微笑着把调皮的脑袋扭向一边。从此，这份来自地下通道的青涩感，让小更的人生发生了天翻地覆的变化。

女孩是人民大学金融学院才女，名叫左奕君，大家都叫她奕君。奕君来自素有天堂之称的杭州，典型的江南美女，父母是政府高官。小更初到北京时奕君刚刚升入大二。受父母传统观念的影响，奕君高考时没有选择出国读大学，而是靠着品学兼优一路过关斩将，考到了父母为她选择的人民大学金融学院。杭州是资本的天堂，金融业发达，父母希望孩子今后能做一名金融业白领，过体面的生活。大二，正值情窦初开，但奕君是那种父母管束下有性格、有涵养的小女子，不会轻易和人谈恋爱。在她看来，要恋爱，就要轰轰烈烈地谈一场，要的就是那种流过泪、断过肠、喜透心的感觉，否则就白白浪费了大好青春。奕君有时候喜欢一个人逛京城，背个双肩小包出发，天马行空、我行我素，但她安全警惕性也极高，给父母的许诺是“决不踏出长城半步。”

一开始，当奕君背着小包从茫茫人海中出现时，她一度忽略了小更的存在。虽然她经常听说过学校附近的天桥下有艺人在那里唱歌，但“卖唱”的印象一直统治着自己的观念，她认为那些人都是国外称之为“Busker”的人，是一些为了取悦路人并获得捐赠的社会下层人士。殊不知，在欧美以及亚洲的日本、韩国、我国台湾等发达国家和地区，街头艺人表演的活动多种多样，形式不拘一格，雅俗共赏，给游人增加了不少乐趣。广大市民对于街头艺人，甚至是含有半乞讨性质的表演都抱有极大的友好和欢迎，只要艺术动人，街头艺人都可以得到丰厚的报酬，不少成功的艺术家都是从街头艺人白手起家，最终一举成名。

当奕君的身影就要从地下通道闪过时，小更的一首歌突然穿透了她的灵魂，那是一首罗大佑先生的经典吉他弹唱歌曲《童年》。《童年》被小更稚嫩却略带沙哑的嗓音唱得唯美动听，让每一位走在疲倦边缘的人们仿佛又回到无邪、无忧的校园时代，心灵得到慰藉。和他们一样，奕君也不由得驻足下来，她转回头，想看看唱得这么专业的歌手是怎么沦落到市井之中的。当她看到小更竟然是一位和自己年龄相仿的年轻帅哥时，奕君心里有些迷茫，她想："这可是一位暖男啊，这么有才华干吗还要流浪？"当小更唱罢抬头鞠躬致谢时，奕君清楚地看到了小更的全貌，文雅、礼貌，像个邻家大男孩，也像极了一位大明星，但她却一时想不起他是谁。大家鼓掌给他，奕君也鼓掌给他并鬼使神差地从兜里摸出五十元钱放到了小更的琴套上，她的这个举动，让在场的人包括小更都露出了诧异和敬佩的眼神，奕君看见大家都在看她，尤其是她看见小更用那种含情脉脉充满艺术气息的眼神凝视她，一阵心慌，一转身，就钻出了这方艺术天地，强压着即将蹦出来的小心脏冲回了象牙塔。

虽然奕君强烈地告诫自己不要再去看他表演，但出于对小更的好感和好奇，她还是没有忍住。再次去那里时，正值小更即将结束街头生活之际，他也处于唱歌的巅峰状态，每一首歌都唱得非常动听，像晨曦中的一滴露珠，像沙漠里的一泓溪水，像金秋季节的第一枚红叶，让人无比暖心，也让奕君终于找到了心动的感觉。等到三四次下来时，他们已经顺利地变成了朋友。后来，随着感情的升温，奕君和小更很自然地变成了恋人，但美好的爱情受到了奕君家人的强烈反对，他们对艺术是有偏见的，在他们心目中，孩子的另一半应该出自传统行业，而非艺术类。

时光荏苒，一转眼就过了三年、五年、七年……三年后奕君毕业留校读研，五年后奕君出国攻读金融学博士，七年后奕君开始在美国一家投行工作，如其父母所愿成为一名高级白领。如同奕君的变化，七年中的小更也逐渐在他的老乡、著名音乐人二宝先生和一批志同道合朋友的帮助下成长为一名小有名气的歌手、大有名气的音乐创作人。虽然两人交往了五年，但却是一段不敢向父母公开的恋情，感情最终在奕君出国之后慢慢画上了句号。出国后的奕君和小更都各自在圈里谈过几个朋友，却都以失败而告终，感情生活不尽如人意。七年后的一天，久居国外的奕君突然来信给小更，诉说了自己生活中的不快，一心再续前缘，又恐感情像碎过的镜子，怎么修补也不能如初。读完奕君的来信，小更没有一丝抱怨，没有大发雷霆，更没有纠结，而是一如既往地温暖如春，他当即回信给奕君，马上收拾行李、办签证，要到奕君工作的那座美国城市去学习西洋音乐，去找她！

自打奕君出国后，小更在音乐圈子里还没有真正感受过几次爱的电波，爱情犹如死水一潭。奕君和舒娜，一个冷一个热，但一样对他有着强大的吸引力。小更激动地回信给舒娜，感谢她能够把尚未谋面的他当作好友来倾听和回应。小更把自己十多年的故事统统倾诉给了好友舒娜，同时告诉舒娜自己也要去国外走几年，一是挽救若即若离的爱情，二是继续深造一下，给自己充充西洋音乐的电，给梦想插上翅膀。他有一个梦想，就是有朝一日去看看国外的表演者、艺术家如何从社会生活中汲取营养，而不是落入僵化、千人一面、循规蹈矩的艺术套子。

小更的爱情故事让舒娜大为诧异，想不到自己那段轰轰烈烈的爱情也在别人身上发生过。她想，那个叫奕君的女孩子一定和自己一样经历过痛苦和矛盾，一定也是位痴情女子，只是种种原因导致她和小更暂时没有走在一起，她一定也伤心过、孤独过、抗争过。舒娜既为小更与奕君感到惋惜又替他俩感到高兴，她想，有情人终成眷属。这一次，但愿小更能抓住机会，圆了艺术的梦，把丢失在国外的爱情重新解救回来。想到这里，舒娜突然像个静修者，在心里虔诚地为友人小更祈祷！

第二十六章 襄助

“天下熙熙，皆为利来，天下攘攘，皆为利往”，世间没有免费的午餐，要想分一杯羹，自己也要付出代价。如果代价过大，也许会得不偿失，倒不如洒脱一些，淡泊明志，两袖清风，过自己想要的生活。

在外交活动中，有一个形象的词叫“夫人外交”。有资料显示，夫人外交一词来源于建国初期，那时新中国外交刚刚起步，外国领导人带夫人访华时，我国常常没有领导人的夫人参加接待。时任外交部长的陈毅说：“新中国成立后在全世界最吸引人，世界上许多人都想来中国看看。外国领导带夫人来了，如果我们只招待男国宾，无人招待他们的夫人，就不合规格，人家会认为我们对妇女不重视。柬埔寨西哈努克亲王即将带夫人来访，我们领导同志的夫人去陪陪，是合乎人性的，而且还可借机做友好工作。”为了更好地开展外交活动，陈毅动员夫人张茜专门做“夫人外交”工作，张茜却因自身工作忙无法抽身。陈毅把问题反映给周恩来总理，周总理对邓颖超说：“你去做做工作，女同志之间总好说话。”邓颖超把张茜约到西花厅，劝她出面挑夫人工作的头，并强调这是一项政治任务，周恩来同志希望她能担任这项工作。张茜因此跟随着陈毅部长接待过许多总统夫人、王后、公主、首相夫人、总理夫人、部长夫人和妇女界人士，在中国的外交事业特别是在东南亚的友好往来中留下了自己的名字，为新中国的外交事业做出了积极贡献，夫人外交由此闻名遐迩。夫人外交是一种“柔性外交”，对于中国来说是开创性的，这种外交可以成为两国元首之间“硬外交”的补充。

在东方传统价值观中，家庭和婚姻话题往往被看作人们内在的自我感受，大多数人除非不得已，一般不会向外人道出，封闭而不张扬。但随着社会日新月异的发展，人们的社交圈子不断扩大，一些成功人士带妻子参加社会活动越来越频繁，通过“夫人外交”取得了很好的沟通效果，加强了合作共赢，加深了生意往来和情谊，一定程度也上丰富和提升了家庭的生活质量。小到家庭聚会，大到重要仪式活动，“夫人外交”发挥了愈来愈重要的作用。

赵官君觉得，自己的妻子舒娜真是不谙世间那一套，尤其是在官场上和生意场上。别人的老婆，当老公第一次引荐出去后，很快就和对方的家人打成一片，女人们之间有共同的爱好，通过购物、健身、养生以及互通生意经的方式，关系处得很融洽。弱势的一方，如果能主动一些、勤快一些、伶牙俐齿哪怕是阿谀奉承一些，总能打动强势的一方，从而被强势一方接纳，加深交往合作，给弱势一方在官场上、生意场上提供一些必要的帮助，甚至分一杯羹。赵官君身边有太多活生生的例子。通过夫人外交，很多官员和生意人巴结上了更高层次的人，最终有人获得了火箭提拔，有人拿到了生意大单，真是“大树底下好乘凉”啊！而赵官君多次鼓动舒娜出席自己或别人组织的家庭聚会，但屡遭拒绝。仅有的几次出席也是因为那些人是赵官君多年的恩人或领导，投桃报李，不得已而为之，令赵官君大伤脑筋。尽管赵官君自己社交能力超强，拍马屁功夫了得，但也有拉不开栓、错过了重要的交际机会的时候。但如果有夫人能够及时补位，就会给自己分担、增色，也加深了和重要人士的友谊。很多次，赵官君都是一个人独自去赶场子，出席完一场再出席下一场，场场都不能得罪，尤其是有领导带着家人的场合，一般都把被邀请的人当作交情深厚的私密朋友对待，所以但凡这种场合，赵官君哪怕喝得酩酊大醉也必须去，去一次回来就埋怨和数落舒娜一次。

尽管如此，但舒娜有自己的一套理论，也让赵官君无话可说。舒娜认

为，家庭中的两个人，不能全都扑在事业上，必须有一个人抽出时间去照顾家，照顾老人和孩子。而女人，毫无疑问将牺牲自己，承担起照顾家的重任。只有把家人照顾好了，才会给男人一个温馨而稳固的大后方、大本营，疲惫的身躯才能得以休整，重新斗志昂扬地投入战斗。

“夫人外交”对于赵官君来说是个大事儿，但对于舒娜来说却是个小事儿。在赵官君看来，他夫人是众多成功人士夫人中最年轻、最有魅力的，可如此一个大杀器，他却一点都指望不上，得不到一丝襄助。他和舒娜屡次嘟哝过，俩人也曾经红过脸，但舒娜就是这样一个人，她有她的做事原则。她非但不出席那些赵官君认为重要的宴席，还多次劝赵官君一心一意把同学、朋友和组织部门的圈子经营好，把分内的工作做好，顺其自然就可以了，不要刻意去和那些高层特别是企业界人士走得过近、交往过深。她还常常引用司马迁、也是她父母常常教育她的那句经典名言去提醒赵官君：“天下熙熙，皆为利来，天下攘攘，皆为利往。”世间没有免费的午餐，要想分一杯羹，自己也要付出代价。如果代价过大，也许会得不偿失，倒不如洒脱一些，淡泊明志，两袖清风，过自己想要的生活。

三十多岁的赵官君，血气方刚，正搭着事业的顺风车，根本听不进夫人的意见，他始终嘲笑她是一个外行，无论她怎么费口舌，他的逻辑始终是：一个篱笆三个桩，一个好汉三个帮。草原上的狼，如果离开群体的协作保护，那么最终会势单力薄，变成一头孤狼、弱狼。人，必须加入一个圈子，圈内的人就是“自己人”，可以讲感情、重道义、守信用，抱团取暖；而圈外人，永远是外人、陌生人，可以冷漠对待甚至轻易伤害。一个强大的圈子中，如果正好有许多强势人物和强势资源，自己就会受到他们的关照和庇护，如鱼得水，如虎添翼，做到风生水起。至于代价，赵官君认为，只要不违法乱纪，没有什么需要付出的代价，再者说，与官场、生意场上的收益相比，代价真是微不足道！而对于舒娜引用她父母的那些话，赵官君非常反感，他从内心里不想让舒娜和她的家庭驾驭自己，仕途上不想戴上舒家的光环，因此每当此时，俩人就会让争议变成争吵，索性谁也说服不了谁，各自去忙。赵官君摇摇头自顾自睡去，对舒娜的打击还是不小，因为爱丈夫、支持丈夫她才和他讲那些道理。一度，她甚至对父母和自己的那些逻辑产生过动摇，也觉得赵官君说得有道理，干脆自己全身心给赵官君提供襄助，给他一片自由驰骋的天地，自己也投入进去，两人绑在一起并肩作战，在事业上肯定能取得更大的突破。但很快，她想起新婚之夜自己和赵官君的那个约定，那个约定就是在提醒赵官君，那个约定也是她父母当了一辈子官员的经验总结，具有可靠的说服力。

这天，张副市长的夫人主动给舒娜打电话，约她去做个保健活动，舒娜略微思考了一下决定参加。她告诉了赵官君，赵官君高兴地搂住妻子吻了半天，舒娜则拍了拍丈夫的肩膀，用实际行动告诉赵官君，她也会尽力去参加各种社交活动，帮他从中周旋、运作，但她心里还是有底线的，仅限于多年可靠的领导和朋友，那些陌生的应酬她会刻意躲避，请赵官君好自为之，多理解她。

好一位有性格的官员夫人！真是夫人外交场上的一朵奇葩，却也是一枚闪光的珍珠。

舒娜陪着张副市长的夫人田姐去一个私人会所做了几次保健，又是足疗又是水疗，还有按摩和丰盛的晚宴。安静舒适的私人空间里，男人女人们身着居家服，薄履轻衣，玉体横陈，空气中弥漫着心旷神怡的精油熏香，香气袭人的环境让人对生活、对爱以及对性都有了新的幻想。尤其是对于很少接触这种服务的舒娜来说，闭上眼睛，享受着外形俊朗、技术专业、服务周到、轻声细语的异性服务，足够的抚摸会让人备感舒服，真的让她有一种春意浓浓，无奈春宵苦短的感觉。

临走，客人还会受赠一些礼品，几次舒娜都想买单，但都让田姐制止并暗示已经买过单了。在田姐和会所老板看来，这都是小事一桩，无足挂齿，大家都是朋友，尤其是承担家庭重任的女人们，劳累之后过来放松一下是人之常情，女人在保养上一定要对自己狠一些。但舒娜心里越来越感到不安，每次她都想拒绝，但看到田姐和会所老板的盛情和一副轻松的样子，自己也只好照单享受了。她也清晰地感觉到，这都是官场、生意场和生活中的老套路，不得已而为之，你好我好大家好，和谐即好，太过于清高，难免会有损圈子的团结。

碍于面子，舒娜还是回请了田姐和其他几位成功人士的太太们。在赵官君为她推荐的青伊市一个比较高档的保健会所里，这些非官即富的太太们享受着成功男人们才能享受到的周全服务，依然是洗澡、按摩、吃饭、喝茶、打牌、聊男人等套路。舒娜发现，虽然这些太太们平时不显山不露水，但深聊起来才知道，她们掌握的知识一点都不少，且都是当下最时髦的话题，令她这个杂志小编辑也自叹不如。

甲太太：最近股市好像告别了长达十年的漫漫熊途，有点转入良性循环的意思，我觉得咱们可以拿出点闲钱来投点资了。也不能瞎炒，上次经委刘主任的夫人悄悄告诉我咱燕北有两家上市公司要搞什么股权改革，可能还要甩掉一些老包袱，转型新兴行业。她建议我趁目前价位低，可以适当买进点，到时候消息来了，一定能赚大钱！

乙太太：水岸花都一期已经开盘了，销售大好，如果我家的门脸房现在卖掉，应该快翻倍了。但开发商朋友建议我和他们一起捂盘，等价格涨高了再处理掉。我的一些朋友们都说，咱们燕北的 E 市这几年得益于煤炭、石油和天然气的资源优势，经济得到迅猛发展，大有赶超中东城市迪拜的势头。而且官方发文鼓励和吸纳社会资金参与城镇建设。全国好多人都把钱放在 E 市挣钱，利息比银行高好多倍。因此我也打算把门脸房卖掉，把钱尽快放到 E 市去投资，快速致富，到时候咱也在老爷们儿面前扬眉吐气一把，也像 E 市女人那样打着“飞的”去北京、上海、香港购物、看演出！

丙太太：田姐给我弟弟的建议真是让我佩服得五体投地！我弟弟今年部队转业，家人都说去工商、税务、公安那些传统强势部门，社会地位高，求的人多。我托田姐回去和市长说说，哪怕给个建议也行啊，田姐还真是带来了张市长的口风，建议我弟弟转业往国土、规划系统走，这些系统虽然组建时间不长，没有多少人关注，但今后必定是炙手可热的部门，福利待遇和上升空间一点也不亚于那些所谓的传统单位。市长还说了，再好的部门也有最差的工种，再差的部门也有好工种，关键是看自己经营。这不，我听了领导的建议，让弟弟转业往规划走，结果不仅不费劲而且因为我弟弟有点墨水味，竟然还给大局长当上了秘书，真是守着金店银店，不如身边的大姐呐！

丁太太：瑜伽，现在可风靡哩。我研究过了，这可是一项很好的放松运动，对于脊椎来说，适度的瑜伽练习可让肌肉放松伸展，增强肌肉韧带韧性，从而使得脊椎关节稳定，有一定的护脊作用。但是，省医院的刘院长对我说，有些人不适合做瑜伽。步入中年之后，韧带、关节退化，肌肉比较僵硬，如果没有强有力的肌肉保护和支持，强行练习难度大的动作，这对本来就很脆弱的颈椎、脊椎无疑是一个巨大“挑战”，极易导致肌肉拉伤和椎体错位。已经有骨质疏松症的患者，特别骨质疏松比较严重的女性，由于骨硬度下降，脆性增加，在练习瑜伽时，稍不注意就有可能引起压缩性骨折，或者椎体破裂。有颈、腰椎病的患者，如果练习瑜伽的某些动作，比如犁式等，很容易造成椎间盘突出或原有的病情加重。有心血管疾病或肥胖的患者，如果动作剧烈的话，比如做倒立的动作，很有可能使得心脏负担加重，引起不适。

听了这些太太的话，舒娜觉得自己真是孤陋寡闻，知识贫乏到了一定地步，一点不像个信息社会中的年轻人，更不像个写小说的作家。写小说的人，必须涉猎广泛，什么都通一些、什么都懂一些。她想，上面几个太太说的都是当今社会里的热门话题，是每一个人都应该关注和感兴趣的，而自己却知之寥寥，真是需要静下心来，克服心浮气躁的毛病，好好补补课。不过还好有这么几位涉猎广泛的太太朋友。这些人的观点可是在书本上、电脑里找不到的，都是些很精辟的观点，不是专家却胜似专家。作为名牌大学毕业生、一名杂志编辑、业余作家可以忽视没有多少学历的太太们所说的话，但绝对不可以忽视掩藏在这些太太们背后的那些精英丈夫们，他们所透露出来的信息非常重要，真相往往藏在背后！

太太们不太关注舒娜所从事的那份职业，用她们的话说，每一个职业都是用来糊口的，没有什么神秘。但当她们听说舒娜正在写一部长篇小说《归魂》，这些太太们都不约而同地来了精神，舒娜在她们眼里立马上了一个层次，她已经不再只是那个掌握组织人事大权的副处长家的太太了，那些虚拟的东西被女作家的光环压了下去。

这些女性，其实都是忠实的文学崇拜者，这和她们天性有关。有人说，女人天生集温柔、贤惠、娴静、细腻、热情于一身，这恰恰是经典情感小说的特点，好的小说就是来写人、写女性、写她们的。此外，女性除了带孩子和料理家务，鲜有像男人那样胡吃海喝天天应酬的。每当安静下来，她们中的很多人会选择读小说，以打发孤独寂寥的时光，也借此幻想和期待梦中的男神。在书中，她们感受着文学的魅力，跟着作品中的主人公一起穷、一起富；一起哭、一起笑；一起跌倒、一起爬起。在小说中，她们也寻找着自己的影子，发泄自己的小女人情绪，当故事遂己愿时，她们拍手叫好，而一旦不遂己愿，就诅咒作者的写作良知，真是把自己的独到情愫坦露无余。她们中的许多人还坚信，读书其实也是女人保养体质的一剂良药，是一种“精神上的化妆”。《黄帝内经》就讲过：“一旦身心平和，疾病可不治而愈。”大概读书静养也的确有此功效。著名作家毕淑敏说：“日子一天天地走，书要一页页地读，清风明月水滴石穿，一年几年一辈子地读下去，书就像微波，从内到外震荡着我们的心，徐徐地加热，精神分子的结构就改变了，成熟了，书的效力就凸现出来了。”总之，读书确实可以丰富女性的见识、谈吐和学识，增加女性的魅力，让阅读她的男性拥有赏心悦目的感觉，减缓因为容颜的衰老而造成的生理危机。

看到同样身为女性的这些成功太太们对自己写的小说非常感兴趣，舒娜索性给她们讲起故事的梗概。她讲得动情，听的人也动情，有几个太太还为此落了泪。她们建议她一定要把这部小说写出来、写好，给女人们长长脸，让那些自负的、男权思想严重的男作家们不要再自以为是，总认为文学的世界里熠熠生辉的只有男人的名字，其实还有女人。

这些不写小说的官太太们却是地地道道的业余评论家。她们还建议舒娜把女人们的真实生活写进去，写出身为半边天的不易，让那些丈夫们多理解、包容女人，让他们知错就改，迷途知返，夜里头好早一些回家陪陪老婆、孩子，而不是整日声色犬马。她们在向她提建议的同时，还拍着胸脯向她许诺，只要书写出来，姐妹们全包销了，一定让她名利双收！为此，舒娜只是淡淡地一笑，抱拳感谢太太们的支持，同时向她们解释，作家，其实就是贫穷的代名词，正所谓“穷作家”。作家很多，但绝大多数人的作品都淹没在历史的长河中，鲜有几个能够名利双收的。虽然作家要靠好的作品说话，但人太多了，评比不过来。尤其是新作家，没有成名之前，写出来的作品再优秀，也多被一些刊物和出版商拒绝，注定要在文学的道路上踉踉跄跄、痛苦孤独地奋斗许多年。文学界同样遵循马太效应，越出名越是有人捧，越容易出名。越无名越是无人光顾，越是无法成名。这条道，唯有淡定才是最好的心态。

听罢此言，一位老公在燕北文化部门任要职的某太太却不以为然，她的逻辑在一定程度上鼓舞了舒娜，同时也震惊了她。她说：“妹子，没事儿！啥东西都得靠宣传，到时候咱们好好宣传宣传你的作品。大姐我认识的那些个写字的、画画的、唱歌的、演戏的名家，哪一个能等到大器晚成，能有几个是软着陆，说不想一夜成名的都是些虚伪货。要想扬名立万，某种程度上都需要有人包装、有人炒作。文学作品又不是在真空里生存，它注定要放到社会中让大家来检验，只要有人站出来肯定你的作品，宣传你的作品，成名也未必是一件多么难以想象的事情！”

舒娜不禁想，如果她和一位文学大家去谈钱、谈名利，估计要被人家大骂甚至轰出家门了。但如果同这些普通人谈写作的动机仅仅就是基于那些伟大的兴趣和爱好、那些简单的精神性灵追求，一点无关乎名与利，那估计也要被人家深深地鄙视、咒骂。哇喔！两难。这些不从事文学创作的太太们啊，真是把社会看得太透了，把作家也看得太透了。虽然她们的话有失偏颇，但把事情说得直白一些也挺好，实用而不虚伪。

舒娜通过“夫人外交”，一方面为赵官君巩固了人脉资源，同时也让自己的小说汲取了丰富的营养，而后者的作用远大于前者。舒娜想，文学作品是武器，但现实世界却是好作品的立命之本。一定要充分地接地气，获取真实素材，通过对小人物的刻画、人性的剖析来反映现实世界中的大问题，从而真正达到认识世界和改造世界的目的。

第二十七章　掮客

说白了，权力掮客既是官场的围猎者，更是逐臭者。它像“毒瘤”般寄生于官场，为权钱交易提供隐蔽的温床，同时又借着与权力的暧昧关系繁衍生长，构筑一条腐败的生态链。

“神欲使之灭亡，必先使之疯狂”，这句话是古希腊历史学家希罗多德讲的，其原本的意思是：神要使一个人遭难，总是让他忘乎所以。有人说，毒品就具备了这样的特点。作为《税魂》杂志社的编辑，舒娜就曾经接触过几位出于好奇而吸过毒品的“壮士”，但幸运的是这几位壮士最终因为意志坚定而迷途知返。据他们后来向她描述，那种叫海洛因的白色粉末酸中带着香味儿，经过火烤，又有一种毛发烧焦的味道。舒娜笑着调侃那几位“壮士”：“老兄呵，这不明摆着吗，不仅仅是烧钱的事儿，这是赤裸裸的烧人啊？烧人不就是这个味儿嘛！”的确，吸了海洛因就等同于把自己架在火上给烧掉了，她的话很形象。曾有人在网上进行了真实的描述，他说：“没有吸过毒的人恐怕永远不会知道，总之，吸毒是一种绝妙的体验，在毒瘾的作用下，你会觉得你的一切梦想成真。当给自己体内注入一针，几分钟之后，就能进入另一个世界，身体，灵魂飘逸起来，瞬间觉得自己拥有一切幻想的东西，无法用言语描述！这种幻想也许仅仅持续十几秒钟，但是这十几秒钟本身就是天堂，之后，就是犯罪和疯狂，吸毒者就是地球的毁灭者……”

最初的海洛因曾被用作戒除吗啡毒瘾的药物，后来专家发现它具有比吗啡更强的药物依赖性，即成瘾性更强，因此被世界各国称为毒品之王，被联合国认定为一级管制毒品，也是中国监控、查禁的最主要毒品之一。高利贷是不是这样一种东西，恐怕不好定论，因为从发展之初看，高利贷信用某种程度上还是促进了自给自足的自然经济的解体和商品货币关系的发展。从现实生活中看，它的确使一些难以为继的农民和企业主暂时渡过难关，延续生产和生活。然而，它毕竟和毒品有着共性即诱惑性，而人类的贪婪让这种诱惑性变成了危险性，因为贪婪是人类所克服不了的。高利贷作为一种残酷剥夺借贷者私人财产的手段，在旧社会盛行，在新社会的地下也愈演愈烈，最终以所谓“驴打滚”、利滚利的形式，越滚越大，扭曲了正常的借贷关系，破坏了金融秩序，突破了人类逐利的底线，成为老鼠过街人人喊打的非法金融活动。

燕北省的 E 市经济因煤炭及其衍生品电力、煤化工等产业迅猛崛起，地区生产总值连续多年独占省内鳌头，总量一度达到了全燕北省的 40%，所辖的几个县连续几年进入全国百强县。随着一系列辉煌数据的出炉以及一系列的招商引资政策的出台，大有第二个迪拜的势头。有的专家学者甚至不做调查，跟在一些官员背后大喊 E 市人均经济总量几年内要超过美国加利福尼亚。一夜间，让全世界老百姓都记住了这座城市，大家纷纷前来淘金。很快，那些来自江浙的资本，灵敏地嗅到了商机。二十世纪八十年代就来到 E 市弹棉花、做木工活的江浙农民工，成为引进江浙资本的急先锋，他们很多人放下了手中的活，回到老家，依靠家族凑份子及民间借贷的方式搞到钱，迅速买下 E 市一座座廉价的煤矿和一块块荒芜的土地，在经济腾飞中一跃成为煤老板和房地产商，为 E 市的城市化和高利贷推波助澜。

赵官君认识杨主任是在一次酒席上。杨主任是 E 市某个局下面的一个主任，标准的年轻一代。尽管比赵官君小几岁，但未来几年从股级熬到赵官君那样的副处级，可以说是比登天还难。虽然杨主任多年以来在仕途上努力奋斗、踌躇满志，但付出的努力和回报不成正比例，收入增长更是跟不上通货膨胀的速度。当他身边的很多文化程度低的亲戚朋友，在E市依靠拆迁征地、包工程、开典当行甚至是放高利贷发了大财时，杨主任有些坐不住了，他想："这世道真他娘的是脑体倒挂啊，十年前人家羡慕我考上名牌大学，十年后我羡慕人家没文化照样开豪车、穿名牌。"经过一番纠结、反思，杨主任很快意识到，自己仕途上提拔较慢，其根本原因在于魄力不够，直接原因在于经济基础不行。通俗一点讲就是请客交际不够，与领导同志走动不够，自然与领导混不到一个圈子里去。他想，自古以来都是经济基础决定上层建筑，要想在仕途上有所发展，必须首先解决经济问题，经济问题解决了乌纱帽自然也会有；即使将来乌纱帽解决不了，那通过创业至少可以达到生活富裕、财务自由，过上人人羡慕的生活。说白了，少数拼死拼活想戴上高高乌纱帽的人，最终不也是想利用职权和资源给自己谋取经济福利吗？彻底想通后，杨主任说干就干，他本是金融本科毕业，对于投资理财有一定的专业知识，因此搞一个资本投资公司真是易如反掌。因为杨主任平时的工作涉及政府审批事项，认识的人较多，手里掌握的市场信息量也较大，E市哪一块儿地方将来要开发、哪一块儿地方地下有煤层、哪些老板创业缺钱他都一清二楚，这是他干投资业务的优势。说干就干，杨主任很快联合了几位同学、朋友，再加上把房子抵押给商业银行以及用住房公积金贷款的方式筹到了几百万元，迅速以朋友的名义注册了一家典当行，实则自己为背后的大股东、董事长。其实E市很多典当行就是挂着羊头卖狗肉，说白了就是放高利贷，月息可以达到5—6分。开业后短短几个月，杨主任和股东们就尝到了甜头，短期放款不仅风险较小，而且利息回收较快，一本万利，那区区的几百万元很快就捉襟见肘。面对急需资金支持的借款人如饥似渴的样子，典当行必须想办法尽快吸收大量资金进来，否则运转就成了问题，睡一觉也许就错过一大笔绝佳的投资机会。于是，杨主任开始向亲戚和朋友以二分的月息借款，再从中赚取差价。很快，杨主任的典当行和E市的几百家典当行一样，在经济繁荣时期做得风生水起。杨主任的典当行由于恪守着顾客第一、信用至上的原则，因此在业内和民间的口碑极好，不仅很多当地人抢着把钱放在他那里，而且外地好多人都通过口口相传方式人托人地把钱源源不断地借给他，如此，杨主任的典当行迅速崛起，他的信誉和公务员背景就是无形资产，就是大家信任的资本。经过一年多的打拼，事业壮大的杨主任把目光又瞄上了更高层次的金融业，而小额贷款公司就是他的下一个目标，上大学时候他的梦想就是成为一名像摩根那样的伟大银行家。

燕北的小额贷款公司审批权在省城的金融办，每年的名额有限，不是谁都可以拿到经营牌照，杨主任也想到了要找熟人运作一下才行。很快，杨主任 E 市组织部门的朋友陪着他到了省里，第一站就是拜访赵官君，攀上赵官君其实事情就算成功了一半。通过赵官君的牵线，杨主任很快认识了省金融办小贷公司管理处的范处长，范处长又把他引荐给了省金融办分管审批权限的彭副主任，并且向彭副主任暗示这是组织部赵处长家的亲戚，最好给办。金融办的处级以上领导干部的组织考核和任免权限也在组织部门，因此对于所托之事金融办也不敢怠慢。就这样，杨主任的公司脱颖而出，成为当年全省近千家提出申请，仅有的五十五家获批的小贷公司之一。“吃水不忘挖井人”，为了感谢赵官君，杨主任亲自上门到赵官君家送上不菲的礼金和礼品。送的那天恰逢礼拜天，舒娜也在家，杨主任笑盈盈地被赵官君迎进了门，打破了女主人舒娜定下的规矩。寒暄半天杨主任丢下礼品就走了，等舒娜从书房出来时，杨主任已经被赵官君送下了楼。赵官君和杨主任边走边聊，杨主任向赵官君汇报着公司的远景规划，赵官君边听边点头赞许，同时调侃他不要越过红线，一定要像发展小贷公司那样加强仕途建设，杨主任呵呵地笑着说一定一定，抱拳告别。就此开始，杨主任也成了赵官君的座上客、好朋友。

赵官君回到家后，打开那几盒名茶，里边赫然出现一个红色的大纸袋，里边装着一大叠现金：十万元，足足把舒娜吓了一跳，这可算是行贿，付出纽扣的代价却是收获一件衣裳，后果很严重啊！舒娜赶紧让赵官君做解释，赵官君也觉得这杨主任出手也太大方了，没有想到自己的贡献有这么大，他感觉到这小额贷款公司的含金量还是很大的。赵官君连忙让舒娜替他先把钱收起来，并且帮忙把钱存在自己卡上，找机会再退给人家，舒娜这才放心，但嘴里却嘀嘀咕咕地老大不高兴，一是埋怨赵官君答应陌生人进家，打破了家里的规矩，二是叮嘱赵官君千万莫伸手，伸手必被捉。

第二天，赵官君就给杨主任打了电话，寒暄之后暗示杨主任礼品过重、自己受之有愧，但杨主任却在电话里连连作揖、感激的话说了一箩筐，说赵处长给他帮了大忙了，真是命中的贵人。非但如此，他竟然还提前约赵官君，承诺过几天再来青伊市感谢领导，吓得赵官君赶紧撂了电话，临挂电话，杨主任提醒赵官君如果有闲钱可以放在他公司里，他可以帮他理理财、挣点快钱。

赵官君下班回到家后，如实向舒娜进行了汇报，并承诺等过几天杨主任来了后就设法把钱还给他。舒娜觉得也只能这样，不过她倒是对杨主任说的那个小额贷款公司以及理财比较感兴趣，因为全燕北的人民都在想方设法托人往 E 市放款，都想一夜暴富，大伙儿着急的样子好似慢了就爬不进天堂的大门。杂志社的好几位同事都让她回家和她组织部的老公打听打听，看有没有 E 市比较熟悉可靠的渠道，也好从那里挣点零花钱花花。此外，母亲唐晓萍老家的几位亲戚也经常打电话给母亲，也想让母亲出面从 E 市找个公司，把钱放出去，并说光靠工资实在太清苦，存银行还倒贴利息，再没有别的理财渠道了。唐晓萍因为这事还特意问过女儿有没有 E 市的熟人。

既然说到这里，舒娜想，倒不如通过赵官君认识的这个杨主任帮帮那些亲戚。同事可以不帮但娘家人可得罪不起啊。不过舒娜到底是学过经济，工作又和税收有关，因此她总觉得放贷这事儿不怎么靠谱。她想，一分五至二分钱月息给了 E 市那边的人，就是说已经把实体企业年利润的百分之二十拿走了，刨去税费、租金、工资等吃喝拉撒费用，留给企业的空间真是不多了，除非是毒品、殡葬等暴利行业，世界上哪还有那么大的利润率啊！而且，目前不是一个人两个人在从事民间借贷活动，整个就是全民放贷。燕北省民间有句话是这么说的：但凡不痴不傻，肯定都懂得在E市放高利贷。不解中，她带着种种疑惑请教自己的丈夫，赵官君说自己也不大理解，但从E市的经济发展势头、调研回来的各种情况以及E市党政领导的豪言壮语来看，似乎是没有什么大问题，毕竟有雄厚的煤炭、石油、天然气等产业放在那里，且都是国际市场所需、国家政策支持的产业。同时，赵官君身边的很多朋友、同事都把钱借给了E市的朋友，同学袁大军也正在和自己商量，眼见E市火爆的发展势头，也打算去分一杯羹，或进军E市房地产市场，或在那里投资。总之，身边的人但凡借钱给E市的公司和个人，每月都能稳稳地收到一笔不菲的利息，连赵官君自己也看着有点眼红，这比袁大军公司的股份来钱更快、更疯狂。赵官君还借此调侃舒娜，说正因为老婆看自己看得太紧了，所有没有闲钱理财，导致自己还是个穷光蛋。舒娜听了狠狠地揍了他两下，同时喊冤："没良心的东西，你的钱都用来喝酒了，什么时候交给过我？你老先生不仅把自己的工资挥霍掉了，还从我这里哄骗了不少私房钱呢！"赵官君呵呵笑着，始终没敢把在袁大军公司有股份一事告诉妻子，那是他做男人的小金库、私房钱。

小两口商量后，觉得也可以转换一下思维，适当理理财，毕竟"你不理财、财不理你"。赵官君打算帮岳母唐晓萍的忙，等杨主任再来青伊市就和他说说委托理财这个事。舒娜插话："正好也把杨主任送给他的十万块钱退回去，只当是帮忙了。杨主任帮忙替家人理财，也算是大家礼尚往来，做人不能不讲点义气，都用钱来衡量也不好。"赵官君点点头，不过心里还是有点老大不愿意，他私下打听过，审批一个小额贷款公司，没有七位数是拿不下来的，他觉得自己的确是已经帮了杨主任的大忙，无意中送给他一个大礼。

掮客又称"托儿"，指替人介绍买卖，从中赚取佣金的人，也常喻指投机者。掮客的原意是为别人扛东西上山，赚点辛苦费，一般在山多的地方，旅游名山上有以此为生的人。现在不少人对这个词已经感到陌生，事实上掮客现象在生活中无处不在，不仅有替人在山上扛东西糊口之人，还有诉讼掮客、政治掮客、学术掮客、金融掮客等等，他们的角色就是经纪人或中介人，起一个牵线搭桥的作用。前些日子，赵官君作为全省后备干部，在燕北党校上过一段时间课，中央党校的一位教授专程来到燕北给赵官君这批学员授课，其中就讲到了“掮客”一词。教授认为，目前掮客现象非常严重，本来是经济生活中独有的词汇，却被应用到了其他领域，其中就有政治领域。政治领域的掮客多指权力掮客，权力掮客是利用人脉关系，游走于政商之间，为权力的暗箱操作及权钱交易提供方便。掮客与掌权者既相互利用，又互为寄主。在权力腐败链中，掮客不仅沦为卖身投靠者，甚而成为狼狈为奸、助纣为虐的铁杆盟友。用《羊城晚报》一位评论员的话说：“说白了，权力掮客既是官场的围猎者，更是逐臭者。它像‘毒瘤’般寄生于官场，为权钱交易提供隐蔽的温床，同时又借着与权力的暧昧关系繁衍生长，构筑出一条腐败生态链。因此，权力掮客实际也成为官场腐败的‘推手’。然而由于制度的缺位以及其暗箱操作的隐秘性，对权力掮客的打击也成为当下反腐的一大难点。”

赵官君一想到教授所说的话，不免惊出了一身冷汗。他想，自己不就符合掮客的特点吗？为朋友两肋插刀却无意中充当了中介人的角色。如果仅是帮忙也还说的过去，但自己却收受了杨主任的十万块钱，无形中也替自己谋取了福利，也是一种变相的受贿啊！他还想到，自己虽然是一位县处级小干部，但却是一名特殊的干部，是管干部的干部，利用自己的声望和职权替他人办事、收钱，不就是一种权力寻租吗？不也算是一个权力掮客吗？越想他越脸红，越想越有些害怕。他决定，借替岳母唐晓萍办事之余，把那笔巨款一定退还给杨主任，否则会给自己未来的仕途之路埋下一枚地雷，毕竟，组织非常看好自己，自己也踌躇满志打算做一名合格的官员。

果然，不出一周，E 市的杨主任就借办事之余亲自登门拜访了赵官君，不过这次不是在赵官君家，而是在单位。同来的还有那位 E 市赵官君组织部门的老朋友。约好地点后，三人在市区一个偏僻的地方见面并吃饭，中间，那位 E 市组织部门的朋友借故离开，给赵官君和杨主任单独留下了机会。杨主任首先开口：

“非常感谢赵处长啊，上次走得急，没有时间与您详谈，您可是给我帮了大忙了。公司正处在发展的关键时期，如果能取得小额贷款公司资格，不仅公司的抗风险能力增强了，而且盈利能力也会翻好几倍。小贷公司马上就要开业了，到时候还请赵处长亲自去调研一下我公司的党建情况，公司今后还得仰仗您哪！”

“嗨，您这是客气了，我芝麻官一个能仰仗我啥啊！我这个人帮你也是看你人实诚、有想法、肯一心做大事。常言说得好，授人玫瑰手留余香，帮人也是帮自己，多一个朋友多一条路嘛。只是那个钱……”

没等赵官君往下说，杨主任立马反应过来了，他赶紧缓解尴尬，打消赵官君的疑虑，压低嗓门凑近他说：

“哎呀，我的大处长啊，那可不是我送您的钱哪，那是公司的集体决定，是一种正常的市场行为、一项激励机制。当然，肯定很好地处理过了，不会给您添麻烦的。更何况，我目前还是一名公职人员，还没有脱离单位，都是别人在操作，我也只是跑跑腿而已，您帮公司把那么大一件事情办了下来，连我也受到公司奖励喽！”

“我真的是不安心哪，受之有愧！哦对了，你这么大张旗鼓地出来帮着企业做事，这都是公务员条例里所不允许的，得好好处理一下，毕竟还年轻，还有上升机会，要把投资尽量当成副业来做啊！”

“放心吧领导，我也是一名党员，懂这些利害关系。实话告诉您吧，我单位上自领导下至平民百姓，没有一个不参与高利贷的，大家心照不宣罢了。其实咱公务员都不容易，趁形势好挣点烟火钱，只要不耽误工作也犯不着哪条规定。当然啦，我还等着我那个老科长退下来呢，到时候免不了让您帮我美言几句呢！”

“好说，好说！能帮肯定帮。只是我觉得公司那个奖励也太大了，得给人家退回去才行，我要是拿了就算犯错误了。如果说我给公司投资了、放钱了那也算我的利息收入，但仅凭搭搭桥、牵牵线就拿那么多钱，觉得还是有点不妥。”

“呵呵我的好领导啊，您让我说什么好呢，您可真是我见过的最朴实、最清廉、最令人敬佩的上级领导了！您越这样说我越觉得您是可交之人、公司和我共同的贵人！这样吧，钱先别退，就算我们提前付给您的利息吧，您如果和您的亲戚朋友有闲钱，可以以亲戚的名义放到我公司去，公司帮您理财，别人二分，我给您月息三分，到时候您用钱了再拿回去，总行了吧！”

既然话说到了这里，赵官君也不好推辞，索性就把打算替亲戚理财的想法告诉了杨主任，杨主任拍着胸脯说小事一桩，包在他身上，别人的钱公司不收，但赵处长家人的钱公司肯定要收的，而且要稳稳妥妥地替领导保管好、运作好，请他和亲戚放心好了！

赵官君看着长相憨厚的E市人杨主任在自己面前激动地承诺，感觉这是个很靠谱的人。他作为干部管理部门的官员，还是非常了解燕北每一个地域的民风和人性的。E市人一直以来是全省口碑最好的一个地区，E市的很多地方现在仍然保留着淳朴热情的民风，记得他刚参加工作的时候去E市调研，路过一个老乡家门口，虽然不认识，但慈祥的E市老妈妈依然向远方来的客人热情地打着招呼，老妈妈的话现在依然在赵官君脑海里浮现：“来哇，来家里喝碗米汤再走吧！”老妈妈的儿子当时就站在她的身旁，那敦厚老实的样子，很像眼前的杨主任。

第二十八章　眷注

父母尚在，也昭示着生命的黄昏离自己很远，岁月的寒峭中，还可以守一份甜蜜的期待，拥有一份年轻的心绪，可是如今，守护爱的重担最终落到了她的手上，让人毫无思想准备。娘啊！娘啊！她心里一个人暗暗叫孤、叫苦。

唐家邦老先生一生中有过三次大的打击，这是他自己说的。一次是“文革”时期他被红卫兵五花大绑在青伊市人民广场上，红卫兵们说他是打入文联内部的特务，要求他当众向伟大的导师讲真话，向人民谢罪。一次是二十世纪九十年代初老伴儿因病去世，从此市文联家属院里那个琴瑟和鸣的小家里再也没有了“红袖添香夜读书”。最后一次是夏河的离去，让他悲伤了很久，因为外孙女舒娜是他最最疼爱的人。

对于“文革”那段历史和所遭受的打击，唐老先生很少去谈，并非不堪回首，而是老人的高风亮节。老人认为，每一次社会的变革，都是历史的选择，是规律，无法逃避。一个大国的崛起和复兴，必然会经历一次又一次风雨的洗礼。同样，一个国家的精神、人民的信仰以及价值观的形成并统一，不会一帆风顺，其中必然交织着各种矛盾和斗争，甚至会付出血的代价。只有经历过这段历史，人民的信仰才会更坚定、思想才会更统一、力量才会更强大，国家也才会重新焕发出蓬勃生机，走上正轨。

家族里大家一致敬佩的人就是唐老先生，他的觉悟和境界感染着家庭中的每一名成员，大家总是记着他不断重复给每一个人的那句话：“天下兴

亡，匹夫有责，从呱呱坠地开始就要开始爱这个国家，没有国家，人如草芥，不得安生。”对于人生的前两次打击，适逢老先生身体硬朗之时，坚强而刚毅的他很快从悲伤中走了出来，重新投入到无比热爱的文联事业中。但最近一次对老先生的打击却最大。老先生最疼爱舒娜，视她为掌上明珠，从小舒娜就在他的肩膀头上长大，他宁愿罗着锅忍着颈椎疼痛也不愿意放下被他娇惯的小公主。还在舒娜幼年时代，老先生常常用两只手托着她，把她托在自己胸前，仔细端详，像是欣赏一件艺术品，间或会逗她、吓唬她，看着小舒娜在他胸前来回蹬着小腿儿，他仿佛找到了女儿唐晓萍小时候的影子。舒娜小时候也一天到晚地“坏姥爷坏姥爷”撒娇个不停，等到姥爷下班回来，小舒娜就像一枚小炮弹一样瞬间轰了上去，和唐家邦撞个满怀，直把姥爷撞一个趔趄。

夏河有一部分也像极了年轻时的唐家邦，热情、昂扬，浑身上下充满着对生活、对文学、对工作的激情，散发着浑厚的人格魅力。他的才、他的貌、他的朝气以及他年轻人不可多得的家国情怀，着实让唐家邦老先生喜欢和深感欣慰。在老先生心中，夏河是块儿好料，将来必能堪以大任，为国家和民族做出大贡献。从某种意义上说，正因为老人的喜欢才让唐晓萍打消了阻碍女儿与夏河恋爱的念头。老人的眼光很毒，夏河正如老人预感的那样，将自己的才华发挥得淋漓尽致，为国家的新闻事业做出了贡献，为中国记者赢得了荣誉。可正是当打之年，夏河却遇到如此变故，对老先生的打击不亚于任何一次，且恰逢老先生晚年身体衰弱之时。老先生曾一个劲儿向女儿唐晓萍嘀咕：为啥好人活不长，坏人活不够呢？唐晓萍对于老爷子晚年突然的迷信也没有办法解释，甚至自己也有点相信这句话。夏河出事后，老先生曾经默默地搬回到女儿家，用实际行动安慰外孙女，陪着她度过了一个又一个悲伤的日子。之后，他还力所能及地帮舒娜整理夏河留下的文稿，《山谷里的回忆》能顺利出版，老先生功不可没。

奥运会闭幕仪式那天，老先生一手拿着电视遥控器，一手拿着一面小国旗，欣慰地看着奥运体操团体冠军中国队的队长举着国旗引领中国健儿出场并接受人们的膜拜，他在躺椅上留下了欣慰的笑，溘然长逝，安详得像是一生的梦已经实现了一样，享年八十一岁。

老爷子的离去对一家人的心理冲击特别大。过去，大家团结在老革命身边，他就是这个家的主心骨、顶梁柱，但凡大小事，只要有老人在，天就塌不下来。给唐家邦老人办完了后事，一家人呆呆地坐在沙发上，赵官君和舒国安认真地替老人整理着遗物。老人家一辈子留给家人最大的财富除了那些教育孩子的至理名言外，就是书架上满满当当的书了。他是位饱览群书的老者，藏书家。尤其是晚年，常常在书柜前一待就是几个小时，轻轻地翻动、摩挲、整理自己的藏书，像当年照顾病中的老伴儿一样，给它们按摩，让它们常看常新、熠熠生辉，真可谓“最是沧桑起风情”。书柜的第一层摆着老人生前最喜欢阅读的书，有《资本论》《红楼梦》《百年孤独》《大国崛起》《瓦尔登湖》等中外名著，其中还有一本书叫《山谷里的回忆》。

老父亲走后，对于唐晓萍来说，她头上的白发也愈来愈多了。父母尚在，也昭示着生命的黄昏离自己很远，在岁月的流逝中，还可以守一份甜蜜的期待，拥有一份年轻的心绪。可是如今，守护爱的重担最终落到了她的手上，让人毫无思想准备。娘啊！娘啊！她心里一个人暗暗叫孤、叫苦。今年，她已经正式办理了退休手续，五十五岁，理应是含饴弄孙、享受天伦的年龄了，虽然一直热衷于自己热爱的心理咨询事业，但也有点儿感到力不从心。基于此，她觉得有必要和女儿舒娜好好谈一谈了，让女儿早点把孩子生出来，既可以趁着年轻帮他们带带孩子，也可以打发一下退休时光，给人生增添一些乐趣。早在人到中年之后，唐晓萍的思想就已经发生了很大的变化，随着事业逐渐定型，身上的拼劲儿也越来越减弱了许多，心思也更加集中在女儿身上，哪怕剩最后一口气，也想着把爱一股脑全部给了后辈儿孙。老爷子唐家邦一走，她感到自己就是这个家的精神支柱了。部队就是舒国安的家，他才不管那些鸡零狗碎的小事呢。她想，该和孩子正面碰撞一下思想了，她要告诉他们，除了在工作上继续努力外，还要保养好身体，完成传宗接代延续人间香火的重任，这是谁都逃避不了的。

唐晓萍的观点很鲜明，她认为女人就要趁年轻早生早育，这和国家提倡的优生优育是统一的。一方面，是对女人身体的一种呵护，年龄大要孩子，难免会有诸如高危妊娠等各式各样的风险。这些年来，她总是袒护着舒娜，由着女儿的性格，在与赵官君母亲李红艳的周旋中始终保持着强势。但也逐渐感到，也必须让女儿给赵家添个一男半女了，否则不仅会影响婆媳关系，而且可能会影响到夫妻感情。很多夫妻不合，多半是因为孩子。没有孩子的家庭，当夫妻关系脱离了蜜月档，进入情感的倦怠期后，危机就会一步步逼近。人，都有喜新厌旧的本能，这是人性的弱点，生理使然，没有办法改变，再坚定的忠诚者也不过是一天天地煎熬，沉默不语而已，不代表他（她）能够超脱于人性的局限。爱情只是人生中的一个过程，激情不可能永远维系，除非打上兴奋剂。一旦夫妻间产生审美疲劳，就会导致心理失衡和矛盾的产生，要想维系，让婚姻和家庭朝着和谐的轨道继续运行，孩子无疑是一个很好的调节工具。有了孩子，夫妻双方会增加一份责任，即便是再浪荡的男人，也抵挡不住孩子的魅力，也会想着回家，与妻子共同为孩子筑起一个安全温暖的爱巢，于是在责任和爱的感召下，夫妻之间会重新找回爱和浪漫，继续携手柴米油盐的平凡生活，避免情感滑向危机的边缘。

唐家邦老先生去世后的一段日子里，舒娜没有继续去练瑜伽，也没有去修改她那本刚刚完成初稿的小说，而是陪着母亲唐晓萍在大院里不停地散步，这是孝心使然，她能体会到母亲自己作为孩子失去父亲的感受。有几晚，梦魇伴随过舒娜，梦中的自己满头白发，害怕极了，呼喊着母亲的名字，但母亲不知何时已离去，只给她在枕头上留下一绺绺白发作纪念，于是她如同一个恐惧的婴儿不停地哭啊哭，直到把自己从梦中哭醒。醒来一摸身旁，母亲依然在，父亲依然鼾声如雷，她才感到一阵阵踏实和幸福，有一种亲情失而复得的感觉，把身体紧紧地贴住母亲，双手搂住唐晓萍不肯撒手……

俩人边走边聊。

“娜儿，你们最近挺好吗？”

“挺好啊？我当我的主编助理，他当他的大处长，各得其乐。”

“哦，赵官君的任命文件下来了？”

“嗯，下来了。不过是还得考察一年，走程序。他也算是爬得比较快的了，多亏了何部长，临离开燕北时还念及了旧情，把他的职务扭正了。但是一些人不服气，听他回来说一些人向领导反映赵官君成天和企业家们吃吃喝喝，还和燕北的一些官员搞小圈子。为此他任命这个事儿还在部务会上有过一番争议，不过最终让何部长和刘副部长两人联手压下去了，传闻无依据。赵官君虽然应酬较多，但其实工作还是蛮兢兢业业的，在服务领导方面也是劳苦功高的。虽然过了关，获得了提拔，但没有如愿去干部一处、二处、三处、四处、五处那些部里位高权重的处室，只不过是接了老主任吕主任的班而已，继续干研究室主任的苦活儿，而吕主任如愿成了副巡视员并兼着干部四处的处长，负责省属国有大型企业领导班子建设和领导人员管理工作。为此，赵官君自己还有点小情绪，不过我倒是挺高兴，毕竟研究室是个相对清水的衙门，不惹眼。”

“哦，僧多粥少，这很正常。那他情绪调整得还好吗？带情绪工作可是不大好啊！”

“还行吧，他也老油条了，见怪不怪。不过倒是比过去收敛了一些锋芒。过去虽然他也小心谨慎，但毕竟有领导赏识，还是敢说敢做，敢于发表一些个人的见解。为人处世方面，赵官君也很圆滑、很有自己的一套，与大部分同事相处也比较融洽。但经此一役，我明显感觉到他似乎受到了一点惊吓，或者是大彻大悟到了什么，话比过去少了许多，把尾巴夹得更紧了，隐藏得更深了。其实您想想，这是违背他的性格的，他肯定很难受，但我又帮不了他。”

“唔，一入侯门深似海。赵官君作为深耕基层多年的干部，一定有自己的套路，想必背后也有高人在指点他、提携他，帮他过关斩将、化险为夷，否则也不会发展得这么顺利。我倒是一点不担心他，我只是担心你。”

“哦？我挺好啊妈，经过几年的磨砺，我在编辑部还是带出了几位好徒弟，同时也承蒙领导支持，让我当了总编助理这么个官儿，工作量比过去少了许多，正好可以腾出时间忙点儿自己的事情。我的那本小说《归魂》写了三十万字，快要付梓出版了，到时候……”

“快别给我提你那个小说了，当前有比写小说更重要的事情你知道吗！说说吧，结婚好几年了，什么时候计划要小孩啊，妈现在可是和赵官君他妈李红艳站在同一个战壕里啦！”

“哎呀老妈，您可真是三岁孩子的脸，说翻就翻啊。我就知道您今天絮絮叨叨肯定有事儿找我。”

“唉，我们这些当老人的最终还不是为你们好、关心你们嘛。不用我多废话，你这大作家肯定懂，有孩子和没有孩子的女人指定不一样。”

“知道，知道，能一样吗？没有孩子我就是孩子，有了孩子我也就步您后尘，老咯！”

“贫嘴！你迟早要长大，而我们也会老去，等我们老了，你们就成了大人，这样一茬接一茬、一代传一代才符合人类发展的规律。”

“唔，我知道。其实刚开始结婚那会儿我的确没有要孩子的打算，但是两年前我俩已经开始着手要孩子了。不知道怎么回事，老也怀不上，有一次好不容易怀上了但却意外地流产，没有保住，足足伤心过好一阵儿，怕您担心就一直没敢告诉您。”

“哦？有这种事儿？那后来呢，身体没事吧？”

“没事，年轻着呢。妈，你难道没有看出来赵官君他妈这两年与我关系融洽得很，不再唠唠叨叨了吗？其实那不是因为你斗争的结果，而是赵官君已经向她汇报了我们要孩子这件事。”

“哦，原来是这么回事，就我一个人蒙在鼓里。那我问你，流产是什么原因，得去医院查一查啊，现在都讲究优生优育。”

“优生优育？我家这情况能优生优育吗？赵官君一天到晚不着家，白天工作，晚上应酬，心思一点也不在要孩子这件事上。酒，戒了又喝，喝了又戒，断断续续，根本不可能做到养精蓄锐。为此我俩还到燕北医院查过几次，医生说俩人都很正常，但就是质量不高。”

“那是怎么一回事啊？你看那些工地上干苦力的，每天抽烟喝酒样样不误，生出来的孩子一个个白白胖胖、健健康康，怎么你们这些读书人却不行了呢？真是奇怪！”

“大夫说了，人各有异，换一个人兴许就好了。”

“换一个人，什么意思？”

“哈哈老妈，你怎么这么愚钝啊，还宣传部领导呢。就是说，我俩在一起不好生，随便换一个人配合就肯定能生出胖小子来！”

“呵！这年轻人思想好开放啊！还换个人，你就不怕人家赵官君先把你给换了？”

“唉，妈妈，快把我换了吧。婚姻就是一座围城、一场游戏，我已经心如止水，随他去吧！”

“这是什么话！年纪轻轻的想法还挺吓人，我看你是舒服日子过多了吧？看破红尘了吧？你给我好好振作起来，要孩子是个大事，不是儿戏，要严肃点，有时间我陪你去北京上海那些大医院、专科医院去看看，只要你们心诚，对症下药，肯定能见效。”

“嗯。抽空我和赵官君去趟北京吧，要去还是去那些大医院，至于你说的那些电视上大肆做广告的不孕不育专科医院我绝对不信，也不去，太不靠谱。”

“为什么啊？人家周围好多人都去了那些专科医院，回来都成功了，怎么就不靠谱？”

“呵呵老妈，你真是孤陋寡闻，这里头学问深着呢，说出来估计吓您一大跳。您绝对想不到，这里头的事情一旦上了媒体，那肯定是重磅炸弹，定会引起轩然大波。只不过这个事情涉及千家万户传宗接代的大事，所以鲜有报道，除非发生医疗纠纷。这里边涉及伦理道德，我也不敢多讲。”

“呵！还有我没有听说过的，你倒是说说，可不要像你写小说那样瞎编故事来哄我。”

“我有个亲同学，两口子好些年怀不上孩子急得要命，就去了你说的那些个治疗不孕不育的医院。然而服了好几万块钱的药仍然不见效果，最后实在没有办法，医院就悄悄给女方出了个主意，要通过中介给她联系一个名牌大学的男生‘助生’，帮她怀上孩子，这个大学可是出国家领导人的地方，基因绝对强大！结果我同学害臊得不得了，吓得赶紧出院回家。”

“咦，羞死人了，你这故事也太离谱点儿吧，打死我也不会相信，今天这个社会还有这种事情，这都是违背人伦的事啊！”

“您看看，说您不信吧非要听。您想想，为什么那些专科医院怀孕成功率远远高于正规医院吗？难道是人才比正规大医院多吗？根本不是，说到底还是利益在作怪。这个世界上只要有利益，有钱可赚，就有人会千方百计打这方面的主意。当然，那是一种地下交易，一种没有办法的办法，只要有市场，就会有交易，毕竟是双方皆大欢喜的事情啊！”

女儿的话把唐晓萍彻底给震惊到了，她想不到，对于他们这一代人来说，生育是如此简单的一个事情，却在下一代人这里变得如此玄幻，难道是自己真的落伍了吗？她想到，他们这一代人，思想很单纯很简单，一是吃饱穿暖，二是建设祖国，至于生孩子那都是分分秒秒的事情，过去每个中国妇女一生一大堆，到头了还得靠国家有计划地去控制。现如今怎么啦？是转基因吃得太多了还是人的基因退化了，好多女孩子竟然怀不上孩子，生孩子竟然成了一个老大难的社会问题，真是不可思议。

俩人整整谈了一个晚上，最后唐晓萍还问起了往 E 市借钱（放高利贷）的事情。她有些担心，每月那些亲戚在大把大把如期收到高额利息的同时，依然不住地给自己打电话，要求再往里投点钱，真是“人心不足蛇吞象”，搞得她很烦。她想，这么做毕竟是一种不劳而获、坐享其成，如果就这么下去，那谁还有心思去干实业呢？全民放贷而不去搞实体，那不是会导致“泡沫”吗？一旦泡沫消失，那这个残局谁来收拾呢？唐晓萍还想到了股市，心想放高利贷不是和炒股票一样是在搞投机吗？一旦经济上不去，指数疯狂地往下掉，财富瞬间缩水，神州鸡毛满地，一片鬼哭狼嚎！

舒娜完全同意母亲的意见。也正是因为母亲的异议，反对投机理财，反对不劳而获，因此她才没敢把事情原委告诉母亲，她和赵官君早已经从青伊市银行、公积金中心贷了款，共计一百万元，全部借给杨主任背后打理的那家小额贷款公司，每月光利息收入就相当于他俩人工资的数倍。当母亲说起“人心不足蛇吞象”时，舒娜感到有些脸红，但在巨大的诱惑面前，又有几人能够抵挡住这种诱惑呢？

第二十九章　艳遇

成天能看到一些人在那里歇斯底里却又不切实际地幻想，呼吁自己的人生痛痛快快地来一场旅行，期待一场艳遇，殊不知，旅行和艳遇都是需要实力来支撑的。当实力不够支撑自己野心的时候，还是稳稳当当地守着自己的小日子最好。

最近，赵官君的确有点烦。在单位，自己没有竞争过那些平平庸庸、四平八稳的人，没能如愿到那些核心处室任职，且多年的八股生涯让自己干得的确有点烦躁。虽然热衷于写材料，但如果干得时间太长，秘书也会像害虫一样产生“抗药性”。和运筹帷幄相比，自己现在又开始怀念那时在领导身边做一些沟通、协调工作，那是在业务的前沿，是在干实事，狐假虎威也罢，总之是既风光又充实。新来的省委组织部长还没有到任，省委胡副书记兼着组织部长职位。赵官君在心里嘀咕，不知道新来的组织部长会是一种什么风格，如果重业务而轻材料，那么有办公室那几个秘书就足以应付日常材料工作，自己这个研究室主任也就会徒有虚名，只能去研究那些老生常谈的法规了。好在刘副部长排名又靠前了一位，他可是与市里的张市长一样很赏识自己，是自己仕途上的贵人。

家里的赵官君，不是母亲一个劲催他加快要孩子的进度，就是舒娜劝他为了“希望工程”少饮酒，要不就是担心E市那边放款的事情。前段时间，为了帮助料理唐家邦的后事，自己跑前跑后着实有点累。还有几位同学的七大姑八大姨参加公务员考试，一个劲往家里跑，都知道他能量大，想让他透露点考题，让他哭笑不得。好在最终还是帮上了一位同学的忙，同学的妹妹参加了市里某事业单位的招考，进入了面试，他出面通过张市长的秘书给这个单位的领导打了一个电话，人家看在领导面子上，硬是把这个考生从笔试最后一名弄成了面试第一、总成绩第三，同学的妹妹如愿以偿，自己也总算在同学圈中落了一些好名声。

就是这些生活中的琐事，让踌躇满志的赵官君感觉到有点迈不开步伐，其实他这个年龄段的处长已经是干部队伍里的年轻人了，有很多基层干部干一辈子却连个科级也弄不上。不过，赵官君这样的干部们可不这样认为，他们起步早、进步快，没有经历太多残酷的竞争，所以天生就认为自己属于王侯将相。官场体制里，级别高一个层次就是不一样，虽然工资待遇上变化不大，但其他无形的东西可就太不一样了。很多单位的资源被各种带“长”字的人把持着，官儿越大享受的待遇就越多，比如说某某局长，单位给这个局配备了公车一部，那基本上别人用不上，成了他自己的专车，省下的油还可以给自己的私家车加；外单位来人，他可以趁机在外边以单位名义订两桌饭菜，一桌给客人，一桌给自己要招待的朋友；当领导的交往范围亦很大，大家可以利用职权便利互相帮忙，你在你那个单位照顾我一个人，我就在我那个单位照顾你的人，大家心照不宣，享受着权利和级别给自己带来的无形便利，如此等等，不一而足。因此，只要大的体制不发生变动，官场的游戏规则会继续，你争我夺，趋之若鹜。这实则是一种低效率的内耗，是隐形腐败，为人所诟病。从中央到地方，一直在进行体制内的探索和改革，旨在创造一种风清气正的官场环境。然而，拿体制内的研究者赵官君主任的话说：体制迟早要改的，但路漫漫其修远兮，吾辈将上下而求索！不过事实证明赵官君是有些过于悲观了，就在他说完这句话不几年后，八项规定如一把利刃迅速割掉了体制的许多弊端，给官场带来了一缕缕希望的清风。

赵官君在青伊市乃至整个燕北省朋友还是比较多的，官场内外总有一些人为他捧场。上自组织部领导刘副部长、青伊市张副市长，下至各地组织系统同事，同学以及像E市杨主任这样的朋友，大家还是一致看好他。红头任命文件下发后，祝贺很快就纷至沓来，有领导的语重心长，有同学朋友的钦佩羡慕，当然也有阿谀奉承之人。作为多年的铁杆同学、大军集团老板袁大军，每次都是第一个宴请赵官君，无论赵官君失意落寞还是得意忘形，同学和影子合伙人那种非同寻常的情谊总是一直很好地维系着他俩。袁大军在生意场上一次次的成功都有赵官君在背后推动，而赵官君的每一次成功也都和袁大军鞍前马后服务分不开。无论友情还是利益，两人都是共同体、死党。袁老板在自己的私人会所为赵官君举行了盛大的庆祝晚宴，没有请外人，还是圈子里袁大军的几个铁跟班儿和赵官君的发小猴子、利利、志志、白条等十几个人。宴席上，大家一如既往地围坐在赵官君周围，照例众星捧月。赵官君和这些人都是老朋友，尤其是随袁大军这些年驰骋燕北的那几位美女售楼小姐，多年过去，已经劳苦功高，成为大军集团的各个部门的负责人。特别是那位叫瑾萱的美女部长，和赵官君也是多年的朋友，从赵秘书、赵主任、赵部长一直亲切地叫到了赵哥。瑾萱可不是一般的售楼小姐，人家是东北某音乐学院毕业的高才生，学的是声乐专业，擅长唱歌，因为情感而回到了燕北。袁大军和她认识是在一个朋友聚会上，瑾萱美妙动听的嗓音深深地打动了在场的每一个人，她尤其擅长翻唱，把宋祖英和邓丽君女士唱过的歌仿到了极致，高兴之时唱宋祖英的歌，忧伤之时唱邓丽君的歌，堪称全才。每次，那首《越来越好》一飙起来，总是能把场面上的气氛调动到极致，让人们忘记了辛劳、仿佛看到了未来越来越好。同时，瑾萱也有多愁善感的一面，她喜欢邓丽君女士的歌，一首《何日君再来》总能让在座的听众情不自禁地潸然泪下、更加珍惜感情。她的歌，让在座的女人们由嫉妒到钦佩，也让那些政界、商界的男人们激情澎湃，心甘情愿地将杯中的酒一饮而尽。说到底，这瑾萱绝对是场面上的大杀器，袁大军在欣赏其美艳的同时，认识到瑾萱未来的作用和价值不可估量，于是第二天就做出决定，一定要把瑾萱从青伊市第一小学挖出来。最后，经不住袁大军的死缠烂打以及高薪许诺，瑾萱从学校跳槽到了大军地产公司，月薪是学校工资的数倍多。袁大军有意栽培她，一开始就把她放到一线去锻炼，没想到美女音乐老师做销售居然也同样出色，屡创佳绩，最后就成为了总经理助理、集团对外联络部部长。

对于瑾萱，赵官君认为她只是人生路上诸多朋友中匆匆相遇的那一位而已，聚也匆匆，别也匆匆，一时的热情散尽谁也不记得谁。而瑾萱则不同，这是一位敢爱敢恨的女子，具有敏感如风、多情如月的艺术气质。每一个人一生中都会遇到令自己赏心悦目的偶像，尤其是圈外的人看圈内的人。瑾萱第一次见到赵官君，就被赵官君的魅力和英雄救美的魄力深深地吸引、打动。那次，袁老板请青伊市著名的民营企业家张四海吃饭，这张四海可是青伊市赫赫有名的人物，为青伊市各级领导的座上宾，青伊市第一纳税大户，据传言这家伙儿股市游资出身，心狠手辣，出手果断，黑白两道通吃，过去和赵官君有过一面之交。张四海虽然个子矮，长相猥琐，但此人酷爱驾驶那辆超过其身高两倍的越野车。他的人生名言是：个子高的男人往往弯腰生活，个子矮的男人恰恰驾驭世界！袁大军求张四海办成了一件棘手的事，因此特意安排了酒席招待张四海，赵官君作陪。那天瑾萱正好有点儿感冒，嗓子疼。酒过三巡，张四海早就听说袁大军手下有一位美女唱将叫瑾萱的，因此非要让瑾萱给唱歌助兴，但瑾萱实在嗓子难受，因此委婉拒绝。这张四海瞬间变脸，当场发飙，借着酒劲飙起污话，说瑾萱就是个臭唱歌的，不识抬举！就在局面难解的时候，赵官君出面了。他撸起袖子站了起来，对张四海说："张总就不要为难这妹子了，这妹子今天凤体欠安，下回一定专门为您补上今天的节目。来来来，斟满酒，我替她喝一杯给您致个歉。说完咣的一声就将三两一大杯的白酒先干为敬。喝完，还嬉皮笑脸地对着张四海说："张总啊，我可是全省公务员系统超级男声大赛一等奖，我给大家主动献歌一首，要是唱得好您可得掏红包啊！"赵官君这杯酒、这句话、这气势把张四海给镇住了，进而也把他逗乐了。张四海早就听说过赵官君的名字，也知道这人是市里张副市长的前大秘、组织部的处级干部，前途不可限量，因此马上转怒为笑，强打精神道："赵……赵主任，我看可以，成……成交！”说完主动带头鼓起掌来。赵官君一曲清唱《忘情水》让在座的人都惊呆了，唱得居然很好，唱出了老男人的惆怅，于是大家跟着一起唱起来，男人们撕心裂肺地唱着，让《忘情水》这首歌从包厢里直冲九霄云天，把瑾萱的小心脏也一起带走，最后砸落到赵官君身上。从此，赵官君英雄救美的故事在小圈子里流传，让被救的美女唱将瑾萱好生感动，留下了膜拜的眼泪。在她的心头，赵官君既是大哥又是自己心中的白马王子，每次酒后，她也借着酒劲冲动地发誓，如有来生，一定要投入赵官君处长的怀抱，让她吻吻自己，哪怕是此生和他来一次一夜情也足矣！

这一次，瑾萱又唱起了赵官君喜欢的歌曲《越来越好》和《甜蜜蜜》。赵官君尤其喜欢瑾萱清唱，用他的话说，只有瑾萱的清唱才能像一泓清泉滋润到他的心坎深处。瑾萱一边唱，一边含情脉脉地看着她的赵哥，赵官君也一如既往地拍着手、摇着头，陶醉不已，间或他会躲开瑾萱送来那火辣辣的秋波，心想，这玩意儿像火，烤烤即可，绝不能留恋，否则会引火上身，不能自拔。

今晚的盛宴多少安慰了赵官君的心。一直以来，只要不开心，他就会第一时间给大军打电话，大军也心领神会，或自己或叫上一帮人陪赵官君喝酒解闷。这一次，赵官君心情放松了很多，酒精让他的血管加速扩张、心率加速跳跃，在沁人心脾的歌声和甘之如饴的祝福声中，他感到自己依然是人生的赢家，又找回了自信，焕发了生机，充满了斗志！尤其是酒桌上瑾萱送来火辣辣的眼神，舞池里瑾萱送来火辣辣的拥抱，让他的荷尔蒙急剧膨胀，男人的征服欲突然进入念头，冲动不已。在昏暗的霓虹灯下，瑾萱抬起头含情脉脉地看着他，希望他有更多的怜爱，他也真想狠狠吻一吻瑾萱，把她放倒在沙发上……但最终，他还是咽下了贪婪的口水，目光偏离开，想起了家中另一位温柔的女神。他心里呼喊：“舒娜啊舒娜，你能不能也像瑾萱一样陪我唱支歌、陪我出来跳支舞啊？若是你把头扎到我的怀抱里，让我搂着你跳一曲浪漫的舞曲，我会甜蜜地回忆上一辈子！”

成天能看到一些人在那里歇斯底里却又不切实际地幻想，呼吁自己的人生痛痛快快地来一场旅行、期待一场艳遇，殊不知，旅行和艳遇都是需要实力来支撑的。当实力不够支撑自己野心的时候，还是稳稳当当地守着自己的小日子最好。赵官君觉得，今天和瑾萱相遇，其实也是一场艳遇，而留下些许遗憾的艳遇，才最妙不可言。

唱完歌，众人散去，瑾萱提出要送赵官君回家，让袁大军制止了，他还有要事和赵官君单独谈，于是瑾萱和赵官君都有些黯然地挥手惜别。袁大军和赵官君两人沿着会所里的小道散步，袁大军告诉老同学，集团公司已经正式进军 E 市房地产市场，已经报名参加 E 市东部一黄金地块的招投标，一旦中标并被开发出来，将来必定大赚一笔。袁大军还说，那个地方的人民出手阔绰，就像江浙人民在全国各地炒房一样，一买就是一整栋。袁大军希望赵官君能从 E 市找一位主要领导给疏通疏通，帮忙把那块土地拍给大军集团。同时大军表达了自己心中的真实想法，希望将来赵官君干不动的时候早点到集团任职，靠着兄弟们前半生的积累，后半生就拿着钱到世界各地旅游得了，虽然旅游是一场说走就走的禅修，但没钱心灵到底走不远。赵官君点点头，答应回去想想办法，让袁大军做好竞标、围标准备工作，一旦打了招呼，就赶紧动手。袁大军这才吃了定心丸，送赵官君回家。

临上楼，赵官君的手机响了起来，一看，是老领导刘副部长电话，这个点儿来电话，吓得赵官君头皮一阵紧张，赶紧接起来，以为有什么紧急公务。刘副部长和他打了个哈哈，调侃他是不是又在夜夜笙歌，赵官君说哪敢呢，按照您的指示缩着头在家修身养性呢。刘部长说那就好，一定要低调、忍耐，“事无三思总有败，人能百忍自无忧”，哪怕在机关一时做个隐形人，却可安身立命，日后必定能平步青云，笑到最后。说完刘部长还告诉赵官君一个好消息，中央要调某省的一位组织部副部长到燕北，和他是老熟人，非常重视材料，“守得云开见日出”，研究室大有奔头。最后他让赵官君明天给新领导准备一份讲话稿，到时候在干部大会上用。赵官君一下子像打了鸡血，感觉事业又有了新奔头。

进了家，赵官君酒劲未消，心情超爽，一下子将衣服甩到沙发上，突然像换了一个人似的，一改白日的谨小慎微、正襟危坐，一边唱着《今儿个真高兴》，一边做着滑稽的动作，故意逗正在看书的舒娜，舒娜被他的滑稽逗乐了，放下书说想知道今天这赵大官人是遇上啥美事儿了。

“咱老百姓啊，今儿个真他妈的高兴，咱老百姓啊，今儿个真他妈尽兴…”赵官君一边唱着歌一边搂住了舒娜，舒娜回头骂他讨厌并推开他，让他赶紧去冲个澡，赵官君狠狠地亲了她几下，把对瑾萱的意犹未尽全部释放出来，然后在她耳边悄悄说：“今晚干个通宵！”舒娜推开他，有些埋怨地说，就他这样什么时候能要上高质量的宝宝啊，赵官君兴奋地回答，先不管那么多，咱自己先潇洒几年再说吧，等新领导来了一切安定下来，就彻底戒酒，接着再去完成家里的希望大业。

果然，新任的燕北省组织部长付晓政就是刘部长所说的那个熟人，到任讲话居然就是赵官君给提前准备好的那份稿子，基本上没有大的改动，说明了新领导对材料的信任。赵官君禁不住感激地多看了主席台上正襟危坐的老领导刘副部长，刘副部长向他微微点头，赵官君心领神会，在敬佩和感激老领导知遇之恩的同时，下决心一定要按照刘部长的指示把新领导这篇大文章作好。

赵官君若有所思、略显得意的样子被办公室冯主任看在了眼里，冯主任觉察出了点什么，他有些妒忌赵官君，同时有些埋怨刘副部长吃偏饭，心想，这刘部长肯定提前让赵官君给领导准备材料了，否则这部长的讲话稿怎么这么耳熟呢？这小子赵官君的能力真是比过去的吕主任有过之而无不及呀，总是能挖办公室的墙脚，分办公室一杯羹，看来今后办公室只能搞点日常小材料了。冯主任在心里想着对策，不过他心里还是很有些底气的，毕竟办公室还是主要领导的左膀右臂、参谋助手，他想，索性把那些难缠的材料都推给研究室吧，自己就照顾好领导的生活起居就行了。

晓政部长非常重视民营企业党建工作。一到任，他就以民企党建工作作为调研课题，顺便到全省各地熟悉熟悉情况。陪同新部长的有四个人，一位是分管办公室工作的副部长，一位是副巡视员兼干部四处吕处长，其次是研究室主任赵官君和办公室冯主任。新部长第一站没有选择省会城市青伊市而是选择了第一经济大市E市，因为E市除了传统煤炭、电力、石油等国有企业发展不错外，民营企业发展势头也非常迅猛，贡献率逐年递增，理应是党建工作的开拓重点。在E市民营企业党建工作座谈会上，晓政部长认为，改革开放给人民创造了非常好的创业环境和致富条件，一部分人很有可能抓住时机，充分发挥个人智慧，成就创业梦想，最终发展成为优秀企业家，和那些国企老总平起平坐，获得社会的认可。但民企的长期发展，随时可能遇到自身经营管理上的困境，外部不良生态环境的干扰，业内同行的竞争压力等等，这些都不能单靠民企创始人个人的智慧解决，必须向党组织靠拢、全力依靠党组织。晓政部长的发言材料有即兴的成分，但大部分都是研究室和干部四处联手起草的，赵官君和自己的老主任吕处长都是材料高手，他俩本来就很熟悉民营企业党建工作这一块内容，在上一任何部长时就曾经搞过很多这样的专题，因此讲话稿写得很精彩，晓政部长的讲话获得了在场民营企业老板们热烈的掌声。省委常委、组织部长对民营企业的重视在一定程度上说明省委省政府对民营企业的重视，大家各抒己见，向省委领导讲出了各自的想法和建议，晓政部长亲自动笔记下了很多问题，其间大家还展开了热烈的讨论。座谈会开得很成功，临退场，大家起立为晓政部长一行送行，让外省来的新部长感受到了燕北人民的热情和E市民营企业家的干事创业活力。当然，最终受益的还是吕处长和赵官君，晓政部长的燕北第一站非常成功，开了一个好头，两人也在新领导心中留下了非常好的印象，无形中比别人多记了一功。

当晚在E市党政接待晚宴结束后，袁大军的车子就把赵官君和吕处长接上，车子开向E市郊外的一个饭店，E市市委常委、分管国土和城建的郑副市长已经在那里等着他俩，他是赵官君的老朋友，却是吕处长大学时睡在上铺的好兄弟。郑副市长的爷爷曾经是建国后E市的第一任老领导、老革命，郑副市长继承了爷爷的优点，不满三十岁就当上了正处级领导干部，八年后成为E市乃至全燕北最年轻的副厅级干部，分管重要部门，在E市有非常深的影响力。赵官君特意把袁大军介绍给了郑副市长和吕处长，为他开拓E市房地产市场打下了很好的基础。尤其是吕处长，赵官君知道，他和郑副市长关系非常铁，E市出来的郑副市长当年上大学时经常在青伊市的吕处长家蹭饭吃，吕处长家就是郑副市长大学时代的第二个家，为此郑副市长还喊吕处长的母亲为干娘。赵官君的安排是很对路的，吕处长和郑副市长果然在后来袁大军开拓E市房地产市场中起到了非常大的推动作用，对袁大军帮助很大，以至于袁大军、郑副市长和吕处长三人密切合作，联手演绎了几年后震惊E市乃至燕北官场的一桩政商勾结的大戏，还差点把赵官君也送进了牢房，令人唏嘘，这是后话。

第三十章　腾踏

机会总是垂青于那些有准备的人，不是此时就在彼时。官场上，切忌轻易出快拳、短拳，需要打太极，需要长袖善舞。只要心诚，只要坚持，只要能吃得下亏，沉得住气，受得了罪，耐得住利益诱惑，必能成大器。

青伊市有一条古老的河，名字叫伊河。城市北边就是著名的青山，青伊市的得名和一山一水息息相关。青伊市依山傍水，绝对的风水宝地，历朝历代的封疆大吏都把这里当作行署驻地。一窥伊河的变化就可以了解整个青伊市的变化。青伊市与全国大多数城市一样，棚户区改造是一个绕不开的老大难问题，有国内外的专家建议青伊市新的发展规划可以绕开棚户区，在城东打造一个新青伊，这样既可以减少成本，也可以快速推进城市化步伐。但是专家们的建议没有被省市领导们采纳，最大反对声就来自于土生土长于此的青伊市委副书记、代市长张市长。张市长生于斯、长于斯，对这里的一草一木、一山一水有着非常深厚的感情。他认为，千百年来，这里的人民都以青山和伊河为生身父母，靠山吃山，靠水吃水。青山和伊河就是青伊这座城市的灵与魂，没有灵魂，这座城市就会失去亮点。伊河穿城而过，横贯东西，是青伊人民的母亲河。然而正如张市长在全市政府工作报告上饱含深情地讲道："因为历史的原因，青伊的儿女们太穷了，没有能力为他的母亲购置新衣裳，这是做儿女的奇耻大辱。"张市长认为，作为市长，他感到脸上无光，他有责任在市委的领导下带领全体青伊人民在新一轮经济腾飞中把青伊市建设得更加美好！

伊河和它周围的建筑一样，老气横秋、破败不堪。有的河段垃圾遍地、污水横流，有的地方直接就枯本竭源了。要想使青伊这座城市变得有活力、有魅力，吸引八方游客，必须治理伊河水。而治理伊河水的根本在于棚户区改造，破烂不堪的棚户区是造成青伊河水污染的主要原因之一。张市长上任后除了进行政府东迁和城市中心向东部拓展外，积极响应国家推进棚户区改造大战略，通过国家投资、世界银行贷款、开发性金融以及引进民间资本，大刀阔斧地进行青伊史上最大规模的棚户区改造和城市再造工程。经过几年的建设，一个新的青伊市展现在世人的面前，伊河水重新变得清澈见底，傍它而建的一幢幢高楼大厦拔地而起，成为青伊市人民安居之首选，房价一度刷新，土地收入也再次成为青伊市财政的主要收入。房地产业的繁华也间接促进了青伊市旅游业的发展，使得青伊市重新夺回了久违的全国优秀文明城市、旅游城市和园林城市的美誉。不久，张市长长袖善舞，也实至名归地顺利接任新一届青伊市市委书记、人大常委会主任。而作为他早年的秘书赵官君，不仅脸上有光，而且在老领导的帮助和提携下，仕途上也越来越顺风顺水。

机会总是垂青于那些有准备的人，不是此时就在彼时。官场上，切忌轻易出快拳、短拳，需要打太极，需要长袖善舞。只要心诚，只要坚持，只要能吃得下亏，沉得住气，受得了罪，耐得住利益诱惑，必能成大器。通过一推双考，即经过组织推荐与笔试面试，赵官君成功入围了燕北省副厅级领导干部选拔范围，这是新省委领导和组织部付晓政部长到任两年后燕北省组织人事工作的一项重大改革，旨在推进全省干部的年轻化，实现新老干部的合作与交替，提高领导班子整体素质与效能，让年轻干部在燕北经济社会大发展中充当好改革的火车头、急先锋。晓政部长也大力支持符合条件的组工系统干部踊跃参与，用他的话说，组工系统虽然是管干部的，但也应该视野开阔，志存高远，让组工系统这一潭水也充分地活起来，更有利于燕北干部队伍整体建设。赵官君、吕处长以及冯主任这一批组织

系统的处长在这次改革中成了受益者，吕处长如愿成了燕北省能源集团董事长、正厅干部，办公室冯主任成了南部某市的纪委书记，而赵官君最惹眼，因为有他的老领导省委常委、青伊市委张书记的大力举荐，竟然成了省会青伊市分管金融、旅游工作的副市长，一时成为燕北官场上的一段谈资和年轻干部学习的榜样。省委的干部年轻化战略，一定程度上解放和盘活了全省的人力资源，几十位地厅级年轻干部迅速补充到领导班子中，极大地推动了全省经济社会的发展，让燕北省连续几年的地区生产总值增长率位居全国前列。

虽然事业上做得风生水起、如鱼得水，但生活中的赵官君却一点儿也高兴不起来。每个夜晚拖着疲惫的身躯回到家，而爱人舒娜已经睡去，白天体力的过度透支，让他没有一点儿秀恩爱的兴趣。而且妻子舒娜早就和他说过，晚上十一点后为人体免疫系统排毒时间，此段时间应安心静养，不宜再劳累。她还说，男人过一次性生活，耗费的体力相当于绕着昌瑞大学校园跑好几圈，因此，出于对赵官君的身体健康和“希望工程”质量的考虑，过了十一点就不要再考虑那种事了。况且，她还对他说，要想孕育出一个健康的孩子，夫妻双方必须满足几个共同条件，即：夫妻双方身体极为健康、心情极为愉悦、极渴望鱼水之欢、极渴望下一代。每次她这么说，赵官君总是不以为然，他举一些农民作为例子，白天耕作那么累，晚上照样孕育出健康的宝贝。甚至他还以自己的老祖宗以及他父母作为例子，认为父辈们吃了那么多苦，根本不懂得优生优育的知识，依然生出他这么优秀的人才。这时候，舒娜就举一些古代饮酒作乐的大诗人作为反面例子，认为那些大诗人就是因为纵酒和云游四海而耽误了孕育和抚养子女，是一种不负责任的表现，自然也导致后代青黄不接。针对赵官君认为自己很优秀，舒娜有点愠怒，她毫不客气地指出，虽然赵官君很努力，但那也是特定的时代、特定的环境以及特定的体制让他功成名就当上了高官，但切不可以此作为骄傲的资本，很多时候，聪明反被聪明误。舒娜的话赵官君很不爱听，尤其是自己事业越来越飞黄腾达之际。他的成功在某种程度上是对自己女人嘴里逻辑的一种否定，令他更加自命不凡、恃才傲物。他偏偏总是十一点以后回家，也总是趁着舒娜没有熟睡，带着酒气，或好言哄骗，或霸王硬上弓，即使恩爱成功，也是分秒钟的事儿，因为他白日的精力都献给了工作，晚上却体力不支，于是草草结束战斗，各自翻身睡去。这样，随着时间的推移，赵官君越来越没有兴趣和精力去考虑房事，纵使两人加快了要孩子的进度，但付出的努力依然如投入大海中的一粒小石子儿，不见动静。

今晚，赵官君一如既往披着星辰回家，而舒娜早已抱着月亮入睡，她已经习惯了一整天见不到丈夫的日子。夜里丈夫很晚才回来，那时的她已经睡去，第二天天刚放亮，赵官君就已经出了门。自从履新当了副市长后，夜晚的情况变得更加糟糕，有时候半夜赵官君也被人从梦中叫醒，急匆匆去处理那些突发事件，害得舒娜一夜和睡眠告别。周末，赵官君也会被各种各样的重要会议和推不开的应酬缠住，不能和家人好好地坐下来哪怕只是吃个饭。最近电脑中很流行一款免费杀毒软件叫作 360，舒娜形容她和赵官君是夫妻中的 360，一天见面 6 小时，约合 360 分钟，毒是杀掉了，但该有的功能也被屏蔽掉。

其实最着急的除了唐晓萍，还有赵官君的母亲李红艳。眼见儿子升官但不见儿媳妇肚子大，她非常焦躁。没有了唐晓萍的阻挠，她更是彻底坐不住，隔三岔五去催促。儿子是见不到面的，她也只能在电话里催促他几次，但都被儿子以打扰他工作为由狠狠地训斥了一番，自此也就不敢去骚扰赵官君，免得影响他的仕途。于是她就只能跑到儿子家里，一个劲儿在儿媳妇舒娜那里唠叨。一次两次，舒娜会耐下性子解释，三次五次，舒娜也被婆婆搞得有些烦，索性撂给婆婆一句硬话：要孩子不是我一个人说了算的，还是多问您儿子去吧！“什么话啊！”李红艳终于露出了婆婆的威严，“我不可能管他一辈子，儿子既然已经交到了你手里，很多事情就得你来管，你来做！”对于婆婆的强势，舒娜只能选择沉默，任由婆婆大发雷霆。婆婆的心思她都懂，可她又能怎么样呢？对于自己，虽然赵官君表面上是很温顺的，但骨子里却很强势，强势得听不进她的话，强势得让人害怕，单从仕途上一步步设计、经营、升迁的路径来看，赵官君就是一个既有心计又很难以让人驾驭的人。这一点，像极了当年的夏河，但夏河骨子里是个老实、厚道的人，即便倔强但却能听得进建议，容得下人。

十几个来回，婆媳感情江河日下，但凡有机会，李红艳就会在儿子面前念叨。她甚至于扯着哭腔催促俩人赶紧要孩子，同时，也把儿媳妇对自己的一些“不敬”向赵官君倾诉，要赵官君不要一味护短。尽管同为女人，但出于私心，李红艳完全站在了男人和家庭的立场上说话，她的逻辑是，女人就应该操持家务，生儿育女，自古以来概莫能外。幸福的家庭一个共同的特征就是男主外、女主内，女人一定要依附男人、辅助男人，否则就谈不上家道兴旺。李红艳还告诉儿子，要让自己的妻子收收心，不要成天忙什么事业、写什么小说，那些都是不靠谱人干的事情，当务之急是生孩子、养孩子、操持家务。一直以来，李红艳就是赵家说一不二的“女皇”，赵官君养成了对母亲绝对服从的本性。但自打舒娜进了赵家门后，赵官君的天平明显偏向了爱人的一端，宠着她、护着她、替她圆场。舒娜从来没有在他的耳边说过母亲李红艳的不是，但母亲的耳边风却一直不断地往他耳朵里吹，让他心烦。几次，他都劝说母亲不要再“无事生非”，但母亲态度很坚决，她认为儿子是自己的，任何人夺不走，什么时候他都得听母亲的话。

这天周末，太阳打西边出来了，赵官君在家里休息，但碰巧舒娜的书稿要进行简单的排版打印，北京的一家出版社对她的书稿感兴趣，让她赶紧寄过去。舒娜匆匆和赵官君打个招呼，让他自己在家里一个人解决吃饭。没等赵官君说啥，她就笑嘻嘻甩门出去，临走还不忘告诉赵官君，等着她的好消息吧，到时候俩人好好庆祝一下！赵官君无奈地摇摇头，恐惧地看了看身边的手机，然后开始躺在沙发上看电视打发时光。不一会儿，手机铃声响起，赵官君一阵紧张，一个激灵从沙发上爬起，职业病似地飞快从茶几上拿起手机，一看，是母亲李红艳的电话，这才放下心来。原来母亲是来给他们送营养品的，楼下的单元门坏了，她进不来了。赵官君赶紧开门下楼。刚出门，就看见老邻居市委党校的沈主任两口子买菜回来，两家平日相交甚好，赵官君在组织部时还有几次到沈主任家陪他喝过几次酒。沈主任一看是本小区的大人物赵副市长，自从赵官君当上副市长后他们很少能见他回家，平日只能在电视上看到，一下见到老邻居，沈主任有些激动，调侃赵官君比中央领导还忙。一听是赵官君的母亲被挡在了楼下，沈主任连忙拦住赵官君，忙不迭地嗖嗖几下下楼去开门。

母亲进屋后，赵官君很是高兴，心想又可以吃到母亲做的那香喷喷的饭菜了，尤其是母亲做的鱼香肉丝，多少年来他都吃不腻。为此，舒娜试验过好多次，但不是淀粉过多就是辣椒过少，总是没有母亲做的好吃。赵官君一改平日单位里的严肃，撒娇地给母亲掐背，说要好好伺候一下母亲，好让她给自己美美地做一顿大餐。李红艳最受不了的就是儿子的这个“大招”，即使心里再有埋怨，也会瞬间消失，心甘情愿地去厨房接受烟熏火燎。

不一会儿，李红艳就做好了两个菜，她喊正在客厅里边看电视边唱歌的赵官君吃饭，赵官君高兴地走到餐厅，坐下来，一边吃饭，一边听母亲唠叨。

“要不把舒娜叫回来吃饭？她老在外边吃会吃坏身体的。”

“呃，别管她了，北京那边催她的那本书，急着呢。”

“唉，又是那个书，就不能做点正经事。我不早就和你说过了吗，有时间赶紧给我和你爸生个孙子出来，再拖下去，你也老了，能要出高质量的孩子吗？”

“妈，你就别管我俩的事情了，顺其自然吧，我们其实已经努力了，可人家孩子就是钻在里边不出来，能有什么办法，大概是不到火候吧。”

“呵，你这孩子，我不管你看还有谁管？就你这媳妇，成天让你娇惯得像个女王，任由她这样下去，到时候老赵家恐怕在你这儿断代，真是的！”

“妈啊，实话告诉您吧，其实不完全是您想的那样，您这儿媳妇也是很努力想要孩子的！”

“娶了媳妇忘了娘，你又替她说话。不是女人的原因，那你说是什么原因呢？难道是你的原因？”

赵官君没有回答母亲的质疑，只是端着饭碗沉思了一下，说：“大概是吧！”

“那你们不是检查过了吗？不是都没有什么毛病吗？”

“哎呀我的老娘，这件事慢慢来吧，我都让您说的头都炸了，什么香火不香火，迷信！总不能因为孩子而影响我的事业吧，与其那样，我们就做丁克算了！”

“丁克？你这孩子？亏你说出来，我们养你这么多年就是要你这句话？别总拿事业说事儿，那些当大官的哪个不是儿女双全。你要气死我呀！”

“我的妈啊，好不容易回趟家，还惹您生气，您老息怒息怒，我知道了行不？一定生、生、生，一下子给您生出俩胖小子，到时候看您怎么带！”

说完，赵官君一边催母亲用餐，一边端着碗走到客厅。燕北午间新闻正在播报的一则消息让他不禁皱起了眉头。该新闻报道根据中央稳定金融秩序的有关精神，我省各级纪检监察部门会同金融监管部门对 E 市和其他城市存在的高利贷现象进行了摸底调研，采取有力的措施确保金融稳定，鼓励和引导民间资本向实体经济转移，切实维护百姓利益不受侵害……

金融是赵官君在青伊市分管的一项工作，但作为省会城市，一直以来依靠传统第三产业拉动经济，高利贷现象似乎不是很严重，省里也没有过问过此项工作。但没有过问不等于不存在，青伊市兴起的规模宏大的房地产业，光靠银行贷款显然不符合实际，有可能埋下非法金融的隐患。想到这里，赵官君匆匆撂下了饭碗。他想起一个重要的事儿来：打电话。他要打给 E 市和他息息相关的两个人：一个是袁大军，一个是杨主任。

电话很快都顺利接通。首先是他的同学袁大军，除了报平安外，大军还告诉他，在赵官君的老领导吕主任（现为省能源集团董事长）和 E 市郑副市长的关照下，大军房地产推进速度非常快，一期项目已经封顶，正准备再融资一个亿左右进行内部装修，前景一片大好！赵官君叮嘱袁大军一定要老老实实做生意，资金不足可以想办法从银行协调，不要掺和高利贷等非法融资行为。电话那头，大军一边承诺，一边心里苦笑着：大银行嫌贫爱富，民营企业哪儿那么容易能从他们那里搞到贷款，急用钱时，只能到处借高利贷！

杨主任的电话也很快接通，没等赵官君开口，杨主任就是一番恭维，并且为没有及时到省会当面祝贺表示抱歉。赵官君呵呵笑几句，让杨主任别整那么多没用的，大家都是老朋友了。赵官君询问了杨主任小贷公司的发展情况，杨主任告诉他发展得非常好，不过他已经基本不管那些业务了，现在是控股股东在管理，他已经响应市里的号召，老老实实上班，最近还准备往上爬一爬，估计少不了赵市长帮忙。赵官君听着有点不对劲，过去和杨主任打电话，他都一个劲儿地说我的公司如何如何发展等等，怎么现在变了口风呢？正在赵官君迟疑时，杨主任可能听出了意思，他拍着胸脯给赵官君保证，赵副市长的那些亲戚放在他朋友小贷公司的钱一点儿问题也没有，他拿前程给领导作保！赵官君也没什么要说的，只是嘱咐他防范风险，一旦泡沫来临就及时通知他。杨主任在电话那头连连允诺，他最后的一句话让赵官君吃了定心丸，让他在感受权力巨大的影响力的同时，从人性角度有那么一点点脸红和不自在。

杨主任说："领导，请您放心吧，即使有再大的风暴，我们也要先把您接到岸上！"

第三十一章　归魂

归来吧，那个漂泊四海的魂，这些年我日日夜夜魂不守舍，都是为了有朝一日等你回来。这不是一本书，这是归来的魂，而你走后，我那从此放浪形骸书写的一生其实就是找你的一生。

早在三年前，舒娜就凭借她在很多刊物发表的诗歌以及和夏河合作的长篇小说《山谷里的回忆》，被吸收为燕北省作协成员。这部《归魂》算是她的第二部作品，实实在在的一部个人作品，从腹稿到一稿、二稿，最终定稿，历时五年多时间，用她对闺蜜的话说，该小说和她想要的婴儿一样——难产！好在作品历时五年多总算是出来了，而肚里的孩子依然遥遥无期。这部作品在二稿出来后她曾把它发给了北京的师兄岩松和大记者文凯，他们是多年的老朋友，经常有一些文学上的交流。同为文学爱好者，师兄岩松经常和她探讨诗歌以及其他文学作品，鼓励她多写一些作品丰富自己的人生。文凯因为采访，一年中总会有几次来燕北，每次去必通知舒娜，他还会专门去王府井书店买一些好书带给舒娜。多少年来，在他心中，夏河是一个永远的痛，而只要见到舒娜，他就像又一次见到自己的爱徒和亲人一样，心情会舒缓很多。岩松和文凯共同的话语除了鼓励舒娜好好生活，将文学创作坚持下去外，都不约而同希望舒娜有机会重新回到北京，拿起笔，不管是做编辑还是圆大学时代的记者梦，总之是希望这个叫舒娜的年轻人能够发挥自己的特长，让人生更加出彩一些，北京无疑是圆梦最为理想的地方。舒娜感谢他们的关心和鼓励，文学创作是她的热爱，她一定会坚持下去。至于去北京二次发展，因为有赵官君、有家，她从没有考虑过，同时，那里毕竟留下过她的伤痛，多年来难以释怀。

岩松将《归魂》推荐给巾帼出版社，那里有他的一位老朋友。巾帼出版社是中国最大的出版社之一，以发表诗歌和女性作品见长，很多优秀的女作家都成名于这家出版社。出于友情，出版社的郝编辑还是接过了好友岩松推荐的这位不知名作家的小说。近年来，描写当代年轻人的优秀情感小说越来越少，市场效益不温不火，因此大部分全国知名出版社都将目光锁定在市场效益好的知名老作家和外国优秀作家作品上。拿到《归魂》后，郝编辑一目十行地扫视起来，但越扫速度越慢，索性认真读起来，最终他被这部作品打动了。这是一部描写当代青年人生活和情感的励志小说，在作者笔下，青年人并不是人们想象中的独、叛逆、轻狂乃至堕落，他们也有远大理想，也有务实与深沉，也有家国情怀。郝编辑花了两天时间认真地读完，同时给出了一些建议，然后交给好友岩松并告诉他，这部小说他已经和总编沟通过了，待作者修改定稿后，出版社将免费为她出版，在全国推广发行。

七月盛夏，燕北作家舒娜的长篇小说《归魂》终于付梓出版，巾帼出版社为此还举办了一次隆重的研讨会，会上，一些著名作家和评论家对舒娜的作品给予了很高的评价，肯定了作品的重要意义。大作家朔风评价舒娜的小说情节流畅，布局精心，人物表现有张力，显示了一个成熟作家应有的水准。舒娜也向主办单位和与会的各位领导、评论家和作家同行作了真诚而感人的答谢发言。燕北省作协也派人参加了研讨会，后来特意还在《燕北文学》上专门对北京的这次研讨会进行了报道，形容舒娜的作品给燕北省的文学界吹来一股青春的劲风、暖风。

随着报道的深入和市场推广，《归魂》的销量越来越大，尤其在家乡燕北省，《归魂》销量始终排在小说类的前三名，让燕北省很多人都记住了舒娜的名字。舒娜俨然成了小有名气的女作家，认识她的人都纷纷向她索要签名，她也大方，直接从出版社自费买了几百本书，送给同事和亲朋好友。

此外，昌瑞大学等一些燕北高等学府都向舒娜发来邀请函，希望她能回到校园给那些新时代的师弟师妹讲述一下成功的经验。面对校方的真诚和新一代热爱文学的师弟师妹，舒娜没有拒绝，她还特意做了 PPT，认认真真地进行了准备，把每一场讲座搞得非常精彩，主旨就是希望年轻人不要沉沦，心若在，梦就在，要用宝贵的青春去圆人生之梦。

《归魂》的成功绝非偶然，舒娜在手稿上曾写下这样一段话，诠释了原因：谨以此书献给我想找的那个人。归来吧，那个漂泊四海的魂，这些年我日日夜夜魂不守舍，都是为了有朝一日等你回来。这不是一本书，这是归来的魂，而你走后，我那从此放浪形骸书写的一生其实就是找你的一生。

慢慢地，在青伊市，认识赵官君的人都给他打电话，祝贺赵市长真是好眼光，既做官又有红袖添香，真可谓是人生的赢家。连老领导张书记都调侃他这一辈子没有白活。还有的老熟人和他开起了玩笑，说他摊上这么一位有才气的作家老婆，后半生就不用做贪官了，搞得赵官君哭笑不得。不过，他打心眼里佩服舒娜，一个女人做梦不怕，怕就怕有一股子韧劲，把自己的梦一直做到底。舒娜在各大高校搞讲座的日子里，赵官君没有阻拦她。在某种程度上，自己的爱人比自己要有名气得多，毕竟自己只是市里排名最后一位的副市长，很多燕北的人都还不知道他，尤其是那些越来越不关心政治的年轻一族。而舒娜的名字，因为她的作品却慢慢地飞入了寻常百姓家。过去，舒娜以夫君为荣，而现在，赵官君背负上了女作家老公的名分，他暗暗发誓要加倍努力，不让外人尤其是那些同僚们看笑话，在青伊乃至燕北官场干出一番轰轰烈烈的事业来。

紧接着，中国作协在北京举办全国青年作家创作暨培训会议，燕北省作协通知舒娜去参加，这可是一次很重要的会议，一次难得的学习机会，全省只给了五个名额，基于舒娜的突出表现，作协就把名额给了她。这次学习班要历时两周，正好和她的大学十年聚会接续上了，因此要出门半个多月。临行前，舒娜把家收拾得干干净净，做好了晚餐，给赵官君发短信告诉他早点回来。

赵官君今晚有应酬。一帮过去组织部的兄弟们约好晚上在一起小聚。这是个雷打不动的铁圈子，缘分和事业来自于同一个地方，有福同享、有难同当成为一种共识和默契，大家都很明白一个道理：团结的地方最容易出干部。赵官君今晚的这个小铁圈总共有十几个人，都是曾经在组织部里操笔杆子的患难同仁，对写作和组工事业的热爱让他们紧紧地团结在一起，再忙也会小聚一下，无话不谈。赵官君和能源集团吕董事长作为研究室里走出去的带头大哥，今晚是圈子里的主角。赵官君和吕董事长早早地到了酒店，大家撸胳膊、挥袖子开喝，一天的工作太累了，都想借此放松一下，顺便发泄发泄局内人的牢骚。

酒过三巡，赵官君出去上趟洗手间，餐桌上的手机响起，吕董低头一看显示的是“女神”二字，他随口就念出了声，大家听到了，齐呼“哇！”赵官君正好也回来了，一看电话铃响着，大家还用不怀好意的眼神瞅着他，他赶紧拿起手机，明白了。他指指吕董和大家说道：“嗨！你们这帮小子，想看热闹是吧，还不给你们机会呢！我老婆电话。”他接了起来。

“喂，老婆，我刚才上卫生间了，没及时接起来。”

“喔，我给你发短信你怎么不回呢？害得人准备了一桌饭菜！”舒娜似嗔似怨地在电话那头说道。

“忘了忘了，老婆大人，抱歉。我开完会就没看手机，每天让它扰得我够呛。下班我就直接来饭店吃饭了，原先的几个兄弟们聚聚。”

“哦，少喝点吧，吃完就回来，不要再去第二场了，更不要去唱歌了，那是是非之地，迟早会乱你心智的！”

“哈哈，大作家说话越来越有哲理了，好好，我知道了！”

“别现在答应了一会儿就忘了啊，回家我有重要的事情要向你这个大市长汇报呢！”

“不会不会，哪儿敢啊。哈哈，洗干净了在床上等着我吧！”

赵官君一边哈哈笑着，一边挂了电话。他最后的那句话“洗干净了在床上等着我”让大家都听到了，逗得大家哈哈大笑，眼泪都快笑出来了，纷纷指着赵官君说你堂堂的大市长怎么说话还带着黄呢？赵官君不禁也乐了，他解释这是为了活跃一下气氛，省得你们这些小子的荷尔蒙太过压抑，再说了，市长也是人啊，市长就不能有七情六欲？市长就不能在私人场合说点荤段子啦？

第三天早上，赵官君上班途中顺便将舒娜送到了火车站，二人依依惜别。这次要走半个多月，舒娜有些歉疚，悄悄地在赵官君耳边私语，告诉他等回来了好好准备准备，一定要争取在年内怀个健康的小宝宝，同时也暗示赵官君要爱惜身体，毕竟还有人生中最大的一件事没有完成。赵官君心领神会，拍拍她的肩膀，两人就此告别。

又一次，舒娜来到了北京——共和国的心脏，这个她爱过、伤心过但却依然离不开的地方，每次来都是五味杂陈。幸好每次到的地方都远离夏河工作过的单位，而且北京每天都有新变化。好多次，她都想去那个熟悉的中毅新闻报社去看看，但始终是鼓不起勇气，尽管夏河托梦告诉她他只是远行而且生活得很好，但那毕竟是梦啊！那是他怕她伤心才编的理由啊！她甚至有过好多次的冲动，重新拿起夏河留下的相机、笔和采访的行囊，投靠到中毅新闻网去当一名记者，圆自己一个梦，用行动来寄托思念，但最终一笑了之，太不现实了。

“算了，伊人既已远去，就不去想了，其实人生就是一场梦而已。”她不自觉地想到纳兰性德的那首《荷叶杯》，感触满怀：化作彩云飞去，何处？不隔枕函边，一声将息晓寒天，断肠又今年。她还想到了她喜欢的纳兰性德的另一句话“人生若只如初见”，心想这样也好，心若在，梦就在吧！她给自己宽慰着。

到会议所在地报到后，还有一下午一晚上时间需要打发，舒娜就又给云瑛打了电话。不到半小时，云瑛就像一发炮弹似的轰到了舒娜面前，俩人拉着手说笑着先去旁边的紫竹院溜达，这里舒娜没有来过。这可是有五百多年历史，后来成为大清皇帝乘船去颐和园必经并休息的地方。沿着松竹林立的幽静小道，俩人来到荷花渡，在一条长椅上坐了下来。此刻的北京城，蓝天澄澈透明，仿佛像蓝水晶，其间点缀着云朵。舒娜托着腮帮子，看着接天莲叶和举目皆如画的美景，心里感到一阵阵舒爽，她想，如此喧闹的一个城市，竟然有这么一块让心灵放假的地方，真是难得。怪不得人人都想当皇帝，当上了皇帝，就可以拥有特权，就可以独享一方宁静，修身养性，颐养天年。看着身边络绎不绝来此锻炼和散步的老人，他们脸上红扑扑的，还情不自禁地流露着骄傲，舒娜觉得自己也被感染了，还是新社会好啊，否则老百姓哪里能享受如此美景，她感叹着，觉得自己再一次融入了这个城市，从喜欢紫竹院开始又开始喜欢上了这个城市。和她走过的其他城市相比，这北京是大，是挤，是嘈杂，但还是有这么多人往这里聚集，看来那街、那楼、那山、那水、那政治经济文化等等优势资源，都不是其他城市可以媲美的，它是一种无声的吸引力，深深吸引着来自四面八方的人们。

第二天，全国青年作家创作暨培训会议开始了。在培训会上，能聆听到省作协以上水平的重量级老师授课，舒娜觉得真是很值。会议上，她第一次见到了那些活跃在当今文坛上的知名作家，其中就有她的偶像。作为一名新作家、女性作家，在诸多知名的老作家面前，舒娜觉得自己很卑微，以至于她大气也不敢出，只是静静地听着这些文学大家在亢奋地讲授着自己的创作经验和成功感悟。

大诗人木儿讲授的《诗歌的灵感来自不断的模仿》对她的影响很大，她觉得受益匪浅。木儿认为，中外诗歌迥然不同，分别代表了各自的文化、艺术、美学、文论的综合成就。外国现代诗歌强在比较直率地把诗人所要表达的意思表现出来，直抒胸臆，毫无造作，言尽而意亦尽，回味的空间相对缩小了，比较符合他们的语言和心理特征、思维特征。比如说歌德的《野蔷薇》：

少年看到一朵蔷薇，荒野上的小蔷薇，那么娇嫩，那么鲜艳，少年急急忙忙走向前，看得非常欣喜，蔷薇、蔷薇、红蔷薇，荒野上的小蔷薇。少年说，我要采你，荒野上的小蔷薇。蔷薇说，我要刺你，让你永远不会忘记。

再比如泰戈尔的《金色花》：

假如我变了一朵金色花，只是为了好玩，长在那棵树的高枝上，笑哈哈地在风中摇摆，又在新生的树叶上跳舞，妈妈，你会认识我么？你要是叫道："孩子，你在哪里呀？"我暗暗地在那里匿笑，却一声儿不响。我要悄悄地开放花瓣儿，看着你工作。

木儿用这两首诗作为例子，接着讲道，每个民族、每个地域的文化都有自己的特点，当今的中国文坛，朦胧诗仍然是诗歌的主流，和欧美等国不太一样，朦胧是一种美，但却不能过于朦胧，过于朦胧就会让人费解、读不懂，只能算是作者个人的小众享受。很多人一开始觉得朦胧诗实在是难写，慢慢地坚持不下去，索性就放弃了。其实诗歌既需要作者个人的灵感、天赋，还需要不断地在痛苦中煎熬、摸索、历练。初写诗歌，模仿不失为一种好方法，一要模仿别人的风格，二要模仿别人的心境，其中心境模仿最为重要。心境就是想象力，一个人创作的敌手其实不是懒惰、不用功，而是想象力的枯竭。同样是写月亮，可以有不同的心境，或欢乐，或忧伤，可以从不同的角度去联想、去创作。

大作家朔风的《情感小说要边写边流泪》，也给舒娜留下了极深刻的印象。朔风讲到，写小说一定要紧跟时代，情系人性，贴近大众生活，用自己的真情实感，讴歌时代、赞美英雄、呼唤社会良知。朔风以路遥先生的《平凡的世界》为例，谈了自己的体会。《平凡的世界》写了并不平凡的一群人，正是这群不平凡的人组成了这个平凡的世界，改造着这个世界，让读者在感受主人公错综复杂的情感、跌宕起伏命运的同时，心灵世界得到净化。这本书的写作过程中，路遥先生很多次是边写边流泪。事实证明，作品只有先让自己哭泣才能让读者哭泣，唯有先把自己打动，才能打动更多的读者，引起大家的共鸣，成为经典之作。

培训期间，会务组还安排了几场座谈会以及和著名杂志社主编见面会，舒娜和同来的几位燕北作家做了简短的发言，大家对她提出的“发挥作家的作用，进一步挖掘大漠草原文化，以文学推动旅游文化大区建设”的想法很是赞同。培训班上，女作家本身就凤毛麟角，美女作家更是成为人中翘楚，吸引了不少人的眼球，也让舒娜很自然地与诸多文学大师及主编拉近了距离。

这次培训对于舒娜来说意义非常重大，不仅拓宽了眼界，增长了知识，结交了文友，还无形中增加了她继续创作的勇气和信心，甚至一度激活了她当大编辑、大记者的梦想。

会议期间，舒娜还抽空看了看文凯和文凯嫂子。文凯一家就住在夏河当年分配的房子的另一个单元，看到熟悉的楼房，勾起了她多年的往事，让她有一些伤感和唏嘘。多年不见的文凯家的两个孩子已经长大成人，目光炯炯有神，像他们的父亲一样充满朝气和斗志，让舒娜感慨万分，她想，如果前些年自己也有了孩子，说不定现在也是虎背熊腰或婀娜多姿。她的到来令文凯一家很是高兴，文凯顺便给岩松打了电话，舒娜也把云瑛叫上，大家高高兴兴地在全聚德吃了一顿大餐，畅聊了一晚上。大家的话题依然集中在舒娜身上，她的事业、情感、生活无不牵着这几个人的心。除了圆文学梦、圆记者梦这些老掉牙的话题之外，大家还谈到了舒娜的丈夫赵官君。文凯和岩松见过赵官君两次，都是在燕北出差期间经舒娜引荐的。对于赵官君，他们的第一感觉都是很会做事，聪明、机灵中略带着几分狡黠与圆滑，是块当官的料。一方面是因为在京接触到的各种官员较多，另一方面是对夏河的惋惜，总之，他们都通过各种例子，含蓄地建议舒娜从文学的角度去引导好自己的丈夫，让他少一些务虚，多一些务实，踏踏实实做官、做人，毕竟，文学这种工具相对而言是比较纯净的，它会潜移默化地净化一个人的心灵。舒娜觉得他们说的字字千金，她感谢大家的关心，承诺一定监督、改造和引导好自己家的大市长，好好过日子，牵手走过岁月。

学习班结束后，舒娜紧接着就搭乘航班前往燕北省和北京交界的伊兰草原，那里有她魂牵梦绕的班级十年聚会。

第三十二章　十年

正如孤独时刻总有一个人走向你一样，每一个人也总会有一个相对要好的同学默默地和他保持着联系，多少年都不离不弃，因此，只要友谊在，谁也不会落单。

国人都对聚会比较热衷，上自达官贵人，下至平头百姓，各有各的活法，大家都在各自的圈子里生活着。一旦游离于圈外，人们就会有一种被排斥的感觉，诚惶诚恐。很多时候，人人都觉得自己像一只蝼蚁，自卑、盲目、充满不安全感，而一旦聚集，就可以充分地分享来自成员之间的信息、资源和强大能量，达到“抱团取暖”的目的。同时，国人对聚会的数字也比较讲究。不知从何年何月开始，大家习惯了以五年为一个起始，整数倍地举办同学聚会，或许是时间越长，越能看到大家的变化，越能感叹流年飞逝，人生苦短。

十年岁月如歌。人生中有多少个宝贵的十年啊！大学毕业后的十年也许是每一个人对国家、社会以及家庭贡献最多的十年，是人生开始走向理智和反思的十年，也是珍爱和吝惜友谊的十年，十年匆匆而过，流逝的是岁月而流不走的是人与人之间的思念和友谊。十年间，有的同学经常联系，有的同学却因为种种原因多年都没有讯息。然而，正如孤独时刻总有一个人走向你一样，每一个人也总会有一个或几个相对要好的同学默默地和他保持着联系，多少年都不离不弃，因此，只要友谊在，谁也不会落单。

舒娜那个班的大刘班长，聚会前的三个月就用手机以 QQ 群的方式把大家召集在了一起。大刘个人混得不错，经过十年的打拼，已经成为燕北中小企业中的佼佼者，无论是从班长的角度还是从经商会友的角度，大刘都非常热衷于各种聚会，且总能把大小聚会张罗得完美无缺、意犹未尽，在同学中增添了不少人气。

八月，正是草原最美的季节。蓝天白云交相辉映，在茁壮的芨芨草和油菜花之外，萨日朗花打扮得红艳艳的，连蒲公英也换上了超酷的发型，就等着风铃响起，跳一首欢乐的舞曲。选草原作为聚会的地点是大家的共识，因为大学时候的聚会也总是选在青伊市附近的草原，是草原给了他们知识，也给了他们如梦的年华。十年前，班里大多数人都选择了去城市实现自己的梦想，因此重新回到草原、回到燕北，大家都非常激动，有的人还逸兴遄飞，作起诗来。尤其是在北上广深工作的那些外地同学，一下车就张开双臂，大口大口、贪婪地吮吸着草原上的新鲜空气，仿佛要把自己的身体融于天籁。到了草原后，包括舒娜在内，几乎所有的同学都忘记了身上光鲜亮丽的衣着，一个猛子直接扑向草地，扑向草原的怀抱，城市里太压抑了，他们要在这里撒撒野，给灵魂彻底放一个假！

很多人都有班长情结，舒娜也不例外。这次聚会，舒娜最佩服的只有一个人，那就是他的班长大刘，这家伙大学时代中规中矩，没想到岁月竟然把他磨砺得这么成熟，把一台聚会搞得如此有声有色、镂心刻骨，以至于舒娜觉得大刘班长是入错了行，他本该去学导演，下半辈子和那些导演大腕儿以及红男绿女们厮混在一起。

大刘班长竟然从网上找到了小更和舒娜合作的那首《如果时光可以倒流》，那是小更自弹自唱并被朋友上传到网上的，因为小更出国了，这首歌没有被很好地推广，但在网上的点击率几年来却已经超过了十几万人次，有好多人甚至把此歌定为班级聚会之歌。这首歌，舒娜时不时也会听听，尤其是在赵官君夜夜忙于应酬，她一个人写作累了并感到孤独、想同学的时候。小更，这个从未谋面的陌生人，一个她生活中若即若离的朋友，让她既害怕同时又有些许的担心和期待。她害怕，小更与自己有如此多共同

十年，我在這里等你

感兴趣的话题及爱好，害怕小更身上的暖男魅力和艺术气质，害怕他优美的吉他声，这是每一个女孩子都难以抗拒的；她担心，他在海外能否找回那个他喜欢的女孩子，挽回他们的感情。担心他千万不要再度受伤而沉沦颓废；她也期待，小更能早点回来，重回她的世界，读她的诗，听他的歌，让他们以文学的名义常聚。

一场名为“十年，我在这里等着你”的晚会和名为“重温”的班级活动，让十年聚会光彩熠熠，与众不同。

晚会开始了，大家围着正襟危坐的锡老师和几位大学时代的任课老师，眼神齐刷刷地盯向主席台上的大屏幕。大屏幕上，是同学们精心设计的MTV，背景歌曲不是陈奕迅的那首传唱已久的《十年》，而是署名词作者为舒娜的那首《如果时光可以倒流》，十分新奇，夺人眼球。大刘选了舒娜等七位男女同学和他一起唱这首歌，动情的歌声让老师们也感动得掉下了眼泪：

想你了，写信给你，我走遍了大街小巷，却找不到一个绿色的邮筒；想你了，我到车站等你，我等到黄昏日落，却找不到那个绿色的车皮……

以这首歌作为序曲，实为神来之笔，既表达了思念主题，又让这个班名副其实地披上了“写作”的华丽外衣，人才济济让班主任锡老师脸上绽放出骄傲的笑容。

接下来就是大刘和另一班花沈丹的主持仪式：

曾几何时，我们在昌瑞相聚，伴随着忐忑、希冀与火一般的热情，朝朝暮暮相处，结下了深厚的友情。而今，十年相聚，渐渐剥去了往日的浮华与浮躁，变得更加熟稔、从容和自信。这十年啊，你可能变成了小媳妇，他可能变成了大丈夫，青春再也回不去了，但友谊，这肝胆相

照的友谊啊，我们却可以把它继续找回来！（鼓掌）

同学们啊，在这相聚和欢乐的日子里，我们也有几分忧伤，正如月有阴晴圆缺，人有悲欢离合。我们班的丽儿同学，因为病痛而离我们远去，成为我们心头永远的痛和遗憾，让我们在此聚集，以表达对她的思念！（大家起立，静默三分钟）我们相信，此刻的她一定在天上幸福地生活并祝福着我们，让我们在珍惜事业、珍惜友谊的同时，不要忘记珍惜各自的身体、发肤，让这份感情与健康一起保持下去，直到天荒地老、海枯石烂！（啜泣、掌声）

主持人不同寻常的缅怀方式和主持词，让舒娜百感交集，她不由得又一次触碰到夏河这个名字，柔情的灯光把她的睫毛映在脸颊上，上边有一种隐隐的伤感在颤动。她悄悄低下头，用手机输下一首《寻伊人》的古诗，这是她诗歌的新尝试：

十年一梦笑红尘，乌衣巷口寻伊人。
莺歌燕舞出府邸，小栈归来泪蒙蒙。

开场仪式既动情又煽情，把大家的气氛调动到了极点，大家忘掉了悲伤，忘掉了生活中的不快，忘掉了校园时曾有的小小芥蒂，酒喝了起来，歌唱了起来，舞跳了起来。情到深处时，大家搂在一起，一起高声地吟唱着陈奕迅的那首《十年》：

如果那两个字没有颤抖
我不会发现我难受
怎么说出口
也不过是分手

如果对于明天没有要求
牵牵手就像旅游
成千上万个门口
总有一个人要先走
怀抱既然不能逗留
何不在离开的时候
一边享受
一边泪流
……

嘈杂却无比动情的歌声一直唱到第二天黎明，正如两位主持人最后一起致辞的那样：亲爱的同学们，在八月的草原，我终于等到了你，就让我们按照事先说好的，今夜，青春绝不散场！

大刘“总导演”还精心策划了一场名为“重温”的班级活动。为此组委会专门从附近的小学找了一间教室，大家像上大学时那样，把手里的包包、衣物、手机都交到讲台上，统一管理。然后先由班主任锡老师给大家讲一次专业课。锡老师精神抖擞，她围绕“思维创新、结构创新、材料创新”给大家重新讲了一堂经济新闻写作课，大家听得很认真，不时参与互动，原定的半个小时课竟然讲了一个多小时。紧接着，锡老师按照会务组安排，在黑板上即兴出了一道作文题让大家半个小时做出来。大家紧张地做起来，仿佛又回到了当年的考场，去完成一次次人生的答卷。半个小时后准时交卷，锡老师挑出几份写得不错的供大家分享，其中第一份就是舒娜的答卷，锡老师念完后做了点评，她把舒娜好好地夸赞了一番，并且说自己也是《归魂》的忠实读者，号召同学们向她学习，在各行各业做出新的更大的成绩来！当然，舒娜事先已经做好了充分的准备，她委托大刘捎过来的三十几本书早已经签上了自己的名字并针对每一个人写了不同祝福的话，同学们如获至宝地收起来，也把羡慕的眼神再一次投向他们班的“女神一号”。

最后，会务组安排每一位同学上讲台分享这十年来的心得和感悟。对于这样一个用心良苦的安排，大家都倍加珍惜，每一位同学都把思念、祝福的话说了一箩筐，同时，一些同学还说到了北漂、创业、爱情以及工作生活中所经历的艰难和坎坷，感同身受之时，很多人都流了眼泪。这一代青年人，赶上了国家的经济社会转型，赶上了并轨收费和扩招，赶上了自主创业，赶上了人口红利危机，赶上了小两口一起抚养孩子又同时去照顾四个年迈的老人，赶上了来自家庭和社会层层传导的压力。社会，犹如一台巨大的车床，把这代年轻人锻造成不同的模型。这是历史的选择，改革的必然，而大国的复兴，必将需要一代一代人去付出难以言说的代价，留待历史评价。

第三十三章　过火

烟如果没有水分，就会燃得很快，好像人的欲望。欲望是填不满的黑洞，永无止境，如果没有人适时地提醒、自我的节制，就会不断滋生，最终变成贪欲，把灵魂吞噬。

舒娜去北京参加学习班以及参加同学十年聚会，赵官君也没有闲下来，他的身份决定了每天有各种各样的事情等着他，公事倒不用说，那是他作为公务人员的神圣职责，但是一大堆的私事缠绕着他，让他喘不过气来。他真正体会到了官场中人的无奈，“一人得道鸡犬升天”的思想太根深蒂固了，但凡能和他沾上一点关系的人总会想尽办法有求于他：安排工作要找他，孩子上学要找他，上医院看病要找他，银行贷款要找他，甚至酒驾了也要找他帮忙说情，让他苦不堪言。不给办吧人家说你六亲不认，办了吧自己也得求人，付出的代价一点儿都不小。此外，还有很多除了公务接待之外的无休无止的应酬，像苍蝇一样嗡嗡地在他耳边萦绕，以至于他每天都必须赶场子，没有一刻清净。当然，赵官君也推掉了不少应酬，而这些应酬恰恰来自身边最亲近的人：父母、亲戚、同学。他认为这些人毕竟或多或少会理解他的苦衷，会包容他，其实并非如此，最亲近的人对他的要求更高，而被拒绝之后，心与心之间的裂缝更难弥合。

这天，赵官君在市政府开了一整天会，回到办公室后感觉心力交瘁。最近几天青伊市连续突发的两件事让他非常恼火，颇感压力巨大。一件事是有一个外地游客在青伊市旅游时被当地人狠狠地宰了一刀，一只烤全羊竟然被逼着花了六千元，同时还挨了打。游客到当地旅游部门投诉，竟然几天不见反馈。该游客维权意识非常强烈，一气之下就将这个事情捅到了北京的一家大报上，同时向国家旅游局投诉当地政府部门的不作为。这事闹得国人尽知，给燕北省旅游业抹了黑。省里领导震怒，责令青伊市全力消除不良影响并追究相关责任人。张书记在办公室当着很多人的面给自己当年的秘书赵官君发了大火，头一次让赵官君汗流浃背。另一件事情是青伊市有几家开发商资金链断了，老板跑了路，导致业主拉着条幅堵了这几家房地产公司的大门，还把一切能搬的东西往家里搬，有的人干脆打开了开发商已经建好的房子住了进去。一些人还呼吁市政府出面解决，否则就要当访民，集体到市政府闹去。这件事通过内部舆情报告及时上报了省委和省政府，一下子惊动了省里面的上层领导。真是按下葫芦起了瓢，此时，正值全国旅游博览会在青伊市召开之际，如果事情闹大了后果不堪设想。张书记一早就开始召集全市相关部门和人员开会应对。房地产资金断裂和旅游事件都和赵官君分管的金融、旅游工作直接相关。会上张书记讲：这两件事不是一天两天才引发出来的，肯定和相关部门的瞒报和不作为有关！他还特别强调，但凡涉及群体事件，基本上老百姓都是冤枉的，为什么政府部门不早早地给他们做主呢？为什么没有监控好房地产金融市场风险呢？张书记最后的语气很重，像是说给赵官君一个人听的：以后不要报喜不报忧，拿没用的报告哄人，谁分管，谁负责，一竿子到底，事情解决不好就不要来市政府上班了，直接写辞呈吧！

赵官君背靠着椅子，闭上布满血丝的眼睛，短暂地歇息一下。对于这两件事，其实市里一早已经启动了应急预案，工作正在有条不紊地展开，在各个区长反馈回来的短信上，已经明确显示旅游、公安两级部门已经将涉嫌宰客打人的黑店主拘留，并且省市两级旅游部门已经和那名游客及报社联系上了，青伊市政府的诚意让游客很暖心，不良影响正逐渐消除。此外，到房地产公司闹事的业主们也已经得到了政府及金融部门的承诺，三日内给业主满意的解决方案，人群已经散去。赵官君已经把信息发给张书记的秘书，想必书记已经知道了，没有再找他。在椅子上，赵官君长舒一口气，真想回家躺在舒娜的腿上美美地睡上一觉。自从在副市长任上，他已经很久没有找到组织部时候的感觉了，那时候虽然也忙，但经常能回家和爱人在一起，心情不好时，偶尔也会像小孩子一样躺在爱人的腿上撒个娇，心里的冰雪会瞬间融化。可是现在，不仅不能撒娇，连夫妻之间最美的感觉好像也逐渐找不回来了。赵官君心里自问，当官到底为了什么？为什么如此劳心呢？反思一番后，他找到了答案，其实怨不得别人，更怨不得委以其重任、寄予他期望的组织，最终还是怨自己，欲望那么稠密、朋友那么冗赘，到头来给自己平添如此多的烦恼。

此刻，躺在椅子上的赵官君累得就想冲个澡，或者喝点酒，或者找个人聊聊，排遣心中的郁闷，驱赶内心的寂寞，但没有人打电话约他。一想，今天开会他的手机是静音的啊，他瞬间拿出手机翻看，突然看到袁大军给他打过好几次电话，瑾萱也给他发了短信，告诉他今晚袁老板从 E 市回来，大家想小聚一下，顺便和他开玩笑地说：她也想他了。赵官君脸上重新露出了笑容，赶紧调整手机铃声，并给袁大军打了电话。不一会儿，袁大军的司机在市委外边的马路上等着他，他约摸着楼里的人走得差不多了，夹起包，哧溜一下出了市府大院。

酒精总是钟情于男人，让他们激情飞扬，连那些古稀老人在酒精的刺激下也会忘了自己的真实年龄，重新焕发青春。在大军的私人会所这个老地方，几位要好的朋友早已等在了那里，其中还有张四海，这家伙早就领教了赵官君的厉害，也预感着迟早赵官君是青伊乃至燕北政坛一颗冉冉升起的明星，早就通过各种来往和赵官君成了关系要好的朋友，赵官君也需要这样有江湖气的大哥助阵。除了袁大军、瑾萱、张四海之外，还有几位大军公司的高层朋友以及赵官君的几位做生意的老同学。都是旧人，大家被赵官君这几年带动着，酒量一个比一个惊人。今晚，赵官君是当仁不让的主角，相比于工作当中严肃认真地对下布置工作，即使下级唯唯诺诺、点头哈腰，那都是大家对权力的屈服，是假象，让他真正快乐不起来。只有酒桌上的觥筹交错才能让赵官君找到“赢家”的感觉，既有大家的恭维，又有自己作为“成功人士”的高谈阔论与自由发挥，人生好不惬意。

酒场上，自然少不了赵官君的歌声。这家伙，说实话唱功还算可以，尤其《过火》这首歌唱得一点都不亚于大歌星，大概是真情所致吧。不过，聪明之人必定有高明之处，赵官君发现自己的这个秘密后多年以来决不再唱别的歌曲，抛弃了《忘情水》，单单就苦练这一首《过火》，凭借此歌打遍了青伊政商两界，还落了个情歌王子的美誉。今晚，瑾萱的歌声自然更少不了，她唱了几首，大多数还是赵官君平日里喜欢得歇斯底里的邓丽君的几首歌，尤其是《云河》，也唱出了瑾萱自己的心绪，令赵官君一众怜惜：

云河呀云河，云河里有个我。随风飘过，从没有找到真正的我。一片片白茫茫遥远的云河，像雾般朦胧地掩住了我，我要随着微风飘出云河，勇敢地走出那空虚寂寞。

瑾萱今天一身碎花连衣裙，领口较低，下身裙摆露出白皙秀美的双腿，上身凸凹有致，小鼻子小嘴，未语先笑，两个小酒窝深深地嵌在上面，端的美丽，令赵官君痴迷。瑾萱一边唱着，一边多情地看着曾经的“救命恩人”，她无比崇拜的赵哥、赵市长。赵官君今晚也被这首歌又一次打动了，歌曲也唱出了自己的心境。作为一名位高权重的领导干部，他有时候会有高处不胜寒的感觉，也会有常人难以逾越的空虚和落寞，憋在心里无法言说，只有在歌声中才能得以解脱。此刻，瑾萱含情脉脉地看着他，他没有选择逃脱，也在酒精的撮合下大胆地用自己的眼神回应着对方的眼神。在游离于现实之外的短暂世界里，二人均有一种“君生我未生，我生君已老”之感。

赵官君突然觉得，自己其实就是个凡人、俗人，那些写在纸面上的“紧箍咒”有时候是会失效的，一种男人固有的欲望，一种从不曾实现过却永远魅惑重重的欲望乱其心智，让其欲罢不能。

饭后，大家去喝茶品茗，名为喝茶，其实也就是再换个新鲜的地方喝第二顿，好让自己彻底醉，给纵欲提供借口。这次，大家又喝了不少酒，喝得白酒、啤酒、红酒瓶子满地打滚儿。大军还特意为好友们准备了两瓶叫作“皇家礼炮”的威士忌，据说价格不菲，给这次聚会增加了不少成色，让大家感觉自己俨然成了一名欧洲的贵族。

赵官君喝多了，躺在沙发上开始打盹儿。不过衡量一个人的酒量，不是看一次能喝多少，而是看他的持续战斗力有多强。赵官君酒量奇大，平常一晚上应付个三五场一点儿不在话下。而且每次喝多后，稍微躺一会儿，很快就会恢复元气。今晚袁老板预感自己肯定要喝得不省人事，因此提前做了交代，让瑾萱等手下宴席散场后一定要把在座各位安安全全送回家。因为知道赵官君家里只有他一个人，没有人照顾，因此瑾萱等几个人就扶着赵官君上了楼，在会所里给他安排了一个豪华套间。其他人都走后，瑾萱暂时留了下来。她先是用热水蘸了毛巾给躺在床上的赵官君敷了脸，接着帮他沏了一杯浓浓的热茶，强打精神，静静地坐在床边，观察赵官君的身体状况。她看着赵官君，这个别人的男人、自己心中的白马王子，此刻仿佛知道有一位红颜知己在悉心地照顾着他，睡得特别踏实，鼾声如雷。对于瑾萱而言，赵官君第一次离他这么近，但又仿佛很遥远，遥远得像美丽的梦，无法企及。

过了大约半小时，瑾萱正打算离去，忽然见赵官君睁开了眼睛，好像他知道她要走似的。赵官君醒来，感受到了头顶上热乎乎的毛巾，看到了桌上的依然冒着热气的茶以及在一旁微微打盹的瑾萱，他什么都明白了，一股暖流涌上心头，但更多的是占有欲，他情不自禁地抓住了瑾萱那纤细、腻滑的手臂，手臂如同涂了粉脂的美玉，让人有一种瘫软的感觉。瑾萱惊醒，报以羞涩和脉脉的微笑，但没有挣脱赵官君的手。赵官君的情感最终战胜了理智，他一把拉过瑾萱，将她拥入怀中，接着像一头公牛一样把瑾萱抱在床上，大口大口地喘着粗气，疯狂地解衣、抚摸、狂吻。瑾萱没有拒绝，酒精同样让她热血澎湃，她终于感受到自己离梦的距离原来只是咫尺而已，她任由赵官君肆虐，并且狂热地配合着他，肉体和精神的满足让她把幸福洋溢在脸上，闪着红润的光，与灵魂一起呻吟、抽搐……

翌日醒来，赵官君的头隐隐作痛，他觉得自己做了一个梦，梦中的他似乎曾经在一股巨大的洪流中畅游过，非常痛快，非常美好，但记忆却变成了碎片。他怅怅地看了看床上床下，一切都整洁如初，似乎什么事情也没有发生过。他摇摇头，一边暗笑自己真是老了，一边去洗手间洗漱。一会儿，司机给他打电话约他去上班，他告诉了他地址。这时门外同时有人叩门，是袁大军喊他去吃早点。两人搂着肩，说笑着下了楼，紧张而繁忙的一天又开始了。

瑾萱的短信发来的时候赵官君正在办公室审阅文件。

"君兄，昨晚您像一只欢乐的蝴蝶，一定是非常尽兴吧？"赵官君被她的短信逗乐了，于是放下文件开始回复。

"昨晚可不尽兴了，把自己的胃也苦坏了，痛并快乐着！"

"？？？"，瑾萱发来三个大问号，赵官君赶紧解释。

"呵呵，就是说被你这大美女和一帮人给灌醉喽。尤其是你那动人的歌声成为压倒我的最后一棵稻草，让我醉上加醉！"

"呵呵，只怨哥你一时太贪嘴，可怪不着我。你那么冲动、尽兴，我又焉能不配合？"

"呵呵，男人嘛，就好这一口，每次把自己搞醉，第二天就后悔无比呀。不过我好像没有失态吧？"

"哇喔，你们这些当官的哥哥，连开玩笑都一本正经。看来真的是喝多了，贵人多忘事！"瑾萱边码字边有些愕然地蹙了蹙眉头。

"啊哈，的确是感觉老了。等缓上几天我回请你这大美女吧，到时候大哥我可要报复啦，小心！"

"呵呵，哥哥你真会说笑，还报复呢，现在我的嘴唇还一阵阵发烫呢！"

"哎，瑾萱啊，可不要乱说，我可是没动你一指头啊，莫不是昨天你自己喝醉让男朋友给咬的吧嘿嘿。"

“对呀对呀，就是让那个负心的男朋友给咬了，找机会我可要好好复仇！”

“嗬，瑾萱，你说话真是幽默，不过却给我枯燥的工作带来一丝欢乐。好好好，你就报复吧，哪天把男朋友叫上，大哥给你好好用酒来把把关，这燕北男人，如果酒量不行，那肯定缺少仗义，让女人靠不住。”

“嗯，说的有点歪理啊。其实我的男朋友远在天边、近在眼前那！”

“哦？小丫头，你这是卖关子吧？谁啊？昨天有他吗？我可倒是真感兴趣了，甚至还有点吃醋！”

“这还差不多，说明你心里有我！呵呵，别多想了，但愿君心知我心吧。过去已经成为过去，您还是好好为人民服务吧，俺这小老百姓就不打扰您工作了，再叙我的大市长！”

“哦，好的，再叙！”

发完信息，赵官君一头雾水。机关干部都是猴精，多年来在政府机关养成的狐疑、敏感让赵官君对昨晚和刚才的一切产生了诸多疑问，他破天荒地抽出一支从未抽过却已经干巴巴在那里放了很久的烟，点上，把额头上的皱纹全部挤到眉毛中间，努力地回想着昨晚发生过的一切，疑惑重重。再一次翻看刚才的信息，他隐隐感到昨晚肯定是发生过一些事情，以至于自己早上还疑神疑鬼，像是做了一场美梦。终于，赵官君好像想起了什么，他拍打着自己的脑门，一时脑洞大开，后悔不已，心里自语：哎呀，这该死的酒啊！莫不是自己和瑾萱……？估计是自己没有把持住，图一时之快，酒后乱性了。完了，这件事做得太荒唐了，要是让舒娜知道了，以她和她母亲的性格，还不搞个彻底决裂、你死我活！心想之时，他忘记了手中的烟，这烟如果没有水分，就会燃得很快，好像人的欲望。欲望是填不满的黑洞，永无止境，如果没有人适时地提醒、自我的节制，就会不断滋生，最终变成贪欲，把灵魂吞噬。这最后的烟火烫疼了赵官君的手指，赵官君随手狠狠地掐灭了它，“也罢，大丈夫一人做事一人当，决不吃后悔药！”他心里狠狠地对自己说着。不过，他转念又一想，瑾萱倒的确非常符合自己的审美观，除了容颜，她还有很多地方和舒娜相似，尽管少了一些文学气质，但多了一份艺术气质，而且要比舒娜更会说话、更懂人、更体贴照顾人。如果没有舒娜，也许瑾萱是自己的不二人选。想想这么多年，瑾萱和自己还是非常默契的，她不是那种心里藏着目的、要挟人的人，完全值得信赖。想罢，他打算找个机会约瑾萱好好地谈一谈。

风尘仆仆的舒娜在离家半个多月后终于回来了，赵官君有一种负罪感，早早地和书记、市长请了假，亲自驾车去机场接舒娜。在贵宾室，他已经做好了打算，准备好好地休息两天，推掉一些不必要的应酬，养精蓄锐，改邪归正，继续把造人工程作为头等大事来抓，争取搞出一个小人来，以不辜负爱人舒娜和赵、舒两家老人的殷切期待。

舒娜如期接上。一上车，她就送给赵官君一个深情的吻，感谢老公对她的大力支持，让赵官君有些受之有愧，同时良心也稍稍受了谴责。

“嗬，我的市长大人，这段日子不见你也没憔悴啊，一看小日子挺滋润。”

“嗨，快别提了。一整天尽是烦心事，连连处理了几件头疼的大事儿，基本上都是在办公室不停地开会、布置工作、生气，门都不敢出，吃饭就在食堂，三点一线，见的太阳少自然就显得白胖。”

“哼，才不信呢，你这人能少得了酒喝？肯定是吃吃喝喝、夜夜笙歌把自己身体搞胖了。”舒娜嘟起嘴，显出不信的样子。

“哈哈，你算猜对了，大军从 E 市回来了，我们小聚了一下，确实是喝了点，不过人很多，集体消化了。”

“哦，袁大军袁老板，那可是你的死党。不过这房地产公司美女如云，你可是得悠着点啊，小心让她们把你的胃给喝坏喽！”

“哈哈，作家眼睛毒，什么也逃不过你，怎么连房地产公司的情况你都如数家珍，我算是佩服的五体投地。”

“嗯。那是，我有采访权，什么也得知道一点嘛，不然怎么把你们这群失态的醉鬼生活反映给大众，让他们乐呢？”

“好好好，如果真能让你乐，那我情愿和酒做朋友，喝一辈子酒，做个酒仙李太白得了，哈哈……”

“算了吧你，好像我有那么大的能力能让你不喝酒。成败与否、好坏也罢，一切都是自己做决定，自己想清楚当务之急咱要干啥！”

“唔，唔！知道知道，今晚咱就大干一场，好好给自己造一个新爹出来，嘿嘿！”

舒娜一撇嘴，用手打了赵官君一下，示意他别胡言乱语，把车开好是当前的首要任务。

俩人边聊边往家赶，舒娜顺便提醒赵官君，很多地方因为房地产、民间借贷等产生了局部的金融风险，母亲老家的亲戚们愈是疯狂地放贷，她愈是有一种不安，潜意识觉得迟早要出事。E 市那个小贷公司毕竟还有包括自家在内的很多钱放在那里，有机会一定要及时撤出来。赵官君让她放心，他已经得到了那边杨主任的承诺，保证不出事。等忙完了这一阵他就让杨主任把那些钱还回来。

几天以后，困扰赵官君的两件棘手的事情最终还是被彻底地化解了。一方面不法饭店老板得到了惩罚，报社不再跟进报道，燕北省政府也及时和国家旅游部门进行了沟通、协调，国家旅游局也承诺旅游博览会如期在燕北省召开。另一方面，政府让了税金，银行让了利息，开发商及时筹措了资金，开发商、老百姓和政府三方均皆大欢喜，业主闹事风波总算平息了。这两件事情也给赵官君提了一个醒，看来自己驾驭大局的能力仍有待提高，“千里之堤，毁于蚁穴”对于一些小细节必须时刻关注着，否则具体的小事情没能及时发现或处理不妥当，就会演变成大事件，让自己随时有下课的危险。赵官君同时深刻地认识到，老百姓的事情就是天大的事情，现代老百姓，别看他们平日一副悠然自得的样子，提笼架鸟，享受着盛世的欢乐，一旦受到不公，维权意识瞬间爆发，甚至以聚集的方式来矫正政策偏差，督促相关部门改进作风、提高效率，正所谓：水能载舟亦能覆舟。

至此，赵官君开始密切关注全国、全省和青伊市的金融市场动态、房地产市场动态、旅游舆情动态。尤其是 E 市的民间借贷，他睁大着双眼，随时关注着国家陆续出台的各种宏观经济调控政策。随着银行头寸收紧、打击非法融资等一系列政策的出台，燕北省各地尤其是 E 市，越来越多因为民间借贷而导致的极端事件发生，有些甚至牵涉到了一些基层官员，让他感到毛骨悚然，一边生怕青伊市也出事，一边担心起放在 E 市小贷公司的那些血汗钱。但是，历史的进程，经济发展的自身规律不以人的意志为转移，该来的还是会来的，一场涉及面广、惊心动魄的民间借贷风波很快会波及过来，以至于人性也受到了真正的考验。

第三十四章　崩盘

泡沫大的时候，人人都欣赏那美丽的泡沫上呈现出的虚幻的美景，或红、或绿、或蓝、或紫，五彩斑斓，人们的脸部也像他们的内心一样映照在这团泡沫上，贪婪、浮肿、扭曲。一旦这个巨大而美丽的泡沫挤压到一定的空间而发生爆破时，梦也就真的成了梦，成了虚幻，随风而去。

E 市杨主任真是个能人，通过融资、办小额贷款公司迅速发家的同时，也网罗了不少社会资源，其中就有上层关系。然后，他通过借力各种上层关系，几年间，很快从一名基层股级干部变成正科级实职干部，最终进入了单位的后备人才库。赵官君就是他的上层关系之一，通过认识赵官君并为之理财，他们成为朋友，借此他还认识了省能源集团的吕董和 E 市郑副市长。如果说赵官君是其第一贵人，帮助他拿下了小贷公司的资质，为其打下坚实的基础，那么这个郑副市长就是他的第二贵人，帮助他在工作岗位上获得提拔，帮助他从 E 市各大银行贷到款然后再以高利放贷给那些急需资金周转的民营企业家和房地产老板，实现了小贷公司的腾飞。

杨主任也是个精明人、高人。他没有像很多公职人员那样为了挣钱连饭碗都丢掉，而是给自己留足了后路。他有自己的观点，他认为，中国社会自古以“官”为贵，别人和你合作、共事，多半是冲着你背后的身份和资源，身份就是人们为人处世的一张招牌，社会上一些人虽然很有钱，但骨子里还是羡慕公家人的身份和特权。杨主任获得提拔后，果断地把自家所有的股权变更给了一个直系亲戚，彻底变成一名踏踏实实为民办事的公务员，每天早出晚归，干得很卖力。不过，背后的重大事情，特别是涉及和赵官君、郑副市长、吕董等高官的协调，其实还是他一个人做主。

E 市的经济泡沫不断地被一些人有意地吹大，南方的游资把 E 市的房地产价格炒到历史最高点时，他们开始悄悄地撤退了，留给 E 市人民的是几十年都消化不了的大小过剩楼盘和债务。危险慢慢临近，赵官君坐不住了，他果断地向杨主任下达了撤资的指令，杨主任很痛快地连本带利把赵官君自己的钱还了回来。为了这个事情，赵官君还特意让舒娜回家告诉唐晓萍，问一问唐晓萍的这些亲戚撤不撤。这些亲戚非但不撤而且还暗示想再多给 E 市放点款，气得赵官君大骂这些亲戚太贪婪，同时他借舒娜放出口风给他们，自己身份特殊，以后这种事情就不管了，出了事情各人负责。舒娜也觉得赵官君在这件事情上做得已经很到位了，对于亲戚们的想法，她也有些无奈，贪婪是人的本性，所以只能等待风险一天天临近。

年底，E 市的房地产泡沫就像股市泡沫一样，一天一天被从内部抽掉空气，慢慢缩小。泡沫大的时候，人人都欣赏那美丽的泡沫上呈现出的虚幻的美景，或红、或绿、或蓝、或紫，五彩斑斓，人们的脸部也像他们的内心一样映照在这团泡沫上，贪婪、浮肿、扭曲，一旦这个巨大而美丽的泡沫挤压到一定的空间而发生爆破时，梦也就真的成了梦。唐晓萍的亲戚们眼看着 E 市的利息不能如期兑付，心里那个急啊，很后悔没有听从赵官君的意见，前几个月就一起把钱拿回来。这下好了，那些钱都是他们的养老钱，很多人还是和别人以一定的利息借来的，几年来，虽然也赚了不菲的利息，但贪婪的人们大多舍不得花，复又把利息投了进去，最终落得个鸡飞蛋打一场空。迫于无奈，这些亲戚最终还是上到了唐晓萍门上，想借助市长亲戚的力量把钱再次要回来。唐晓萍没有办法，亲自给赵官君打了电话，赵官君才答应向杨主任再张一回口。但这一次，杨主任可不像上次那样痛快了，他支支吾吾，一方面表达了小贷公司的困境，另一方面也向他的朋友赵官君暗示，他已经金盆洗手，和那家小贷公司彻底脱离了关系，一心服务组织。赵官君知道他是在推脱，就含蓄地讲了几句不要忘本的话，说得杨主任脸上一阵阵发烫，勉强答应帮助赵官君的亲戚把钱要回来。最后，钱只要回来三分之一，剩下的三分之二，杨主任死活是不给了，有时候竟然连赵官君的电话也不接。赵官君认识到，在巨大的经济利益面前，人性要经受新的考量，那个被人们随随便便说出的“友谊”二字需要重新画上问号。

赵官君已经尽力了，再逼迫下去，也许会两败俱伤，甚至会牵涉到他的身份，因此，唐晓萍果断地保护自己的女婿，她告诉亲戚们，再帮他们想其他办法，让他们不要再提赵官君的名字。

唐晓萍业余时间把心理咨询搞得很火爆，尤其是55—60岁左右刚从岗位上退下来的一些党政机关和企事业单位人员，很多人把唐晓萍当成了心灵导师。这是在事业上曾经非常成功的一群人，但随着退居二线直至退休，以及很多人身边仅有的一个孩子或在国外留学、定居或在外地成家立业，这些人便成了所谓的“空巢老人”，外边没权，家里没人，心里的落差可想而知。在唐晓萍的心理疏导下，这些人慢慢又找到了新的乐趣，脸上重新露出了笑容，渐渐焕发出容光，因此对唐晓萍感激不尽。关于民间借贷这个事情，唐晓萍无意中向一位曾经在监狱部门当副监狱长的冯警官唠叨过。没想到，这冯警官可是一位真正的高人，可以说，上自达官贵人，下至贩夫走卒，哪一个人他没有接触过、管教过，一生积累的经验有如他额头上被年轮刻画过的皱纹一样，深邃、冗长。对于唐晓萍遇到的困境，冯警官只是微微一笑，他给唐晓萍支了一个招，让唐晓萍伸出大拇指夸赞：高、高、实在是高！

年底，全省开发区系统后备干部培训班在省委党校召开，E市杨主任有幸成为一员，对于这个消息，赵官君事先不知道，是能源集团吕董无意中透露给他的。唐晓萍早就嘱咐赵官君一定要替她盯着杨主任的举动，一旦来省里学习或开会，就马上告诉她。赵官君很疑惑，不知道老太太要干什么，只是唯命是从，他最怕的就是唐晓萍，从小就怕，形成了习惯。

杨主任如期来到了位于青伊市的省委党校报道，一副春风得意的样子，明天就要开班了，也许半个月的培训后，回到E市，他就会赶上全市新一轮副处选拔，这党校培训过的，其实就是给提拔预热。正在思忖晚上请谁吃饭，手机响了，是一个陌生号码。

“喂，杨主任吗？”

“啊，我是，您是哪位？”

“我叫唐晓龙。”

“唐晓龙？我不认识你呀？”

“哦，你肯定认识，我是赵官君市长的朋友，前年把钱借给了您的公司。”

“哦，哦！好像有这么个事儿。您找我是这个事儿？”

“对。请您兑现您的承诺，把钱还给我吧。”

“嗨，您找错人了，我和那家公司没有关系，赵市长没告诉过您吗？您找那家公司要去吧！”

“那哪儿行啊，解铃还需系铃人，您得给我们帮帮忙，把钱给我们吧，就算只给本金也行啊！”

“那不可能。我说了和我没关系，这家公司我确实是帮过他们忙，但现在已经没有任何联系了。就这样吧，我还有事！”

说完，杨主任恼怒地挂了电话，他在心里埋怨赵官君，怎么还挑唆亲戚和他要钱呢？这哪儿是市长大人干的事儿呀！正在寻思着，突然有条短信出现在手机上，还是那个署名为唐晓龙的人发来的，大意是：杨主任您好，既然您不愿帮忙，那明天早上咱们省委党校门口见吧，我们会堵上党校的大门，挂上横幅，上边就写“E市经济开发区杨主任，请还我们的血汗钱”，明天见！

这条短信让杨主任额头直冒虚汗，他心里暗暗叫着“够狠啊！不愧为当市长的！行，服了！”说完，他赶紧给小贷公司的同学打电话，嘱咐他速速和这个唐晓龙联系，连夜把剩余的钱连本带利一分不差全部给这个人打在卡上。同学照办，不到一个小时，那人就和唐晓龙联系上了，并且把钱老老实实地还给了他。

虽然杨主任心里恼羞成怒，但他依然和赵官君在电话里取得了联系，在告诉他已经把钱如数还给了他亲戚的同时，邀请他晚上一起吃个饭。赵官君这段时间正在苦心造人，这几天正是女人的排卵期，很关键，因此就婉拒了邀请，承诺在杨主任培训的这段日子里抽空去看他。

有位经济学家说过：一个地区的经济衰退就像野火，定期出现，把那些旁氏融资或是投机融资的经济体毁灭掉。如果违背规律，试图拼命压制经济衰退，那么就像拼命压制野火，最后很可能酿成超级野火，无法收拾。所幸，燕北省没有这么做，E 市市委、市政府也没有这么做，各级政府及时发现和纠正经济发展中的各种不稳定因素和隐患，把打击高利贷融资、化解金融风险和重振实体经济提上了日程。一位经济界泰斗、曾深度参与过沿海某市治理民间融资乱象的中央某经济研究所资深研究员给 E 市政府出了一个锦囊妙计，他说：无论利息高低，一切以牟利为目的的融资行为都是人们心里的贪欲在作怪，是政府应该随时高度关注的，一旦突破实体经济所承受的限度，那么经济体就有了泡沫，必须挤掉，否则后果不堪设想。轻则伤了经济增长的活力和元气，重则造成崩盘，彻底拖垮企业，破坏健康有序的经济秩序。

专家给出的建议是：不能靠极端政策，不搞休克疗法，要一点点化解。先从控制人们的欲望入手，提醒人们不要再无休止地借钱给那些融资机构和个人，那毕竟是个无底洞。要进行深入摸底，尤其是看银行资金有多少流入民间并最终参与了高利贷行为，控制银行风险是重中之重，防止发生挤兑等严重的群体事件。各级部门要形成合力，不能靠金融监管部门一家之力去化解金融风险，政府的纪检监察部门要果断出手，斩断金融火山背后的官商勾结黑链条。

E 市政府最终采纳了该专家的建议，用了两年多的时间治理该市的民间融资乱象，并逐步取得了效果，引导着社会资金向煤炭、电力、纺织、旅游以及互联网新兴产业等实体经济转移，经济逐渐有了起色，重要的是人民对经济平稳发展的信心得到了重塑，这比黄金还珍贵。

在这次声势浩大的专项治理当中，有一些干部还是没有躲过法治的利剑。杨主任背后参与的那家小贷公司倒掉了，这家公司涉及的金额竟然多达几十个亿，公司放给煤老板、房地产老板以及投入股市的钱因为这些产业的衰退、老板跑路和股市蒸发而多半打了水漂，一度刷新了 E 市经济案件所涉及的金额数量。这起案件涉及的人员数量之多让办案的警方都感到震惊，足有五千多人曾先后借钱给这家公司，不乏大小公务人员。受害者范围很庞大，不仅囊括了整个燕北省，还有一些人是邻近省市的。同时，这起案件还牵扯到了 E 市的郑副市长和省能源集团的吕董，前者为该公司当了掮客，后者指使 E 市的下属公司总经理违规将公款借给这家公司，给国家造成了一定的损失。这起案件还把大军房地产公司牵扯了进去，大军房地产公司曾从这家小贷公司借过一笔三千多万的急用款，因为房子卖不出去，已经逾期半年多，公司法人袁大军正是通过赵官君结识的杨主任和这家小贷公司。

这就是震惊燕北省和 E 市的某小贷公司崩盘事件。杨主任的如意算盘落空被抓，郑副市长锒铛入狱，吕董事长受到党内纪律处分。不出所料，杨主任也供出了昔日的贵人赵官君，多亏了袁大军，他不仅将一些内幕死死地咽在肚子里不肯说出来，而且将能够担当的事情全部替赵官君担当了下来，让赵官君少受了一些处分。不过，他替杨主任跑小贷公司资质以及以亲属名义放贷给小贷公司，明显就是一种掮客行为，有着不可推脱的责任，同时被抓的很多人都供述了对赵官君不利的证词。因此赵官君被免去了副市长职位，平调到省粮食局任副局长，级别虽然没变，但权力却大打折扣。

对于赵官君来说，这次在人为的干预下，算是平安落地，但有很多人背地里却不服气，尤其是同样受到处分的一些昔日同人和他的政敌们，他们在暗地里较劲，试图有一天找回平衡，因此对于赵官君的问题一直有人在民间和官场里反映着，以至于大大影响到了他和曾经帮助过他的领导们的关系。

临免职前，张书记找赵官君谈了话。面对老领导，赵官君愧汗难禁，一把鼻涕一把泪，把对不起领导栽培的话说了一遍又一遍。张书记是常青树了，领略过官场的各种凄风冷雨，虽然有些许恨铁不成钢的感觉，但他拿得很稳，心里有数。最终，他还是以一位老大哥的身份和赵官君这个昔日的爱秘做了长谈，一方面要赵官君吸取教训，不要和商人走得过近，不要把权力看得太重，不要羡慕虚荣。他说所有掌握在手里的东西看似显赫，最终却要原封不动地上交，两手空空，没有人再宠爱、没有掌声，日子终将恢复平淡。同时，他鼓励赵官君不要泄气，要化被动为主动，发挥自己的特长和年轻干部的优势，稳扎稳打，力争几年之内重新在事业上取得建树。张书记安慰他说，自己仍然是省委常委，还有好几年才能退休，会随时关注他，只要他积极上进，一有机会就会重新把他推荐到重要的岗位上去。赵官君感激不尽，承诺一定不辜负领导的呵护和栽培，继续把党和人民交付的重任承担好。其实他心里最清楚，只是已经无法用言语来表达，能够顺利渡过难关，全凭了张书记的力保，否则结局会很难看。

不过赵官君也同时忽略了一个细节，张书记力保他其实也是保护人家自己。

有了张书记语重心长的一席话，赵官君重新燃起了工作的激情，他发誓兢兢业业工作，决不给张书记丢脸，等待着东山再起。虽然他被调到了省粮食局工作，但市府大院的人们心知肚明，这赵官君还是有贵人相助。前来送行的人依然络绎不绝，吓得赵官君很尴尬，找了个晚上和秘书突击搬了家。

省粮食局是厅局里的小单位，共有六七个处室，不显山不露水，但职责也很重要。虽然计划经济转变为市场经济以后，粮食部门的地位一落千丈，但粮食是关系到国计民生的大事，一些涉及粮食的宏观调控政策以及粮食收购、储存环节的质量安全和原粮卫生监督管理都还是粮食局的管辖范围。省粮食局正副局长包括赵官君在内仅有三人，赵官君分管综治维稳和下面的一个粮油研究所。

经此变故，赵官君不仅更加成熟，而且他对自己的朋友圈儿重新进行了洗牌，一些过去的商人朋友被他清理出了朋友圈，这些人多半是通过工作认识的，没有一定的基础和情感制约，最终不牢靠，不仅不会帮助自己，有时候还只会给自己找麻烦，引火上身，E 市杨主任就是一个活生生的例子。同时，他对老同学袁大军的感激之情溢于言表，俩人的关系更铁了，他深信，作为官员，有那么一两个可靠的生意人好友就足矣，有他们一口吃的，自己就不会挨饿。

第三十五章　残烛

她觉得自己好似并不幸福，不知道结婚十年的别人怎样，但对于她和他的爱情、婚姻，也好似即将熄灭的蜡烛，似残烛，若有若无、忽明忽暗，何时熄灭、向何处去，自己也说不清楚。

就在舒娜参加同学聚会回来后不久，赵官君约瑾萱吃了一顿便饭。餐桌上，俩人不约而同都感觉关系比过去更加亲密了许多。两性之间一旦有了肌肤之亲，心理上就会发生微妙的变化。通过这次交流，赵官君最终印证了那一晚的荒唐。他在对瑾萱说抱歉的同时，有意识地提醒瑾萱一定要做好保密工作，千万不能和任何人说起，包括老板袁大军。同时，他还非常关心和试探性地询问瑾萱是否会怀孕。对于赵官君的不安，瑾萱非常理解，当场承诺一定保守秘密，不会把这件事告诉外人。不过，瑾萱心里多少对赵官君有一些埋怨和鄙视，埋怨他只顾考虑自己的身份和地位而不顾及她对她的一片痴心，鄙视他不敢爱、不敢恨，不敢一人做事一人当。

此后半年多时间，赵官君和袁大军因为牵涉到 E 市经济大案中，没有再和瑾萱相见，只是偶尔发信息联系一下。瑾萱一直关切着他的安危，让他心里暖洋洋的，他答应一有机会就去看她，约她吃饭聊天。在赵官君心里，瑾萱就是名副其实的红颜知己。而瑾萱也痴心不改，二十八岁了都不考虑自己的终身大事，苦苦酝酿一个惊天动地的结果落地。

折腾了大半年，赵官君和舒娜仍然没有等到期待中的宝宝，冥冥中也许是孩子不愿意降生在这个有可能产生变故的家庭吧，他怜悯母亲无数个

高利贷

夜晚独守空房与寂寞为伴，抱怨父亲只懂得与酒和他的伟大事业为伴，夜夜晚归。

到了省粮食局不久，赵官君和袁大军等老朋友终于找了个机会聚了一把，这次是赵官君请客，他早早地把钱放在了饭店的收银台，交代饭店的收银员决不能让别人抢单。这次聚会，出乎意料的是瑾萱没有来，袁大军告诉赵官君她身体不舒服请假了。赵官君很失落，关切地询问，袁大军随口说瑾萱肚子隆了起来，可能是有喜了。听到这句话，赵官君心里一惊，脸上煞白，不自觉地流露出了恐慌，袁大军一看这种情况，好像瞬间明白了什么，赶紧圆场，叫大家不必担心，瑾萱现在有男朋友陪着呢！

这顿饭吃得赵官君心猿意马，忐忑不安，他的脑子里不停地转，猜测着种种可能性以及应对策略。他想，这瑾萱也没听说有男朋友啊？如果瑾萱怀孕和自己有关，那她怎么不暗示自己呢？难道她对自己隐瞒了什么吗？话说回来，这瑾萱毕竟是一个让他放心的人，算是自己的红颜知己，她也是给自己当场做过承诺的啊？他仔细地回忆着六个多月前，他最后一次见到瑾萱并和她交谈的一些细节，突然意识到，这瑾萱只是承诺过保守秘密，可没有承诺其他事情啊！难道他低估了这个小女子？转念一想，他还预测了另一种情况，也许是瑾萱后来有了男朋友自己不知道吧。总之，赵官君越想越好奇，越想越觉得里边大有文章。他决定，吃过饭就和瑾萱联系，约她出来坐一下。

赵官君打电话的时候，瑾萱正在家里的沙发上休息，瑾萱妈妈一边对女儿抱怨着，一边给瑾萱熬清淡的汤喝。虽然瑾萱告诉母亲自己的男朋友常年在外地出差，等回来就把婚礼给办了，但瑾萱妈妈还是疑神疑鬼，对女儿一千个不放心，她害怕别人把自己的女儿给骗了。她这个女儿是老二，有才华、有个性、有主见，只要是自己认准要干的事情，十头牛也拉不回来，不达目的不罢休。蒋妈妈一边抱怨，一边发着感慨，感慨这世道变化太快，年轻人的想法和做法怎么一点也和他们那个时候不一样。

一看是赵官君的来电，瑾萱镇定不下来了，泪水开始在眼眶里转动，她知道，这一天终于来到了，她决心要将自己的委屈和真实想法酣畅淋漓地道于赵官君。

在青伊市郊一个人迹罕至的咖啡厅，俩人坐了下来。看着娇小憔悴、脸上露出一丝委屈和抱怨、眼眶里还有些湿润同时肚子微微隆起的瑾萱，赵官君心里已经明白了几分，初来时的埋怨和愠怒一下子烟消云散。他在后悔的同时，心里逐渐开始了忏悔，怜惜占据了他的整个身心。面对不说话的瑾萱，赵官君只能用行动默默地表示自己的内疚。还是瑾萱主动打破了僵局。

“你的事儿处理完了吧？”

“嗯，处理完了，没什么事，只是调整了一下工作岗位。”

“那就好，官场太复杂，平平安安就行了。”

“感谢你一直惦记着我，是我疏忽，只是偶尔发个短信，没有常来看你。”

“我知道你忙，听袁大军说纪委找你谈过好多次话，所以也不敢打扰你，以免给你添麻烦。”

“唉！哪里是你们给我添麻烦，是我给你们添了不少麻烦！”说完，赵官君愧疚地低下了头。

“没有，你没有给我添麻烦，有麻烦也是我自找的。”

“哦，听袁大军说你可能怀孕了？我觉得你这身材很像那样啊？”

“是的，已经六个多月了。”

“啊！那怎么样？检查结果还好吗？”

“挺好，没事儿。”

“瑾萱啊，赵哥我今天就多一嘴，请问这个孩子和我有关系吗？”

对于赵官君的疑问，瑾萱早已预料到，但她却没有正面回答他，也没有迎接赵官君疑惑的眼神，只是淡淡地一笑，慢慢地把藏在心里的话一点一滴全部说了出来。

“刚开始怀孕，我也没有太在意，也没有太大的反应，但是后来慢慢发现这肚子里确实是有了情况，也很恐慌，毕竟我还是一个未婚女人。我赶紧一个人悄悄地去医院检查，结果真的是怀孕了！对于这种情况，除了意外和害怕之外，我内心却还有一种莫名的喜悦，他们是我和我心中所爱之人的情感结晶，是上天注定，是缘分。虽然我自己没有名分，但作为想要急切来到这个世界上的生命，有权在我这里取得名分。我也想过，过正常人的生活，把他们堕掉，但一想到这就觉得是在犯罪！因为早在我刚刚上大学之时，我的老师就以‘胎教’作为例子，讲到了音乐的疗效和特殊作用，认为优美动听的音乐能够给躁动在腹中的胎儿留下深刻的印象，使他朦胧地认识到，世界的和谐、人类的美好、父爱母爱的伟大。为此，我的毕业论文就和胎教音乐有关，我在文章里也鞭挞了那些堕胎人的丑恶行径。有部电影叫《残烛的理性》，展现了一个十一个星期大的男婴被执行人工终止妊娠时的情形。这部电影让我们看见一个孩子在子宫内的轮廓，他在挣扎，但是无法反抗抽吸器，于是头部被撕掉，跟着你会看见死去的孩子被肢解，头部被压碎，然后逐块被吸走、吸走……”

瑾萱边说边轻轻地啜泣，赵官君也被他感染到了，眼里也有一丝温湿，他拿起一块纸巾递给瑾萱，听她继续倾诉。

“我不想给彼此带来麻烦，但伤害孩子的的确确违背我的人性，是拷问自己的良知、打自己的脸！于是我毅然决定把他们留下来，好好抚养他们。这其实是上帝冥冥中送给我的礼物，我焉能不要，焉能像那些屠夫一样，为了一己私心而毫不负责地扼杀掉那满心欢喜要来到世间的无辜生命呢？”

瑾萱动情地讲着，她临结束的一句话让赵官君大为震惊，他不禁想起曾经给母亲李红艳许诺过要生两个带把儿的出来给她。瑾萱说：“我已经找熟人查过了，人家欣喜地告诉我，我肚子里的孩子不仅非常健康，而且还是一对带把儿的，是我崇拜的图腾，是我未来的保护神！”

自己给母亲的许诺没想到却成真了，狗日的人生，真是充满戏谑啊！赵官君心想。同时，三十多岁的赵官君内心里也掠过一丝莫名的狂喜。

此刻，再多的语言都显得多余，赵官君在接受现实的同时，一丝人性的光辉又在心里闪耀着。他想，作为一个已婚之人，他确实是干了蠢事，违背了伦理道德。但作为一个男人，他知道逃避不是他应该干的事情，一个小女人尚且能有勇气接受现实，承担起保护生命、孕育生命的责任，那他一个堂堂七尺男儿又何以如此畏畏缩缩、鼠首偾事呢?

听完瑾萱的话，赵官君紧紧地握住了她的手，进而走过去把流着幸福和喜悦泪水的瑾萱搂在了怀里，一边抚摸着她的秀发，一边望着窗外的远方，他暗暗下了决心，无论今后的生活发生多大的变故，无论人生多么波澜起伏，他也要把自己该承担的责任，该赎的罪，一起承担下来!

三个月后，瑾萱如期生下两个带把儿的婴儿，非常健康，活脱脱一副赵官君的样子。刚一脱离母体的两个小家伙就躁动不安，四只小腿蹬来蹬去，仿佛告诉人们他们很不凡，将要踢开一片世界。同时，四只小手乱摸，仿佛在寻找自己的双亲！这是两个私生儿，但瑾萱和赵官君却视如珍宝。那次见面后，赵官君就如数和袁大军做了交代，袁大军是个聪明人，关键时期他还是选择了无限崇高的友谊，不仅为赵官君绝对保密，还在青伊市东郊自己开发的一个高档地产项目里找了一个面积足有三百多平米的复式房提供给瑾萱母子居住，还特意从老家找了一位远房亲戚做保姆，照顾瑾萱。这个小区价格不菲，偏僻而幽静，是燕北新贵们栖息的场所，用保安的话说："安全得连个蚊虫都飞不进去!"

赵官君上一次出事之后，出于体贴和安慰，舒娜有意不去触碰丈夫避讳的那些诸如民间融资、高利贷、金融风险、旅游投诉、反腐等字眼。除此之外，她努力地配合自己的丈夫一起去完成人生的使命，但是雷声大雨点小，收效甚微。很多时候，她也不再过问他什么时候回家，她担心自己会干扰到丈夫的事业，毕竟从副市长到粮食局副局长角色的转换，一般人都会纠结一阵子。总之，舒娜认为这次官场的变故对赵官君应该是一个打击，所以作为妻子，看着他依然还那么兢兢业业、热情饱满，一方面是替他高兴，一方面给赵官君创造更多的时间和空间在事业上驰骋。她有时候也会很内疚，也许是自己的原因，不能给赵官君添丁，于是刻意默默地一个人把家里所有的事情都承担下来，包括换灯泡等等那些平日男人们干的琐碎事儿，只是默默地为赵官君祝福，希望他无论官做得多大，快乐健康即好。有时候，她也感觉自己是在推卸做妻子的责任，甚至是在放纵赵官君，但很快就苦苦一笑，或关起门静静地一个人看书写字，或偶尔约沈丹等好友去健健身、练练瑜伽。

之后的日子里，赵官君时不时以加班、开会、出差等名义很晚才回来，有时候甚至整夜不归，让舒娜觉得他好像是变了一个人。看着赵官君心事重重的样子，她好想和他痛快地聊一聊，就像当年他带自己去酒吧那样，但那种感觉赵官君找不到了，她自己也找不到了，也许真的如过来人所言，夫妻生活需要三种感情来滋润，即亲情，爱情，友情，如果没有这三种感情，生活便只有灰白两色，连苦味都体验不出来。现在的他俩，爱情和友情忽隐忽现、渐渐淡漠，而亲情也因为不能有一个共同的孩子来维系，因此舒娜觉得人活得好累，与其这样还不如当初不要走进婚姻的殿堂。

时光如水、岁月无声。秋叶在最后的余温中随风舞动着自己大腹便便的身材，背光的一面虽然还有些许碧绿，但枯黄一天天正在临近，此刻仍然给人以夏日的假象。假象终究是假象，最后，这些秋叶会在劲风的吹拂下显示它的原形，变成枯叶、败叶。人类的假象也如同这秋日的树叶，最终也会随着时光的流逝慢慢被人发现、戳穿，露出事情的本原。

冬夜，沈丹一个同事的孩子因为流行性感冒，体温烧到四十多度，孩子还一度昏厥，恰巧同事的老公正在外地出差，同事连哭带喊地给沈丹打电话，求沈丹帮忙。沈丹二话没说，开车就赶到同事家，一起将她的孩子送到了燕北省人民医院急症室。医生做了简单的检查后，赶紧把孩子送到了儿科病房进行紧急输液。冬日的青伊市，和北方大部分城市一样，雾霾笼罩着大地，每年固定这个时候，好多老人和婴幼儿就会感染流行性感冒以及呼吸道感染疾病，为此各大医院人满为患。儿科，无一例外成为重灾区，不管症状轻重，大家都不约而同往三甲大医院里挤，一边是社区医院以及一些小医院门庭冷落，一边是大医院一床难求，即使你再有钱、有面子，面对有限的医疗资源，都得排队等候，都得忍受医院的消毒水味、噪音、沉闷的空气和医生的面无表情，都得忍受过道里的寒冷与拥挤。沈丹正在陪着同事给孩子在过道里输液，突然靠近过道的病房里传来婴儿大声的啼哭声，一开始一个声音，后来是两个声音一起哭，让人一阵阵心疼。出于本能，她和旁边的其他家属都探着身子往屋里瞧去，只见几个人在一起照顾两个大约一岁左右的孪生患病兄弟，其中一个女人紧张地给哥俩儿轮流喂奶，安抚他们，旁边一个中年妇女和一个小伙子在帮忙，还有一个干部模样的人低着头坐在一张椅子上，眉头紧锁低头看手机。透过微弱的灯光，沈丹突然看到，这个坐着的人不是别人，正是曾经的副市长、闺蜜舒娜的老公赵官君，她惊愕得半天说不出话，心中平添了诸多疑问和不解。再看看那两个很清楚地露着小脸的男孩，沈丹不禁惊呆了，简直就是赵官君的翻版！沈丹有些不敢相信自己的眼睛，她伸手蘸了一点口水去揉了揉疲惫的眼睛，仔细再看。最终她确信，不错，就是赵官君！正在这时，赵官君抬眼向外看，吓得沈丹连忙把身子缩了出去，大气不敢出一口，心里怦怦乱跳。

这件事情虽然过去了几天，但沈丹的心里却久久不能平复，天下没有如此巧合，一切兼有可能。愤世嫉俗的她已经认定那个人就是赵官君，那两个孩子就是赵官君自己的孩子，赵官君一定是出了轨，他就是那个传统戏曲《铡美案》中忘恩负义、抛妻弃子的陈世美！沈丹气不打一处来，她既恨赵官君，又替舒娜感到悲哀。她想，上帝真会折磨好人，把夏河从舒娜身边带走，却给她送来一个薄情的赵官君，什么世道啊？难道是老天眼睛瞎掉了吗！她反复考量，一次次替舒娜打抱不平，甚至为她掉下了眼泪。人的一生知己难求，而舒娜偏偏就是那难求中的一个。有时候自己心里的一些话，沈丹对自己的丈夫高俊都从来没有说过，生活中的烦恼、困顿、苦衷只要和闺蜜舒娜倾诉，心里的寒冰会瞬间融化，在沈丹的心目中，舒娜就是自己的亲姐妹，甚至比亲姐妹还要亲！

沈丹在经历无数个夜晚辗转反侧的思量和纠结后，决定不再隐瞒，把自己看到的情况告诉舒娜，这是对友谊的考量，对姐妹的负责，更是内心的一种解脱。

这天下班，沈丹和舒娜一起相约去练瑜伽。结束后，沈丹说要请舒娜小资一把，去刚刚开业的青伊市一家西餐厅去喝咖啡。舒娜说她得回去等赵官君一起吃饭，沈丹骂她没有出息，于是舒娜给赵官君打电话请假，赵官君电话里说他正好晚上和几个朋友聚会，让她自己安排吧，于是二人来到那家西餐厅坐下，一边品咖啡、吃牛排，一边聊了起来。沈丹先开口：

"老三，你觉得什么是幸福？"

"嗬，扔出这么大的一个话题，那我得好好想想了。"

"对，好好想想，别想得太复杂，往简单里想。不要对我说什么和谁谁谁比呀、容易满足就是幸福呀、心态好就是幸福呀等等那些老生常谈的答案，你就以咱们自己为例谈一谈真实想法！"

"哈哈，我的灵魂工程师，你这架势看起来好像是中央电视台的《对话》节目，好的，那我姑且就以一个成功人士的身份和您好好聊一聊！"

"对，要的就是这种效果，你说吧，什么是女人的幸福！"

"嗯，我觉得女人的幸福就如同一首歌唱到的，和她喜欢的人一起慢慢变老、朝夕厮守吧？随着岁月的流逝，五年、十年甚至是再往后，两个人彼此相看不厌，依然充满初恋时的激情。"

"切，让你说的我都要快要喷了。那是理想，不是幸福！再简单点儿，别抽象。"

"诺！诺！您这主持人太咄咄逼人，难伺候。容我再想想，什么是幸福呢？"

"别跑题，你就谈小女人自己的幸福观，不要扩大范围嘛，范围太大那是诗人们做的事情，和咱们这些凡人无关。当然咯，我差点忘了你也是一位诗人。人家都说现在的社会只有诗人才能不受社会中的喧嚣和浮躁影响，依然保持一颗纯净的心灵。那你就暂时忘掉自己作家、诗人身份，把自己当个像我这样的俗人谈一谈。"听她说完，舒娜扑哧笑出了声，感觉闺蜜今天说话好有意思。她回答她：

“哈哈，既然说我如此超脱于世，那你还给我出这么大个题目，这不是为难我嘛！”

“嗯，其实这个问题我在班里给大学生们抛出过，没想到现在的大学生的想法真是天马行空，既让人称奇，又感觉很有道理，有的甚至还让我这个老师脸红，看来我们真是老了。幸福是什么，我作为成人、师者有些话虽然心里知道但不能说出来，但孩子们替我说了，因此我就考考你。”

“那你就说说小屁孩儿们的观点？”

“你还别不把这些小屁孩儿放在眼里，他们的观点很奇葩。他们认为老师整天和他们吃住睡在一起是幸福；心情不好时一个人背个包想走就走是幸福；情人节有男生一大早送花上门是幸福；想什么时候换男朋友就什么时候换是一种幸福；上课想学点什么就学点什么是幸福；期末永远是开卷考试就是幸福！总之，只要和家人、恋人闹矛盾甚至是遇到哪怕月经不调等心情不好的鸡毛蒜皮事儿，遇到社会让他们不快乐的事儿，他们便聚在一起疯狂地玩儿，疯狂地派对、喝酒纵欲、大快朵颐，以此来发泄心头的烦恼。”

“嗬，现在的孩子真想得开，这不是自由主义吗？离开约束去享受幸福，不是太理想化了吗？”

“对呀，就是说咱们想出来却做不出来嘛。其实幸福很简单、很实用，就潜伏在平凡的每一天中，只要忘掉烦恼，人的每一个小小的愿望能得到满足，这就算是幸福！”

“哦？那你说说你幸福吗？”

“说真的，我不幸福。”

“你这是典型的无病呻吟，高俊对你太好了，你这是幸福得过了头吧！”

“不是。外人眼里我很幸福，工作体面，事业顺畅，有大房子住，有车开，一家三口其乐融融，很惬意。其实，自从有了孩子，我们两口子就已经不像过去那样耳鬓厮磨了，他把大床留给了我和孩子，自己一个人躲在小屋逍遥自在，享受着一个人的世界。随着孩子慢慢长大，高俊也越来越不顾家，成天除了代课就是和一群徒有虚名的教授吃喝玩乐，丈夫，逐渐变成了我们家的一个影子和摆设。我的幸福观归根结底很简单、很实用，其实就是渴望高俊依然能像十年前刚结婚那样，我想什么时候要他他就什么时候配合，夜夜做新娘！可现在，一月最多一次，每天只喊自己累，像个死猪一样毫无激情！说实话，如果出轨合法，我会重新选择，放纵自己也许会很幸福！”

“哇，这就是你的幸福观啊！你没事吧？”说完，舒娜夸张地用手摸了摸沈丹的额头。

“怎么样，不像是一个人民教师说出来的吧！嘿嘿，也就跟你说说，其实这种不着边际的幸福对于我们大多数女人来说就是理想，是一辈子触碰不到的梦幻，也就是身体痒痒、心里想想而已，最终听凭岁月的侵蚀，变成黄脸婆。但男人们就不同了，有的人真的就出了轨，我觉得他们就很幸福！”

“哦？你这是小说读得多了吧？谁出轨了能让你轻易看见？”

“哼！我不仅看见，而且还很心痛，我为那个为他夜夜守寡的傻女人心痛！”

她的话让舒娜丈二摸不着头脑，感觉云里雾里。套沈丹的理论，她觉得自己好似也并不幸福，不知道结婚十年的别人怎样，但对于她和他的爱情、婚姻，也好似即将熄灭的蜡烛，似残烛，若有若无、忽明忽暗，何时熄灭、向何处去，自己也说不清楚。

不过，舒娜反倒是非常好奇了，她抓住沈丹的手傻傻地追问，并且还饶有兴趣地说要把出轨的事情写在自己今后的作品中给大家看。舒娜越是天真成这样，沈丹越是不忍心告诉她了。临了，沈丹最终把真相咽到了肚子里，告诉她这是她在瞎想的，不要当真。舒娜骂她故意卖关子，吊自己的胃口，什么玩意儿！

第三十六章　实相

大幅结婚照依然挂在墙上，女神优雅娴静地注视着她，而当年的他如获至宝、春风得意，可现在却再也回不去了，灵魂上的裂痕是无法修补的！

这天周末，沈丹上午来找舒娜，约好一起去练瑜伽。赵官君正好在家，一看她俩要出去，赵官君就很大方地让她俩好好玩去，逛一整天街也行，他自己一个人留在家里吃剩饭。舒娜有些不好意思，沈丹却毫不客气，她一边感谢赵局长，一边拉起舒娜就走。

下了楼，沈丹突然把舒娜拉到一旁躲起来，舒娜问她到底想干什么神神叨叨的。沈丹叫她不要说话，碰碰运气，一会儿就知道了。果然，稍后就看见赵官君从地库里把车慢慢开了出来，往小区外驶去。沈丹赶紧挥手拦下一辆出租车，示意师傅跟上那辆私家车，两辆车一前一后向市郊的方向驶去。

“你这是唱的哪儿出戏？像敌特片一样跟踪我们家赵官君！”

“小声点，不是那样的，等会儿你就知道了，我也很好奇呢！”

“好奇什么啊？我现在就给赵官君打电话问他去哪儿不就结了？这家伙朋友太多，经常这样，说好的一个人在家，待不了一小会儿就出去！”

“嘘！别说话了，我预感这次不一样，真的，咱们女人有第六感觉，你看着吧！”

“好好，听你的，要不你又要骂我重色轻友了。”

赵官君的车直接开进东郊的一个高档小区，出租车进不去了。沈丹给了师傅车费，然后拉起舒娜准备从小区的大门进去，但让保安给拦住了，要进行入户登记。俩人只好在外边顺着小区的铁栏杆往里边瞅，里边，赵官君的车绕来绕去一会儿就不见了踪影，一看就是这里的常客。于是沈丹问舒娜：

“听说过你家在这儿有房子吗？”

“没有啊！没听赵官君说过啊，再说即便有他一定会告诉我啊？可能是他和朋友们常常聚会的一个老地方吧！”

“聚会的地方？聚会会跑到离城几十里外的郊区？领导们有这么多闲工夫吗？”

“大概是那些做生意的朋友的房子吧，回头我问问，环境倒是不错，松竹林立、针落有声，寒冬了依然还有鸟叫声，真是个写作的好地方！”

舒娜发着她作家的感慨，但沈丹却恨不得要把自己的两只眼球扔在赵官君的车玻璃上，眼巴巴往小区里边瞧。舒娜拉了拉她的手，说咱们走吧，别神经了，再这样就是破坏我俩的关系了！

一听舒娜这样说，沈丹怒了，双目圆睁地看着舒娜，叉着手生气地说：“破坏你们关系，我有那份闲情？我是不想让你这个傻女人守着他这个空壳睡觉！”她这样让舒娜始料未及，终于意识到沈丹这家伙儿肯定是知道什么和自己有关的事情，于是赶紧道歉并追问为什么说赵官君是个空壳子。沈丹竟然眼里流出了委屈的泪水，让舒娜一时不知道该怎么办。

随着社会的进步和女人世界观的拓展，这闺蜜，越来越发挥着巨大的作用，有时候甚至大有取代老公的势头，令人唏嘘。

沈丹叹了一口气，事已至此她也不能隐瞒了，慢慢往回走的路上，她把自己前几天在医院里见到的事情一五一十地告诉了舒娜，舒娜瞬间石化，感觉沈丹在和自己开玩笑，但同时又觉得天旋地转，仿佛是因为自己把这个可恶的地球仪给踹得翻转起来！

赵官君正在瑾萱那里逗两个孩子玩耍，袁大军打来电话，告诉他一个对他来说不太好的消息：张书记因工作需要可能要被平调到北京某部委任副部长。赵官君问他消息可靠吗，怎么张书记没有和自己讲呢？袁大军说消息绝对可靠，很多人都知道了，你怎么就不知道呢？赵官君有点发蒙，仔细想想，这不符合张书记的性格啊？他一贯是张书记背后的御用秘书啊，有什么事情能事先不知晓呢？难道是……？他不敢往下想了。回想起经过那次事件后，他因为去了粮食局，和张书记联系得少了，张书记也没有主动让他去做什么事情，俩人的确好像失去了过去那种亲密的感觉。现在给张书记当秘书的那个小李处长，比他也要机灵许多，大大小小的事情几乎全自己独吞了，也很是让赵官君心生嫉妒，但赵官君也知道江山代有才人出的道理，新人终究要取代旧人，而领导们又都有尝鲜的癖好。

赵官君越想越觉得里边不简单，他想到，如果张书记是有意撇清和他的关系，那自己就很危险了，一旦离开了张书记的庇护，自己将来的事业就会是个未知数，正所谓“一朝天子一朝臣”。转念一想，张书记其实已经对自己很好了，如果没有他的保护，上次也许自己就会被降职甚至结局更惨，有些事情毕竟没有深挖，如果深挖，什么结果都有可能发生。同时，他又有些埋怨自己的老婆，他这搞文字的老婆真是夫人中的另类，太高雅、太另类，以至于和其他的官太太玩不在一块儿，获取不了重要信息，更不会投其所好，发挥不了夫人外交的作用。

赵官君确确实实是个聪明人，他的预感没有错，在人生的某一个阶段，命运让他和张书记有了交集，他们一度合作得非常默契、非常愉快。但世界上没有永恒的合作，就像没有永恒的朋友一样，今天大家彼此感觉非常好，喝着酒吃着肉，谈着共同感兴趣的话题，做着共同的事，但说不定过一阵子你会看他烦，不是审美疲劳就是利益中断，总之人就是一种怪怪的动物，热情总是不能保持长久，唯有不断地选择、博弈，以求平衡。

诸多的疑惑让赵官君有些心慌，作为一个上进心很强的官员，最怕的事情就是失宠，一旦政治上失宠，那就如同被人抛弃于荒野的羊羔，再次找回失去的家园，那可真是难了。赵官君有些恨自己最近几个月过于关注私生活而没有勤于向各位领导以及张书记汇报思想工作，自己不主动，领导心里怎么能有自己呢？想到这里，他赶紧给张书记发了条信息，想约个时间到他办公室汇报工作，但与平日不一样的是，张书记没有回短信给他。

带着一些落寞，赵官君回到了家。以往，舒娜肯定会主动迎上来，伸着懒腰问他吃了饭没有。但这次，赵官君没有迎来满面笑容、满身书香味儿的妻子。此时的舒娜正一个人躲在自己的书房里，门却是反锁了的。赵官君在政治上极度郁闷，回到家却清锅冷灶，他的气不打一处来，突然莫名地爆发了出来："去他妈的，这日子还过不过了！"听到赵官君大声地咆哮，舒娜有些害怕和颤抖，这是为数很少的几次赵官君发怒，以前都是赵官君在骂愚蠢的下属和阴险的政敌们，但这次是冲着自己来的，多少遗传了母亲唐晓萍倔强性格的舒娜终于也暴怒了，她打开房门冲了出来，怒气冲冲地面对着赵官君，也让赵官君有些猝不及防，女神发怒那是很可怕的。

"怎么还不做饭呢？"赵官君嘟嘟囔囔地说，明显被女神发怒给镇住了。

"是你自己说要一个人在家吃剩饭的，怪得着我吗？"

"中午吃剩饭，总不能晚上也让我吃剩饭吧？"

"赵官君，你好好说，剩饭你吃了吗？还留在冰箱里，撒谎也要考虑一下对不对！"

"哦，上午单位有点事出去了一下。"

"你是去单位了吗？你不是去东郊了吗？"

"哦？你，你跟踪我！"

"对，我就是跟踪你了！我那是挽救你，你就这样成天撒谎，最终要害了你自己！"

"害我自己？我怎么了？不就是去一个朋友家吗？"

"赵官君，结婚多年，我没有给你生一男半女，我确实心里觉得对不住你，但我对你不够好吗？什么也听你的，让着你，害怕干扰到你的那些追求，但事实上你却用成堆的谎言来搪塞我、回报我！人若撒谎，势必要用更多的谎言去圆，请你到此为止，不必再劳心伤神了！"

“我怎么搪塞你、怎么撒谎了？我每天在外边忙来忙去、卑躬屈膝，不都是为了咱们这个家吗？”

“为了咱这个家？你到底是为了哪一个家！”

“你今天是怎么啦舒娜，你和过去比怎么像变了一个人似的。我今天情绪不太好，是我的不是，给你赔礼，行了吧！”

“道歉修补不了因愤怒、傲慢和撒谎所造成的裂痕。没有谁对谁错，咱不说这个。赵官君，你就掏着心窝回答我，今天你到底去哪儿了！”

她的话如一记重拳，击倒了赵官君，让他无言以对。赵官君坐了下来，又摸出一根干巴巴的烟，颤抖着点着火，闷坐在沙发上一声不吭。赵官君的行为印证了沈丹之前所言，让舒娜感到无比绝望，她哇地大声哭了出来，接着飞快地穿上衣服要往外走。赵官君赶紧拦下，央求着昔日的女神不要离开，都是他的错，请她原谅他。赵官君的这种态度让舒娜更觉得他懦弱、可怜、恶心，她愈加失望，挣脱开赵官君，摔门冲了出去。

趁着茫茫夜色，舒娜向父母家的方向哽咽着跑去，她知道，那里，始终有一盏温暖的灯为自己亮着！

赵官君形如槁木、心如死灰地一个人跌坐在沙发里狠狠地抽烟，他猜想舒娜肯定是已经知道了自己和瑾萱的事情，并且也知道自己在东郊那个小区有个家，否则，单纯的她不会如此生气。他想，这背后肯定是有人在帮助她，那个人会是谁呢？自己已经做得天衣无缝了啊？看来老祖宗说的很对，“要想人不知，除非己莫为”。他不由得环顾四方，家里寂寥无比，像个纯粹的空洞，声音虚无缥缈，灵魂浮在空气中似要随时逃遁。他怔怔地看了看自己的家，沙发、家具、家电以及家里的每一盆花，都是他和舒娜边逛街边购置的。大幅结婚照依然挂在墙上，女神优雅娴静地注视着她，而当年的他如获至宝、春风得意，可现在却再也回不去了，灵魂上的裂痕是无法修补的！赵官君不禁感慨万千，他确信以舒娜的性格，她不会原谅他，肯定会和他决裂，只是一切来得太快了，出乎他的意料。客厅里的那盆巴西木是他们结婚时候一起买的，唯一的一棵成活到现在，但也开始泛黄，赵官君苦笑着想，难道花草都知道了它们的主人缘分已尽。

忧郁的赵官君也走出了家门，他想出去透透气，太压抑了，甚至可以听得到自己的心跳。他踉踉跄跄地走出家门，向街道走去，在一座天桥上，他停下来，望着满城的霓虹，他想起曾经和舒娜一起散步，看星星，看月亮，畅想未来。他想起自己作为副市长时候踌躇满志，指点着这个城市未来每一处伟大的旅游变革，可是现在俨然如一个闲人，喝茶看报纸，苦苦等待东山再起。此时的他突然又很想有一个人出来陪他喝茶、喝酒，哪怕只是聊聊天也行。

于是，赵官君掏出手机，翻看着通讯录。通讯录上的号码很多很多，大多数是和他往来的成功人士。张书记和刘部长肯定不能打；袁大军人在E市；组织部的那几个兄弟有些事情他不能和他们说；非常要好的同学老毕因为自己没给他办孩子上中学的事情，一下子就和自己疏远了；市政府时候的老同事大张、阿玲、办公厅主任贾主任，他们看重的是他和张书记的关系；粮食局同事，时间太短没有什么深交。这些人都是通讯录里的熟人，除了大军，俨然都不是自己可以掏心窝子的人。他突然想到还有一些可以交心的朋友：那几个当普通工人的小学老同学，一直暗恋自己的那个高中女生，那个给自己装修家并和自己谈得很投机的民工师傅罗大哥，那个生活落魄一度被自己取笑的诗人朋友子墨等等，这些人很善良，很敬重自己，非常郑重地把电话号码留给他，每年还发拜年短信给他，但是这些人的电话号码都被他无情地删除掉了！最终，赵官君发现，一度以为自己很富有，并且是人生大赢家的堂堂副厅级干部，居然此刻一个知心的朋友都找不到。党校培训的时候老师曾讲过“内心贫穷才是真的穷”，难道自己到头来真的是一个赤贫之人吗?

正在这时，手机突然响起来，赵官君兴奋地赶紧接起，号码似曾相识，原来是初中的班主任滕老师。滕老师是自己的启蒙人，最初是一名科级官员，但后来意气用事就调到了学校当了一名普通老师，那时候在学校没少关照过经常与小伙伴捅娄子的赵官君，赵官君也非常敬重感激滕老师，但滕老师这么多年一直也没有找自己办事、给自己添过麻烦。赵官君不由得苦笑，像滕老师这样不给自己找麻烦的人也许是真的对自己好，自己却把他们淡忘了；相反那些总找自己办事的人，敲骨吸髓地从自己身上攫取资源，一次比一次贪婪，却从来不懂得心疼自己，自己却反而很高兴和他们保持着联络，人真是够贱的！

赵官君感慨着和滕老师通话：

“千万不要和我客气！滕老师您现在好吗？”

“很好啊，退休有几年了。但孩子不太争气，大学毕业两年一直在社会上晃荡，没个固定工作，成为我的一块儿心病。”

“哦，老师有什么事儿就尽管和我说吧，我能帮您什么忙呢？”

“这么多年我想过找你，但我知道你很忙，因此也不想给你找麻烦。但这次我实在是挺不住了，因此就想起你，知道你认识的人多、比我强。”

“呵，老师，您就直说吧，想让我做什么，别客气！”

“这次燕北银行刚刚成立，要招一批员工。我儿子笔试、面试都通过了，但还有考核，比例是二比一。我听说你和他们李行长是团市委时候的同事，想让你给打个招呼帮帮忙，千万别再出什么岔子！”

“哦，是这个事啊，没问题，明天我就给他打电话，熟着呢，前两天他还找我办事，您放心吧，我一定给您办好喽！”

“太谢谢你了官君，我该怎么感谢你呢？要不我明天给你拿点钱，你帮我请人家吃顿饭吧？”

“哎呀我的滕老师，您这是见外了，如果什么事情都用钱来办就没什么意思了，不用。您要是想感谢我，那就现在出来，我请您吃顿便饭，我正好一个人，肚子咕咕叫。”

“好啊好啊，我也正想见见你呢，那好，我马上过去，你在哪里？等着我！”

不一会儿，滕老师就赶到了天桥，赵官君马上拉着他的手，到附近的一个奶茶馆里坐了下来。滕老师明显老了，但他的人生经验还是一笔宝贵的财富，有些是值得赵官君这一代年轻官员学习借鉴的。在听了赵官君事业上的困惑后，滕老师以自己为例，语重心长地给自己的学生讲了一番大道理，让赵官君心里释然了许多。滕老师说，唐朝经学家孔颖达在解读事业观时讲道：“所营、谓之事；事成、谓之业”，也就是说一定要有正确的事业观。不能把做官与人的事业等同起来。“官”只是历朝历代官家所赐予的一个称谓，远不能代替事业。如果把做官当成人生的唯一事业，那么就是一种曲解，甚至会误入歧途。唯有多一些公心、多一些家国情怀，少一些私欲和争斗，才能很好地驾驭“官”，活出真意来。滕老师说他曾经也把当官作为人生的唯一目标，结果不仅干得很累，最终在官场上还吃了不少苦头。当老师多年后他才豁然开朗，原来我们每个人都可以活得轻松一些，而阻碍就在于我们的内心。

滕老师还举晚清醇亲王奕譞亲自为醇王府撰写的家训为例子，那句“财也大，产也大，后辈儿孙祸也大”对赵官君的触动也很大，这是老师的财产观，对于每一位官员都很实用。

滕老师的事业观和财产观让他慢慢想开了一些，解开了束缚在心头上那根无比粗大的绳。但爱情这根绳，却仍然解不开，源于他太过爱舒娜，以至于怎么也不愿放弃。他的妒火在心底死灰复燃，还发着狠在心里一次又一次咆哮着：“舒娜今生就是我的女人，即使我得不到，别人也休想得到！”

第三十七章 相逢

她也许要劫波渡尽，到达安宁的彼岸了。时间真是一把大杀器，它把我们一次次的忧伤、失望切割，与肉体和精神分离，而我们最终将走出阴霾，迎来春天！

自从小更出国，舒娜只接到过他的两封信，信中的小更心情非常低落，诉说了自己在情感上的诸多不顺。曾经的女友没有因为他追到大洋彼岸就和他走到一起，最终因为诸多原因，她还是嫁给了一位美籍成功华人，他们都是学金融出身，一起搞投资，事业发展得非常好，已经先于小更回到了祖国创业。小更一个人继续在美国求学，他不仅丰富了自己的乐理知识，还间接地从奕君那里学到了不少投资方面的知识。他想好了，回到北京后就准备和那几个音乐界好朋友一起投资几家音乐酒吧，就照着百老汇那些名店去做，把音乐、即兴表演、戏剧等结合起来，当作自己后半辈子的事业，这是很多音乐人的梦想、文艺青年的梦想。小更想，奕君像一只美丽的小鸟从自己身边飞走了，这是缘分，还是祝福她吧，等回国了重新培养一段感情，找一位懂自己、懂音乐、懂文学的女孩结婚，生几个小孩，执其手与其偕老。

临回国前，小更兴奋地给舒娜发了一份邮件，把自己的打算告诉了她。舒娜及时回了信，很赞成他开酒吧的想法，并且说酒吧、书吧也是她和一些文学界朋友们梦寐以求的理想，有机会到北京一定常去捧场。同时，她鼓励小更在感情方面重新振作起来，世界之大，肯定有一个人在不远的某个地方痴心地等着他，只要他不停地向她的方向靠拢，最终他们会相遇并幸福地生活在一起！

赵官君出轨一度让舒娜心如死灰。本来，作为一名传统女性，她已经打算和赵官君就这样走下去，不管赵官君官做得多大，自己的小说有多精彩，所做的一切最终会重回原点，都是为了生活。只要俩人真心相爱、用心经营，纵使那些远大的梦想不能实现，厮守一生也足以幸福。但她没有想到自己的人生这么快就又面临新的变故，新的抉择。她甚至是有些信命，哀叹自己命运不济、红颜薄命。对于眼前的这段婚姻，肯定是不能继续维系了，毕竟那个女人已经为赵官君生了两个孩子，那大小三个人和她一样，都对赵官君有所期待，也天天盼着他早点儿回家，也许他们在一起比赵官君和自己在一起生活得更幸福。

这就是舒娜，一个善良的女性，一个时时、处处为他人着想，总试图找出对方好的一面的女子。对于赵官君的不忠，她恨他，把一切原因归于他的贪婪，政治上的、经济上的、情感上的贪婪，如果没有一个人内心不知餍足的贪欲，就不会有一时的纵欲却又无形中酿造了苦果，美好的多西得而复失。她一点都不怪那个女人，也许她也是一个受害者，她听说了很多生活中的出轨故事，大多数是因为男人而引起。她笑自己写着别人的生活，没想到很多故事的原型恰恰是自己，真是讽刺、戏谑之极。她也同时恨夏河，为什么他去远行不连同自己也带走呢，丢下自己一个人承受这么多情感的波折？

她还想到，看似自己的人生恬淡而幸福，被人羡慕着，可实际上却经历了那么多的黑暗、痛苦与欺骗，老天真是捉弄自己。一种巨大的悲凉在心口蔓延，压得她喘不过气来，以至于她好想逃离到一个人烟罕至的地方去，最好是来一场大雨，仰天长啸，仰天大笑，把灵魂深处所有的郁闷都驱赶走、冲刷掉！

好几个晚上，舒娜都在母亲家里度过。唐晓萍问她原因她打死也不说，她怕父母担心，只是说闹了点小矛盾过几天就回去。精明的父母一贯保持

着中立的态度，不会轻易干涉儿女的生活。但住了几天母亲看舒娜眼部红肿，一点也没有回家的意思，意识到事态比较严重了，因此就想方设法不停询问。舒娜实在是烦得不行，干脆就又搬了出去，跑到沈丹家住了下来，沈丹家的高俊去外地读博一年，平时只有她和孩子，因此成了舒娜的临时避难所。

这天，沈丹看着抑郁寡欢的舒娜有些心疼，她知道，人不能一味沉溺在忧愁里不可自拔。她心想，舒娜请假不上班就这么待在自己家里憋着发呆，没有出口，长久下去这家里肯定要走出去一个疯婆娘不可！于是沈丹想着对策，怎么能让舒娜高兴起来，走出生活的阴影。她甚至把贾蓉也领回了家一起陪舒娜，但总是治标不治本。伤了心的人，供血缓慢，心如死水一潭，愈合是件很困难的事情，除非有新的兴奋点出现，激活并使之重新迸发出跳动的力量。

这天，沈丹和贾蓉商量好带舒娜去酒吧里聊聊天、听听歌，说不定会让舒娜开心一些。她俩一合计，突然想到舒娜很喜欢的那个叫 1180 的酒吧，那里曾经让她迷失过，爱的火花也在那里擦亮过，兴许文艺女青年在那里会有新的思路和想法。

俩人不由分说拉起这个“垂死之人”就往酒吧的方向走去。几年没有去了，1180 酒吧早已易主，更名为“城里的月光”。沈丹和贾蓉心想，这名字不错，月光是多么美好的一种东西啊，它是一种天然的疗伤利器。舒娜也觉得名字挺有创意，不过她还是喜欢 1180 那个名字，来酒吧的人，一部分是放松，大部分却是来此寻爱的，铁木真和孛儿帖忠贞的草原之恋，能让 1180 留给人们更多的遐想。

这酒吧明显做了改造，把过去的很多包间都拆掉了，面积一下大了很多倍，像个中型的音乐厅。舞台上还放置了架子鼓等大型乐器，表演水平俨然又上了一个档次。三个人坐在那里点了一些食物，静静地听歌手吟唱，不约而同地放松了许多。一曲唱罢，就在三人低头聊天之时，台上走上一位新歌手，配合他的歌声，酒吧里的灯黯淡了下来，深蓝、忧郁的霓虹灯闪烁了起来，一曲《我在这里等着你》的燕北老歌在酒吧里轻轻回荡：

天蓝蓝
草绿绿，草绿绿
我在这里等着你，等着你

风轻轻
云淡淡，云淡淡
我在这里等着你，等着你

突然又听到《我在这里等着你》这首歌，舒娜的眼睛顿时湿润了，历史仿佛又回到了十一年前，那是她和夏河第一次坐在这个酒吧，听到的就是这首歌曲，爱情曾经沉醉在这首歌中，她依偎在夏河的怀抱里，听到了他的心跳声！思绪飞舞，旧时光像星光一样散落，让人回味悠长。

歌手侧着身子，抱着吉他，舒娜他们三个看不清他的脸。但他唱得非常动情，有一种淡淡的忧伤在里边。间奏阶段，有人上来给歌手鲜花，歌手站起来接过花，转身朝着舒娜他们这边方向给献花人鞠躬，一道白色的光芒打在他的脸上，露出了一张白皙、清纯的脸，大眼睛上架着一副金丝眼镜，显得人很文雅、干净，只是下巴上的胡子让他显得有些沧桑和憔悴。也在这时，舒娜她们三个人同时惊了，不约而同地“啊”了出来，他们看到的那张脸不是别人的，活生生就是一张夏河的脸！

歌手坐下来继续唱，而不远处的舒娜已经泣不成声，她以为这是做梦，难道这世界上真有这么巧合的事情，造物主会如此巧合地给俩人同一张脸？沈丹和贾蓉也有些发懵，她俩本来是带舒娜来放松的，没想到遇到这么一个人，竟重新勾起美人如烟的往事，让她更加忧郁和伤心。

三个人正在不知所措时，歌曲唱完了，台下掌声一片，歌手欠身给大家鞠躬。唱得很好，有人上台点了一首新歌，歌手笑了笑对着台下的观众说道：感谢大家今晚光临我朋友的这个酒吧，能和大家一起度过这个美好的夜晚我心情也非常激动，我其实也是一位燕北人，我叫罗小更，北漂十余年。刚才台下美女点的这首《完美生活》，说实话原唱者是我的一位好友，我们曾经一起北漂，一起陶醉在这首歌中。这首歌点得很巧合，也让我想起了他，就让这首歌顺便表达我对他的想念吧！说完，小更抄起电吉他，挥手示意乐队帮忙，亢奋的音乐骤然响起：

青春的岁月我们身不由己，
只因这胸中燃烧的梦想。
青春的岁月，放浪的生涯，
就任这时光，奔腾如流水。

今晚的现场不亚于专业演唱会，让台下的所有人都无比震撼，大家感动于青春、感动于岁月，陶醉了，情不自禁地跟着小更一起吟唱了起来。沈丹和贾蓉也忘掉了身边的舒娜，晃着头，一起跟着吟唱，仿佛看到了她们曾经的偶像，回到了菁菁校园中。而舒娜，却别有一番滋味在心头，这种滋味别人是无法体会的。当她听到歌手报出自己的名字是罗小更时，她愈发惊呆了，这难道就是她生活中若即若离的那个小更吗？这难道不是她的夏河吗？上帝如此安排，让她今晚也有些神魂颠倒、不知所措！燕北人、北漂、罗小更、偶像的歌，这些信息都曾在小更的信中提到过，她确信就是好友小更啊！

舒娜的心开始怦怦跳起来，如同受到了电击，脱离死水，重新被注入新鲜血液。她也开始兴奋了起来，跟着大家一起唱这首《完美生活》，一起回忆过去，眼睛里的泪花还不时地闪动着，但分明含着笑。她也陶醉了，心想，所谓的完美生活其实就是留一半清醒一半醉而已！

体会这狂野，体会孤独，

体会这欢乐，爱恨离别。
体会这狂野，体会孤独，
体会这欢乐，爱恨离别。

看到舒娜终于高兴地吟唱起来，沈丹和贾蓉似乎也明白了什么，于是俩人悄悄一合计，贾蓉闪身离开，不知什么时候抱上一束花来，花很鲜艳，犹如千百朵绽放的玫瑰，不由分说就递到了舒娜的怀里，示意她上去。舒娜不好意思地笑了笑，拒绝了，她心想，这个人其实是她很熟悉的一位故人，故人自远方而来，也许为了她而来，因此不用献花他也终究会走到她的身边来。舒娜告诉贾蓉，让贾蓉代替她去献花，并嘱咐贾蓉，就说是台下一位叫舒娜的女士送给他的花。贾蓉似懂非懂，不知道她葫芦里卖的是啥药，等歌曲一结束就懵懂地走上台去献花。小更欠身鞠躬，嘴上说声谢谢，但他也同时听到一个熟悉的、日夜思念的名字——舒娜！

小更飞奔下台，向着贾蓉她们这桌走过去。看见小更过来，舒娜情不自禁地站了起来，迎接着小更期待的目光，小更明白了，眼前这位漂亮、高雅、清纯的女士就是舒娜，他激动得不知说什么好，于是将贾蓉献给他的花递给了舒娜，看着眼前的小更，不，是夏河，舒娜心中涌起万千感慨，让身旁的沈丹和贾蓉也禁不住心里嘀咕：这个世界太离奇了，让人想都想不到，脑汁明显不够用，俺们要重新回到娘胎里过过羊水、回回炉！

小更的出现让舒娜和她的俩姐妹非常意外，沈丹和贾蓉惊讶于小更的相貌，惊讶于俩人的故事，而舒娜则惊讶于小更的横空出世。小更，是故人，却又像个野蛮的闯入者，终于走进了她的生活。几个人坐下来聊了一个晚上，俩姐妹和舒娜一起分享了小更的故事，知道他突然回来是因为父亲生病。小更也听了三个女人讲她们大学前后的一些幼稚可笑却也刻骨铭心的往事，大家共同的话题原来很多，谈得很投机，距离无形中从千里万里一下子拉到只有几厘米，拉得很近很近。

沈丹忽然又产生一种直觉，自己的闺蜜舒娜，她也许要劫波渡尽，到达安宁的彼岸了。时间真是一把大杀器，它把我们一次次的忧伤、失望切割，与肉体和精神分离，而我们最终将走出阴霾，迎来春天！

第二天，舒娜就和沈丹、贾蓉以及她要好的几位男同学隆重地为小更举行了接风仪式，让小更备受感动。小更的酒量不错，拿赵官君评价男人的标准：像个值得女人托付的燕北男人。于是他和舒娜的几位好客又好酒的男同学一下子就打得火热，同学们把暖男小更当作了自己的亲同学，激动起来一个劲儿地轮流灌小更，而小更人也实在，给多少喝多少，吓得舒娜和几位女生赶紧替他挡酒，男男女女一帮人竟然喝了一箱子白酒，大家唱起了草原歌曲，唱起了大学时代那些校园民谣，小更自然是主角，气氛热烈，小更自己也突然觉得同学们俨然把他当作了新郎官，一边发自内心地接纳他，一边提前开着各种玩笑，让人很亲切。

送小更回去的路上，俩人聊了一个多小时，小更告诉舒娜他和朋友在北京的酒吧就要开业了，他邀请她一起去剪彩，舒娜也为他感到高兴。他们还一起聊了舒娜的诗歌、小说，聊了小更的中西洋音乐，非常投机。冬日的青伊市，温差特别大，白天黑夜相差十几度，一阵风飕飕地吹来，让舒娜打了一个冷战，小更随手很自然地脱下了他的大衣，给舒娜披上，舒娜没有拒绝，只是用一个温情的眼神看了看小更。十一年前，她感受过一个男人为她在夜风中披过类似的一件衣物，此后再无第二人。时间好快啊，一晃就是十一年，触电的感觉忽又回来，但她一想到自己是个已婚的、情感经历稍显复杂的女子，而小更却还是单身，就又把电波收了出去。然而小更长相和夏河简直太像了，以至于他们走在路上身体触碰时，她又忍不住一次次重新过电。

不管如何，舒娜已经下定了离婚的决心，理想很丰满而世俗很骨感，她不可能接受两个女人共享一个男人的生活。她最后一次回了趟家，家里空荡荡的，赵官君不知在何方。她看着这个自己曾经苦心经营的温馨的家，伏在书桌上大哭一场。最终，从衣柜里拿走了属于自己的一些东西，含着泪水，头也不回地冲出了家门。

之后几天，她就正式地搬回了父母家，并将事情的来龙去脉讲给了父母听，母亲唐晓萍气得血压指标直往上蹿，她立马就要去找赵官君以及赵官君的母亲李红艳讨个说法，被舒娜和舒国安摁住。倒是舒国安比较拿得稳，他仔细想想，也觉得女儿没有理由再和赵官君过下去了，如果今后一味地迁就，迟早对双方都没有好处，而女人，最终也是受伤最深的人。

当舒娜在沙发上反过来安慰母亲的时候，舒国安已经默默地把女儿带回家的衣物、书籍放到他们一直留给她的小屋，他一边叹口气，一边在内心里对自己说："舒国安啊，你这个老东西，你一定要争口气，活到百岁，但凡有一口气，就不要让女儿再受委屈，直到她找到一个真正幸福的家！"

赵官君回到了东郊，回到了瑾萱和两个孩子的身边，两个年幼的婴儿好像知道了什么似的，突然比平日多了咯咯的笑，笑声感染了瑾萱，让她终于走出了孤独和寂寞。笑声也感染了赵官君，让他第一次体会到有孩子的家的奇妙之处。对于舒娜，他已经不敢再去面对她，他知道迟早要去婚姻登记处领取那个他不愿意领取的绿本，但能拖一天是一天，只要拖着，舒娜仿佛还在自己的身边。

赵官君再没有打扰她，舒娜倒是给他发去了短信，告诉他好离好散，择日去办理离婚证，否则对双方都无益。赵官君则继续选择拖着，让舒娜非常生气，她不想再和他说话，只是一遍遍发短信给他，直到在最后的短信上说她已经找到了新的归宿，请他放手！

这个短信，犹如一枚炸弹，让赵官君一下子感到难过、绝望，强烈的占有欲让他失去了理智。他不相信舒娜这么快就找到了新的归宿，他像疯了一样打电话告诉她：未经他允许，决不会让别人抢走他的女人！对此，舒娜没有和他吵，只是淡淡地告诉他：赵官君，你这个人可真有意思！

之后的日子里，但凡父亲身体见好，小更就约舒娜出来。舒娜还没有下班，小更就已经早早地等在她单位的楼下，边听音乐、边散步、边等她，让楼上透过蓝玻璃窗看他的舒娜觉得非常好笑又非常感动、安心。她仿佛又看到了夏河在校园里某个地方等着她，等着她蹦蹦跳跳过来，接过她买给他的零食，说笑着向着梦的方向走去。

这罗小更长得像极了夏河，但要比夏河更痴心，更儒雅，简直就是暖男一个，做什么事情都不温不火，按着自己的步骤来。自从有一次舒娜告诉了他自己生活中发生的那些不幸的故事，这罗小更突然加快了见她的频率，让她一度有一点心慌。不过小更某种程度上就像自己的一位知己，他们在一起的时候，他从不谈起彼此的往事，也不谈感情，只是谈一些有关诗歌、文学和音乐的话题，还谈未来，谈北京，谈梦，这些话题让舒娜很感兴趣，让她渐渐地觉得没有小更，她的生活就好像又要失去了方向一样。其实罗小更也已经离不开舒娜了，他认为自己活了三十三年，看人还是很准的，舒娜就是他这么多年来苦苦寻找的那个人！

终于有一天，小更鼓起勇气抱住了舒娜，舒娜想推开他，但是气力不够。

"小更，我们还是做好朋友吧！"

"娜，为什么这样说，我已经找了你三十多年了！"

"不为什么，只是因为我是个复杂的女人，而你依然还是单身贵族。"

"不，不要这么说，我虽然没有结过婚，但我也是个复杂的人，爱过、恨过、受过伤！"

"我的年龄也出三十了，青春不在了，而你还是可以找到一个年龄更小的女友！"

"三十怎么就老了？在北京、上海这些大城市，很多人三十岁才开始结婚，更晚时候才选择要孩子，我们一点都不晚！梁实秋先生七十一岁时追求韩菁清女士，宁愿被人骂得体无完肤，也要和他的'小娃'在爱中成仙、成佛、成圣贤。与他相比，我们算晚吗？"

"呵呵，那是老房子，烧起来没救。我可不愿烧你。我经历了一次婚姻失败，有点不相信这个世界上还有爱情。何况，你要是选择我势必也会将我过去的不幸和烦恼全部包揽下来，这对你是不公平的！"

"娜，我已经不是毛头小伙儿，请相信我，我今生只义无反顾地选择这一次，但不会让你再作选择了！说真心话吧，倘若我真的走不进你的生活，那就请你真的把我当作你的夏河哥吧！”

听完他的话，尤其是还说到了夏河，舒娜已经不能再说什么了，小更的真诚打动了她，小更的暖男魅力感染了她，让她无从逃避，无从选择，只能任由一股暖流涌上心头，泪水打湿了小更胸前的围巾，他们紧紧地依偎在一起，把一切烦恼、世俗、恐惧统统抛到了九霄云外！

第三十八章　决裂

《傲慢与偏见》里的达西是酷哥，而自己是暖男。如果事情放到今天，伊丽莎白这些女人们最佳的伴侣其实并不是酷哥、英雄，而是像他这样实实在在过日子的暖男！

和夏河、赵官君相比，罗小更要暖男许多，不仅如此，他比他俩都更懂得浪漫，这大概和他从事的工作有关，他为爱情所做的一些事，只能在电影里才能出现，一度让后来知道此事的舒娜一个劲儿调侃他，说他做的事情和他的年龄一点儿也不相称。那是早春的一个下午，小更在北京突然非常想舒娜，于是竟然直接打着车跑到了首都机场，买了最后一班机票，夜里十一点多飞回了青伊，马不停蹄就跑到了舒娜父母家的楼下，可当时已经快十二点了，他最终没有打电话给舒娜让她下来，而是从兜里掏出一条系食品的蓝丝带，默默地把它拴在舒娜停在楼道里的自行车上，然后满意地离去。第二天，舒娜看到了这根蓝丝带，拴得很讲究，一看就是有人用心拴过的，她一下子就明白了，一边笑他犯傻，一边却感动得直掉金豆。于是立刻拿起电话给他拨过去，问他什么时候像个幽灵一样潜入了她家楼下、闯入她的生活！

小更的回答堪称神回复：大学年代！

这天，小更将舒娜送回家，吻别。不远处，有一辆黑色轿车停在那里，车上有一个人默默地看着这一切，肠子悔得发了青，然后一下下断裂；牙咬得嘎嘣嘎嘣疼，最后触及了神经，传导到心脏。这个人在车里拿起手机，给一个叫张四海的人打电话，让他找两个人吓唬吓唬他，让他好自为之，赶紧滚回他的北京去！

闲暇时候，小更还会去他的朋友那里帮忙，因为小更的捧场，已经为那个叫“城里的月光”酒吧赚足了人气，回头客大增。其实这个酒吧就是小更打算和朋友下一步合作的，以北京为总部，在全国十几个大中城市连锁下去，当然燕北作为他的家乡，必须有一家。每次小更抱着吉他唱起青春年代人们喜欢的那些歌，酒吧就场场爆满，《白桦林》《生如夏花》《完美生活》《蓝莲花》以及流行于燕北的《鸿雁》等一些歌曲深受人们的喜爱，大家听着歌，把青春纪念了一遍又一遍，把初恋回忆了一遍又一遍！

这天晚上，小更像往常一样走回家，刚进小区门口，就被几个黑影子拖到了门外的大街上，他们把他拖拽到一个角落里，问他是不是叫罗小更，小更说就是。这帮人就说：“好，找的就是你！”然后上去就是两拳，打得小更眼冒金星。小更挣扎着说你们找错人了吧？我不认识你们，这帮人继续打他，一边打一边让他赶紧滚回北京去！小更说这里就是我的家，同时喊要报警！于是这帮人下手更重了，他们竟然用脚猛踢小更的头，同时发出最后的警告：不滚也可以，但是以后不许再骚扰一个叫舒娜的人！小更顿时明白了，他停住了挣扎，这伙人最后也停了手，开着车扬长而去！

小更被打得差点昏死过去，街上走来一个人，赶紧把他扶起来，这位好心人要帮他报警，让他制止了，于是这个人帮他联系了那个开酒吧的朋友及楼上的父母，朋友和父母一起飞快地将他送到了医院。

之后几天，小更没有如约到单位楼下等舒娜，让舒娜很是纳闷儿。打电话他也不接，只是回短信告诉她这几天陪床，过几天再找她。其实，是因为小更的嘴被那帮人给踢坏了，肿得像二师兄的嘴，没法说话，吃饭也是勉强撬开一个缝把米汤和牛奶灌进去。

一周不见，舒娜就像丢了魂，尤其是前几天她开始动手写的一部叫作《虫殇》的小说，有一个主人公以一位音乐人作为原型，小更给他提供了不少素材，俩人一边讨论一边说笑，有了小更的陪伴、秀才的添香，书进行得很快，已经写好了开头的几章。小更一下子离开她，让她感到无所适从，没有继续写下去的心思。越是想念，越是什么也不想干，精神恍惚。于是她发信息给他，告诉他要去看看他的父母，可是他说不用，等过几天就去找她。可是两周过去了，小更也没有找她，也没有和她通话，让舒娜变得敏感起来，她认为小更可能是有意躲避她。于是舒娜心里重新变得空空的，她觉得自己的感情又一次走到了十字路口，不知方向在哪里。

惆怅中的舒娜独自来到了那个叫“城里的月光”的酒吧，酒吧里已经没有了小更的身影，让她再次形如枯槁，她想，难道上帝是来捉弄她的吗？最后，她咬咬牙，打算问个究竟。于是她上了楼，找到了小更那个开酒吧的朋友。朋友一看是舒娜来了，非常紧张，赶紧招呼她坐下并给她倒了一杯茶。舒娜没有心思喝茶，她问他小更到底在哪里。朋友一开始没有将实情告诉她，最后不忍心看到美人落泪，就把小更遇袭一事告诉了舒娜，同时告诉了小更就医的地址。

舒娜什么都明白了，她打了个车飞奔在去医院的路上，心里暗暗诅咒着赵官君，发着狠对他说：赵官君，我要和你拼命！

在医院，舒娜终于见到了小更。看到小更那副狼狈的样子，舒娜心如刀割，泪水夺眶而出。她同时看到，裹着纱布的小更眼睛里没有一丝的胆怯和懦弱，他笑着看着她，嘴里含糊地说着安慰她的话。小更的父母看到了一切，也明白了许多，他们眼中的舒娜优雅、大方、美丽，透着知性美，也不由地为小更感到高兴，心里的石头终于落了地！

赵官君接到舒娜电话的时候，能够感觉得到她阴森森的表情、冷飕飕的目光，直让他噤若寒蝉。舒娜约赵官君下班后聊一聊，他同意了。挂了电话，赵官君心里直发毛，他知道舒娜已经知道是自己指使张四海打了小更，隐隐地感觉到舒娜是要和他拼命。他有些后悔自己的行为，是自己的私心和嫉妒作祟，以至于将彻底失去舒娜。他想，照着舒娜的性格，她的善解人意，即使两人离婚，她也可能会把自己当作朋友对待，有什么事情她依旧会帮他、甚至会宽慰他。但是现在，她可能要和自己彻底决裂，那些唠叨、温情鼓励的日子将从此一去不复返，以至于今后他和女神或许连做朋友的资格也没有了！

舒娜的确是来和赵官君决裂的！一见面，舒娜一改往日的温婉和慵懒，简直就是换了一个人一样，像是为挨打的孩子讨说法的凶悍母亲，和赵官君一顿大吵，限赵官君三天之内和自己到民政局办理离婚手续。临走，她丢给赵官君一句狠话，吓得赵官君魂飞魄散，终于领教到了她的厉害。

舒娜说："赵官君，做任何事情都要给人留点儿余地，要是你再干预我的生活，我就把我知道的事情全部说出来！"

两天后，赵官君和舒娜去民政局办理了离婚手续，分道扬镳，看着女神远去的背影，赵官君好像做了一场梦，轻轻地发出一声叹息。一个人独自开车回家，但他觉得好孤单、好落寞，只想通过某种宗教仪式把自己的空荡荡的灵魂救赎回来，心里感叹：路啊，你怎么也变得愈来愈长了呢？

冬日的暖阳柔和至极，透过医院的窗户，倾泻在小更的床上，让人感到十分惬意。床上，小更坐在上面，重新露出了宽阔的眉宇、炯炯的眼神、英俊的面容。此刻，舒娜正陪着他读一本叫《傲慢与偏见》的小说，同为女人，简·奥斯汀是她的偶像，尽管有人把她称作"藩篱中的想象家"，一些西方文学大家甚至嘲讽、批判她写的那些儿女情长的故事，但那都是男权思想在作怪，终究不能遮盖住女作家的光芒。俩人不时说笑着，互相调侃对方。舒娜说小更就是那个冷酷而傲慢的达西先生，小更笑着反驳她：《傲慢与偏见》里的达西是酷哥，而自己是暖男。如果事情放到今天，伊丽莎白这些女人们最佳的伴侣其实并不是酷哥、英雄，而是像他这样实实在在过日子的暖男！

出院后，小更正式向舒娜求婚，舒娜告诉他，等到他的音乐酒吧开业的那天，她一定答应他！说到自己的事业，小更来了精神，他提议舒娜尽快辞掉在《税魂》杂志社的工作，和他远走高飞，到北京，到上海，到丽江，到瓦尔登湖，到全世界想去的地方去，俩人一起创业，一起唱歌写作，一起生儿育女，过自在而惬意的文艺生活。舒娜笑他艺术气质太浓，理想国哪有那么容易找到，要她选择，她还是选择北京和燕北，这里有她熟悉的往事、熟悉的人，毕竟人在熟悉的气息中才更容易喘息，离开了熟悉的人、熟悉的事，会让她孤独、窒息。不过，小更的提议也重新燃起了她旧有的梦想：去一座有地铁的城市找到她的爱情，去当一名优秀的战地记者！如今，酷似夏河的小更已然被她找到，似乎人生另一个梦想也离她愈来愈近了。

舒娜终于把小更领回了家，见了她的父母。舒国安和唐晓萍见到小更也吃了一惊，怎么这小子长得那么像夏河啊！两人也感觉这个世界真是奇怪，有些人走了，有些人又来了，去去来来，怎一个情字了得！唐晓萍认定了这就是过去自己喜欢的那个孩子，上上下下打量着他，看他走了这么久有什么变化。“变了！变了！”唐晓萍在心里暗暗叫着，这孩子变得很成熟，很有气质，还很温暖！而文艺将军舒国安在欣喜之余内心却有一种俯视流云逝水、物是人非的感慨，他感慨人生的悲悲喜喜，不由得想起金元时代著名大文学家元好问的《摸鱼儿·雁丘词》：

问世间、情是何物，直教生死相许？天南地北双飞客，老翅几回寒暑。欢乐趣，离别苦，就中更有痴儿女。

舒娜也正式走进了小更家，第二次见到了他的父母。慈祥的老妈妈戴上老花镜，抱住自己未来的儿媳妇上上下下一个劲儿打量，娴静、美丽的姑娘让她爱不释手，她抓住她不停地嘘寒问暖，一时忘记了做饭，眼睛里全是慈爱，像爱自己的儿子一样，恨不得一口吃掉。不一会儿急得小更的老父亲对着她的耳朵直喊：老不死的，好好保养身体吧，好看的日子可在后头呢，还不赶紧给孩子们准备饭去！逗得舒娜不禁也乐了，放下包和老太太一起走向厨房。屋里，小更一家四口人团聚，小更破天荒地允许老父亲喝上二两白酒，燕北吃货们最爱的羊肉小火锅点了起来，冒出腾腾的热气，大家举着杯，欢乐和谐的笑声冲出了窗外。此刻的窗外，冬日的寒风发出最后一声呼啸，春天正在悄悄地走近。

夜里，舒娜回到自己熟悉的小屋，关上门，拉上窗帘，对着镜子看自己。镜子是她的好朋友，她曾经在镜子里赞叹过自己的身体，也在镜子里看着它任由抚摸；在镜子里化过新娘的妆，在镜子里卸了妆；在镜子里欢乐过，也在镜子里忧伤过；在镜子里为了爱情痛哭流涕过，也在镜子里为了爱情蠢蠢欲动过！有一段时间，她没有很好地理会自己的这个好朋友，以至于让它也无心打扮，落上了一层灰。这一次，她觉得镜子如此发亮，好像要告诉她什么。在镜子前，她把心里的话向自己的老朋友进行了诉说，告诉它最近的欢乐，告诉它自己将要启程，同时也告诉它启程前自己的些许彷徨。毕竟，不久的她即将要重新做出人生的选择，要回到那个她一直无比熟悉、无比向往的大城市去，开始新的生活，开始实现自己若即若离的梦。

镜子最终也没有开口说话，它只是沉默地透着清澈、看着她，让她一时没了主张，只能用诗歌来表达自己此刻的心情。这晚，舒娜写了一首《问道理想》的诗，写出了即将离开家乡、理想忽隐忽现时自己内心的那份纠结：

除了理想
只剩下了沉默

三十一年
三十一列火车呼啸而过
在三十一个无名的站台上疾驰
青春啊
越来越像蠕动的虫

列车扫尽万千尘埃
却独把彷徨留我

寺院、经堂、趋之若鹜的信徒
我千里迢迢而来
问道理想

第三十九章　花开

从燕北追到北京，从北京回到燕北，再从燕北重回北京，人生就是一场旅行，终点在哪里谁也不知道，但爱情在哪里，终点大概就在哪里。

毕业十余年，舒娜终于正式走进了北京的怀抱，用她的话说，终于成为一名老北漂。但中毅新闻网的新掌门人文凯先生却不这么认为，他说你才三十二岁，事业才刚刚开始，而过去的一切积淀，都是为了驱霾散雾的今天以及同样阳光灿烂的明天。中毅新闻网的大门确实一直为舒娜敞开着，大北京以她海纳百川的胸怀迎接来自全国各地的优秀人才。舒娜的工作关系正式由燕北省《税魂》杂志社调入了中毅新闻报社，她成为旗下中毅新闻网的一员，并被委任为文学栏目的副主任，这正是她的特长和优势所在。这一年传出了佳讯，国家有关部门要为新闻网站的记者们正名，汇总登记工作正在进行中。中毅新闻网的新闻从业人员有望和全国所有从事网络新闻采编工作的同人们一道，在不久的将来会领到国家为他们颁发的记者证，成为一名真正的记者。舒娜的名字也被报了上去，她也终于有希望成为一名新闻人，实现自己大学时代的梦想！

小更和他文艺圈的朋友们一起合作的酒吧也正式开张了，名字是舒娜给取的，就叫“1180”！

酒吧开张的那天早上，舒娜戴上了小更为她准备的结婚戒指，脸上洋溢着无比幸福的笑！

应邀参加酒吧开张典礼的嘉宾很多，舒娜这边，她邀请了文凯、岩松、云瑛和特意从燕北赶来的沈丹和贾蓉，这些人是她的挚友、亲人，是帮助她、鼓励她一步步走出低谷，克服重重困难重见日出的人，千里难寻是朋友，朋友来了有好酒！

小更那边，舒娜终于见到了那个唱《完美生活》《蓝莲花》《旅行》《故乡》《时光》等很多好听的歌的人，他是自己青春年代的超级偶像许巍，也是小更文艺界的好朋友。为了一份真感情，在酒吧开业典礼仪式上，他把“青春”、“友谊”和“爱情”唱得酣畅淋漓，让在场的每一位粉丝热血沸腾！

谁画出这天地又画出我和你
让我们的世界绚丽多彩
谁让我们哭泣又给我们惊喜
让我们就这样相爱相遇
总是要说再见
相聚又分离
总是走在这漫长的路上

这首《旅行》是偶像今晚的收官大作，让舒娜感慨万千，总觉得这首《旅行》就像是偶像送给自己的礼物，为自己量身定做的歌，从燕北追到北京，从北京回到燕北，再从燕北重回北京，人生就是一场旅行，终点在哪里谁也不知道，但爱情在哪里，终点大概就在哪里。

这年初秋，小更和舒娜去海外享受蜜月。小更特意陪着舒娜来到了刚果（金），来到了夏河工作和战斗过的地方，远眺广袤的非洲大地，天空中秋叶盎然，寥落澄澈，一碧万里。象征和平的白鸽咕咕地漫步在草坪上，忽又欢快地在人们的肩膀上飞起飞落。各种花盛开着，其中有一种花非常奇特，有红、黄、蓝、白四种颜色的花瓣，煞是娇艳绚丽。这儿的人说它就是传说中的依米花，虽然生命短暂，但只开给有缘人，开给同样如花的

美人。它在她来的这几天突然开放了，吐着芬芳，昭示人们去珍惜爱情，珍惜友谊，珍惜和平幸福的生活。

舒娜感慨万千，热泪盈眶。此刻，有小更轻轻地拥着她，她觉得就是夏河在拥抱着她，一丝甜蜜从喉咙划过，浸透了整个身心。小更轻轻地从背包中拿出夏河当年用过的相机、纸笔和背包，给舒娜全副武装上。金色的夕阳洒在舒娜的身上，她俨然变成一位英姿飒爽的战地女记者，小更微笑着看着她，心里情不自禁地说：我心中的这朵月亮花呵，终于以青春的名义绽放了！

图书在版编目（CIP）数据

青春的名义 / 薛利强 著. — 北京：东方出版社，2018.1
ISBN 978-7-5060-5074-6

Ⅰ.①青… Ⅱ.①薛… Ⅲ.①长篇小说－中国－当代 Ⅳ.①I247.5

中国版本图书馆CIP数据核字（2017）第231513号

青春的名义
（QINGCHUN DE MINGYI）

作　　者：薛利强
责任编辑：辛春来　来芙萍
出　　版：东方出版社
发　　行：人民东方出版传媒有限公司
地　　址：北京市东城区东四十条113号
邮　　编：100007
印　　刷：北京联兴盛业印刷股份有限公司
版　　次：2018年1月第1版
印　　次：2018年1月第1次印刷
开　　本：660毫米×960毫米 1/16
印　　张：23.25
字　　数：250千字
书　　号：ISBN 978-7-5060-5074-6
定　　价：39.00元
发行电话：（010）85924663　85924644　85924641